BARBARA TAYLOR BRADFORD

In den Wind geschrieben

Buch

Als sie Teenager waren, haben sie geschworen, immer für einander dazusein und sich die Familie zu ersetzen. Denn sie sind ohne Eltern aufgewachsen. Jahre später haben sie sich ihren Platz im Leben erkämpft: Rosie Madigan ist eine oscargekrönte Kostümdesignerin; Gavin Ambrose produziert in Hollywood seine eigenen Filme; Nell Jeffrey betreibt eine bedeutende Künstleragentur. Und Kevin Madigan kämpft als verdeckter Ermittler erfolgreich gegen die Drogen-Mafia. Doch sind sie auch glücklich? Rosie und Gavin stehen vor den Trümmern gescheiterter Ehen. Kevin ist tagtäglich damit konfrontiert, daß sein Beruf ihn in Lebensgefahr bringt, worunter vor allem Nell leidet, die in eine unglückliche Liebesbeziehung mit ihm verstrickt ist. Alle vier müssen sich schließlich eingestehen, daß sie die guten Vorsätze ihrer Jugendzeit nicht erfüllen konnten: Jeder ist seinen eigenen Weg gegangen, ohne den anderen Schutz und Geborgenheit zu schenken. Werden sie schließlich wieder zueinander finden? Und wird die lang verschüttete Liebe zwischen Rosie und Gavin doch noch eine Chance bekommen? Barbara Taylor Bradford beschreibt packend und mit großem Einfühlungsvermögen die Abgründe zwischen beruflichem Erfolg und menschlichem Versagen, falscher Freundschaft und lebenslanger Treue.

Autorin

Barbara Taylor Bradford wurde in Leeds geboren und begann ihre berufliche Laufbahn als Reporterin für zahlreiche englische Tageszeitungen und Modemagazine. 1976 gelang ihr mit *Des Lebens bittere Süße* auf Anhieb der Sprung in die Bestsellerlisten. Seitdem wurden die Bücher der »First Lady der amerikanischen Unterhaltungsliteratur« *(Brigitte)* in 24 Sprachen übersetzt und haben eine Gesamtauflage von über 40 Millionen Exemplaren. Barbara Taylor Bradford lebt mit ihrem Mann, dem Filmproduzenten Robert Bradford, in Manhattan.

Barbara Taylor Bradford im Goldmann Taschenbuch:

Auf den Flügeln der Hoffnung. Roman (43590)
Des Lebens bittere Süße. Roman (9264)
Was bleibt, ist die Erinnerung. Roman (42801)

BARBARA TAYLOR BRADFORD

In den Wind geschrieben

Roman

Aus dem Amerikanischen
von Gertrud Theiss

GOLDMANN

Die Originalausgabe erschien unter dem Titel
»Angel« bei Random House, New York

Umwelthinweis:
Alle bedruckten Materialien dieses Taschenbuches
sind chlorfrei und umweltschonend.
Das Papier enthält Recycling-Anteile.

Der Goldmann Verlag
ist ein Unternehmen der Verlagsgruppe Bertelsmann

Genehmigte Taschenbuchausgabe 1/98
Copyright © 1993 by The Gemmy Bradford Venture,
a joint venture between Gemmy Productions, Inc.,
and B.T.B. Productions, Inc.
Copyright © der deutschsprachigen Ausgabe 1994 by
Blanvalet Verlag GmbH, München
Umschlaggestaltung: Design Team München
Umschlagmotiv: Gabriele Münter
Druck: Elsnerdruck, Berlin
Verlagsnummer: 43964
KR · Herstellung: Heidrun Nawrot
Made in Germany
ISBN 3-442-43964-7

1 3 5 7 9 10 8 6 4 2

I. Teil

Stars im Rampenlicht

Sie lehnte an einer der mächtigen, steinernen Säulen, etwas seitlich im Schatten, und verfolgte den Zweikampf.

Die Frau – sie hieß Rosalind Madigan – stand offensichtlich unter einer ungeheuren nervösen Spannung. Sie hatte die Hände krampfhaft zu Fäusten geballt, hielt den Atem an, und ihre Lippen öffneten sich leicht, während in den Augen Besorgnis aufflackerte.

Klirrend schlug Metall gegen Metall, wann immer die Schwerter aufeinanderprallten.

Die Krieger kämpften verbissen weiter. Es ging um Leben oder Tod, und nur einer von ihnen konnte siegen.

Gleißendes Licht fiel durch die Fensterschächte hoch oben in der Schloßmauer und ließ die flinken, tödlichen Klingen silberhell aufblitzen. Gavin, der kleinere der beiden Ritter, war schlank, geschmeidig und leichtfüßig. Jetzt griff er an. Seine Bewegungen waren flink und behende; drohend zückte er das Rapier. Er drängte seinen Gegner zurück... immer weiter zurück... über die Steinfliesen der weitläufigen Turnierhalle. Kein Zweifel, er verstand seinen Vorteil zu nutzen.

James, der andere Ritter, war größer und kräftiger als Gavin, aber nicht so beweglich. Jetzt stand er, mit dem Rücken zur Wand, in eine Ecke gedrängt, das Gesicht bleich vor Wut und Furcht.

Die Frau hatte den Eindruck, daß der Kampf früher zu Ende sein würde, als sie erwartet hatte. Gavins Triumph schien ihr offensichtlich. Aber dann gelang es James zu ihrem Erstaunen plötzlich mit einer kaum merklichen Wendung, seinen massigen Körper in eine günstigere Position zu bringen. Unvermutet machte er einen Ausfall, vor dem ihr der Atem stockte. Jetzt war *er* im Vorteil.

Der überrumpelte Gavin sah sich unversehens in der Rolle des Verteidigers. So war das doch bestimmt nicht geplant, dachte sie und beugte sich nach vorn, den Blick wie gebannt auf die beiden Männer gerichtet.

Mit tänzerischer Eleganz wich der agile Gavin blitzschnell zurück und parierte James' Schläge ebenso geschickt wie kraftvoll.

Keuchend setzte James ihm nach. Aber auch wenn er die Klinge nicht minder bravourös zu führen verstand als Gavin, so war er diesem doch an Behendigkeit und Reaktionsschnelle unterlegen.

In hitzigem Gefecht drangen die beiden Kämpfer zur Mitte der Halle vor. Angriff. Parade. Angriff. Parade. James keuchte bereits und wurde merklich langsamer. Gavin gewann wieder Boden. Mit vollendeter Körperbeherrschung schickte er sich an, den Gegner matt zu setzen.

Da! James strauchelte und verlor im Fallen das Schwert, das auf den Steinfliesen davonschlitterte.

Wie der Blitz stand Gavin über ihm und richtete die Schwertspitze gegen James' Hals.

Ihre Blicke bohrten sich förmlich ineinander. Keiner konnte die Augen abwenden.

»Na los doch! Stoßt zu und macht ein Ende!« schrie James endlich.

»Euer Blut soll meine edle Klinge nicht besudeln«, versetzte Gavin mit eisiger Höflichkeit. »Daß ich diesen letzten, den endgültigen Kampf gewonnen habe, genügt mir. Euch aber verbanne ich aus diesen Landen. Wagt es nicht, Euch je wieder hier blicken zu lassen, oder Ihr seid des Todes.«

Etliche Schritte zurücktretend, steckte Gavin sein

Schwert in die Scheide, machte auf dem Absatz kehrt und stieg, ohne sich noch einmal umzuwenden, die breite Treppe hinauf. Erst als er oben angekommen war, warf er dem vernichteten James einen letzten Blick zu, bevor er im Schatten des Wehrgangs verschwand.

Einen Moment lang blieb es vollkommen still.

Dann dröhnte die Stimme des Regisseurs durchs Atelier: »Schnitt! Und gleich kopieren!« Triumphierend setzte er hinzu: »Tja, Kinder, das war's – letzte Klappe!«

Der Schauspieler in der Rolle des James rappelte sich hoch; der Regisseur eilte zum Kamerachef; sämtliche Mitarbeiter wuselten hektisch auf dem Set herum; alle redeten durcheinander, lachten, scherzten und schlugen sich gegenseitig auf die Schultern.

Ohne sich um das plötzliche Spektakel zu kümmern, griff Rosalind nach ihrer Tasche und eilte auf der Suche nach Gavin die Treppe hinauf. Er stand noch immer auf der abgedunkelten Plattform, die das Ende der Kulisse markierte. Als sie zu ihm trat, bemerkte Rosalind seine steife Haltung, sah die Anspannung in seinen Augen und wie er unter dem Make-up erblaßte.

»Du hast Schmerzen«, sagte sie.

»Ein wenig, ja. Mir ist, als ob mir eine stählerne Hand den Hinterkopf zusammenpreßt. Ich brauche die Halskrause, Rosie.«

Sofort zog sie die Zervikalstütze aus der Tasche und half ihm, sie anzulegen. Gavin war vor einer Woche bei Außenaufnahmen in Yorkshire von einem Pferd abgeworfen worden. Bei dem Sturz hatte er sich das Muskelgewebe an Hals und linker Schulter verletzt und litt seitdem ständig unter Schmerzen.

Während sie die Manschette festzog, sah er dankbar lächelnd auf sie herab. Jetzt, da die anatomische Stütze ihm Halt gab, entspannte Gavin sich spürbar. Er hatte bald gemerkt, daß die Manschette ihm mehr half als alle schmerzstillenden Mittel.

»Bei der letzten Szene vorhin hatte ich richtig Angst um dich«, sagte Rosie kopfschüttelnd. »Ich weiß wirklich nicht, wie du das durchgestanden hast.«

»Das ist eben Magie – die Magie des Theaters, der Schauspielerei. Kaum war ich auf dem Set, schoß mir das Adrenalin wie verrückt ins Blut, und die Schmerzen waren verflogen. Oder jedenfalls habe ich sie nicht mehr gespürt. Ich tauchte ganz in die Rolle ein, war auf einmal Warwick, schlüpfte in seine Haut. Ich glaube, das passiert mir eigentlich mit jeder Figur – wenn ich spiele, vergesse ich einfach alles andere um mich herum.«

»Ja, ich weiß. Trotzdem habe ich mir Sorgen gemacht.« Sie lächelte wehmütig. »Nach all den Jahren sollte ich es eigentlich besser wissen, wie? Im übrigen habe ich immer gesagt, daß deine Konzentration eines der Geheimnisse für deinen Erfolg ist.« Sie faßte ihn am Arm. »Aber nun laß uns gehen. Die anderen warten schon auf dich – Charles, James, Aida und die Crew.«

Als Rosie mit Gavin die Treppe herunterkam, wurden sie mit Bravorufen empfangen, und die ganze Crew klatschte begeistert Beifall. Alle wußten, daß der Star ihres Films seit Tagen unter qualvollen Schmerzen litt, und sie bewunderten Gavin Ambrose nicht wegen seiner schauspielerischen Begabung, sondern auch dafür, daß er seine Verletzung mit so stoischer Tapferkeit ertrug, ja sich so bedingungslos in den Dienst des Films gestellt hatte. Er war eben ein echter Profi und als solcher entschlossen, den Drehplan pünktlich einzuhalten. Und die Crew, die das zu schätzen wußte, dankte ihm dafür.

»Du warst wunderbar, Gavin, einfach großartig!« Charlie Blake, der Regisseur, griff nach seiner Hand, kaum waren er und Rosie am Fuß der Treppe angelangt. »Ich muß gestehen, ich hätte nicht gedacht, daß du die Szene schon im dritten Anlauf packst.«

»Schade, daß es nicht gleich beim erstenmal geklappt hat«, erwiderte Gavin trocken. »Trotzdem danke, Charlie – vor allem dafür, daß du uns den Zweikampf nach eigener Manier hast spielen lassen. Lief doch gut eben, nicht?«

»Na, und ob! Von dem, was wir heute gedreht haben, werd ich nicht eine Sekunde rausschneiden.«

»Du bist halt ein Steher, Gavin!« Aida Young, die Produzentin, trat vor und schloß ihn mütterlich, aber mit Rücksicht auf seine Verletzung auch sehr behutsam in die Arme. »Von deinem Kaliber gibt's nicht viele. Du bist wirklich ein begnadetes Talent.«

»Danke, Aida, so ein Kompliment aus deinem Mund ist weiß Gott schmeichelhaft.« Gavin sah sich nach James Lane um, der gerade mit ihm die Kampfszene gespielt hatte. »Glückwunsch, Jimbo!«

»Gleichfalls, Partner.«

»Und danke, daß du's mir so leicht gemacht hast«, fuhr Gavin fort. »So eine Fechtszene ist nicht leicht zu choreographieren, aber dein Timing war einfach perfekt.«

»Sag's ruhig, wie's ist: In uns beiden steckt ein kleiner Errol Flynn«, versetzte James augenzwinkernd. »Bloß schade, daß Kevin Costner sich das Remake von *Robin Hood* unter den Nagel gerissen hat. Das wäre sonst genau der richtige Stoff für uns gewesen.«

Gavin nickte lachend, und als ihm Aidas besorgte Miene auffiel, rief er aufmunternd: »Aber Honey, nun mach nicht so ein Gesicht. Mein Hals ist schon wieder ganz in Ordnung, ehrlich. Ich komm sogar nachher zur Abschlußparty.«

»Ach, wie schön, das freut mich«, sagte die Produzentin. »Aber nur«, fügte sie gleich warnend hinzu, »wenn du dich wirklich fit genug fühlst.«

Gavins Blick wanderte über die versammelte Crew. »Dank euch allen«, sagte er aufrichtig bewegt. »Ihr wart alle ganz phantastisch, und darum wollen wir nachher auch gebührend feiern.«

»Das ist ein Wort, Gavin!« antwortete der Teamchef, und die Crew umringte Gavin enthusiastisch; jeder wollte ihm sagen, was für ein toller Schauspieler er sei, der beste in der ganzen Branche, und alle schüttelten ihm überschwenglich die Hand.

Kurz darauf verließen Rosie und Gavin das weitläufige Atelier, in dem man die Turnierhalle von Schloß Middleham originalgetreu nachgebaut hatte. Im Gang hinter dem Set mußten sie mühsam über ein Gewirr von Kabeln und Leitungen steigen und sich einen Weg zwischen den raumhohen Gerüsten bahnen, an denen man die Jupiterlampen für den simulierten Sonnenschein vor den Schloßmauern installiert hatte. Beide waren – wenn auch aus unterschiedlichen Gründen – heilfroh, daß die letzte Szene im Kasten war. Schweigend, jeder mit den Gedanken beschäftigt, gingen sie über das Filmgelände zu Gavins Garderobe.

»Stimmt es, daß du Ende der Woche nach New York fliegst?« Gavin stand in der Tür zum Badezimmer, das sich an seine Garderobe anschloß, und band den Gürtel des weißen Frotteemantels fest. Rosie sah von ihrem Notizbuch auf und begegnete seinem prüfenden Blick.

»Ja«, antwortete sie nach einer winzigen Pause. Sie schob das Notizbuch in die Tasche zurück. »Ich bin drüben mit ein paar Broadway-Produzenten verabredet. Wegen eines neuen Musicals. Und dann muß ich mich auch mit Jan Sutton treffen. Stell dir vor, sie denkt an eine Wiederaufnahme von *My Fair Lady*.«

Gavin fing an zu lachen. »Ob sich das für dich lohnen würde?« fragte er, rasch auf sie zugehend. »Schließlich hat Cecil Beaton mit den Kostümen, die er für die Originalfassung entwarf, exquisite Maßstäbe gesetzt. Diese eleganten Gewänder sind bis heute unvergeßlich geblieben.«

»Ja, das stimmt. Aber weißt du, genau das könnte

auch eine große Herausforderung sein. Ich hätte nicht wenig Lust, mich ihr zu stellen ... Na, warten wir's ab, noch ist ja nichts entschieden.« Achselzuckend fuhr sie fort: »Von New York fliege ich anschließend gleich weiter nach L. A. Garry Marshall hat mich gebeten, die Kostüme für seinen neuen Film zu entwerfen ...«

»Statt der Broadway-Produktionen oder zusätzlich?« unterbrach Gavin.

»Nein, nein, zusätzlich.«

»Rosie, du bist ja verrückt! Soviel darfst du dir nicht aufhalsen! In letzter Zeit schuftest du dich buchstäblich zu Tode. Allein dieses Jahr hast du zwei Inszenierungen im West End ausgestattet und obendrein noch meinen Film, der alles andere als leicht war. Soll das nächstes Jahr in dem Tempo weitergehen? Wieder drei, vier Projekte? Um Gottes willen, Rosie, willst du denn nicht mal ein bißchen kürzer treten?«

»Ich brauche das Geld.«

»Geld kannst du von mir bekommen, soviel du willst. Hab ich dir denn nicht immer wieder gesagt: Was mein ist, ist auch dein?«

»Doch, und ich bin dir wirklich dankbar dafür, Gavin, ehrlich. Trotzdem ist es nicht dasselbe ... Ich meine, Geld von dir zu bekommen ist nicht dasselbe, als es mit eigener Arbeit zu verdienen. Außerdem brauche ich es ja nicht für mich, sondern für meine Familie.«

»Diese Leute sind doch nicht deine Familie!« gab er mit einer für ihn ganz untypischen Heftigkeit zurück, und eine Unmutswolke huschte über sein Gesicht.

Verdutzt starrte Rosie ihn an. Sein unverhüllter Zorn, die vehemente Reaktion kamen so unerwartet, daß sie vorsichtshalber erst einmal dazu schwieg, obwohl sie die Erwiderung schon auf den Lippen hatte.

Gavin wandte sich brüsk ab, setzte sich vor den Garderobentisch und langte nach der Cold Cream und der Kleenex-Schachtel, um sich abzuschminken.

»Sie *sind* meine Familie«, sagte Rosie endlich.

»*Nein!* Deine Familie, das sind wir. Ich und Nell und Kevin!« rief er, den Cremetiegel mit einer jähen Bewegung beiseite schiebend.

Ohne auf seine Erregung zu achten, dachte sie: Und Mikey. Auch er gehört zur Familie, wo immer er sein mag. Und Sunny. Der Gedanke an sie versetzte ihr einen schmerzlichen Stich, und sie seufzte leise.

Im nächsten Augenblick war Rosie aufgestanden, trat hinter Gavin und stützte sich mit den Händen auf die Stuhllehne. Ihr kastanienbraun schimmerndes Haar war heller als das seine; wenn sie so wie jetzt den Kopf über ihn beugte, sah man es deutlich. Ihre grünen Augen begegneten im Spiegel seinen graublauen mit fragendem Blick.

»Wir haben versprochen, zusammenzuhalten wie eine Familie. Weißt du's noch?« Seine Stimme war jetzt sanfter, und die Worte klangen wie eine Antwort auf ihre unausgesprochene Frage. Unwillkürlich fiel sein Blick auf das Foto, das auf dem Garderobentisch stand.

Auch Rosies Augen wanderten zu dem Silberrahmen. Da waren sie alle sechs. Sie und Nell, Gavin, Kevin, Mikey und Sunny: eingehakt, mit strahlenden Gesichtern, in denen Hoffnung und freudige Erwartung leuchteten. Wieviel Zeit doch vergangen ist, seit dieses Foto aufgenommen wurde, dachte sie wehmütig. Wie jung wir damals waren... und jeder von uns ein Waisenkind.

»Wir haben versprochen, immer füreinander dazusein, egal was geschieht, Rosie. Wir sind eine Familie – das haben wir damals gesagt«, beharrte Gavin. »Und das waren wir... das sind wir noch.«

»Ja«, flüsterte sie, »eine Familie, Gavin.« Eine Welle der Traurigkeit drohte sie zu überfluten, ein Sog, gegen den sie sich nur mit großer Anstrengung wehren konnte. Das Tragische war, daß sie ihr gegenseitiges Versprechen allesamt gebrochen hatten.

Gavin hob den Kopf, und als er ihrem Blick jetzt wieder im Spiegel begegnete, glitt ein schiefes Lächeln über sein Gesicht – jenes altvertraute, liebe Lächeln, das inzwischen berühmt geworden war. »Na schön! Aber wenn du dich unbedingt zu Tode schuften willst, dann wenigstens bei *meinen* Filmen, wo ich notfalls die Scherben aufsammeln kann. Na, was sagst du? Bist du bei meinem nächsten Film wieder dabei?«

Ihre ernste Miene hellte sich auf, der düstere Schatten verschwand aus den Augen, und sie begann zu lachen. »Abgemacht, Mr. Ambrose!« rief sie. »Ich bin dabei.«

Es klopfte an die Tür, und Will Brent, der Garderobier, kam herein. »Ich wollte Ihnen beim Umziehen helfen, Mr. Ambrose. Aber ich komme offenbar zu spät. Tut mir leid, ich bin aufgehalten worden«, sagte er atemlos.

»Nein, nein, Will, ich hab nur den Brustharnisch abgeschnallt. Vielleicht helfen Sie mir mit dem Rest. Vor allem aus diesen Stiefeln komme ich allein nicht raus.« Lachend streckte Gavin dem Garderobier ein Bein entgegen.

»Das werden wir gleich haben, Mr. Ambrose!«

»Ich seh dich dann auf der Party.« Rosie küßte Gavin flüchtig auf den Scheitel und nahm ihre Tasche vom Sofa.

»Gut, bis nachher. Und vergiß unsere Abmachung nicht, Angel Face. Du entwirfst die Kostüme für meinen nächsten Film«, rief Gavin ihr nach, bevor er nach der Halsmanschette griff und sie vorsichtig anlegte, wobei er im Spiegel eine Grimasse schnitt.

2

Ein kalter Windstoß wehte Rosie entgegen, als sie ins Freie trat. Fröstelnd zog sie den Blazer zusammen und blickte nach oben.

Am Himmel trieben bleigraue Wolken. Obwohl es erst

Nachmittag war, dunkelte es bereits; es war einer jener trüben englischen Wintertage, an die sie sich in den letzten Wochen fast schon gewöhnt hatte.

Der Wind führte ein leichtes Nieseln mit, und Rosie fragte sich, was die Kinder in England wohl machen würden, wenn es heute abend tatsächlich regnen sollte.

Heute war der 5. November, und da feierte man hierzulande die sogenannte »Bonfire Night«, den Jahrestag der Pulververschwörung. Aida hatte ihr letzte Woche beim Lunch davon erzählt und auch einen alten Kinderreim zitiert, den sie als kleines Mädchen auswendig gelernt hatte: »Pulver, Intrige, Verrat / Denkt ans Novemberattentat.« Und dann hatte Aida ihr von dem Attentat eines gewissen Guy Fawkes auf König James I. berichtet. Nach der vorzeitigen Entdeckung des Anschlags wurde Fawkes wegen Hochverrats verurteilt und hingerichtet. Und seit jenem Tag im Jahre 1605 bis heute wird das mißlungene Attentat als Guy-Fawkes-Day mit Feuerwerk gefeiert.

Auch diesen Abend würden überall in England die Guy-Fawkes-Feuer auflodern, und man würde Puppen, die den Verschwörer symbolisierten, in die Flammen werfen. Anschließend durften die Kinder Kartoffeln und Kastanien in der Glut rösten, die beim abschließenden bunten Feuerwerk verzehrt wurden, wie es der Brauch war – aber das alles setzte natürlich voraus, daß es nicht regnete.

»Wenn alles glattgeht, schlagen wir am fünften die letzte Klappe«, hatte Aida letzten Dienstag beim Mittagessen im Studiorestaurant zu ihr gesagt. »Aber ein Freudenfeuer wird man uns trotzdem nicht erlauben – schon aus Sicherheitsgründen, weißt du. Doch vielleicht fällt uns noch was anderes ein, womit wir Guy-Fawkes-Tag und den Abschluß unseres Films angemessen feiern können.«

Rosie wußte nicht recht, was genau Aida mit »angemessen« meinte, aber das würden sie und alle übrigen ja nun bald erfahren. Bis zur Party waren es nur noch ein paar Stunden.

Rosie eilte über das menschenleere Filmgelände der Shepperton Studios zum Produktionsgebäude, in dem sie ihr Büro hatte.

In den neun Monaten, die sie nun schon hier arbeitete, war ihr das Studio beinahe zur zweiten Heimat geworden. Auch die Arbeit mit Aida und der durchweg englischen Crew hatte ihr großen Spaß gemacht, und sie hatte sich auf Anhieb mit allen gut verstanden.

Unversehens spürte sie, wie sehr ihr Shepperton und die Kollegen, die sie hier während der Dreharbeiten kennengelernt hatte, fehlen würden. Das war freilich nicht die Regel; manchmal war sie erleichtert, ja geradezu dankbar, wenn ein Film endlich abgedreht war und sie sich, ohne einen Blick zurück, davonmachen konnte. Aber bei der Arbeit an *Kingmaker,* wie der Film in Anspielung auf seinen Protagonisten Richard Warwick, den Königsmacher für Edward IV., hieß, hatte sich zwischen Darstellern, Produktionsmannschaft und Studiocrew eine echte Kameradschaft entwickelt, die im Verlauf der Dreharbeiten immer deutlicher zum Tragen kam. Ursache hierfür waren vielleicht die besonderen Schwierigkeiten, mit denen gerade diese Produktion von Anfang an zu kämpfen hatte. Ja, dachte Rosie, wahrscheinlich war es das, was alle zu besonderem Einsatz angespornt hat. Und sie war sicher, ihr Engagement hatte sich gelohnt. In der Filmbranche konnte man fast davon ausgehen, daß ein schwieriger Film, wenn er erst einmal geschnitten und montiert war, ein Erfolg wurde.

Sie hatten alle unglaublich hart gearbeitet, hatten sich weit über ihre Pflicht hinaus eingesetzt und auch dann noch ihr Bestes gegeben, als sie fast an der Grenze ihrer Belastbarkeit standen. Aber irgendwie hatten sie durchgehalten. Und Gavin, der mit Leib und Seele in die Rolle des Richard Neville, Earl of Warwick, geschlüpft war, hatte eine wahrhaft oscarreife Leistung vollbracht. Wenigstens war das Rosies Meinung, doch sie war natürlich voreingenommen.

Sie stieß die Doppelglastür zum Produktionsgebäude auf und ging über den schmalen Korridor zu ihrem Büro. Drinnen lehnte sie sich einen Moment gegen die geschlossene Tür und ließ den Blick durch den Raum schweifen: die Wände von Skizzen bedeckt, die überquellenden Garderobenständer, der ausladende Tisch, auf dem sich Nachschlagewerke türmten, und die Fülle verschiedenster Accessoires, die sie entworfen hatte.

In den neun Monaten, die Rosie hier kampiert hatte, war haufenweise Material zusammengekommen, und sie dachte mit Schrecken daran, was sie in den nächsten Tagen alles würde packen müssen. Nur gut, daß sie die beiden Assistentinnen hatte, Val Horner und Fanny Leyland, die ihr zur Hand gehen würden; sie konnten die Skizzen katalogisieren und zusammen mit den Kostümen, die Rosie für ihr Archiv aufbewahren wollte, postfertig machen sowie die Bücher und Fotos verstauen, mit denen sie das historische Ambiente studiert hatte.

Die Entwürfe für Gavins Kostüme waren an die Längswand des Büros geheftet, und Rosie trat näher, um sie mit schief gelegtem Kopf in Augenschein zu nehmen. Gedankenverloren nickte sie vor sich hin: Gavin hatte recht, *Kingmaker* war ein sehr anstrengender Film gewesen, und das nicht nur wegen der aufwendigen Gestaltung, des riesigen Aufgebotes an Darstellern, sondern auch wegen der prunkvollen, geschichtsgetreuen Kulisse, für die natürlich vor allem auch sie und ihre Entwürfe mitverantwortlich waren. Die Aufgabe hatte Rosie sehr gefordert. Aber ihr schienen Herausforderungen zu bekommen; sie spornten sie an, ihr Bestes zu geben. Und ungeachtet aller Plackerei war sie dankbar für die Chance, daß sie an einem solchen Opus magnum hatte mitwirken dürfen.

Schon ganz zu Anfang, im Stadium der Vorproduktion, hatte sie sich voller Energie, ja in wahrer Hochstimmung auf die Aufgabe gestürzt.

Ihr Hauptaugenmerk galt Gavin, dem Hauptdarsteller, der den Warwick spielte. Um die Mitte des fünfzehnten Jahrhunderts war der Earl der mächtigste Mann in ganz England gewesen. Der aus Yorkshire gebürtige Nachfahre König Edwards III. war zu seiner Zeit der erste Earl des Reiches, und sein Ruhm als unerschrockener, streitbarer Ritter überstrahlte die Jahrhunderte und gab zu reicher Sagen- und Legendenbildung Anlaß. Warwick war es, der seinem Vetter Edward Plantagenet während der Rosenkriege zum Thron von England verhalf. In diesem erbitterten Kampf, der seinen Namen von den Wappen der streitenden Parteien, nämlich der weißen Rose des Hauses York und der roten von Lancaster, herleitete, hatte Warwick eine wichtige Rolle gespielt. Ihm war es zu verdanken, daß die Lancaster-Partei nach etlichen blutigen Schlachten besiegt wurde und Edward von York, der rechtmäßige Erbe, die Krone empfangen durfte.

Die Zeitgenossen hatten Warwick, dem mächtigen Mann hinter dem Thron und Ratgeber des erst neunzehnjährigen Königs Edward IV., den Beinamen »Der Königsmacher« verliehen, ein Attribut, das in die Geschichte einging und sich daher als Filmtitel geradezu anbot. Das Drehbuch der Oscar-Preisträgerin Vivienne Citrine konzentrierte sich auf den dreiunddreißigjährigen Warwick von 1461, der zu diesem Zeitpunkt im Zenit seines Erfolges stand.

Rosie hatte sich bei ihren Kostümentwürfen nicht nur um eine möglichst getreue Wiedergabe der mittelalterlichen Gewänder bemüht, sondern auch darauf geachtet, sie für Gavin kleidsam und vor allem tragbar und bequem zu machen. Die historische Authentizität der Kostüme war für sie unabdingbare Voraussetzung, ja eine Selbstverständlichkeit. Nach ihrer Meinung war es die Aufgabe von Kostüm wie Kulisse gleichermaßen, das Geschehen auf der Leinwand lebendig und glaubwürdig erscheinen zu lassen, ihm den realistischen Anstrich zu verleihen, der das Publikum verzaubert und in eine andere Welt entrückt. Daß ihr dieses Kunststück immer wieder gelang, war eines ihrer vielen Erfolgsgeheimnisse. Rosalind Madigans Kostüme wurden immer wieder gerühmt wegen ihrer einzigartigen historischen Echtheit und auch dafür, daß sie neben der jeweiligen Epoche geradezu meisterhaft Rang, Stand und Nationalität der Charaktere eines Films oder Theaterstücks widerspiegelten.

Für *Kingmaker* hatte sie wesentlich ausführlicher und sorgsamer recherchiert als sonst. Aber das lag natürlich an Gavin. Er hatte den Einfall zu diesem Film gehabt und ihn mit allem persönlichen Einsatz durchgefochten. Und abgesehen davon, daß er als Produzent mit für den Streifen verantwortlich zeichnete, hatte er auch die nötigen Geldmittel zur Realisierung des Films aufgetrieben. Die großen Hollywoodstudios hatten sich nicht an der Produktion beteiligen wollen, und das, obwohl Gavin ein ebenso großer Star war wie Costner, Stallone oder Schwarzenegger und zu den größten Kassenmagneten der USA zählte. Aber im Falle von *Kingmaker* war es Gavin ungefähr so ergangen wie Kevin Costner, als dieser nach einem Produzenten für *Der mit dem Wolf tanzt* suchte. Auch damals hatten die Hollywoodbosse so lange skeptisch abgewinkt, bis Costner seinen Traum auf eigene Faust realisiert und den Film mit Hilfe eines unabhängigen Produzenten aus Europa gedreht hatte.

Das Grundkonzept für *Kingmaker* stammte ganz allein von Gavin, war gewissermaßen seine Vision, an die er freilich mit einer solchen Hingabe glaubte, daß sämtliche Partner sich von seiner Begeisterung mitreißen ließen.

Die Figur des Warwick hatte ihn, dessen Steckenpferd ohnehin die Geschichte war, schon seit langem fasziniert, und so brauchte es nur noch die Lektüre einer aktuellen

Biographie über das dramatische, aufregende, ruhmreiche Leben des Earls und sein tragisches Ende, um Gavins Imaginationskraft in Gang zu setzen. Schwungvoll und inspiriert hatte er ein paar Schlüsseljahre ausgewählt, in denen Warwicks Stern zum Funkeln kam, und vor diesem Hintergrund seine eigene Filmhandlung entwickelt. Mit dieser Vorgabe beauftragte er anschließend Vivienne Citrine, das Drehbuch zu schreiben. Über ein Jahr hatten sie gemeinsam daran gearbeitet und gefeilt, bis Gavin sicher sein konnte, einen wirklich erstklassigen Drehplan in der Hand zu haben.

Rosie hatte sich von Anfang an lebhaft für das Projekt interessiert. Das erste Mal hatte Gavin ihr Ende 1988 bei einem Treffen in Beverly Hills davon erzählt, und als die Produktion im letzten Jahr endlich stand, kannte ihre Begeisterung keine Grenzen.

Lange bevor die Vorproduktion in England anlief, hatte sie mit Recherchen für die Kostüme begonnen, Biographien über Warwick und Edward IV. gelesen und sich mit Studien über England und Frankreich im Mittelalter beschäftigt. Um sich ein Bild von der Epoche zu machen, hatte sie der zeitgenössischen Kunst und Architektur nachgespürt und war, sobald sie nach London kam, stundenlang durch die Kostümabteilungen verschiedener Museen gestreift.

Als Gavin mit dem Produktionsstab auf Motivsuche für die Außenaufnahmen fuhr, hatte Rosie sich ihnen angeschlossen.

Zunächst hatten sie Schloß Middleham in Yorkshire besucht, Warwicks einstige Festung im hohen Norden, die freilich nur als triste Ruine überdauert hatte und durch deren öde Säle und geborstene Türme ungehindert Wind und Wetter strichen. Trotzdem hatte Gavin es für wichtig gehalten, die Stätte, an der Warwick aufgewachsen war und wo er einen Großteil seines Lebens verbracht hatte, aus eigener Anschauung kennenzulernen.

Gemeinsam mit Gavin war Rosie durch die Trümmer der einstigen Turnierhalle geschlendert, über der sich jetzt statt des mächtigen Bohlendaches nur noch der freie Himmel wölbte. Zwischen den Steinfliesen am Boden wucherte Gras, und hie und da lugten wilde Frühlingsblumen aus den Ritzen. Doch in all der Verfallenheit hatte Middleham sie und Gavin nachhaltig beeindruckt, ja ihre Einbildungskraft beflügelt. Später waren sie noch über das düstere, unwirtliche Moor gefahren, auf dessen Höhen Warwick einige Entscheidungsschlachten ausgetragen hatte.

Den Abschluß der Expedition bildete ein Besuch in der Kathedrale von York, jenem prächtigen gotischen Gotteshaus, in dem Warwick und Edward IV. einst so triumphal Einzug gehalten hatten. Auf edlen, mit Schabracken geschmückten Rossen waren sie an der Spitze ihres ruhmreichen Heeres geritten, während die seidenen Feldzeichen im Wind flatterten, und ganz England hatte ihnen als Helden gehuldigt – dem tapferen jungen König und dem beherzten Königsmacher. Für Rosie war die dramaturgische Umsetzung dieses historischen Ereignisses eine der anschaulichsten und wirkungsvollsten Stellen im Skript, und sie konnte es kaum erwarten, die Kostüme für das feierliche Zeremoniell zu entwerfen.

Etliche weitere Ausflüge nach Yorkshire sowie viele ergänzende Besuche in Bibliotheken und Museen vermittelten ihr schließlich das sichere Gefühl, mehr über das mittelalterliche England zu wissen als die meisten ihrer Zeitgenossen. Jetzt erst fühlte sie sich ausreichend vorbereitet, mit den eigentlichen Entwürfen zu beginnen.

Das einzig ernsthafte Problem, mit dem Rosie in der Planungsphase zu kämpfen hatte, war die Konstruktion der Rüstungen. Ein Blick auf das Modell in der Ecke ihres Büros genügte, und wieder durchlebte sie in Gedanken all die Sorgen und Ängste der ersten Zeit. Nie würde sie die Anstrengung vergessen, die es sie gekostet hatte, endlich einen brauchbaren Prototyp zu entwickeln.

Das Skript sah eine einzige große Schlachtenszene vor, die Gavin, ungeachtet der Schwierigkeiten für das Kamerateam und trotz des enormen Kostenaufwandes, auf jeden Fall beibehalten wollte. Also blieb Rosie keine andere Wahl, als sich die Grundbegriffe des Plattnerhandwerks anzueignen, das man gerade im fünfzehnten Jahrhundert so meisterhaft beherrscht hatte, und Ritterrüstungen anzufertigen, die auch vor dem Auge eines kritischen Kenners bestehen konnten. Daß sie die vielen Hindernisse in diesem Arbeitsprozeß schließlich doch überwand, verdankte sie eigentlich Brian Ackland-Snow, ihrem ungemein begabten Produktionsdesigner, der ebenfalls schon einen Oscar eingeheimst hatte (für die Verfilmung von *Zimmer mit Aussicht*) und der gegenwärtig daran arbeitete, in den Shepperton Studios das England des ausgehenden Mittelalters zum Leben zu erwecken.

In Rosies Augen war Brian schlichtweg genial, und sie wußte sehr wohl, daß sie nach diesem Film ewig in seiner Schuld stehen würde. Er hatte sie mit einem Hersteller für Tauchanzüge bekannt gemacht, der nach Rosies Entwürfen aus versilbertem Neopren eine Rüstung anfertigte, die den Eisenpanzern des Mittelalters täuschend ähnlich sah, im Gegensatz dazu aber federleicht und angenehm zu tragen war; trotzdem hätte später jeder geschworen, die Darsteller auf der Leinwand hätten echte Rüstungen an.

Rosie drehte sich um und trat an den großen Tisch mit den Stapeln von Sekundärliteratur und Aufzeichnungen, die es zu sortieren galt.

Ihrer Schätzung nach würde sie mindestens sechs große Kisten brauchen, um das ganze Material zu verstauen. Außer den Büchern, Skizzen und Fotos lagen da noch jede Menge Stoffmuster wie Tweed, Wolle und merzerisierte Baumwolle in speziellen Farben; ferner Proben von Leder und Wildleder für Stiefel, Beinkleider und

Wams sowie eine reiche Auswahl an Pelz-, Samt- und Seidenfabrikaten. In Körben und Schalen funkelte eine ganze Kollektion von Modeschmuck – Broschen, Ringe, Halsketten, Ohrgehänge, Armreifen, Knöpfe, Gürtel, Schwertscheiden und Kronen – schlichtweg alles, was ein Historienfilm dieser Güte an festlich-prunkvollen bis majestätischen Requisiten brauchte.

Im nachhinein staunte Rosie fast selbst über diese gigantische Produktion – sündhaft teuer war sie gewesen, ausgeklügelt bis ins letzte und dennoch so kompliziert und mit Stolpersteinen gespickt, wie sich das zu Anfang niemand hätte vorstellen können. Und wie spannungsgeladen die Atmosphäre im Studio sein konnte! Da waren die Fetzen geflogen, und es hatte ein paar handfeste Temperamentsausbrüche gegeben, die es ebenso zu verkraften galt wie die unvermeidlichen Krisen – schlechte Wetterverhältnisse und Krankheit beispielsweise –, die zu Verzögerungen führten und die Kosten weiter in die Höhe trieben. Andererseits waren die Dreharbeiten durchwegs spannend gewesen – ja, das war zweifellos das einzig passende Attribut dafür –, und es war ein so großartiger Film dabei herausgekommen, daß Rosie sich fragte, ob sie wohl je wieder an einer so herausragenden Produktion mitwirken würde.

Wann immer es sich einrichten ließ, hatte sie sich zusammen mit Gavin die Muster angesehen, und fast jedesmal war sie sprachlos gewesen vor Entzücken. Das »Feeling« stimmte, die Bilder waren von atemberaubender Lebendigkeit; die dramatische Handlung schlug den Zuschauer unweigerlich in Bann, und die darstellerische Leistung war einfach glänzend.

Gavin machte sich trotzdem unentwegt Sorgen um den Film und steckte ungewollt alle Beteiligten mit seinen Ängsten an. Aber vorhin, als die letzte Szene abgedreht war, hatte Rosie es ganz deutlich gespürt: Diesmal war ihnen ein Treffer gelungen. Sie war überzeugt, daß

Gavins jüngster Film es an Qualität, Format und Bedeutung mit einem Klassiker wie *Der Löwe im Winter* aufnehmen konnte und bestimmt etliche Oscars einheimsen würde.

In Anbetracht dessen, was es in den nächsten drei Tagen noch alles zu erledigen galt, raffte Rosie sich schließlich energisch auf, setzte sich an ihren Schreibtisch vor dem Fenster und griff zum Telefon. Sie wählte eine Nummer, und am anderen Ende tönte endlos lange das Freizeichen, bevor endlich abgehoben wurde. Eine mädchenhafte Stimme rief atemlos: »Hallo, Rosie, bist du's? Entschuldige, daß es so lange gedauert hat, aber ich stand gerade auf der Leiter und hab deine Ordner oben im Regal verstaut.«

»Woher wußtest du denn gleich, daß ich es bin?« lachte Rosie.

»Aber Rosalind, sei doch nicht albern! Du weißt genau, daß mich niemand sonst unter dieser Nummer anruft.«

»Stimmt! Ich hatte es nur im Moment völlig vergessen. Aber nun sag mir, Yvonne, wie geht es dir?«

»Gut, danke. Und bei den anderen ist auch alles in Ordnung. Collie und Lisette sind bloß gerade nicht da. Wolltest du Collie sprechen?«

»Eigentlich schon, ja. Aber das hat Zeit. Ich wollte mich bloß mal melden und euch sagen, daß ich gestern abend zwei Schecks abgeschickt habe – einen für dich und einen für Collie.«

»Ach, danke, Rosalind!«

»Hör zu, Liebes, ich fliege am Samstag nach New York, und ich ...«

»Als wir das letzte Mal miteinander telefoniert haben, hast du aber gesagt, du fliegst schon Freitag!« unterbrach Yvonne sie mit kaum hörbarer Erregung in der Stimme.

»Ja, das wollte ich auch, aber es ist noch so viel zu packen, daß ich mich entschlossen habe, lieber die Frühmaschine am Samstag zu nehmen. Übrigens schicke ich allerhand Kisten rüber zu euch. Aber die braucht ihr bloß irgendwo in meinem Atelier in eine Ecke zu stellen. Ich kümmere mich dann darum, wenn ich komme.«

»Und *wann* wird das sein?«

Rosie, die den klagenden Ton in der Stimme der jungen Frau heraushörte, sagte tröstend: »Im Dezember. Ganz bestimmt. Das ist doch nicht mehr lange, oder?«

»Versprichst du's auch?«

»Ehrenwort.«

»Es ist nur halb so schön hier ohne dich. Und du fehlst mir sehr.«

»Ich weiß, mir geht's umgekehrt genauso. Aber ich komme ja bald.« Rosie zögerte einen Augenblick, ehe sie fragte: »Ist Guy übrigens schon zurück?«

»Ja, aber er ist mit Collie und Lisette zusammen ausgegangen. Und mit seinem Vater.«

»Ach?« Rosie war ganz perplex. »Wo sind sie denn hin?«

»Zu Kyra. Sie hat heute Geburtstag.«

»*Oh.*« Rosie räusperte sich und sagte dann einigermaßen gefaßt: »Bestell ihnen ganz liebe Grüße von mir, Yvonne. Und auch dir alles Liebe! Ich bin dir ja so dankbar, daß du dich in meiner Abwesenheit um alles kümmerst. Ich weiß wirklich nicht, was ich ohne dich anfangen würde.«

»Nicht doch, Rosalind. Ich tu's doch gern.«

Als sie sich verabschiedet hatten, saß Rosie noch eine ganze Weile am Schreibtisch und grübelte darüber nach, was Guy wohl bewogen haben mochte, die Familie zu Kyra zu begleiten. Das paßte so gar nicht zu ihm. Aber schließlich hatte sie seine Beweggründe kaum je verstanden. Ja, Guy war ihr ein Rätsel, war es vermutlich von Anfang an gewesen. In einem Punkt war sie sich allerdings sicher: Seine penible Höflichkeit Kyra gegenüber war nichts als eine Maske, hinter der sich sein unversöhnlicher Haß gegen sie verbarg. Natürlich war er eifersüchtig. Rosie hatte diese unglückliche Veranlagung schon vor langer Zeit an ihm entdeckt. Ja, Guy war eifersüchtig auf Kyra, auf die Freundschaft seines Vaters mit der Russin und auf seine innige Zuneigung zu ihr.

Rosie lehnte sich zurück und betrachtete die Fotografie auf dem Schreibtisch, ein Bild von Guy, Lisette und Collie. Sie selbst hatte es letzten Sommer aufgenommen, und weil dieser Schnappschuß etwas so Sorgloses, ja Glückliches ausstrahlte, hatte sie das Foto vergrößern und rahmen lassen. Und doch wußte Rosie nur zu gut, daß sich hinter dem unbekümmerten Lächeln innerer Aufruhr, Schmerz und Unglück verbargen – wenigstens soweit es Guy und Collie betraf. Die kleine Lisette ahnte mit ihren fünf Jahren noch nichts von Leid und Kummer. Guy hingegen, Guy war ein Problem, darüber gab es für sie so gut wie keinen Zweifel mehr. Und das nicht nur für seinen Vater, sondern auch für alle anderen, die mit ihm in engerem Kontakt standen, allen voran sie selbst und Collie, der er törichterweise die Schuld an einem Großteil seiner Schwierigkeiten gab.

Guy war einfach völlig aus dem Tritt oder, wie Gavin sich auszudrücken pflegte, »ein asynchroner Typ«. Gavin hatte Guy nie sonderlich sympathisch gefunden und bezeichnete ihn gern als angejahrten Hippie, der ins Haight-Ashbury der sechziger Jahre gehöre, jenen Stadtteil von San Francisco, in dem seinerzeit die Blumenkinderbewegung ihren Anfang genommen hatte. »Der Penner ist doch total zurückgeblieben, ein abgewrackter Gammler, weiter nichts«, so hatte Gavin kürzlich erst zu ihr gesagt, und seine Stimme hatte unerbittlich scharf geklungen. Leider steckte in der abfälligen Bemerkung mehr als nur ein Körnchen Wahrheit. Doch obwohl Rosie manchmal sogar befürchtete, Guy sei auf dem besten Wege, sich selbst zu zerstören, konnte sie nichts tun, um ihn zu ändern.

Aber was immer Gavin auch über Guy und die anderen sagen mochte – sie *waren* nun einmal ihre Familie, und Rosie fühlte sich ihnen stark verbunden. Ja selbst Guy bedeutete ihr immer noch viel, auch wenn er es nicht verdiente.

Ein resignierter Seufzer entschlüpfte ihr. Guy hatte einfach keine Menschenkenntnis, konnte sich nicht in andere hineinversetzen – andernfalls würde er nicht ständig mit seinem Vater oder mit Collie und ihr aneinandergeraten. Und statt mit den Jahren Reife zu erlangen, schien nur seine Verantwortungslosigkeit zu wachsen; daß er schwach war, hatte Rosie immer gewußt, aber in letzter Zeit gewann sie den Eindruck, Guy sei so ungefähr der selbstsüchtigste Mensch, der ihr je begegnet war.

Ihr Blick wanderte zu der zweiten Fotografie auf dem Schreibtisch. Es war die gleiche Aufnahme, die auch in Gavins Garderobe stand; sogar der Tiffany-Rahmen war der gleiche. Nell hatte jedem von ihnen vor Jahren dieses Bild zu Weihnachten geschenkt und eines davon für sich behalten.

Rosie beugte sich vor und betrachtete Nells Gesicht. Wie zerbrechlich sie aussieht, dachte Rosie, was für ein zierliches Persönchen sie ist mit den feinen Zügen, dem silbrig-gold schimmernden Haar und diesen verträumten Augen, Augen so blau wie ein strahlender Sommerhimmel. Allein das zarte Äußere täuschte – in Wahrheit ist Nell womöglich die Stärkste von uns allen, ging es Rosie durch den Kopf. Nerven aus Stahl und ein eiserner Wille, das charakterisierte »Klein Nell« heute.

Neben Nell lächelte ihr die schöne Sunny entgegen, Sunny, die sie damals ihr »Goldkind« getauft hatten. Auch sie hatte blondes Haar, nur war es etwas dunkler als Nells und leuchtete wie sattreifer Weizen. Auch war sie größer und kräftiger gebaut, und die schräggestellten, fast mandelförmigen Augen, die vorspringenden Wangenknochen und das ausgeprägte Kinn verrieten ihre slawische Abstammung. Sunny wirkte frisch und gesund mit ihrem blühenden Teint, den bernsteinfarbenen, goldgesprenkelten Augen, die es so nur einmal gab, und sie war quicklebendig. Die dralle Figur deutete auf eine bäuerliche Herkunft hin, und in der Tat hatten noch ihre Eltern in Polen eine kleine Landwirtschaft betrieben, ehe sie nach Amerika auswanderten, um in der neuen Welt ihr Glück zu machen. Arme Sunny! In Wahrheit, so stellte sich heraus, war sie wie ein Wesen aus gesponnenem Glas, ebenso zart und zerbrechlich. Ach ja, arme Sunny: Da dämmerte sie nun an diesem schrecklichen Ort vor sich hin und hatte längst jede Verbindung zu ihnen und der Realität verloren.

Kevin stand auf dem Foto neben Gavin. Dunkelhaarig, hübsch, schwarze irische Augen, in denen der Schelm blitzte. In gewisser Weise hatten sie auch ihn verloren, seit er sich für ein Leben auf Messers Schneide entschieden hatte, ständig von einer Gefahrenzone in die nächste wechselte und waghalsig durch den Dschungel der Unterwelt pirschte, der ihm eines Tages das Leben rauben konnte.

Und da, zwischen Kevin und Sunny, kauerte Mikey, auch er ein Opfer der Zeitströmung, mit der sie aufgewachsen waren, noch einer, den sie verloren hatten. Auf dem Foto schimmerte sein rotblondes Haar fast golden und umrahmte das Gesicht wie ein Heiligenschein. Rosie hatte Mikeys freundliches, sympathisches Gesicht immer besonders anziehend gefunden. Er sah auf unaufdringliche Weise gut aus, und wenn er sich zu seiner vollen Größe aufrichtete, fühlten die anderen sich neben ihm wie die reinsten Zwerge.

Sie wußten nicht, wo Mikey steckte. Er war buchstäblich verschwunden, und obwohl Gavin nichts unversucht gelassen, ja sogar Privatdetektive eingeschaltet hatte, fehlte bis heute jede Spur von ihm.

Sie und Nell und Gavin – das waren die drei, die es

geschafft hatten, die an die Spitze gekommen waren und für die sich die Jugendträume erfüllt hatten. Ihr Bruder Kevin wäre allerdings mit dieser eingeschränkten Erfolgsbilanz vermutlich nicht einverstanden. Denn auch Kevin Madigan hatte es – auf seine Art – »geschafft«. Jedenfalls, dachte Rosie, hat er sich seinen Beruf frei gewählt und ist wahrscheinlich auch gut in seinem Job.

Sie nahm das Bild vom Schreibtisch und hielt es sich dicht vor die Augen, um die Gesichter aus nächster Nähe zu studieren. Wie nahe wir uns damals standen, dachte sie, wie eng und liebevoll wir alle miteinander verbunden waren.

Nach einer Weile konzentrierte sie sich unversehens auf Gavins Antlitz, das mittlerweile jedem Amerikaner so bekannt war – dieses Gesicht mit den kantigen, scharf geschnittenen Zügen, den hohen, vorspringenden Wangenknochen und der tiefen Kerbe im Kinn; mit den tiefliegenden, weit auseinanderstehenden Augen, deren klares Graublau sie immer ein wenig an regenglänzenden Schiefer erinnerte. Unter langen Wimpern und überwölbt von starken Brauen, die so schwarz waren wie sein Haar, blickten diese Augen das Gegenüber prüfend, offen und unerschrocken an. Sein Mund war sensibel, beinahe zärtlich, und das sonderbare schiefe Lächeln, das sie so gut kannte, war heute nicht minder berühmt als sein Gesicht, ja, es war gewissermaßen zu seinem Markenzeichen geworden.

Frauen aus aller Welt hatten sich in dieses Gesicht verliebt, vielleicht weil es ein poetisches Gesicht war, eines, das durch Kummer und Leid gezeichnet schien, ein romantisches Gesicht. Und womöglich gar eins aus dem Mittelalter? Rosie dachte darüber nach, fragte sich, ob sie am Ende den Schauspieler mit seiner jüngsten Rolle verwechselte, und wußte doch, daß dem nicht so war. Gavin hatte wirklich ein Gesicht, wie es die Maler der sogenannten Alten Welt im fünfzehnten Jahrhundert mit

Vorliebe in ihren Bildern festgehalten haben. Das war auch nicht weiter verwunderlich, denn seine Vorfahren mütterlicherseits stammten aus Schottland (daher der Vorname), und die Familie seines Vaters kam aus Italien; ursprünglich hatte Gavin mit Nachnamen Ambrosino geheißen, den Namen aber später aus beruflichen Gründen leicht abgewandelt.

Erfolg, Reichtum und Ruhm hatten den Menschen Gavin Ambrose kaum verändert, das wußte sie. Im tiefsten Innern war er immer noch der gleiche junge Mann, den sie damals, 1977, kennengelernt hatte. Sie war siebzehn gewesen, und ihre Freundin Nell auch; Gavin war neunzehn, Kevin zwanzig, genau wie Mikey, und Sunny war mit sechzehn das Küken unter ihnen. Als Gruppe waren sie das erste Mal an einem lauen Septemberabend zusammengetroffen, als Little Italy, die italienische Gemeinde im unteren Bezirk von Manhattan, ihr Volksfest feierte, die *Festa di San Gennaro*.

Wie lange das schon her ist, dachte Rosie. Vierzehn Jahre, um genau zu sein. Sie und Nell waren inzwischen einunddreißig, Gavin war dreiunddreißig und ihr Bruder Kevin vierunddreißig. Was war in den dazwischenliegenden Jahren nicht alles mit ihnen geschehen…

Ein lautes Klopfen ließ Rosie auffahren. Im Nu saß sie kerzengerade, aber bevor sie noch »Herein« rufen konnte, sprang die Tür auf, und eine ihrer Assistentinnen, Fanny Leyland, stand auf der Schwelle.

»Bitte tausendmal um Entschuldigung, daß ich die letzte Klappe verpaßt habe!« rief Fanny forsch-fröhlich und kam mit raschelnden Röcken auf den Schreibtisch zugeflattert. Das schlanke, kleine Persönchen, das stets aussah wie aus dem Ei gepellt, war gescheit, talentiert und obendrein ein richtiges Energiebündel, um nicht zu sagen das reinste Arbeitstier.

Fanny war Rosalind treu ergeben. Sie lächelte bedauernd: »Leider wurde ich von einer *schwierigen* Schauspielerin aufgehalten. Sie haben mich doch hoffentlich nicht gebraucht, oder?« Mit besorgter Miene trippelte sie vor dem Schreibtisch auf und ab.

»Nein, nein. Aber morgen müssen Sie Zeit für mich haben«, antwortete Rosie. »Da müssen wir die Ärmel hochkrempeln und mein Forschungsmaterial verpakken.«

»Kein Problem. Val und ich, wir werden uns ins Zeug legen, und dann ist bis zum Abend alles verstaut.«

»Na, da wäre ich mir nicht so sicher.« Rosie lachte skeptisch. »Ach, Fanny, Sie werden mir sicher fehlen – Ihr Lächeln, Ihre unerschöpfliche Energie und gute Laune, ganz zu schweigen von Ihrer Tüchtigkeit. Ich habe mich richtig an Sie gewöhnt in den letzten Monaten, und Sie haben mich, ehrlich gesagt, sehr verwöhnt.«

»Aber nicht doch! Außerdem werden Sie mir genauso fehlen. Bitte denken Sie an mich, Rosalind, wenn Sie demnächst wieder einen Film oder ein Theaterstück machen. Egal, wo es ist – ich bin im Nu dort. Um wieder mit Ihnen arbeiten zu können, würde ich bis ans Ende der Welt gehen!«

Rosie lächelte die Jüngere an. »Ich würde mich freuen, wenn Sie mir wieder assistieren, Fanny. Und Val auch. Ihr beide seid die besten Mitarbeiter, die ich je hatte.«

»Ach, Rosalind, Sie machen mich richtig verlegen! Danke, danke tausendmal, das ist wirklich super von Ihnen! Übrigens, die Dame, die mich aufgehalten hat, war Margaret Ellsworth.« Fanny verzog das Gesicht: »Sie will unbedingt das Kleid haben, das sie in der Krönungsszene in Westminster Abbey getragen hat. Für dieses Gewand würde sie glatt einen Mord begehen.«

Rosie runzelte verwirrt die Stirn. »Aber was in aller Welt will sie mit einem mittelalterlichen Kostüm anfangen? Und es ist noch nicht mal so schön – mir hat es jedenfalls nie besonders gut gefallen, auch wenn ich es entworfen habe.«

»Tja, Schauspielerinnen sind eben eine Rasse für sich – zumindest die schwierigen«, meinte Fanny. Dann setzte sie mit strahlendem Lächeln hinzu: »Aber natürlich gibt es daneben auch ganz wundervolle Künstlerinnen, und zum Glück sind sie den zickigen vom Typ Maggie Ellsworth zahlenmäßig überlegen.«

»Wie wahr!« stimmte Rosie zu. »Aber wegen des Kleides reden Sie am besten mit Aida. Wenn die Produktion Maggie das Kleid verkaufen oder meinetwegen auch schenken will, soll's mir recht sein. Mir gehört es ja nicht, und ich will es auch nicht unbedingt für mein Archiv. Gehen Sie doch gleich rüber zu Aida. Stimmen Sie sich mit ihr ab, und dann kommen Sie so rasch wie möglich zurück. Ich möchte nämlich noch heute nachmittag mit dem Katalogisieren der Entwürfe beginnen.«

»Okay. Ich bin gleich wieder da. Val ist übrigens auch schon auf dem Weg hierher, also machen Sie sich nur keine Sorgen: Zu dritt packen wir das im Handumdrehen.« Damit machte Fanny auf dem Absatz kehrt und huschte zur Tür hinaus.

Vor sich hin lächelnd, schüttelte Rosie den Kopf, als sie zum Telefon griff. Fanny war so ein herzerfrischendes Wesen, und sie und Val würden ihr tatsächlich sehr fehlen. Sie schlug ihr Adreßbuch auf und blätterte nach der Nummer der Broadway-Produzenten, die sie für ihr neues Musical engagieren wollten. Dann warf sie einen Blick auf die Armbanduhr.

Hier in England war es halb vier Uhr nachmittags. Das ergab umgerechnet halb elf Uhr morgens in New York – genau die richtige Zeit für diesen Anruf.

3

Fast dreihundert Leute waren zu der Party eingeladen worden, und Rosie, die am Eingang stand, hatte den Eindruck, alle seien vollzählig erschienen.

Jedenfalls war die gesamte Studiocrew anwesend, dazu natürlich die Darsteller, ferner einige Vertreter des Studiomanagements sowie Ehepartner und Angehörige des Filmteams, die Aida freundlicherweise mit auf die Gästeliste gesetzt hatte.

Alle plauderten angeregt, und man schlenderte, ein Glas in der Hand, durch Sheppertons größtes Tonstudio, das zur Zeit die Turnierhalle von Schloß Middleham in originalgetreuer Nachbildung darstellte.

Bei näherem Hinsehen erkannte Rosie allerdings, daß man die Kulisse in den letzten Stunden leicht verändert hatte. Etliche wuchtige Versatzstücke waren entfernt worden, in einer Ecke spielte eine kleine Combo Evergreens, der Partydienst hatte am Rand der Bühne lange, weißgedeckte Tische aufgeschlagen, die mit einem wahren Gourmetbuffet lockten. Schräg gegenüber war die gutbestückte Bar aufgebaut, und zusätzlich machten noch Dutzende von Kellnern mit Getränketabletts und Vorspeisentellern die Runde. Ein Ober schwebte an ihr vorbei, Rosie nahm ein Glas Champagner von seinem Tablett und machte sich auf die Suche nach Aida.

Sie fand die Produzentin umringt von Studiobossen und beglückwünschte sie zu der gelungenen Party.

»Oh, aber ich hab doch gar nichts gemacht«, wehrte Aida bescheiden ab. »Ich brauchte nur zum Telefon zu greifen und den Partyservice anzurufen.«

»Nicht doch, Sie haben doch das Fest arrangiert. Apropos: Was haben Sie denn nun für später in petto?«

Verdutzt sah Aida sie an. »Für später? Ich weiß gar nicht, wovon Sie sprechen.«

»Na, letzte Woche haben Sie mir doch erzählt, daß Sie sich etwas ganz Besonderes anläßlich des Guy-Fawkes-Tages einfallen lassen wollten.«

»Wie wär's, wenn wir eine Margaret-Ellsworth-Puppe verbrennen?« raunte es leise hinter den beiden. Fanny hatte sich unbemerkt herangeschlichen, Val im Schlepptau.

»Das will ich nicht gehört haben«, tadelte Rosie, die freilich den übermütigen Funken in ihren Augen nicht verbergen konnte. An die Produzentin gewandt, fuhr sie fort: »Was ist denn nun mit dem Kostüm geworden? Haben Sie's Maggie verkauft?«

Aida schüttelte den Kopf. »Nein, ich hab's ihr geschenkt. Aber ich begreife einfach nicht, warum sie so versessen darauf war.«

»Vielleicht will sie ja als nächstes die Lady Macbeth spielen«, mutmaßte Fanny. »Das wäre doch *die* Rolle für sie.«

»Oder einen weiblichen Vampir«, ergänzte Val, die in gespieltem Entsetzen die Augen zur Decke rollte. »Auch dafür wäre sie die ideale Besetzung.«

»Besten Dank, die Damen!« rief Rosie. »Das ist ja wirklich sehr schmeichelhaft für meine Kostüme.«

»Deine Kostüme sind einmalig, immer und ohne Ausnahme«, sagte Gavin hinter ihr und legte seine Hand auf ihre Schulter. Dann setzte er leise, in amüsiertem Ton hinzu: »Nun guck doch mal, wer uns da ins Haus schneit.«

»Ich wußte ja, daß ich dich hier finden würde, Rosie – mitten im Trubel, wo man die Puppen tanzen läßt und der Champagner in Strömen fließt«, sagte eine unverkennbar britische Stimme.

Rosie riß die Augen auf, drehte sich um und stand Nell gegenüber, einer gepflegten, tadellos frisierten Nell, die hinreißend aussah in ihrem schlichten schwarzen Kostüm und der dezenten Perlenkette.

»Du hast es also doch geschafft, Nelly! Ach, ich freue mich ja so!« jubelte Rosie.

Die beiden Frauen umarmten sich stürmisch, und Nell sagte: »Um nichts in der Welt hätte ich *diese* Party versäumt. Schließlich ist es doch auch mein Film, oder?«

»Aber gewiß ist er das«, bekräftigte Aida, die vortrat, um Nell die Hand zu schütteln. »Herzlich willkommen, meine Liebe.« Dann verabschiedete sie sich taktvoll, um den beiden Freundinnen Gelegenheit zu einem Gespräch unter vier Augen zu geben. Vorher aber sagte sie noch augenzwinkernd zu Rosie: »Ach, übrigens, was den Guy-Fawkes-Tag betrifft, da habe ich mir schon etwas einfallen lassen. Wird aber noch nicht verraten, es soll nämlich eine Überraschung werden. Also dann bis später.«

Rosie hakte sich bei Nell unter. »Wie schön, daß du gekommen bist. Seit wann bist du denn in London?«

»Heute angekommen. Aus Paris.«

»*Oh*. Und was hast du dort gemacht?«

»Ich hatte eine Besprechung mit dem französischen Veranstalter einer Konzerttournee, die ich für Johnny Fortune plane. Er will nächstes Frühjahr in Europa gastieren, und die Franzosen sind ganz verrückt nach ihm, weißt du. Na ja, aber sobald ich alles Nötige erledigt hatte, bin ich auf dem schnellsten Wege zum Flughafen gesaust und hab die erstbeste Maschine nach London genommen.«

»Und wie lange kannst du bleiben?«

»Leider nur ein paar Tage. Natürlich will ich auf jeden Fall Tante Phyllis besuchen, aber Montag, Dienstag muß ich spätestens nach New York zurück.«

»Da bin ich aber froh«, sagte Rosie. »Ich wäre arg enttäuscht gewesen, wenn wir uns nicht in New York getroffen hätten. Wir sehen uns in letzter Zeit ohnehin viel zu wenig, und ich hatte mich schon so auf dich gefreut.«

»Keine Sorge, wenn wir wieder in New York sind, werden wir viel Zeit füreinander haben. Ach, und ehe ich's vergesse: Hier hast du den Zweitschlüssel zu meiner Wohnung.« Nell fischte einen Schlüssel aus der Tasche und drückte ihn Rosie in die Hand. »Du kennst ja die Hausordnung: Fühl dich ganz wie daheim, und rühre keinen Finger. Überlaß alles Maria – sie wird dich bestens versorgen.«

»Dank dir, Nell«, sagte Rosie und steckte den Schlüssel in ihre Handtasche.

Unterdessen stand Gavin, ein Weinglas in der Hand, an eine Mauer gelehnt und hoffte, daß die Schmerzen bald nachlassen würden. Eigentlich hatte er ja nicht mit der unförmigen Halskrause auf der Party erscheinen wollen, aber in letzter Minute hatte er sich doch dazu durchringen müssen. Mit Rücksicht auf die unförmige Manschette war er heute legerer gekleidet als normalerweise zu einem solchen Anlaß. Er trug ein marineblaues Seidenhemd, eine graue Hose und eine blaue Kaschmirweste. Jetzt war er froh über diesen bequemen Aufzug, der ihm trotz der Zervikalstütze einigermaßen Bewegungsfreiheit gab.

Von seinem Platz aus beobachtete Gavin verstohlen Rosalind Madigan, seine beste Freundin und einzige Vertraute.

Tagsüber war sie ihm überaus blaß und erschöpft vorgekommen, und nicht zuletzt deshalb hatte er ihr so vehement abgeraten, sich gleich nach *Kingmaker* wieder zwei neue Projekte aufzuhalsen. Doch heute abend wirkte sie auf einmal erstaunlich frisch, ja strahlte förmlich. Die dunklen Ringe unter ihren Augen waren verschwunden, und auf ihren Wangen lag ein rosiger Hauch. Gavin freute sich schon, daß sie sich so überraschend schnell erholt hatte, doch im selben Augenblick ging ihm ein Licht auf.

Sie war in der Maske, dachte er, daher die Pfirsichhaut. Katie Grange, die Maskenbildnerin ihres Films, hatte ein besonderes Talent dafür, auch dem übernächtigtsten

Schauspieler noch zu einem frischen und jugendlichen Aussehen zu verhelfen. Zweifellos hatte Katie heute ihre Kunst an Rosie erprobt und ihr mit sanfter Hand sowie ein paar raffinierten Tricks die verräterischen Spuren der Überanstrengung weggezaubert.

Und in unserem Frisiersalon war sie auch, stellte Gavin fest, der Rosie jetzt schärfer in Augenschein nahm. Sie hatte wunderschönes Haar, das ihr in rötlichbraun schimmernden Wellen bis auf die Schultern floß. Aber dieser perfekte Sitz, dieser scheinbar ganz natürliche Lockenfall zeigte unverkennbar Gil Watts Handschrift.

Egal, Rosie hatten diese kleinen professionellen Tricks jedenfalls gut getan, und das freute ihn aufrichtig. Sie hatte seit Monaten nicht mehr so blühend ausgesehen, auch wenn ihm das Wollkleid, das sie heute abend trug, nicht besonders gefiel. Zwar war der Schnitt tadellos, und das Kleid saß auch ausgezeichnet, aber dieser dunkelgraue Farbton war entschieden zu trist für sie. Natürlich hätte er sich inzwischen daran gewöhnt haben müssen, daß Rosie viel zu sehr damit beschäftigt war, Kostüme für andere zu entwerfen, als auf die eigene Garderobe achtzugeben. Er sah sie am liebsten in den hellen, leuchtenden Farben, die sie als Teenager bevorzugt hatte: scharlachrot, gelb, blau und natürlich jede nur denkbare Grünschattierung, womit sie den einzigartigen Ton ihrer großen, ausdrucksvollen Smaragdaugen betonte.

Gavin unterdrückte einen Seufzer, als er jetzt an Rosies Probleme dachte, die schwere Bürde, die sie seit ein paar Jahren zu tragen hatte und die einfach zuviel war für einen allein. Er sagte ihr das ja auch immer wieder, aber sie wollte nicht auf ihn hören und wechselte jedesmal rasch das Thema.

Insgeheim plagte ihn ein Gedanke, den er immer wieder verdrängte:

Er müßte Rosie ihre Last abnehmen, das wäre ein Gebot der Liebe und Freundschaft. Aber sie ließ es ja nicht zu; sie lehnte sowohl seine Hilfe ab als auch Geld. Dabei hatte er in den letzten paar Jahren mit seinen Filmen genug verdient, und wozu sollten die Dollars gut sein, wenn man damit nicht einem Menschen, der einem am Herzen lag, das Leben erleichtern konnte? Gavin wünschte inständig, Rosie würde etwas davon annehmen, wußte er doch, wieviel Bewegungsfreiheit ihr das verschaffen würde.

Es frustrierte ihn maßlos, daß sie sich so hartnäckig weigerte, und tief im Innern nährte er einen ohnmächtigen Groll gegen diese unsäglichen Leute, die sie so eigensinnig als ihre Familie bezeichnete. Schnorrer, allesamt, dachte er, während der Zorn in ihm aufflammte.

Rosie war zu gut für diese Leute, das stand fest.

Rosalind Madigan war der nobelste, der anständigste Mensch, den er kannte und je gekannt hatte. Sie war zu keinem bösen Gedanken fähig, war gütig, rücksichtsvoll und übermäßig großzügig. Nie hatte er sie über irgend jemanden unfreundlich reden hören, und stets versuchte sie denen zu helfen, die schlechter dastanden als sie.

Das ist überhaupt das Problem, dachte Gavin jetzt. Sie ist einfach zu gut, und damit schadet sie sich oft. Aber so war sie schon als Teenager gewesen, hatte immer nur das Beste in anderen gesehen und von ihnen erwartet. Und sie würde sich wohl nie ändern. Wie sagte doch das Sprichwort so treffend? Keiner kann aus seiner Haut heraus.

Gavin, der sehr wohl ein Auge für Rosies Schönheit hatte und sie im stillen gern mit einer Rose verglich, schätzte aber vor allem ihre Intelligenz und Begeisterungsfähigkeit. Er konnte mit ihr über alles reden, und dank ihres Einfühlungsvermögens verstand sie auch immer, worauf es ihm ankam. Ihr Enthusiasmus war einfach mitreißend, und obwohl sie sehr kultiviert, gebildet und auch weitgereist war, hatte sie doch keine Spur von Blasiertheit an sich. Arroganz oder gar Zynismus waren ihr fremd, und das hielt Gavin schlicht für bewundernswert bei einem Menschen, der sich in ihrer Welt bewegte – der schillernden, glamourösen, intriganten, beinhart wettbewerbsorientierten Welt des Showbusiness.

In dem Bewußtsein, Rosie schon viel zu lange so unverhohlen gemustert zu haben, wandte Gavin sich verlegen ab und ließ den Blick zu Nell Jeffrey schweifen.

Rosie war mit ihren einsfünfundsechzig gerade mittelgroß, aber neben der zierlichen, feingliedrigen Nell wirkte sie regelrecht imposant. Nell erinnerte Gavin mit ihrem rosigen Teint und dem silbrig schimmernden Blondhaar stets an eine Porzellanpuppe. Aber er wußte sehr wohl, daß sich hinter diesem zerbrechlichen Äußeren ein eiserner Wille verbarg und ein messerscharfer Verstand, ganz zu schweigen von einer Hartnäckigkeit, die bisweilen an Sturheit grenzte.

In den vierzehn Jahren, die die gebürtige Engländerin nun schon in New York lebte, hatte Nell eine Bilderbuchkarriere gemacht und eine der erfolgreichsten und mächtigsten Künstleragenturen Amerikas aufgebaut. Sie repräsentierte nicht nur *den* Belcanto-Star der Neunziger, den ungemein populären Johnny Fortune, ihn, Gavin, mit all seinen Filmen und natürlich Rosie, sondern machte daneben auch noch die Public Relations für ein großes Hollywood-Studio, einige andere Filmstars, Drehbuchautoren, Regisseure, Produzenten und eine Handvoll bestsellerträchtiger Romanciers.

Nachdem sie bei verschiedenen renommierten Presseagenturen in New York gearbeitet und dort das nötige Know-how erworben hatte, gründete Nell mit siebenundzwanzig ihre eigene Firma. In den letzten vier Jahren hatte ihre Agentur gewaltig expandiert, und heute unterhielt sie neben dem Büro in New York noch Zweigniederlassungen in Los Angeles und London.

Trotz aller geschäftlichen Erfolge war Nells Privatleben ebenso unerfüllt wie Rosies. Wie sehr ich ihnen wünschen würde, daß sie einen wirklich netten Mann finden, der ihrer wert ist, dachte Gavin, während er gedankenverloren an seinem Glas nippte. Doch schon im nächsten Moment fragte er sich erstaunt, wie ausgerechnet *er* auf eine solche Idee kommen konnte.

Nells Märchenprinz war Mikey gewesen, und Gavin hatte den Eindruck, sie habe diese schwärmerische Jugendliebe nie ganz überwunden. Als Mikey dann vor zwei Jahren plötzlich verschwunden war, hatte Nell – zumindest was Männer betraf – einfach abgeschaltet.

Rosie war ein ganz anderer Fall. In gewisser Weise hatte sie privat weit mehr Probleme als er und Nell. Das Leben, das sie sich gewählt hatte, zog endlose Komplikationen nach sich. Dabei hatte sie es durch ihre schwierige Persönlichkeit schon von Natur aus nicht leicht, was sie freilich nie zugeben wollte; lieber leugnete sie schlichtweg ihre komplizierte Charakterstruktur. Aber Gavin wußte es besser.

Die Überraschung, die Aida zu Ehren des Guy-Fawkes-Tages geplant hatte, war ein brillantes Feuerwerk.

Um neun, als das Buffet leer gegessen war, wurden die versammelten Gäste hinaus aufs Studiogelände gebeten. Kaum waren alle im Freien versammelt, entfesselten die Pyrotechniker ein zauberisches Illuminationsballett am nächtlichen Himmel. Feuerräder, Pfauenschweife, bengalische Lichter, Kaskaden, Spiralen, Schlangen und Raketen zischten prasselnd und flirrend empor, um am Firmament in leuchtenden Farben zu explodieren, die abwechselnd kunstvolle Muster bildeten und den Studiogebäuden regenbogenbunte Fassaden bescherten. Es war atemberaubend, eine märchenhafte, ja magische Show, die über zwanzig Minuten dauerte. Die eigentliche Sensation bildete allerdings das Finale, bei dem in einen überdimensionalen, unsichtbaren Rahmen montierte Feuerwerkskörper erst den Filmtitel, *Kingmaker,* aufleuchten ließen und dann, in gleich großen Lettern, die Zeile *Danke, Gavin.*

Als Applaus und begeisterte Bravorufe verklungen waren, stimmte ein wohltönender Bariton die amerikanische Hoch-soll-er-leben-Variante an, und bald sangen alle schwungvoll mit: »For he's a jolly good fellow, for he's a jolly good fellow«. Rosie spürte, daß diese Huldigung an Gavin aufrichtig gemeint war, und gerührt stimmte sie mit ein.

»Was meinst du, ob Gavin Eheprobleme hat?« fragte Nell und blickte Rosie durchdringend an.

Rosie war sprachlos. Als sie ihre Stimme wiedergefunden hatte, fragte sie zurück: »Wie kommst du bloß auf die Idee?« Jetzt war Nell um Worte verlegen. Nachdenklich lehnte sie sich auf dem Sofa zurück.

Es war schon sehr spät, ein Uhr morgens vorbei, und die beiden Freundinnen hatten sich zu einer letzten Tasse Tee vor dem Schlafengehen in Rosies Suite im Athenaeum am Piccadilly Square zurückgezogen. Fast alle namhaften amerikanischen Mitarbeiter des Films hatten die letzten Monate in diesem Hotel gewohnt, und auch Nell war heute, wie immer, wenn sie nach London kam, hier abgestiegen.

Nach der Party in den Shepperton Studios hatte Gavin sie in seiner Limousine mitgenommen und die beiden auf einen Schlummertrunk in Rosies Suite begleitet. Aber er war schon vor gut einer Stunde gegangen, weil er sich vor Müdigkeit kaum mehr auf den Beinen halten konnte. Außerdem machte ihm offenbar die Halskrause Beschwerden. »Ich muß dieses blöde Ding so schnell wie möglich loswerden«, hatte er gesagt. »Dann wird noch eine Schmerztablette geschluckt, und nichts wie ab in die Falle.«

Rosie und Nell waren noch zusammengeblieben; sie hatten sich ja so viel zu erzählen. Vor einer Weile war Rosie dann in die kleine Kochnische neben dem Salon gegangen und hatte eine Kanne Tee aufgebrüht.

Jetzt hielt sie die Tasse mit beiden Händen umfaßt und sah Nell fragend an. »Wie kommst du nur auf so was, Nell? Ich meine, daß etwas nicht in Ordnung sein könnte mit Gavins Ehe?«

Nell begegnete ihrem forschenden Blick und versetzte mit leiser Stimme: »Nun, Louise war nicht auf der Party. Das hat's doch noch nie gegeben. Egal, wo er gedreht hat, ob in New York, in L.A. oder in Europa – zur Abschlußparty ist Louise sonst immer gekommen.«

»Diesmal mußte sie eben zurück nach Kalifornien«, wandte Rosie ein. »Wegen der Weihnachtsvorbereitungen.«

»Aber ich bitte dich! Weihnachtsvorbereitungen! Jetzt? Anfang November?«

»Na ja, vielleicht ging's auch um Thanksgiving, so genau weiß ich das nicht. Jedenfalls ist sie während der Dreharbeiten ziemlich oft hier gewesen, ist ständig zwischen London und Los Angeles hin- und hergependelt. Also ist zwischen den beiden bestimmt alles in Ordnung. Im übrigen darfst du nicht vergessen, daß Louise einen eigenen Beruf hat.«

»Beruf nennst du das? Was macht sie denn schon groß, außer in Wohltätigkeitskomitees rumzuhocken?«

Rosie musterte die Freundin kritisch. »Hab ich mich verhört, oder klang das eben ziemlich gehässig?«

»Kann schon sein. Ich mag Louise Ambrose nicht, hab sie nie gemocht, schon damals nicht, als sie sich so raffiniert an Gavin rangemacht hat. Ich kann mir nicht denken, was er an ihr gefunden hat oder heute an ihr findet – falls da überhaupt noch was ist. Louise hat mit den Jahren nichts an Reife gewonnen, sondern sich nur zu ihrem Nachteil entwickelt. In meinen Augen ist sie einfach eine alberne Gans, und die Beziehung zwischen den beiden kann ich mir einfach nicht vorstellen. Beim besten Willen nicht. Im übrigen hätte Gavin *dich* heiraten sollen, das wäre das einzig Richtige gewesen.«

»Ach nein, Nelly, nun fang nicht wieder davon an, nicht mitten in der Nacht! Du weißt doch genau, daß wir noch Kinder waren, Gavin und ich, als wir damals unsere kleine Romanze hatten ...«

»Er liebt dich immer noch.«

Rosie erstarrte, und dann stammelte sie hastig: »Also das ist wirklich dummes Zeug, was du da redest! Gavin ist genausowenig in mich verliebt wie ich in ihn.«

»Wollen wir wetten?«

»Nein danke.«

»Angst vor der Wahrheit, Rosie?«

»Nicht die Spur! Aber du irrst dich gewaltig, Nelly, ehrlich. Ich hab jetzt ein Dreivierteljahr praktisch rund um die Uhr mit Gavin zusammengearbeitet – glaubst du, da hätte ich es nicht gemerkt, wenn er in mich verliebt wäre? Und damals in New York ... mein Gott, da waren wir noch so jung – verknallt waren wir ineinander, ja, aber das hat doch nichts mit Liebe zu tun.«

»Ruhig, ganz ruhig, ich bin's, Nell, und nicht der Staatsanwalt! Du kannst dir dein Plädoyer also sparen, denn mir machst du nichts vor, Angel Face – so hat er dich doch damals immer genannt, nicht? ›Engelsgesicht‹. Und du *hast* ihn geliebt, Rosie Madigan! Das hast du mir damals selbst gesagt – schon vergessen? Ach, und du konntest ja nicht mehr geradeaus gucken, so vernarrt warst du in ihn. Und Gavin ging's umgekehrt genauso. Er hat dich geliebt. Er liebt dich noch.«

»Ach, mach dich doch nicht lächerlich. Ich sag dir ja: Wenn's so wäre, dann wüßte ich es.«

»Nein, würdest du nicht. Du merkst ja gar nicht mehr, was um dich herum vorgeht, weil du in Gedanken immerfort bei diesen blöden Franzosen bist.«

»Bitte, Nell, nicht heute nacht. Ich bin müde«, bat Rosie.

»Das bin ich auch. Aber laß mich rasch noch mal auf vorhin zurückkommen. Ich glaube nämlich *wirklich*, Gavin ist unglücklich mit Louise.«

»Und ich bin überzeugt, er ist es nicht. Ich bin während der Dreharbeiten viel öfter mit den beiden zusammengewesen als du, Nell. Ich sag dir, er betet seine Frau an, und an seinem Verhalten ihr gegenüber hat sich nichts geändert, es ist alles noch genau wie früher.«

»Na und, das sagt gar nichts – wozu ist er Schauspieler?«

Rosie runzelte die Stirn, antwortete aber nicht gleich. Nach einer Weile fragte sie mit entschiedener Stimme: »Hör zu, Nell, du hast mir immer noch keinen konkreten Grund dafür genannt, warum du bei Gavin und Louise Eheprobleme vermutest. Also jetzt raus damit: Weißt du etwas, das ich nicht weiß?«

»Nein, nein. Es ist bloß so ein Gefühl, weißt du. Ich fand es eben nur sehr merkwürdig, daß sie nicht zu der Party gekommen ist. Wenn ich da an all den Wirbel denke, den sie früher veranstaltet hat, um nur ja überall dabeizusein, wo er einen Erfolg feiern konnte. Egal, was es gekostet hat, sie einzufliegen: Madame mußte an seiner Seite glänzen.« Nell schüttelte den Kopf. »Sie war einfach unglaublich. Das ist mir heute erst richtig aufgegangen, weil man ihre *Abwesenheit* so deutlich spürte. Und gerade bei einem so hervorragenden Film wie *Kingmaker* hätte man meinen sollen, sie würde sich genüßlich im Rampenlicht sonnen. Na ja, das alles hat mich eben stutzig gemacht.«

Rosie sah ein, daß Nells Argumente nicht ganz von der Hand zu weisen waren, und nickte gedankenvoll. »Aber deswegen müssen die beiden trotzdem noch keine Probleme miteinander haben, oder?«

Nell stieß einen kleinen Seufzer aus. »Wahrscheinlich nicht, nein. Weißt du was, vergiß es, Rosie. Vielleicht sehe ich ja bloß Gespenster.«

Damit sprang Nell auf und setzte entschlossen hinzu: »So, und jetzt verschwinde ich, damit du endlich ins Bett kommst.«

»Ich muß morgen wirklich ziemlich früh raus.« Rosie stellte ihre Tasse ab und erhob sich ebenfalls.

Gemeinsam gingen sie zur Tür, wo Rosie sich noch einmal fast beschwörend an die Freundin wandte: »Gavins Ehe ist nicht in Gefahr, ehrlich nicht. *Sonst wüßte ich das.*«

Nein, das würdest du nicht, dachte Nell bei sich. Du siehst ja den Wald vor lauter Bäumen nicht. Und er würde dir seine Gefühle nie eingestehen. Wie könnte er auch?

Nell beugte sich vor und hauchte Rosie einen Kuß auf die Wange. »Gute Nacht, Liebes. Wir sehen uns ja morgen. Ich komme raus nach Shepperton, um mir die Standfotos anzusehen, die der Studiofotograf gemacht hat. Der Pressesprecher und ich, wir wollen mit dem Bildmaterial ein paar ganzseitige Anzeigen für *Kingmaker* zusammenstellen, die dann in den wichtigsten Illustrierten erscheinen sollen.«

»Oh, dann laß uns doch miteinander in der Kantine zu Mittag essen.«

»Aber gern, Rosie. Bis dann.«

»Schlaf gut, Nell.«

Rosie schloß die Tür und ging ins Schlafzimmer. Nells Vermutungen gingen ihr nicht aus dem Kopf, und sie grübelte noch darüber nach, als sie das Licht längst gelöscht hatte.

4

Es war ein traumhafter Tag.

Der Himmel war klar, wolkenlos und strahlend blau, und auch wenn die Sonne jetzt, im November, nicht mehr viel Kraft hatte, grüßte sie hoch über der Park Avenue doch wie eine Verheißung auf diesen heiter-beschwingten Samstagmorgen herab. Und so bewegte Rosie sich auch wie beflügelt durch die Straßen. Sie freute sich, wieder in New York zu sein, wo ihr an jeder Ecke Erinnerungen begegneten, angenehme Erinnerungen, vor denen ihre gegenwärtigen Probleme, zumindest zeitweise, verblaßten. Jedenfalls belasteten sie sie im Moment längst nicht mehr so sehr, und die Verzagtheit, die sie in London so oft gespürt hatte, war in dem Augenblick, als sie amerikanischen Boden betrat, wie weggezaubert. Rosie hatte sich fest vorgenommen, die paar Wochen hier in New York zu genießen; immerhin war sie seit zwei Jahren zum ersten Mal wieder in ihrer Heimatstadt, und den Besuch würde sie sich durch nichts verderben lassen.

Vor drei Stunden erst war sie mit der Concorde aus London angekommen und hatte sich sofort nach der Zoll- und Gepäckabfertigung ein Taxi zu Nells Wohnung Ecke Park Avenue und Achtzigste Straße genommen, wo sie sich nur rasch frisch machte, ehe sie zu einem ersten Streifzug durch Manhattan aufbrach.

Jetzt blieb sie einen Moment stehen, sog die frische, kalte Luft mit gierigen Zügen ein und blickte die Park Avenue hinunter. Es war so klar, daß sie bis hinunter zum Pan-Am-Gebäude sehen konnte, auf dessen Höhe die Prachtstraße in die Grand Central Station mündet. Obwohl sie ihr Büro in Paris hatte und das charmante Flair, die Eleganz und den Rhythmus dieser Metropole auch sehr liebte, betrachtete Rosie New York doch immer noch als ihre Heimat. Diese Stadt war eben einmalig – sie hatte nirgends auf der Welt ihresgleichen.

Vorhin, auf dem Weg vom Kennedy Airport nach Manhattan, war der Taxifahrer, von Long Island City kommend, über die Brücke an der Neunundfünfzigsten Straße gefahren, und als sie auf der Höhe der Brücke aus dem Fenster sah, hatte Rosie plötzlich der Atem gestockt.

Direkt vor ihr, am anderen Ufer des East River, erhoben sich, hochragenden Klippen gleich, die kühnen Apartmentbauten der East Side im gleißenden Licht der

Morgensonne; und hinter ihnen schwebten die gewaltigen Bürokomplexe im Herzen Manhattans, allen voran das Empire State und das Chrysler Building, dessen schlanken Turm im eleganten Art-déco-Stil Rosie besonders liebte. Diese gigantischen Hochhäuser, die sich scheinbar bis in den azurblauen Himmel schraubten, diese imposanten Riesen aus Stahl, Glas und Beton, zwischen denen die Straßenschluchten der Stadt eingegraben waren wie steilwandige Canyons, wirkten jetzt so ehrfurchtgebietend, daß Rosie die Skyline Manhattans unwillkürlich mit dem kristallfarbenen Meisterwerk eines überirdischen Künstlers verglich.

Natürlich hatte sie an New York außer seiner Schönheit auch immer schon das erregende Tempo angezogen, das Pulsierende, sein anspruchsvolles Niveau – die Stadt war der ideale Wirkungskreis für Menschen, die talentiert waren, ehrgeizig, motiviert und ein bißchen vom Glück begünstigt. Im Gegensatz zu ihr brandmarkte ihr Bruder New York als modernes Sodom und Gomorrha, denn Kevin hatte schon in jungen Jahren die Schattenseiten der Großstadt kennengelernt, ihre schäbigen Elendsquartiere, die grausame Not der Unterwelt. Er registrierte, in welch krassem Gegensatz Korruption, Unmenschlichkeit, Armut und Unrecht zu dem Glamour, Erfolg, Reichtum und Glanz der Privilegierten standen.

Beim Gedanken an ihren Bruder bekam Rosie plötzlich Herzklopfen. Kevin hatte sich, trotz ihrer zahlreichen dringenden Anrufe, noch immer nicht gemeldet, und das war das einzige, was ihre Freude über die Rückkehr nach New York trübte. In der letzten Woche hatte sie ihn jeden Tag angerufen und zuerst ihre Londoner Nummer, dann die von Nells Wohnung auf seinen Anrufbeantworter gesprochen. Aber er hatte bis heute nicht zurückgerufen, und Rosie war inzwischen fast krank vor Sorge.

Ach, heute ruft er bestimmt an, machte sie sich selber Mut, als sie jetzt ihren Weg die Park Avenue hinunter fortsetzte. Sie ging rasch, und das kaschmirgefütterte Lodencape flatterte wie ein Banner. Das kupferfarbene Haar, in dem sich die Sonnenstrahlen fingen, schmiegte sich wie ein schimmernder Helm um ihr herzförmiges Gesicht. Nicht wenige Männer warfen ihr begehrliche Blicke zu, während die Frauen sie mit einer Mischung aus Neid und Bewunderung ansahen. Achtlos eilte sie an allen vorbei, die Augen starr geradeaus auf ihr Ziel gerichtet. Rosie, die seit jeher frei von Eitelkeit war, merkte gar nicht, wieviel Aufmerksamkeit sie erregte. Im übrigen war sie meistens durch die Arbeit, ihre Sorgen und Verantwortlichkeiten derart in Anspruch genommen, daß ihr kaum Zeit blieb, sich vor den Spiegel zu stellen.

Auf der Höhe der Fünfundsechzigsten Straße bog Rosie rechts ab und ging, vorbei am Mayfair Regent Hotel, wo sie so gern zum Fünfuhrtee einkehrte, und dem Le Cirque, einem ihrer Lieblingsrestaurants, in Richtung Madison Avenue.

Für Rosie rangierte die Madison Avenue in einer Riege mit dem Faubourg St.-Honoré in Paris, der Londoner Bond Street und dem Rodeo Drive in Beverly Hills. Die hier angesiedelten eleganten Geschäfte und Boutiquen sprachen mit ihren Haute-Couture-Modellen ihr ästhetisches Gespür als Kostümbildnerin an. Heute morgen hatte Rosie auf der Madison Avenue allerdings nur einen kurzen Schaufensterbummel geplant; ihr eigentliches Ziel war Bergdorf Goodman, wo sie Weihnachtseinkäufe machen wollte.

Heute war der 9. November, und es waren noch über zwei Wochen allein bis Thanksgiving, aber trotzdem hatte Manhattan sich schon ganz weihnachtlich herausgeputzt. Das zeigte sich nicht nur an den Schaufensterdekorationen, sondern auch an den bunten Lichterketten, die sich über die Straßen von Manhattan spannten.

Den prächtigsten Adventsschmuck zeigte natürlich wieder einmal die Fifth Avenue, und als Rosie, von der

Fünfundsechzigsten Straße kommend, in die Prachtmeile einbog, fühlte sie sich unwillkürlich in ihre Kindheit zurückversetzt, als ihre Mutter jedes Jahr eigens mit ihr von Queens nach Manhattan gefahren war, nur damit sie die Weihnachtsdekorationen bestaunen konnte.

Am liebsten waren ihr damals die Schaufenster von Lord & Taylor gewesen, von denen jedes eine phantasievoll gestaltete Szene aus einem Märchen oder nach einem biblischen Motiv ausstellte – Miniaturen, die nicht nur jedes Kinderherz höher schlagen ließen, sondern einen jeden entzückten, der innerlich jung geblieben war. Wie gebannt hatte sie damals vor den Schaufenstern gestanden und sich an dem Tafelglas die Nase plattgedrückt. Jedes Jahr hatte etwas Neues sie in Bann geschlagen, woran sie sich nicht satt sehen konnte: einmal die Geburt von Bethlehem; dann der Nikolaus, der mit einem Schlitten voller Spielzeug über rauchenden Schornsteinen schwebte; *Schwanensee* mit allerliebsten Ballerinen, deren Pirouetten ein Wunderwerk an mechanischer Tüftelei waren; Aschenputtel in einer gläsernen Kutsche auf dem Weg zum Ball; Schneewittchen im gläsernen Sarg, wie es von dem schönen Prinzen wachgeküßt wird; und endlich Hänsel und Gretel vor dem Knusperhäuschen der bösen Hexe.

Ach, wie diese wundersamen Fenster sie verzaubert hatten! Ihre Mutter war jedesmal fast ebenso aufgeregt gewesen wie sie, und wenn sie sich gegenseitig auf jede nur erdenkliche Kleinigkeit aufmerksam gemacht und alle Tableaus bis ins Detail enträtselt hatten, gingen sie zum Lunch ins Kaufhaus hinein. Am liebsten speisten sie im Birdcage Restaurant, wo Rosie sich aussuchen durfte, was immer sie essen wollte, weil dieser vorweihnachtliche Ausflug etwas ganz Besonderes war. Zum Nachtisch bestellte sie regelmäßig einen Banana Split, und obwohl die Mutter ständig um ihre Figur bangte, machte sie dieses Mal eine Ausnahme und bestellte sich auch einen.

Ihre Mutter war gestorben, als Rosie vierzehn war, und am Tag nach der Beerdigung – es war ein Samstag gewesen, und sie erinnerte sich noch sehr genau daran – war sie ganz allein zum Lunch ins Birdcage gegangen. Sie hatte versucht, ihre Mutter wieder zum Leben zu erwecken, die Vergangenheit zurückzuholen; das war der Grund für diese einsame Fahrt nach Manhattan gewesen. Aber dann hatte sie dagesessen, die Kehle wie zugeschnürt, und einfach keinen Bissen hinuntergebracht. Und als ihr Blick auf den unberührten Banana Split fiel, liefen ihr die Tränen über die Wangen, und sie glaubte vergehen zu müssen vor Schmerz und Sehnsucht nach der Mutter.

Das war jetzt siebzehn Jahre her, und doch verging fast kein Tag, an dem Rosie nicht an ihre Mutter dachte. Sie war ein Teil von ihr, lebte in einem Winkel ihres Herzens fort, und solange Rosie am Leben war, würde ihre Mutter es auch sein. Dafür sorgten nicht zuletzt all diese wunderschönen Erinnerungen an ihre glückliche Kindheit, die ihr Trost und Kraft spendeten, wann immer sie sich heute, als Erwachsene, allein und traurig fühlte. Ja, sie und Kevin hatten allen Grund, dankbar zu sein für das liebevolle Elternhaus, in dem sie aufgewachsen waren.

Kevin. Was sollte sie ihm zu Weihnachten schenken? Was würde ihm wohl Freude machen? Und auch für Guy und Henri und Kyra galt es, etwas Hübsches zu finden, nicht zu vergessen ihre Freundin Nell. Namen über Namen tanzten ihr im Kopf herum, als sie die Fifth Avenue überquerte, um den kleinen Platz vor dem Plaza Hotel herumging und endlich das weltbekannte Kaufhaus betrat.

Schon im Flugzeug hatte sie sich ein paar Gedanken notiert, insbesondere für Lisette, Collie und Yvonne, die draußen auf ihrem Landsitz nur träumen konnten von extravaganten Geschäften und schicken Läden. Jetzt stöberte sie eine Weile zwischen eleganten Accessoires und entschied sich endlich für ein cremefarbenes Seidentuch mit goldenen Fransen, auf dem ein stolzer Pfau ein Rad schlug, das in leuchtenden Blau-, Grün- und Goldtönen verführerisch schillerte. Genau das richtige für Collie! Ein Stockwerk höher fand sie in der Schmuckabteilung ein Paar ausgefallener Ohrringe für Yvonne: zierlich geformte Blütenkelche aus zartbunten Rheinkieseln.

Mit diesen ersten höchst zufriedenstellenden Geschenken verließ sie das Bergdorf's und ging weiter die Fifth Avenue entlang bis zu Saks, wo sie in der Kinderabteilung ein festliches Kleidchen für Lisette erstand, ein entzückendes Hängerchen aus tannengrünem Samt mit naturfarbenem Kragen und ebensolchen Manschetten, in dem die fünfjährige Lisette einfach goldig aussehen würde. Und so konnte Rosie, trotz des atemberaubenden Preises, nicht widerstehen.

Als Rosie wieder auf die Fifth Avenue hinaustrat, schlug ihr ein eisiger Wind entgegen, und sie hüllte sich tiefer in ihr Cape. Vor Saint Patrick's hatte sie plötzlich den Wunsch, sich für ein paar Minuten in die schöne, stille Kathedrale zu setzen. Aber dann eilte sie doch weiter, um nur ja wieder zu Hause zu sein, wenn Kevin anrief.

Unterwegs kaufte sie noch ein paar Jeans und T-Shirts für Collie und Yvonne, die beide so für Rosies Lexington-Avenue-Kluft schwärmten. Und zumindest an den Wochenenden war dieser »amerikanische« Aufzug bei Rosie regelrecht zur Uniform geworden, ergänzt durch die obligatorischen weißen Wollsocken und braunen Slipper – ein Look, den Collie und Yvonne beide unbedingt nachahmen wollten. Da ihr bei der Rückkehr nach Paris schwerlich Zeit zum Einkaufen bleiben würde, hatte Rosie sich entschlossen, Jeans und T-Shirts noch in New York zu kaufen, damit sie auf jeden Fall am Weihnachtsmorgen unter dem Christbaum in der Halle von Montfleurie lagen.

5

In Nells Apartment hatte sich, wie Rosie bei einem
geruhsamen Rundgang feststellte, seit ihrem letzten
Besuch vor zwei Jahren kaum etwas verändert. Inzwischen war es Nachmittag geworden, und immer noch
wartete sie auf Kevins Anruf.

1977 war Rosie zum ersten Mal in dieser Wohnung
gewesen. Im Frühling dieses Jahres hatten sie und Nell
sich kennengelernt und hatten sich, da eine in der anderen die Einzelgängerin erkannte, gleich zueinander hingezogen gefühlt. Nicht lange nach der ersten Begegnung
wurde sie von der neuen Freundin zum Lunch in ihre
Wohnung eingeladen.

Sofort, als sie das weiträumige Apartment an der Park
Avenue betrat, hatte sich Rosie wie zu Hause gefühlt.
Auch erkannte ihr geschultes Auge auf Anhieb, daß, wer
immer die Wohnung eingerichtet hatte, nicht nur über
erlesenen Geschmack verfügte, sondern sich darüber hinaus sehr gut mit Antiquitäten auskannte.

Besagter Experte entpuppte sich als Nells Tante Phyllis,
die Schwester ihres Vaters, die seit dem Tode von Nells
Mutter bei der Familie gelebt und die damals erst zehn-
jährige Nell betreut hatte. Und als Nells Vater etwas später von seiner Londoner Zeitung als USA-Korrespondent
nach New York geschickt wurde, begleitete seine Schwester ihn ohne Zögern. Die großzügige Wohnung an der
Park Avenue war bald gefunden, und bis Nell am Ende
des Schuljahres von ihrem Pensionat in England herüber-
wechselte, hatte die Tante am Hudson bereits ein ebenso
gemütliches und gepflegtes Heim geschaffen wie das,
welches sie zuvor an der Themse bewohnt hatten.

Nach nur drei Jahren starb plötzlich und unerwartet
Nells Vater an einem Herzinfarkt. Nell und ihre Tante
waren in New York geblieben, wo Phyllis sich inzwischen

als Innenarchitektin einen Namen gemacht hatte. Und als die Tante sich endlich doch entschloß, in ihre Heimat zurückzukehren, war ihre Nichte, die in New York blieb, bereits dreiundzwanzig, hatte einen Beruf, der ihr Spaß machte, und eine Menge guter Freunde. Die Wohnung an der Park Avenue hatte sie von ihrem Vater geerbt, und da sie ihr genauso gefiel, wie die Tante sie eingerichtet hatte, änderte sie auch in den nächsten Jahren kaum etwas daran.

Rosie hielt sich am liebsten in der kleinen Bibliothek auf, einem anheimelnden Raum, der mit seinen apriko-senfarbenen Tapeten, dem grün und schwarz gemusterten Petit-point-Teppich und den blumengemusterten Chintz-vorhängen so recht zum Ausruhen und Meditieren ein-lud. Eine ausgesuchte kleine Sammlung englischer Anti-quitäten gab der Bibliothek ihr individuelles Gepräge und harmonierte vortrefflich mit den Figurinen aus Stafford-shire-Porzellan, die dezent auf die Lücken in den weiß-lackierten Bücherregalen verteilt waren. Auf mehreren niedrigen Beistelltischen lagen die neuesten Zeitungen und Magazine aus.

In dieses angenehme Refugium zog Rosie sich gegen fünf mit einer Tasse Tee zurück, um die *New York Times* durchzublättern. Als sie die Zeitung überflogen hatte, lehnte sie sich auf dem Sofa zurück, schloß die Augen und überließ sich ihren Gedanken. Sie hatte das Radio angestellt, und die leise Musik, die aus dem Äther drang, wirkte so beruhigend, daß Rosie unversehens einnickte. Als das Schrillen des Telefons sie aufweckte, verriet ihr ein Blick auf die Uhr, daß es bereits halb sieben war.

Noch halb benommen griff sie nach dem Hörer und meldete sich.

»'tschuldige, Rosie, aber ich konnte mich einfach nicht früher melden«, sagte die Männerstimme am anderen Ende. Kevin! Endlich! »Ich war die ganze Woche für nie-manden zu erreichen. Du weißt: *Geschäfte*. So hab ich auch deine vielen Nachrichten eben erst abgehört, Schwesterherz.«

»Ich versteh schon, Kevin«, sagte Rosie atemlos. So erleichtert war sie, endlich seine Stimme zu hören, daß alle Ängste und Sorgen der letzten Woche im Nu vergessen waren. »Hoffentlich können wir uns bald sehen. Hast du deine... *Geschäfte* inzwischen abgewickelt?«

Er zögerte nur einen Sekundenbruchteil mit der Antwort. »Na ja, grob gerechnet, ist wohl alles unter Dach und Fach. Auf jeden Fall kann ich's kaum erwarten, dich wiederzusehen.«

»Großartig, und wann?«

»Wie wär's gleich heute abend? Oder hast du schon was vor?«

»Nein, heute abend paßt prima! Und wo treffen wir uns? Oder möchtest du herkommen?«

»Nein, laß uns ausgehen. Was hältst du von Jimmys Kneipe?«

»Das klingt ja ganz wie in alten Zeiten.« Rosie lachte.

»In einer Stunde, Schwesterherz? Oder ist dir das zu früh?«

»Nein, das schaffe ich leicht. Also bis halb acht, Kevin.« Rosie legte auf und eilte ins Bad, um Make-up und Frisur in Ordnung zu bringen. Genau wie Gavin würde auch ihr Bruder sie ins Gebet nehmen, wenn sie müde und abgespannt aussah, und das wollte sie vermeiden.

6

Kevin Madigan lehnte mit dem Rücken an der Theke und hatte den Blick starr auf die Tür gerichtet. Rosie sah ihn gleich, als sie Jimmy Nearys Lokal, ein typisch irisches Pub an der Siebenundfünfzigsten Straße Ost, betrat.

Sie flog in seine Arme, und die Geschwister hielten sich einen Moment lang fest umschlungen. Von Kindheit an hatten die beiden sich sehr nahegestanden; Kevin war stets ihr Beschützer gewesen und sie umgekehrt seine besonnene Ratgeberin, die ihm schon als kleines Mädchen erklärt hatte, was er tun sollte und warum. Und nach dem allzu frühen Tod der Mutter waren sie natürlich noch enger zusammengerückt, hatten eins beim anderen Trost und Beistand gesucht.

»Was möchtest du trinken, Schwesterherz?« fragte Kevin, als er Rosie endlich aus seinen Armen freigab.

»Einen Wodka Tonic, bitte.«

Jimmy Neary persönlich servierte ihr den Drink, und nach einer Weile kam er wieder und führte die Geschwister an Kevins Lieblingstisch, ganz hinten an der Rückwand des Lokals.

Als sie es sich bequem gemacht und ihre Bestellung aufgegeben hatten, sah Rosie den Bruder forschend an und sagte leise: »Ich wünschte, du würdest es endlich aufgeben.«

»Aufgeben? Was denn?« fragte Kevin, der gerade ein Brötchen entzweibrach und eine Hälfte mit Butter bestrich.

»Deinen Job natürlich, was denn sonst.«

Kevin sah sie mit großen Augen an. »Rosalind Mary Frances Madigan! Ich hätte es nicht für möglich gehalten, daß *du* so was sagen kannst. Du weißt doch, daß die Männer in unserer Familie seit Generationen bei der New Yorker Polizei sind.«

»Und einige davon wurden im Dienst getötet«, gab Rosie leise zu bedenken. »Wie unser Vater.«

»Ich weiß, Rosie, ich weiß. Aber ich bin nun mal mit Leib und Seele Polizist. Ich könnte meinen Beruf ebensowenig aufgeben, wie ich meine irische Abstammung verleugnen kann. Ich wüßte auch gar nicht, was ich sonst mit mir anfangen sollte. Mir steckt der Polizist gewissermaßen in den Knochen.«

»Ach, Kevin, du hast mich nicht richtig verstanden. Ich meine doch nicht, daß du den Polizeidienst quittieren sollst. Nein, ich wünschte nur, du würdest die Arbeit als V-Mann aufgeben. Diese *Undercover*-Jobs sind einfach zu gefährlich.«

»Das ganze Leben ist gefährlich, Schwesterherz. Sieh mal, ich könnte unter ein Auto kommen, wenn ich bloß über die Straße gehe. Ich könnte an einem Hühnerbein ersticken, eine unheilbare Krankheit kriegen – oder ich falle tot um, weil mich der Schlag getroffen hat... Verstehst du, was ich sagen will, Rosie? Um uns herum sterben Tag für Tag Menschen, auch ohne daß sie einen gefährlichen Beruf ausüben. Ganz besonders heute, wo schon halbwüchsige Kinder Waffen tragen und jeden Unschuldigen eine verirrte Kugel treffen kann. Ich weiß, wie sehr du an dieser Stadt hängst, und auf meine Art liebe ich sie genauso wie du, aber ich sage dir, die Stadt geht vor die Hunde bei der Kriminalitätsrate, die wir haben... denk nur an das Rauschgift, die Bandenkriege, die steigende Gewaltbereitschaft...«

»Ich will aber nicht, daß sie dich töten, so wie sie Dad getötet haben«, beharrte Rosie.

»Ich versteh dich ja, Rosie. Ich kann das mit Dad ja selber nicht begreifen. Er war doch bloß ein harmloser kleiner Streifenpolizist, der sich immer nur um seinen eigenen Kram gekümmert hat. Und ausgerechnet so einer wird erschossen... einfach so, aus Versehen, durch einen törichten Unfall...«

»Du meinst durch die Mafia«, unterbrach Rosie scharf.

»Scht! Nicht so laut«, mahnte Kevin und blickte prüfend in die Runde. Dabei wußte er, daß ihm hier eigentlich nichts passieren konnte. Schließlich waren sie nur einen Steinwurf vom vornehmen Sutton Place entfernt, wohin sich Leute, die er fürchten mußte, bestimmt nicht verirren würden. Aber solche Vorsichtsmaßnahmen waren ihm einfach in Fleisch und Blut übergegangen in den dreizehn Jahren, die er nun schon bei der Polizei war. Er hatte es sich angewöhnt, in Lokalen immer mit dem Rükken zur Wand zu sitzen, auf einem Platz, wo er die Tür im Blick hatte. Denn er durfte es nun einmal nicht riskieren, sich von hinten überrumpeln zu lassen. Unter keinen Umständen. Nicht in seinem Job.

Kevin beugte sich weit über die Kerze im roten Glasbehälter und sagte fast im Flüsterton: »*Angeblich* war es die Mafia, die Dad getötet hat – aber das ist nur eine Vermutung, verstehst du? Beweise dafür hat man nie gefunden, und auch ich bin mir durchaus nicht sicher. Schließlich ist es gegen die Politik der Mafiosi, Cops umzulegen, weil das nämlich schlecht fürs Geschäft wäre. Die neutralisieren einen Bullen viel lieber, indem sie ihn auf die Gehaltsliste setzen. Ein weiser Pate verteilt Dollars, keine Särge.«

»Da hast du wohl recht«, räumte Rosie widerstrebend ein. »Für diese Leute ist ein unredlicher Polizist mehr wert als ein toter – der macht ihnen bloß Scherereien, hetzt ihnen die Behörden auf den Hals.«

»Genauso ist es, Schwesterherz!«

»Trotzdem wünschte ich, du würdest aussteigen, Kevin. Könntest du dir nicht einen ganz normalen Schreibtischjob suchen?«

Ihr Bruder warf den Kopf zurück und brach in schallendes Gelächter aus, so komisch erschien ihm offenbar dieser Vorschlag.

»Ach, Rosie«, japste er, als er sich endlich halbwegs gefaßt hatte, »du scheinst immer noch nicht zu verstehen: Mein Beruf ist mein Leben!«

»Und dieses Leben bringst du tagtäglich in Gefahr, Kev! Ob du nun Mörder jagst oder Diebe und Dealer. Letztere sind meines Erachtens die schlimmeren... sie sind gewalttätig, brutal – in höchstem Grad gefährlich.«

Kevin schwieg.

»Ich hab doch recht, oder?« bohrte Rosie nach.

»Und ob du recht hast! Heutzutage lassen sich im übrigen fast alle Gewaltverbrechen irgendwie auf Drogenhandel zurückführen. Die Dealer haben überall ihre Finger drin, und mir ist dieser Abschaum, der sich skrupellos am Leben verirrter Menschen bereichert, ebenso verhaßt wie all meinen Kollegen. Inzwischen verhökern sie ihren Stoff ja schon auf den Schulhöfen. Wir haben Berichte über *siebenjährige* Kinder, die bereits süchtig sind! Kannst du dir so was vorstellen, Rosie? Und siehst du, *meine* Aufgabe ist es, diese... diese Bestien, die das zu verantworten haben, zur Strecke zu bringen. Das ist, wenn du so willst, meine Mission.«

Kevins Gesicht war auf einmal hart, der Mund schmal und verkrampft, und er sah plötzlich viel älter aus als vierunddreißig. »Meine Arbeit ist unheimlich wichtig für mich, Rosie. Und ich glaube... ich *hoffe*, daß ich mit dem, was ich tue, etwas bewirken kann. Wenn ich darauf nicht mehr vertrauen könnte, würde ich womöglich den Verstand verlieren«, schloß er fast beschwörend und griff nach der schlanken Hand seiner Schwester, die reglos auf dem roten Tischtuch lag.

Rosie senkte den Kopf. Sie wußte nur zu gut, wovon Kevin sprach. Wie hatte sie nur so töricht sein können anzunehmen, er würde jemals seinen Beruf aufgeben? Nicht nur war für ihn – genau wie für seinen Vater – die Polizei sein Lebensinhalt, nein, Kevin führte darüber hinaus seit sechs Jahren noch eine Art persönlichen Kreuzzug gegen die Drogenmafia.

Wegen Sunny. Denn Sunny, ihr schönes, lachendes Goldkind, war ein Opfer. Schlecht verschnittener Stoff hatte ihren Geist zerstört. Darum lag sie in einer Nervenklinik, Diagnose Katatonie – eine verlorene Seele. Verloren für sich. Verloren für ihre Freunde. Verloren für Kevin, der sie so sehr geliebt hatte.

Sunny würde nie mehr gesund werden, nie wieder sie

selbst sein, mußte für immer in dieser Anstalt in New Haven dahinvegetieren, ein Krüppel an Seele und Geist. Ihre Geschwister, denen nach langen, aussichtslosen Kämpfen keine andere Wahl geblieben war, als Sunny in eine Klinik zu schaffen, bezahlten ein Vermögen für dieses Privatsanatorium, aber sie hätten es nicht übers Herz gebracht, ihre Schwester dem Schrecken einer staatlichen Anstalt auszusetzen.

Rosie hatte immer damit gerechnet, daß Kevin und Sunny eines Tages heiraten würden. Und so wäre es auch gekommen, hätten die Drogen Sunny nicht in einen lebenden Leichnam verwandelt. Keiner von ihnen wußte, wie sie an den Stoff herangekommen und ab wann sie süchtig geworden war oder wer sie mit Rauschgift versorgt hatte. Aber die siebziger und achtziger Jahre waren schließlich die Blütezeit der Drogen gewesen, eine Zeit, in der es einfach Mode war, einen Joint zu rauchen, sich Koks und Hasch, LSD oder auch Heroin reinzuziehen. Ehe jemand merkte, daß er abhängig zu werden drohte, war es da oft schon zu spät.

Vielleicht, dachte Rosie, vielleicht wäre Sunny besser tot, als sich durch dieses Leben, das kein Leben mehr ist, quälen zu müssen. Und doch fröstelte sie bei dem Gedanken.

Rosie selbst hatten Drogen nie gereizt. Einmal nur, noch als Teenager, hatte sie sich auf einer Party überreden lassen und ein paar Züge von einem Joint geraucht. Aber ihr war sofort speiübel geworden. Gavin hatte sie furchtbar zusammengestaucht und ihr noch tagelang unerbittlich die Gefahr einer jeden Droge in drastischen Lektionen vor Augen geführt. Aber Rosie hätte seiner dringenden Warnungen gar nicht bedurft; sie wußte, wie gefährlich selbst sogenannte harmlose Rauschmittel waren. Die arme Sunny dagegen hatte es nicht gewußt, das war die Tragödie.

»Jetzt denkst du an Sunny, nicht wahr?« sagte Kevin leise.

»Ja, stimmt.« Rosie zögerte einen Moment und fragte dann: »Hast du sie in letzter Zeit mal besucht?«

»Nein, ich bin seit drei Monaten nicht mehr draußen gewesen.«

»Und wie ging's ihr da?«

»Unverändert.«

»Ich dachte, ich besuche sie mal, bevor ich wieder nach Europa fahre ...«

»Nein!« unterbrach er sie heftig und setzte dann mit kummervollem Kopfschütteln hinzu: »Entschuldige, ich will dich natürlich nicht bevormunden, aber du darfst nicht nach New Haven fahren. Sunny würde dich nicht mal erkennen, und du würdest dich nur aufregen und grämen. Es ist so hoffnungslos, verstehst du?«

Rosie nickte kleinlaut. Vielleicht hatte Kevin ja recht. Sie trank einen Schluck Wasser, richtete sich in ihrem Stuhl auf und lächelte den Bruder zaghaft an.

Kevin erwiderte ihr Lächeln zwar, aber in seinen Augen lag dabei eine Traurigkeit, die Rosie schmerzlich naheging.

Aber sie wußte auch, daß Kevin beherzt und voller Widerstandskraft war, daß er sich nicht unterkriegen lassen, sondern seinen Weg weitergehen würde, egal was geschah. Ein prüfender Blick auf den Bruder zeigte ihr, daß weder sein Kummer wegen Sunny noch das gefahrvolle Leben als verdeckter Ermittler seinem blendenden Aussehen etwas anhaben konnten, Kevin war nach wie vor ein unwahrscheinlich gutaussehender Mann, einer mit jenem gewissen Etwas, das man in der Regel bei Filmstars findet, und so kräftig gebaut und muskulös, wie er war, wirkte er sehr maskulin.

An diesem Abend fiel ihr auch wieder einmal auf, wie sehr Kevin doch ihrer Mutter ähnelte. Moira Madigan, die als junges Mädchen von Dublin nach New York gekommen war, war eine geborene Costello. »Ich bin das, was man eine ›schwarze Irin‹ nennt«, hatte sie ihren

Kindern oft erklärt, denn sie war sehr stolz auf ihre Abstammung gewesen. Nach ihrer Darstellung stammten die Costellos von spanischen Matrosen ab, die mit der Armada herübergekommen waren, um gegen Elizabeth I. von England und ihre Flotte zu kämpfen, deren Schiffe aber im Sturm an der irischen Felsenküste zerschellten. Einheimische Fischersleute bargen die Schiffbrüchigen, und von den Überlebenden blieben eine ganze Reihe in Irland – so auch ein gewisser José Costello, der Urahn des Costello-Clans. Rosie und Kevin waren als Kinder nicht müde geworden, diese abenteuerliche Familiengeschichte der Mutter wieder und wieder zu hören, und sie glaubten jedes Wort davon.

Und Kevin Madigan wuchs tatsächlich zu einem »schwarzen Iren« heran, denn er hatte das rabenschwarze Haar seiner Mutter und ihre kohlschwarzen funkelnden Augen geerbt.

»Du bist ja auf einmal so still, Rosie? Woran denkst du denn?«

»Ach, ich habe nur gerade festgestellt, wie sehr du doch unserer Mom gleichst, Kevin. Sie und Dad wären bestimmt sehr stolz auf dich gewesen – Dad vor allem! Immerhin vertrittst du nun schon die vierte Generation von Madigans im New Yorker Polizeidienst. Ich bin bloß neugierig, ob es auch eine fünfte Generation geben wird, die in Dads und deine Fußstapfen tritt...«

»Wie meinst du das?«

Rosie sah ihn einen Moment lang nachdenklich an, ehe sie fragte: »Ist es nicht langsam an der Zeit, daß du daran denkst, eine Familie zu gründen, großer Bruder?«

»Aber Rosie! Welche Frau würde mich denn schon nehmen?« gab er lachend zurück. »Bei meinem Job und meinem Lebensstil hab ich doch weiß Gott nicht viel Verlockendes zu bieten, oder?«

»Hast du denn *gar keine* Freundinnen, Kevin?«

»Eigentlich nicht, nein.«

»Das tut mir aber leid.«

»Na, na, Schwesterherz! Faß dich lieber an die eigene Nase. Wie viele Jahre schlägst du dich jetzt schon mit dieser aussichtslosen Geschichte herum? Gavin hat ganz recht: Es ist höchste Zeit, daß du aus diesem Schlamassel in Frankreich rauskommst.«

»Hat Gavin das wirklich gesagt?«

Kevin nickte. »Hat er, so wahr ich hier sitze. Er findet, du vergeudest da drüben dein Leben. Und ich bin ganz seiner Meinung. Du solltest dich endlich frei machen! Komm zurück in die Staaten, wo du zu Hause bist. Und vielleicht findest du hier ja auch einen anständigen Mann, der ...«

»Apropos Frankreich«, unterbrach Rosie ihn abrupt, »kommst du uns Weihnachten besuchen? Du weißt, du hast's versprochen.«

»Ja, ja, das hab ich, aber ich bin mir ehrlich gesagt nicht sicher, ob es klappen wird, weil ...« Kevin geriet ins Stottern, doch zum Glück erschien genau in dem Moment die Kellnerin und brachte das Essen; das ersparte ihm weitere peinliche Ausflüchte. Er blickte zu dem Mädchen auf und schenkte ihr sein charmantes Lächeln, jenes Lächeln, das so viele Frauen unwiderstehlich fanden.

Rosie, die ihn beobachtet hatte, dachte im stillen: Jammerschade um ihn – und dabei ist er doch so ein toller Mann!

7

Die Bar hieß Ouzo-Ouzo, und sie lag in der Bowery, nicht weit von der Houston Street entfernt.

Es war ein ziemlich verrufenes Viertel mit lauter billigen Amüsierbetrieben, aber Kevin Madigan hatte sich in den vier Jahren Undercover-Arbeit längst an dieses Milieu gewöhnt, ja mitunter kam es ihm schon so vor, als würde er sein halbes Leben in Spelunken wie dieser verbringen und darauf warten, daß irgendein abgewrackter Typ ihm die Information lieferte, die er anders nicht bekommen konnte.

Kevin dachte über seine Situation nach, während er in dem verrauchten griechischen Lokal an der äußersten Peripherie von Soho und Greenwich Village vor einem Bier hockte. Pinten wie diese hingen ihm zum Hals raus, daran gab es nichts zu rütteln. Andererseits brauchte er solche Orte – wo sonst hätte er sich mit den schmierigen Typen treffen sollen, ohne deren Tips die Polizei nun einmal nicht weiterkam?

Es war genau eine Woche her, daß Rosie ihm geraten hatte, aus der verdeckten Ermittlung auszusteigen und sich einen ruhigen Schreibtischjob zu suchen. An dem Abend hatte er sie einfach ausgelacht, doch nun fragte Kevin sich insgeheim, ob seine Schwester nicht vielleicht recht haben mochte. Doch er verwarf den Gedanken gleich wieder. Am Schreibtisch würde er sich bloß langweilen. Schlimmer noch, er würde ersticken in der täglichen Routine eines Büros. Nein, er gehörte raus auf die Straße. Da lebte er auf, konnte sich beweisen, fühlte sich allem und jedem gewachsen – nur da war er ganz er selbst. Nicht einmal seine Schwester würde ihn davon abbringen.

Und doch, eine gewisse Veränderung war vielleicht angebracht. Genau dieser Gedanke war mit ein Grund dafür, daß er an einem Samstagabend um sieben hier herumhockte, obwohl er im Norden der Stadt, in einem distinguierten Viertel mit seinem ebenso distinguierten Mädchen verabredet war, und auf Neil O'Connor wartete.

Neil und Kevin waren alte Freunde, und Neil, der selbst früher als V-Mann gearbeitet hatte, war inzwischen zu einer Spezialeinheit der Kripo gewechselt, die sich der Bekämpfung des organisierten Verbrechens widmete.

Anfang der Woche hatte Neil unverhofft angerufen und sich erkundigt, ob Kevin nicht Lust hätte, in seiner Abteilung mitzuarbeiten.

Zu seiner eigenen Überraschung hatte Kevin eingewilligt, Neils Vorschlag mit ihm durchzusprechen. Neil gehörte seit ein paar Jahren einem Sonderkommando des Rauschgiftdezernats an, das in enger Zusammenarbeit mit dem FBI den aus Kolumbien und Asien belieferten Drogenkartellen auf den Fersen war. Sie hatten sehr erfolgreich ermittelt und schon einige der führenden Köpfe so gründlich überführt, daß diese erst im hohen Greisenalter wieder auf freien Fuß kommen würden.

Kevin warf einen Blick auf seine Armbanduhr, und fast im selben Moment sah er Neil das Lokal betreten.

Sein Freund war groß, gut gebaut, hatte rotblondes Haar, leuchtende blaue Augen und ein Meer von Sommersprossen auf seinem breiten irischen Gesicht.

Die beiden begrüßten sich mit einer kameradschaftlichen Umarmung. Als sie sich gesetzt hatten, fragte Neil mit einem Blick auf Kevins halbleeres Bierglas: »Noch mal dasselbe, Kevin? Oder lieber was Härteres?«

»Danke, ich bleib bei Bier. Ein Bud Light, wenn's recht ist.«

»Kommt sofort!« Neil ging vor zur Theke und kam nach wenigen Minuten mit je einem Glas in der Hand zurück an den Tisch. Die beiden Freunde prosteten einander zu, Neil steckte sich eine Zigarette an, nahm einen tiefen Zug und rückte dann ohne Umschweife mit seinem Anliegen heraus. »Kevin, ich will dich für meine Einheit gewinnen. Ich *brauche* dich. Dringend. Und sofort. Wenn du einverstanden bist, kann ich deine Versetzung praktisch über Nacht durchkriegen.« Er beugte sich vor und fuhr eindringlich fort: »Ich weiß, du liebst Herausforderungen, und die kann ich dir bieten. Im übrigen gibt es wohl kaum eine lohnendere Aufgabe, als diesen Banden das Handwerk zu legen. Und an Action soll's dir bei uns nicht fehlen, dafür garantier ich. Also, was ist?«

»Ein bißchen deutlicher müßtest du schon werden, Neil. Ich weiß ja praktisch nichts über den Job, und du hast mir neulich am Telefon auch nichts weiter erklärt.«

»Was gibt's da groß zu erklären? Wir versuchen die Drogenbosse festzunageln, und zwar so gründlich, daß wir sie auch zur Strecke bringen können.«

»Ja, ja, ich weiß. Aber was ich wissen möchte, ist, ob ich auch bei euch als verdeckter Ermittler arbeiten müßte. Und dann: Auf wen genau habt ihr es abgesehen? Ich meine, ihr geht doch nicht einfach so wahllos gegen die gesamte Drogenmafia vor, oder?«

»Also erstens: Du wärst nicht verpflichtet, als V-Mann zu arbeiten, auch wenn ich's vorziehen würde. Schließlich bist du auf dem Gebiet die Nummer eins. Und zweitens: Wir ermitteln zwar gegen alle Clans, die hier in New York mitmischen, aber im Moment haben wir uns in der Tat auf eine bestimmte Mafiafamilie eingeschossen... Wir machen Jagd auf die Rudolfos.«

Kevin stieß einen leisen, langgezogenen Pfiff aus, als der Name fiel. Sechs Familien waren in der New Yorker Szene des organisierten Verbrechens tonangebend: die Gambinos, Colombos, Genoveses, Luccheses, Bonannos und die Rudolfos. Und die letztgenannten galten als Repräsentanten der gerissensten und mächtigsten Organisation der amerikanischen Mafia überhaupt. Den »Don«, Salvatore Rudolfo, betrachteten Polizei und Gangster gleichermaßen als *capo di tutti capi*, als den Boß aller Bosse. Er wurde in der Unterwelt von allen respektiert und verehrt, und nicht nur das: Er war es auch, vor dem alle anderen Dons der Ostküste gehorsam Kotau machten.

»Mein Gott, Neil«, rief Kevin, »da habt ihr euch aber

ganz schön was vorgenommen! Die Rudolfos sind doch seit Jahren praktisch unangreifbar. Ihre Fassade ist so genial, daß man ihnen so gut wie nichts nachweisen kann. Wenn ihr die zur Strecke bringen wollt, müßt ihr aber mächtig früh aufstehen!«

»Der erste Schritt ist schon getan«, versetzte Neil schnell. »Es ist uns nämlich gelungen, einen V-Mann bei den Rudolfos einzuschleusen. Aber für den nächsten Schritt, da bräuchten wir eben dich, Kev. Du würdest, als Dealer getarnt, mit den Rudolfos ins Geschäft kommen, verstehst du? Unser V-Mann könnte dich einführen, für dich bürgen und dir natürlich auch soweit wie möglich den Rücken freihalten. Natürlich immer vorausgesetzt, du wärest bereit, weiter undercover zu arbeiten.«

»Die Rudolfos bestreiten aber doch seit eh und je, daß sie am Drogenhandel beteiligt seien.«

»Blödsinn, Kevin! Die von der Mafia hängen alle im Rauschgiftgeschäft mit drin, und das weißt du genausogut wie ich. Die Rudolfos sind da keinen Deut besser als ihre... ihre sogenannten Brüder!« Neils Stimme klang auf einmal schneidend scharf.

Als Kevin darauf nichts erwiderte, drang Neil weiter in ihn: »Ich dachte, für dich wäre das so was wie eine Mission, die Drogenbosse zur Strecke zu bringen, ihre Kartelle zu zerschlagen? Bitte! Hier bietet sich dir eine einmalige Chance dazu. Du kannst einen veritablen Händler des Todes für immer aus dem Verkehr ziehen. Du...«

»Schon gut, Neil, schon gut! Ich bin dabei«, sagte Kevin rasch entschlossen.

»Na bitte! Ich wußte ja, daß ich auf dich zählen kann.« Trotzdem klang Neil unsagbar erleichtert. Er kippte sein restliches Bier in einem Zug hinunter und schob den Stuhl zurück. »Wie wär's denn jetzt mit was Härterem, um unseren Pakt zu besiegeln?«

»Danke, Neil, aber bei mir reicht's bloß noch für einen Drink auf die Schnelle. Ich hab 'ne Verabredung, weißt du, und ich bin sowieso schon spät dran. Außerdem bin ich jetzt an der Reihe, das ist meine Runde.«

Neil schüttelte den Kopf. »Kommt nicht in Frage, mein Junge, du bist eingeladen!« Ein breites Grinsen erhellte jetzt sein Gesicht. »Soso, du bist also verabredet? Bestimmt mit deiner Klassefrau aus der Park Avenue, wie? Und ich schätze, du möchtest 'nen Malt Whiskey *on the rocks*?«

»Beide Male ins Schwarze getroffen, Neil.«

Kurz darauf stießen die beiden Freunde auf ihr gemeinsames Unternehmen an. Hoffentlich, dachte Kevin im stillen, hoffentlich bleibt's dabei, und das ist wirklich der letzte Drink! Er konnte es kaum erwarten, aus diesem finsteren Loch herauszukommen, einmal, wenigstens für ein kurzes Wochenende, den Polizisten zu vergessen und sich einfach nur zu entspannen wie andere Leute auch. *Sie* war der einzige Sonnenstrahl in seinem harten Leben, seine einzige Freude, sein ganzes Glück. Und es war ihm zuwider, sie warten zu lassen, schon weil er wußte, daß sie sich dann jedesmal halb verrückt machte vor Angst.

Erst vor ein paar Wochen hatte sie davon gesprochen, ihre Beziehung zu beenden, einfach weil es über ihre Kraft ging, ständig so in Furcht zu leben. Er hatte sich nicht weiter dazu geäußert, sondern rasch das Thema gewechselt, aber zu seiner eigenen Überraschung hatten ihre Worte ihm eine geradezu panische Angst eingejagt. Er wußte nicht, was er tun würde, sollte sie ihn wirklich verlassen, wußte nicht, was er ohne sie anfangen würde.

»Vielleicht«, unterbrach Neil unvermittelt seine Gedanken, »vielleicht solltest du die Szene ein bißchen präparieren... du weißt schon: Laß durchblicken, du würdest für eine Weile die Stadt verlassen, eine Reise machen oder so. Und dann mach dich wirklich ein paar Tage rar in deiner Gegend, damit's echt aussieht.«

»Hast recht, Neil, das ist sicher ratsam. Ich glaube

auch, das läßt sich zur Zeit ganz gut einrichten, da ich an keinem dringenden Fall dran bin. Ich werd den Chef einfach um eine Woche Urlaub bitten, bevor ich zu eurer Abteilung rüberwechsle. Ein paar Tage Ruhe könnte ich im übrigen sowieso ganz gut vertragen.«

»Na, dann gönn sie dir jetzt! Bei meiner Einheit wirst du nämlich ganz schön in Streß kommen. Ich hab dir ja gesagt: Wir brauchen dich, und du kannst sicher sein, daß wir dich auch einsetzen werden, wenn's sein muß, rund um die Uhr.«

Kevin nickte. »Hoffen wir bloß, daß es auch was bringt und wir die Rudolfos ein für alle Mal kriegen. Im Augenblick stehen die Chancen gut, denke ich, denn die Mafia hat schon ein paar empfindliche Schläge einstecken müssen: Erst sind die Colombos sich gegenseitig an die Gurgel gegangen, und jetzt ist auch bei den Gambinos Feuer unterm Dach. Na, und wie man hört, wird bei John Gottis Prozeß der Handlanger vom großen Don ja auch singen wie ein Kanarienvogel.«

Neil lachte stillvergnügt in sich hinein. »Genauso ist es, mein Junge. Der mächtige Gotti mit seinen 2000-Dollar-Anzügen sitzt bis zum Hals in der Scheiße! Denn nicht nur sein Vize wird auspacken, sondern Sammy Gravano, genannt ›der Bulle‹, tritt als Kronzeuge der Staatsanwaltschaft auf. So was hat New York noch nicht erlebt! Stell dir vor, Kevin, eine eingefleischte Bruderschaft, besiegelt mit Blut und Meßwein, bricht wegen einem klitzekleinen Tonbandmitschnitt auseinander, geht vor die Hunde, weil der Polizei die Aufzeichnung eines brandheißen Gangsterdeals in die Hände gespielt wurde.« Neil grinste jetzt von einem Ohr zum anderen. »Gotti wandert garantiert für etliche Jährchen hinter Gitter.«

»Ja, ja, das hat der Unterwelt einen gehörigen Schock versetzt – Gravano und ein Überläufer! So was hat's noch nie gegeben.«

»Ich weiß, ich weiß, meine Einheit hat schließlich von Anfang an bei dem Fall mitgemischt. Trotzdem wundert's mich noch heute, daß Gravano seinen Eid gebrochen hat – normalerweise ist die *omertà* einem jeden Mafioso heilig. Aber Gravano hat's getan, er hat seinen besten Freund ans Messer geliefert. Erstaunlich, was? Noch dazu, wenn man bedenkt, daß sie von Jugend auf unzertrennlich waren, sich Seite an Seite praktisch aus dem Nichts hochgearbeitet haben zu *capos*.« Neil zuckte die Achseln. »Tja, aber als es hart auf hart ging, da wollte Gravano eben bloß noch seine eigene Haut retten, also hat er gesungen.«

Kevin nickte und sah dabei verstohlen nach der Uhr. »Meine Güte, Neil, schon so spät! Jetzt muß ich aber wirklich los.«

»Ja, ich auch. Meine Alte wartet auf mich. Unser erster gemeinsamer Samstagabend seit Monaten, und ich komm zu spät... Mann, die bringt mich glatt um!«

Die beiden Freunde griffen nach ihren Mänteln und verließen die Bar.

8

Draußen auf dem Bürgersteig wechselten die beiden Detectives noch ein paar Worte, bis Neil den Freund beim Arm nahm und sagte: »Na komm, ich bring dich noch bis zur Houston Street. Da kannst du dir dann ein Taxi nehmen. Deine Klassefrau wird dir doch keine Szene machen, oder?«

Kevin, der mit Neil in Gleichschritt fiel, schüttelte den Kopf. »Nein, nein, sie ist es inzwischen gewöhnt, daß ich mich oft stundenlang verspäte. Es gefällt ihr natürlich nicht, klar, aber zum Glück läßt sie's trotzdem nicht an mir aus. Na, und heute wird sie sowieso nichts sagen, vor lauter Freude – nein, *Erleichterung* – darüber, daß ich mich versetzen lasse.«

Neil warf ihm einen erstaunten Blick zu. »Aber die Arbeit in unserer Einheit ist doch auch gefährlich.«

»Das weißt *du*, Neil. Und ich weiß es auch. Aber sie nicht. Und meine Schwester Rosie genausowenig. Die beiden haben mich nämlich in letzter Zeit jede für sich ganz schön beackert, damit ich mir was anderes suche. Da wird es sie bestimmt glücklich machen, daß ich endlich nachgegeben habe.«

Fröstelnd schlug Kevin den Kragen hoch und schob die Hände in die Manteltaschen. »Saukalt heute abend! Und natürlich wieder kein Taxi in Sicht – wie immer, wenn man eins braucht.«

»Sonst hört man das immer über Polizisten«, versetzte Neil mit einem freudlosen Lachen.

»Warum mußten wir uns auch ausgerechnet in so einer Sekunde in der *Bowery* treffen?«

»Weil wir hier so weit von Little Colombia entfernt sind, wie man's, ohne gleich bis New Jersey rauszufahren, nur sein kann.« Neil bezog sich auf jenes Viertel des Stadtteils Queens, in dem Kevin die meiste Zeit operierte.

»Also der Gegend werd ich wirklich keine Träne nachweinen«, gestand Kevin im Weitergehen. »Und ich danke Gott, daß ich das Meson Asturias nie mehr werde betreten müssen! Oh, wie ich den Laden hasse! Dabei war diese *Cantina* vor dreißig Jahren noch ein ganz gemütliches irisches Pub, wo unsere Väter und Großväter ihr Bier tranken und mit 'nem Whiskey runterspülten und sich mit Geschichten aus der alten Heimat die Zeit vertrieben. Aber die Iren sind längst nach Woodside rübergewechselt, genau wie wir damals, ein paar Jahre vor Mutters Tod. Tja, und inzwischen ist aus der Roosevelt Avenue eben Little Colombia geworden, wo 100-Dollar-Scheine für Kleingeld gelten, wo Schickimickis in Designerklamotten flanieren und die Salsa-Clubs groß Kohle machen.«

»Und wo die Schießeisen so locker sitzen wie in Bogotá, Cali oder Modellín.« Neil seufzte resigniert. »Ach, es ist kaum auszumalen, Kev, aber New York ist förmlich unterwandert von wahnwitzigen Waffennarren und Drogenfreaks.«

»Du und ich, Neil, wir wissen das, denn wir leben schließlich im Morast der Unterwelt, wo wir das ganze Elend tagtäglich vor Augen haben... die Obdachlosen, die Hungernden, die Verzweifelten ebenso wie die Spinner, die Junkies, die Ausgeflippten, die Kriminellen. Und wir wissen, daß ihre Zahl ständig steigt. Aber die Mehrheit der Bevölkerung weiß das nicht, oder sie verschließt die Augen davor. Tragisch, aber so ist's nun mal, leider.«

Neil blieb abrupt stehen und packte Kevin am Arm. Im Licht einer nahen Straßenlaterne wirkte sein Gesicht auf einmal hart und entschlossen. »Mein Gott, man braucht bloß von Manhattan über die Queensborough Bridge zu fahren, und nach einer knappen Viertelstunde kommt man sich vor wie in Südamerika. Da sitzen sie alle, die Drogenbarone, die Dealer und Pusher... aber wem erzähle ich das! Du hast ja jahrelang mittendrin gearbeitet.«

Kevin, der es jetzt wirklich eilig hatte, nickte nur und zog Neil weiter, Richtung Houston Street.

Kevin öffnete die Tür zu dem Apartment mit seinem eigenen Schlüssel.

Im Flur blieb er einen Moment erwartungsvoll stehen. Aber ganz gegen ihre Gewohnheit kam sie ihm heute abend nicht entgegen.

Er hängte seinen Mantel in den Wandschrank, schnallte das Pistolenhalfter ab und legte es sorgsam auf die Hutablage. In der Wohnung rührte sich immer noch nichts. Besorgt spitzte Kevin die Ohren. Ob etwas nicht in Ordnung war? Doch als er näher trat, hörte er in der Küche leise das Radio spielen. Sie war also zu Hause.

Er steckte den Kopf durch die Wohnzimmertür. Hier brannte zwar Licht, aber das Feuer im Kamin war schon fast ausgegangen.

Kevin machte kehrt und ging hinüber ins Schlafzimmer. Das Licht der Nachttischlampen war gedämpft, und sie lag zusammengerollt auf dem Bett und schlief. Neben ihr auf der Daunendecke waren etliche Aktenordner ausgebreitet. Offenbar hatte sie gearbeitet, während sie auf ihn wartete, und war über ihren Notizen eingenickt.

Kevin beugte sich nieder, strich ihr behutsam über die Wange und flüsterte ihren Namen.

Sofort schlug sie die Augen auf. Glücklich und erleichtert sah sie zu ihm auf. »Kevin«, flüsterte sie. »Du, das tut mir ja so leid. Ich hab gar nicht gemerkt, daß ich eingeschlafen bin.«

»Nicht doch, Schatz. Ich muß mich entschuldigen, weil ich mich verspätet habe. Aber meine Unterredung mit Neil hat doch länger gedauert, als ich dachte.«

»Schon gut, Kevin.«

»Bist du denn gar nicht neugierig?« Er sah sie prüfend an. »Stell dir vor, Neil hat mich gebeten, in seine Einheit überzuwechseln! Ich hab ja gesagt.«

Sie blinzelte verwundert und fragte dann vorsichtig: »Kriegst du da einen Schreibtischjob?«

»Halb und halb«, schwindelte er, um sie zu beruhigen.

»Und was ist mit der anderen Hälfte?« hakte sie nach, den Blick forschend auf sein Gesicht gerichtet.

»Ich muß natürlich einen gewissen Kontakt mit der Szene halten, schon um auf dem laufenden zu bleiben, verstehst du? Aber dieser neue Job ist längst nicht so gefährlich wie meine Arbeit als V-Mann. Ehrlich nicht.« Kevin setzte sein gewinnendes Lächeln auf. »Du, und ich werde auch viel mehr Freizeit haben als bisher. Na, ist das nichts?«

»Ich bin vor allem froh, daß du endlich einen sicheren

Job hast«, sagte sie und strich ihm lächelnd über die Wange.

Er liebte ihr Lächeln. Es war so süß und unschuldig wie das eines Kindes, und es ließ ihr Gesicht aufstrahlen wie von innen erleuchtet. Er faßte sie bei den Schultern, zog sie an sich und küßte sie sanft auf den Mund. Impulsiv schlang sie die Arme um seinen Hals und erwiderte seinen Kuß mit einer Leidenschaft, die ihn entflammte. Seine Zunge suchte und fand die ihre, schnellte spielerisch an ihr entlang, während seine Lippen gierig an den ihren tranken, bis es ihnen beiden den Atem raubte.

Kevin war es, der sich endlich sanft von ihr losmachte. Er nestelte ihren pfirsichfarbenen seidenen Hausmantel auf und schmiegte das Gesicht an ihre Brust. Sie trug ein passendes Nachthemd mit Spaghettiträgern, und er hatte keine Mühe, die Hand ins spitzenbesetzte Mieder zu schieben. Als eine Brust zum Vorschein kam, nahm er den rotbraunen Nippel zwischen die Lippen und küßte ihn, bis sie leise zu stöhnen begann.

Kevin fuhr mit den Händen über ihren schlanken, ebenmäßigen Körper und küßte dabei bald die eine, bald die andere Brust. Als er endlich den Kopf hob und sie ansah, hielt sie die Augen geschlossen. Ihre Lippen waren leicht geöffnet, und ihr Atem kam rasch und stoßweise.

Ihr hingebungsvolles, verzücktes Gesicht erregte ihn genauso wie die raschelnde Seide des Negligés unter seinen Händen. Behutsam streifte er es hoch und glitt mit der Hand zwischen ihre Schenkel hinauf bis zu dem unter zartem Flausch verborgenen Venushügel. Kaum hatten seine Finger in der verborgenen Spalte zu tasten begonnen, spreizte sie leicht die Beine, und er spürte, wie feucht sie war und wie heiß.

»Oh, Kevin«, hauchte sie und schlug die Augen auf.

»Was denn, Liebes?«

»Nicht aufhören, bitte.«

»Bestimmt nicht«, versprach er lächelnd, beugte sich nieder und suchte mit dem Mund nach ihrem heiß und begehrlich pulsierenden inneren Kern. Er überschattete sie mit Küssen, während seine Finger in ihr spielten. In dem Jahr, das sie nun schon zusammen waren, hatte er ihren Körper fast so gut kennengelernt wie seinen eigenen, und so spürte er jetzt, daß sie an der Schwelle zum Höhepunkt stand. Aber als er schon glaubte, das verräterische Zucken zu spüren, mit dem ihre Lust sich entlud, setzte sie sich unvermittelt auf.

Den Kopf an seine Schulter geschmiegt, flüsterte sie heiser: »Bitte, Kevin, bitte zieh dich aus, und komm ins Bett. Ich will dich in mir spüren, verstehst du…«

»Aber ich dachte, gerade das bringt dich in Fahrt…«

»Tut es ja auch, aber trotzdem… bitte, zieh dich aus.«

Es dauerte keine zwei Minuten, bis Kevin sich neben ihr auf dem Bett ausstreckte, sie in die Arme nahm und ihren Hals mit heißen Küssen bedeckte. Doch im nächsten Moment drehte er sich zur Seite und tastete im Nachttisch nach einem Kondom. Wie er diese blöden Dinger haßte! Andererseits war er viel zu verantwortungsbewußt, als daß er ein Risiko eingegangen wäre. Nachdem er Sunny verloren hatte, war er von Zeit zu Zeit mit anderen Frauen zusammengewesen, aber es blieben immer nur flüchtige Bekanntschaften. Er war eigentlich hundert Prozent sicher, daß er sauber war, trotzdem durfte er um ihretwillen diese Vorsichtsmaßnahme nicht außer acht lassen. Kevin unterdrückte einen Seufzer. In was für einer Zeit leben wir eigentlich, schoß es ihm durch den Kopf. Was ist das für eine Welt, in der Sex und Tod Hand in Hand gehen?

Sie streichelte seinen Rücken und flüsterte ihm vertraute Koseworte ins Ohr, während er sich mit dem Kondom abmühte. Er spürte ihre Küsse zwischen den Schulterblättern, und ihre leisen, zärtlichen Beteuerungen, wie heiß er sie gemacht habe, ihr verführerisch drängendes:

»Komm, ich will dich, o ich will dich!« ließen seine Erektion anschwellen, hart und härter werden, bis das Gummi sich fast von selbst überstreifen ließ.

Er drehte sich zu ihr um und küßte sie auf den Mund. Und als seine Lippen abermals zu ihren Brüsten hinunterwanderten und er spürte, wie hart und fest die Nippel sich ihm entgegenreckten, durchzuckte ihn ein heißes, prickelndes Verlangen. Ihre Augen, die die seinen nicht mehr losließen, spiegelten frei und unverhohlen ihre Lust, ihre Sehnsucht.

Wieder erforschten seine Finger den samtigen, weichen Hügel zwischen ihren Schenkeln, folgten den pulsierenden Hitzewellen ins dunkle, geheime Innere, wurden drängender, kühner, bis er spürte, wie ihr Körper sich unter seiner Berührung aufbäumte und sie an allen Gliedern zu zittern begann. Da kniete er sich über sie, preßte den Mund zwischen ihre Schenkel und fühlte im nächsten Augenblick auf seinen Lippen das krampfhafte Zucken, mit dem sie kam. Ein Seufzer flatterte aus ihrer Kehle, und ihr schöner, geschmeidiger Körper erbebte vor Wonne und Entzücken.

»Kevin«, hauchte sie endlich so leise, daß er sie kaum hören konnte. »Oh, Kevin, mein Liebling.«

Er richtete sich auf, lächelte zärtlich und ließ erschöpft den Kopf neben den ihren in die Kissen fallen. »War's schön für dich so?« flüsterte er.

»Hast du das nicht gespürt? Es war noch mit keinem so schön wie mit dir, und das von Anfang an.« Sie setzte sich auf, beugte sich über ihn und küßte ihn zärtlich auf den Mund.

Taumelnd vor Verlangen zog Kevin sie zu sich herab, und während seine fiebrigen Hände ihre Brüste massierten, fanden ihre Lippen sich in einem unendlich langen, heißen, verzehrenden Kuß. Plötzlich aber stemmte sie sich über ihm hoch, ging in die Hocke und begann mit raschen, leidenschaftlichen Bewegungen die Zunge über seinen Hals, die Brust und den Leib zu führen, bis er zu explodieren glaubte.

Im nächsten Moment hatte er sie in die Kissen zurückgedrängt, lag auf ihr und drang mit raschen, sicheren Stößen in sie ein. Ihre warmen Schenkel umfingen seinen Rücken, leidenschaftlich klammerte sie sich an ihn, und mühelos fanden beide denselben Rhythmus, als ob Körper mit Körper verschmelzen wollte. Und doch spürte er, daß sie sich zurückhielt, den Höhepunkt hinauszögerte.

»Komm doch, komm«, murmelte er dicht an ihrem Ohr.

»Nein, ich warte auf dich«, hauchte sie zärtlich. Doch noch ehe das letzte Wort verklungen war, lief ein bebender Schauer durch ihren Körper, hüllte ihn wonniglich ein, so daß er ihr jubelndes »Kevin!« in seiner Benommenheit kaum noch hörte.

Ihre Erregung übertrug sich jedesmal unfehlbar auf ihn, und als er jetzt spürte, wie sie sich weiter mit kreisenden Bewegungen gegen ihn drängte, konnte er sich nicht länger beherrschen. »O Gott, Nell, ich komme!« keuchte er. »Oh, Nell! Meine Nell!«

Sie lag in seinen Arm gekuschelt, das blonde Haar wie einen Fächer über seine Brust gebreitet, und hatte die Augen geschlossen. Ihr Atem ging leicht und gleichmäßig.

Still vor sich hin lächelnd, sah Kevin auf sie herab. Mit ihr genoß er das Nachspiel und das erschöpfte Ausruhen nach dem Sex fast genauso wie den eigentlichen Liebesakt. Wahrscheinlich kam das daher, weil er sich in ihrer Gegenwart so völlig entspannt fühlte, ganz und gar er selbst sein konnte.

Nell Jeffrey war ihm in diesem letzten Jahr sehr ans Herz gewachsen, und es war keineswegs nur ein Scherz, wenn er ihr versicherte, sie wirke auf ihn wie ein Jungbrunnen. Der Moloch der City zehrte von Tag zu Tag mehr an seinen Kräften, aber Nell hatte anscheinend die Gabe, ihn zu sich selbst zurückzuführen, sein inneres Gleichgewicht wiederherzustellen, auch wenn ihr das gar nicht einmal bewußt war.

Nein, dachte Kevin, eigentlich ist es eher so, daß ich mich in ihr verlieren kann, und in den Momenten, wo mir das gelingt, löst sich der Schmerz, wird die Trauer um Sunny erträglicher, und ich spüre, daß ich wieder Mut zum Leben fasse, ja sogar Lust darauf kriege.

Natürlich hatte auch die Zeit das Ihre dazugetan; sechs Jahre waren schließlich eine halbe Ewigkeit. Im übrigen hatte er vor etwa neun Monaten begonnen, seine Besuche in New Haven einzuschränken, wenn auch ursprünglich nur auf Anregung von Sunnys Schwester Elena hin. Sunny ginge es besser, wenn er nicht so oft käme, hatte Elena eines Sonntag nachmittags im Sanatorium zu ihm gesagt. Ob ihm denn noch nicht aufgefallen sei, wie erregt sie jedesmal in seiner Gegenwart sei? Fast habe es den Anschein, als ob Sunny in irgendeinem Winkel ihres armen, zerstörten Hirns eine Erinnerung an ihre gemeinsame Zeit bewahrt habe, und diese Erinnerung quälte sie offenbar. So zumindest hatte Elena Sunnys Reaktion auf ihn ausgelegt.

Und dann, vor drei Monaten, hatte Kevin seine Besuche in New Haven ganz eingestellt. Sunnys Familie schien erleichtert, daß er sich zu diesem Schritt durchgerungen hatte. Und er war es auch, ungeachtet seines schlechten Gewissens.

Er hatte mit Nell darüber gesprochen, und sie hatte ihn in seinem Entschluß bestärkt. Mit dem Festhalten an einer Vergangenheit, die nicht mehr existierte, ja die unwiederbringlich verloren war, sei niemandem geholfen, hatte sie gesagt. Und wenn Kevin heute an Sunny dachte, dann erinnerte er sich an die Zeit, als sie noch Kinder waren, frei und unbeschwert und ohne eine Ahnung von dem furchtbaren Schicksal, dem Sunny zum Opfer fallen sollte. Daß er diese schönen, diese versöhnlichen Erinnerungen zurückgewonnen hatte, sie wiedergefunden unter all dem Leid und Elend der letzten Jahre – auch das verdankte er in der Hauptsache seiner Freundin Nell.

Kevin neigte den Kopf und sog den Duft ihres seidigen Haares ein. Nell war inzwischen so sehr Teil seines Lebens geworden, daß er sich kaum noch vorstellen konnte, wie es ohne sie gewesen war. Trotzdem wunderte er sich manchmal noch heute darüber, wie es geschehen konnte, daß sie, die sich doch schon eine halbe Ewigkeit kannten, vor einem Jahr plötzlich ihre Liebe zueinander entdeckt hatten.

Eigentlich hatte Gavin sie zusammengebracht. Gavin war letztes Jahr im Oktober nach New York gekommen, um mit Nell die Promotion für *Kingmaker* zu besprechen. Natürlich hatte er bei der Gelegenheit auch seinen alten Freund Kevin angerufen und ihn eingeladen, mit ihm und Nell zu Abend zu essen. Kevin hatte beide, Nell und Gavin, seit über einem Jahr nicht mehr gesehen, und sie hatten einen fröhlichen Abend miteinander verbracht, alte Erinnerungen aufgefrischt, über Gott und die Welt gesprochen und vor allem unbändig viel gelacht.

Gavin hatte sie zum Essen in seine Suite im Carlyle gebeten, und als Kevin und Nell sich lange nach Mitternacht von ihrem Freund verabschiedeten, hatte Kevin darauf bestanden, Nell nach Hause zu bringen. Trotz der Kälte waren sie zu Fuß gegangen, und als sie in der Park Avenue ankamen, hatte sie ihn noch auf einen Schlummertrunk eingeladen.

Nell hatte einen wunderbar gereiften alten Cognac hervorgeholt, während Kevin das Feuer im Kamin anzündete, und dann hatten sie sich ganz locker und entspannt unterhalten.

Er hätte heute noch nicht zu sagen gewußt, wie es eigentlich geschah. Aber auf einmal lag sie in seinen Armen, er küßte sie und fühlte, wie seine Küsse leidenschaftlich erwidert wurden. Und dann liebten sie sich auf dem Teppich vor dem prasselnden Feuer.

Da es ein Freitag war und er das Wochenende über keinen Dienst hatte, blieben ihnen zwei ganze Tage füreinander, und im Taumel ihrer neuerwachten Liebe zueinander vergaßen sie für die nächsten achtundvierzig Stunden alle Alltagssorgen, seinen und ihren Kummer sowie den tragischen Verlust, den beide erlitten hatten.

Irgendwann während dieses Wochenendes waren sie dann doch auf Mikey zu sprechen gekommen, der im Jahr zuvor auf rätselhafte Weise verschwunden war. Nell erzählte ihm, daß die Romanze zwischen Mikey und ihr, eine typische Jugendliebe, lange vorher zu Ende gewesen sei. Aber sie waren gute Freunde geblieben, ja sie, Nell, wurde zu seiner engsten Vertrauten, mit der er all seine Pläne, Wünsche und Träume teilte. Nicht zuletzt deshalb war Nell krank vor Sorge, als Mikey auf einmal fort war, ohne ihr zuvor auch nur die geringste Andeutung gemacht zu haben.

Was Kevin sich daraufhin dachte, vorsichtshalber jedoch für sich behielt, war, daß Mikey womöglich gar keine Gelegenheit mehr gehabt hatte, sich ihr anzuvertrauen. Jedenfalls konnte man nicht ausschließen, daß er einem Verbrechen zum Opfer gefallen war. Als Polizist kannte Kevin die Statistiken nur zu gut – Jahr für Jahr verschwanden allein in den USA Tausende von Menschen spurlos; allein auf seinem Revier hing eine ellenlange Vermißtenliste.

Nell regte sich in seinen Armen.

Kevin blickte sie liebevoll an.

»Nanu, du machst ja so ein ernstes Gesicht. Hast du was auf dem Herzen, Kevin?«

Obwohl sie es sich zur Regel gemacht hatten, einander nichts zu verheimlichen, zog Kevin es doch vor, in diesem Moment nicht über Mikey zu sprechen. Und darum griff er zu einer Notlüge. »Nein, nein, ich mußte nur einmal dran denken, wie komisch es ist, daß wir nun schon ein Jahr zusammen sind, ohne daß jemand von uns weiß.«

»Aber dein Freund Neil O'Connor weiß doch Bescheid«, warf sie lachend ein.

»Ja, sicher, aber ich rede von unseren Freunden, unserer Gruppe, du weißt schon.«

»Du meinst, du hast Gavin nichts erzählt?«

»Wundert dich das etwa? Du hast doch Rosie auch nichts gesagt, oder?«

»Nein, hab ich nicht. Aber wenn du mich fragst, warum wir unsere Beziehung so lange geheimgehalten haben, dann muß ich ehrlich passen.« Nell kuschelte sich fester an ihn. Nach einem Moment des Nachdenkens sagte sie: »Wahrscheinlich sollte ich Rosie einweihen. Schließlich ist sie meine beste Freundin.«

»Es wird sie freuen... daß wir uns gefunden haben, meine ich.«

»O ja! Daran zweifle ich nicht. Deine Schwester würde uns bestimmt ihren Segen geben«, rief Nell mit einem kleinen, fast koketten Lächeln.

»Wann kommt sie eigentlich von L.A. zurück?«

»Du meine Güte, Kevin, sie ist doch erst gestern abend geflogen. Aber ich nehme an, daß wir zusammen zurückkommen werden.«

»Zusammen? Was soll das heißen?«

»Na, ich muß auch an die Westküste...«

»Ach! Und wann?« fragte er erstaunt und mit einem fast scharfen Ton in der Stimme.

»Na ja... Dienstag oder Mittwoch.«

»Und ich wollte mir vor meiner Versetzung eine Woche freinehmen! Ach, Schatz, ich hatte so gehofft, wir könnten die Zeit gemeinsam verbringen.«

Nell nagte traurig an ihrer Unterlippe. »Ach, Kevin, wenn ich das doch nur früher gewußt hätte! Ich hätte mich ja so gefreut! Aber jetzt habe ich schon alle Vorbereitungen getroffen. Mit einigen Klienten bin ich fest verabredet – übrigens auch mit Gavin. Der kommt am Montag für eine Woche von London rüber.«

»Verstehe. Da kann man halt nichts machen.«

»Liebster, es tut mir schrecklich leid, ehrlich. Aber weißt du was? Ich hab eine glänzende Idee! Warum kommst du nicht einfach mit? Du, das wär himmlisch – ganz wie in alten Zeiten: du und ich und Rosie und Gavin.« Ihre Augen leuchteten bei dem Gedanken, und aufgeregt bettelte sie: »Ach, komm schon, Kevin, sag ja! Bitte, bitte, sag ja!«

Kevin zögerte. »Tja, ich weiß nicht recht...«, murmelte er unschlüssig. Sollte, durfte er sich soweit binden?

Nell stand auf, hauchte ihm schelmisch einen Kuß auf die Nase und ging ins Bad. An der Tür drehte sie sich noch einmal um und rief: »Laß es dir wenigstens mal durch den Kopf gehen.«

»Hab ich grade getan. Besser, ich komme nicht mit.«

»Aber *warum* denn nicht?«

»Nun, zum einen würde ich mich drüben doch nur langweilen, weil du den ganzen Tag zu tun hast, und zum anderen hab ich hier noch eine Menge zu erledigen, bevor ich den neuen Job antrete.«

Sie nickte und schloß die Badezimmertür hinter sich.

Als sie wieder herauskam, trug sie einen Bademantel und hatte einen zweiten über dem Arm, den sie Kevin mit den Worten reichte: »Hier, zieh das über, und dann laß uns essen. Ich hab in der Küche was vorbereitet.«

»Aber ich wollte dich eigentlich zum Essen ausführen.«

»Nun gönn mir doch die wenigen Augenblicke Zweisamkeit«, versetzte sie lächelnd. »Ich hab uns ein Hähnchen gebraten. Allerdings schmort das jetzt schon so lange im Ofen, daß ich nur hoffen kann, es ist noch nicht verkohlt. Andernfalls müßtest du mich entweder auf 'nen Hamburger einladen oder hier mit Rührei vorliebnehmen.«

Lachend streifte er den Frotteemantel über und folgte ihr in die Küche. »Weißt du, ich hab eigentlich gar keinen so großen Hunger, Nell. Aber ein Glas Wein darfst du mir gern anbieten.«

Das Hähnchen schmeckte köstlich, und der Beaujolais Village, den Kevin kurz vor dem Essen entkorkt hatte, paßte hervorragend dazu.

Kevin brachte einen Toast auf Nells Kochkünste aus und setzte dann nachdenklich hinzu: »Wer hätte das gedacht, daß unsere ›Klein Nell‹ einmal so eine steile Karriere machen würde – mit eigener Firma, Niederlassungen in Europa, berühmten Klienten rund um die Welt...«

»*Ich* hätte das gedacht«, antwortete sie und zwinkerte ihm belustigt zu.

Kevin schenkte ihr ein bewunderndes Lächeln. »Ich bin ehrlich stolz auf dich, weißt du das? Und auf meine Schwester auch.«

»Was Rosie angeht, so hast du auch allen Grund dazu«, sagte Nell, plötzlich wieder ernst werdend. »Ihre Kostüme für *Kingmaker* sind einfach umwerfend. Warte nur, bis du den Film siehst... ich sag dir, du wirst begeistert sein! Nicht mehr lange, und deine Schwester kriegt garantiert den nächsten Oscar.«

»Glaubst du wirklich? Das wär ja toll! Übrigens hat sie mir erzählt, daß Gavin sie schon für seinen nächsten Film verpflichten wollte. Weißt du da was Näheres drüber?«

»Nein.« Nell schüttelte achselzuckend den Kopf. »Bis jetzt ist er noch nicht mal mit dem Thema rausgerückt. Vielleicht ist er sich selbst noch nicht im klaren darüber. Aber egal, was Gavin anpackt, seine Filme sind immer Spitze.«

»Dann hab ich Rosie wohl falsch verstanden. Ich dachte, sie fliegt wegen Gavins neuem Film nach Los Angeles.«

»Nein, nein, sie trifft sich dort mit Garry Marshall. Der möchte sie für ein modernes Märchen engagieren, einen Film nach seinem Erfolgsschlager *Pretty Woman*, verstehst du? Garry ist ein großer Fan von Rosie.«

»Der Mann hat Geschmack. Und Rosie könnte durch die Zusammenarbeit mit einem Klasseregisseur wie Garry Marshall nur profitieren. Ich hoffe, sie nimmt sein Angebot an.« Kevin trank einen Schluck Rotwein und erkundigte sich dann: »Wie lange wollt ihr denn in L.A. bleiben?«

»Höchstens eine Woche. Genau kann ich's dir nicht sagen – das hängt von Johnny Fortune ab.«

»Ach?« Kevin sah sie forschend an.

»Ja, weißt du, er plant für nächstes Jahr im Frühling oder im Sommer wieder ein Konzert im Madison Square Garden in New York. Und so ein Großereignis muß natürlich generalstabsmäßig vorbereitet werden.«

»Du hast aus Johnny Fortune einen großen Star gemacht, Nelly.«

Sie schüttelte den Kopf. »Nicht doch, Kev, das hat er schon selbst besorgt oder vielmehr seine Stimme. Sein blendendes Aussehen und sein Charme, der die Frauen reihenweise dahinschmelzen läßt, haben natürlich auch das Ihre dazu beigetragen.«

Kevin lächelte amüsiert. »Du und Rosie«, sagte er schließlich, »ihr seid euch so verblüffend ähnlich! Beide wehrt ihr euch mit geradezu aberwitziger Bescheidenheit dagegen, die Lorbeeren für eure Leistungen zu ernten. Und daß Johnny Fortune zum Superstar wurde, glaub mir, das ist nicht zuletzt dein Verdienst, Nelly.«

»Ach, du bist bloß voreingenommen, Darling, das ist alles.«

»Apropos Johnny Fortune – ein bißchen geheimnisumwittert, der Knabe, nicht?«

»Aber nein! Wie kommst du denn darauf?«

»Na ja, er kam doch praktisch aus dem Nichts…

Dann hat er ein paar Platten gemacht, das weibliche Publikum im Sturm erobert, und – bingo! – schon war er auf dem Weg nach ganz oben. Und dann hast du mit deiner Agentur seine Imagewerbung übernommen und ihn fast über Nacht zum Megastar hochgepusht.«

»Ich wünschte, es wäre so leicht, wie du dir das vorstellst! Aber leider irrst du dich, Kev, so eine Erfolgsstory ist schon ein bißchen komplizierter. Johnny hat jahrelang in den kleinen Bars in Vegas und Atlantic City gesungen, ganz zu schweigen von der Ochsentour durch die Nachtclubs in der Provinz. Und auch als er schon Auftritte in Los Angeles, Chicago, Boston, Philadelphia und New York bekam, waren es lange, lange Zeit nur die schäbigen kleinen Clubs an der Peripherie, die sich für ihn interessierten.«

»Sag, was du willst, jedenfalls hast *du* ihn zu Amerikas Antwort auf Julio Iglesias gemacht.«

Nell warf den Kopf zurück und lachte schallend. »Aber Kevin, ich bitte dich! Julio Iglesias ist einmalig, den entthront keiner. Nein, nein, was Johnny Fortunes Erfolg ausmacht, ist, daß er ein bißchen was von jedem der ganz Großen hat – Perry Como, Vic Damone, Frank Sinatra und natürlich auch Iglesias. *Darum* lieben alle Johnny: weil er einen jeden an seinen ganz besonderen Liebling unter den Edelschnulzensängern erinnert.«

Kevin lachte still vor sich hin. »Nell, du bist unvergleichlich! Bringst die Sache immer haargenau auf den Punkt. Allerdings kann ich mir nicht vorstellen, daß Johnny Fortune über diese Einschätzung sehr erfreut wäre – schließlich hast du ihn gerade zum Nachahmer gestempelt.«

»Aber daran ist nun mal nicht zu rütteln – er imitiert. Trotzdem ist er natürlich, dank seiner einzigartigen Belcantostimme, ganz was Besonderes, und es würde nicht wundern, wenn er's bis zur absoluten Nummer eins der neunziger Jahre bringt.«

»Laut Plakatwerbung ist er das heute schon.«

»Und *der* Slogan stammt von mir«, konterte sie, beugte sich vor und küßte ihn auf die Wange. »Dazu will ich mich immerhin bekennen, Kev.«

9

Das Haus stand auf einem relativ steilen, dicht bewaldeten Hang im Benedict Canyon, mit Blick über Bel Air.

Es war ein – für amerikanische Verhältnisse – alter Bau, errichtet in den dreißiger Jahren, als Hollywood seine Glanzzeit erlebte. Der spanische Kolonialstil der Villa war in der Außenarchitektur beibehalten worden; im Innern freilich hatte bereits in den fünfziger Jahren ein berühmter Produzent, der seinerzeit mit seiner Frau, einer Starschauspielerin, hier residierte, umfangreiche Renovierungen vornehmen lassen. Er hatte den weitläufigen, feudalen Wohnsitz mit erlesener Holztäfelung ausgestattet, Kamine eingebaut und riesige Glasfronten, die die umgebende Natur gewissermaßen ins Haus integrierten.

Schattige Terrassen, reichblühende Gärten mit Springbrunnen und anmutigen Skulpturen sowie ein extravagantes Badehaus vervollständigten das bukolische Ambiente.

Für Johnny Fortune war das »Haus auf dem Hügel«, wie er es zu nennen pflegte, ein geradezu magischer Ort. Er konnte sich nicht entsinnen, je so an etwas gehangen zu haben wie an diesem Besitz – ausgenommen die Gitarre, die sein Onkel ihm als Kind geschenkt hatte. Die Villa strahlte vornehme Eleganz aus, ohne dabei auch nur im geringsten protzig zu sein. Die geräumigen Zimmer waren wunderbar geschnitten, licht- und luftdurchflutet und fast alle mit einem offenen Kamin ausgestattet – sogar das Badehaus hatte einen.

Am wichtigsten schien ihm freilich, daß seit der Renovierung in den fünfziger Jahren niemand mehr an dem Haus herumgepfuscht hatte. So war die klare, durchkombinierte Designstruktur, die der Produzent damals dem Gebäude verliehen hatte, unversehrt erhalten geblieben. All seine Änderungen und Verbesserungen zeugten von untadeligem Geschmack, und die nachfolgenden Besitzer waren zum Glück klug genug gewesen, das Ambiente so zu erhalten, wie er es vorgeprägt hatte.

Jedesmal, wenn er im Haus auf dem Hügel weilte, überkam Johnny ein grenzenloses Wohlbehagen, ein Glücksgefühl, wie er es intensiver noch nie erfahren hatte. Die Impulse, die diese Empfindung hervorriefen, waren zahlreich und vielfältig – da war einmal die unumstrittene Schönheit des Wohnsitzes, sein kultivierter Luxus, die glanzvolle Geschichte des Hauses sowie Ruhm und Ansehen seiner Vorbesitzer (zu denen sogar die Garbo zählte) und dann, nicht zu vergessen, der Stolz und die Befriedigung, die er aus dem Bewußtsein schöpfte, ein solch prestigeträchtiges Anwesen sein eigen zu nennen.

Als Kind hätte er nicht einmal in seinen kühnsten Träumen zu hoffen gewagt, daß er je in einem solchen Haus wohnen, geschweige denn es besitzen würde.

Johnny Fortune, der 1953 als Gianni Fortunato zur Welt gekommen war, hatte die ersten Jahre seines Lebens mit Onkel und Tante in einer schäbigen, beengten Wohnung an der Mulberry Street am falschen Ende von Manhattan gehaust.

Seinen Vater, Roberto Fortunato, hatte Johnny nie gekannt, und an seine Mutter Gina konnte er sich nur noch ganz schwach erinnern. Sie starb, als Johnny fünf Jahre alt war, und nach ihrem Tod hatte sein Onkel Vito, der Bruder seiner Mutter, ihm in den nächsten zehn Jahren Vater und Mutter ersetzt. Dann, als Johnny fünfzehn war, ging er von der Schule ab, weil er eingesehen hatte, daß er es doch nie bis zum College schaffen würde.

Statt dessen wurden die Straßen von New York zu seiner Universität, so wie sie gewissermaßen auch schon sein Kindergarten gewesen waren. Er hatte von klein auf gelernt, auf eigenen Beinen zu stehen, war clever, aufgeweckt und hatte ein gutes Gespür dafür, wem man trauen durfte und wem nicht.

Dennoch war Johnny nie ein frecher, aufsässiger Gassenjunge gewesen und auch als Teenager nicht in die falschen Kreise geraten. Dafür hatte schon sein Onkel Vito gesorgt. Und er hatte das Glück, mit seiner Stimme ein Talent zu besitzen, das ihn aus der Masse heraushob, ihn nachgerade abschirmte vor den aggressiven Altersgenossen und ihm eine Sonderstellung garantierte. Seine Stimme war melodisch, klar und glockenrein, und wenn er vor den Freunden seines Onkels sang, waren diese jedesmal so hingerissen und gerührt, daß sie ihn zum Schluß mit ansehnlichen Geldgeschenken überhäuften.

Immer wieder versicherte man dem kleinen Johnny, er würde singen wie ein Engel. Onkel Vito aber sagte, seine Stimme sei ein Gottesgeschenk, für das er ewig dankbar sein müsse. Und das war Gianni auch.

Als er sich entschloß, das Singen zum Beruf zu machen, anglisierte er seinen Namen, der sowohl in der einen wie der anderen Sprache wie eine Glücksverheißung klang. Johnny hoffte sehr, daß sie sich erfüllen würde, aber bis das tatsächlich geschah, hatte er noch einen weiten und dornigen Weg vor sich.

Heute, an diesem kühlen Novemberabend, dachte Johnny Fortune freilich nicht an die entbehrungsreiche Vergangenheit, sondern beschäftigte sich einzig und allein mit der Zukunft, genauer gesagt mit dem neuen Jahr, das nun bald anbrechen würde. 1992 war für ihn bereits jetzt so gut wie verplant: erst die Tournee in Europa, dann eine längere Aufnahmeserie in seinem New Yorker Studio, das Konzert im Madison Square Garden, weitere Auftritte in Übersee... Je erfolgreicher ich werde, dachte Johnny, desto weniger Zeit bleibt mir für mich. Trotzdem! Lieber schuftete er bis zum Umfallen, ließ sich pushen und unter Streß setzen, verzichtete auf Privatleben und Geselligkeit, war dafür aber reich und berühmt, als umgekehrt. Er hatte alles erreicht, was er sich vorgenommen hatte, und besaß alles, was er sich nur wünschen konnte.

Johnny unterdrückte einen leisen Seufzer und setzte sich mit einem leicht wehmütigen Lächeln an den Steinway. Wie von selbst griffen seine schmalen, langgliedrigen Finger die ersten Akkorde jenes Songs, den er sich längst so einverleibt hatte, daß er gewissermaßen zu seiner Erkennungsmelodie geworden war: »You and Me/We Wanted It All«, lautete der Refrain von Peter Allens und Carole Bayer Sagers Komposition. War das nicht wirklich wie auf ihn gemünzt? Ja, er hatte alles gewollt, und er hatte es aus eigener Kraft erreicht.

Unvermittelt brach er sein Spiel ab, drehte sich langsam auf dem Klavierstuhl zur Mitte des Salons und weidete sich an dem Anblick, den der Raum bot. Vier Jahre lebte er jetzt schon in dem Haus am Hang, und immer noch konnte er sich an seiner Schönheit berauschen.

Manche seiner Besitztümer betrachtete er nach wie vor mit staunender Ehrfurcht, allen voran die Gemäldesammlung. Hier im Salon hingen über dem Kamin eine Landschaft von Sisley, vis-à-vis ein Rouault und ein Cézanne und an der Wand über dem Flügel zwei frühe van Goghs.

Der Raum selbst war ein vollendeter Rahmen für diese erlesenen Meisterwerke; warme Holztöne korrespondierten harmonisch mit cremefarbenen Teppichen, silberweiß bespannten Polstermöbeln und feingeschwungenen Porzellanlampen, deren seiden bespannte Schirme mildes, warmes Licht verströmten. Johnny hatte freilich bei der Einrichtung ebensowenig die Hand im Spiel gehabt wie in den übrigen Räumen des Hauses. Das war alles Nells

Werk; sie hatte das Haus gefunden, einen Innenarchitekten engagiert und der Villa mit seiner Hilfe die persönliche Note, das Ambiente verliehen, das nun einen jeden Besucher so nachhaltig beeindruckte.

Ja, das ganze Haus spiegelte Nells Geschmack wider, was Johnny freilich nicht im geringsten störte, hatte er sich doch ihren Geschmack zu eigen gemacht. Er war stolz darauf, durch sie gelernt zu haben, wie man Stil und Qualität erkennt, was ein Unikat von einem serienmäßig gefertigten Produkt unterscheidet und wie man das Verhältnis von Wert und Preis richtig abschätzt.

Sogar seine Garderobe war generalüberholt worden, seit Nell seine Promotion übernommen hatte. Und Johnny war sehr zufrieden mit seinem neuen Kleidungsstil – konservativ und doch elegant, dezent, aber unverkennbar erste Qualität. Nell hatte ihm zu einem Image verholfen.

Johnny stand auf, schlenderte durchs Zimmer und stellte sich schließlich mit dem Rücken vor den Kamin. Ich selber, gestand er sich ein, ich hatte, bevor ich Nell Jeffrey kennenlernte, eigentlich nur auf einem Sektor Geschmack – in meiner Musik. Ja, da konnte ich mich schon immer auf mein Gespür verlassen, da machte mir keiner was vor.

Daß er sich mit Kunst und Antiquitäten früher nicht ausgekannt hatte, war nicht weiter verwunderlich, bei seinem Background. Seine Tante Angelina hatte die kleine Wohnung in der Mulberry Street mit kitschigen Heiligenbildern und knallbunten Gipsfigürchen geschmückt, und Onkel Vito hatte nach dem Tode seiner Frau alles unverändert gelassen.

Später dann, als Johnny der drückenden Enge der gemeinsamen Wohnung entkommen war und als damals noch unbekannter Sänger zu tingeln begann, hatte er in billigen Motels logiert, die natürlich auch nicht darauf ausgerichtet waren, seinen Kunstsinn zu fördern.

Johnny gluckste stillvergnügt in sich hinein, als er jetzt die weiträumige Eingangshalle in Richtung Speisezimmer durchquerte. Was ihn so erheiterte, war der Gedanke an Onkel Vito, der sich in diesem feudalen Haus gewiß schon nach wenigen Minuten so unwohl und deplaziert gefühlt hätte, daß er schleunigst im nächstbesten Motel Unterschlupf suchen würde.

Er hatte den Onkel gleich nach seinem Einzug vor vier Jahren zu sich eingeladen, doch der alte Mann hatte freundlich, aber bestimmt abgelehnt. Und Johnny bedrängte ihn weder, noch wiederholte er die Einladung zu einem späteren Zeitpunkt. Sein Onkel paßte nicht hierher, und Johnny wollte ihn auf keinen Fall in Verlegenheit bringen. Denn Onkel Vito war zwar vielleicht kein Traumvater gewesen, aber er hatte sein Bestes gegeben und ihn geliebt wie seinen eigenen Sohn – den Sohn, der ihm leider versagt geblieben war.

Das Speisezimmer war in sanften Apricot- und Cremetönen gehalten, hin und wieder belebt durch einen eigenwilligen himbeerfarbenen Touch. Der Raum bestach durch seine vollendete Schlichtheit. Hochlehnige Stühle aus polierter Kirsche umstanden einen Eibenholztisch südfranzösischer Provenienz. An gegenüberliegenden Wänden hatten ein eleganter Geschirrschrank und ein Buffet Platz gefunden, beide ebenfalls aus Kirschholz, und über dem Buffet hingen zwei Aquarelle von Sir William Russell Flint.

Heute abend war der Tisch mit antikem englischem Silber, allerfeinstem Porzellan und Kristall gedeckt. Die voll erblühten, champagnerfarbenen Rosen in der silbernen Vase verströmten einen betörenden Duft. Rechts und links davon blitzten je zwei silberne Leuchter mit cremefarbenen Kerzen, die wiederum von ziselierten Silberetageren flankiert wurden.

Es waren drei Gedecke aufgelegt, und bei ihrem Anblick verspürte Johnny einen ärgerlichen Stich. Ihm wäre es viel lieber gewesen, wenn Nell, wie ursprünglich verabredet, allein gekommen wäre. Statt dessen würde sie nun diese Freundin anschleppen. Dabei hatte er noch so viel mit ihr zu besprechen, ganz zu schweigen vom Programm fürs kommende Jahr, das sie noch einmal im Detail zusammen hatten durchgehen wollen. Doch wenn Nell nun einen Gast mitbrachte, würde man Rücksicht nehmen und Konversation machen müssen – alles lästige Zeitverschwendung. Andererseits hatte er eingewilligt, als Nell ihn gestern beim Lunch gefragt hatte, ob sie eine Freundin mitbringen dürfe. Also würde ihm jetzt nichts weiter übrigbleiben, als gute Miene zum bösen Spiel zu machen.

Johnny ging zurück in die Halle und lief, zwei Stufen auf einmal nehmend, die Treppe hinauf zu seinem Schlafzimmer. Wie die Räume im Erdgeschoß war auch das Schlafzimmer groß und hell, und die Tafelglaswand an der Stirnseite holte gleichsam die bewaldete Landschaft von draußen herein und machte sie zu einem integralen Bestandteil des Interieurs.

Das Zimmer war mit französischen Antiquitäten eingerichtet, und die Farbauswahl entsprach in etwa der in den unteren Räumen. Creme- und Kaffeetöne korrespondierten mit Goldgelb, Seladongrün und Rosé, Schattierungen, die sich allesamt in dem Aubusson-Teppich wiederfanden, der gleichsam das farbliche Grundmotiv des Schlafzimmers vorgab.

Nachdem er Jeans, T-Shirt und die braunen Wildlederschuhe ausgezogen hatte, ging Johnny ins Bad und unter die Dusche.

Mit seinen achtunddreißig Jahren hatte Johnny Fortune einen durchtrainierten, schlanken und geschmeidigen Körper. Er ging regelmäßig schwimmen, besuchte so oft wie möglich ein Fitneßstudio und war im Essen und Trinken mäßig. Sein feinknochiges, sensibles Gesicht reagierte wie ein Seismograph auf Übermüdung und

Erschöpfungszustände, und wenn er abgespannt war, sah Johnny älter aus als in Wirklichkeit. Als er sich jetzt eingehend im Spiegel betrachtete, kam er zu dem Schluß, daß er, trotz der Sonnenbräune, einfach grauenhaft aussehe.

Nachdem er das blondgesträhnte, braune Haar sorgfältig geföhnt hatte, bürstete er es zurück und trat noch einmal dicht vor den Spiegel. Kein Zweifel, die Ausschweifungen der letzten Nacht hatten deutliche Spuren hinterlassen. Unter seinen Augen lagen tief dunkle Ringe, und er sah aus, als hätte er viel zu wenig geschlafen. Was leider auch stimmte.

Zum ersten Mal seit Jahren hatte er sich gestern abend völlig sinnlos betrunken. Und dann hatte er obendrein noch die Dummheit begangen, eins der Groupies, die ihn auf Schritt und Tritt belagerten, mit in die Hotelsuite zu nehmen, die er hier am Ort dauerhaft gemietet hatte. In sein Haus brachte er grundsätzlich keine Frauen mit. Das Haus war tabu. Wenn er, was heutzutage eher selten vorkam, mit einem Mädchen zusammensein wollte, dann war die Hotelsuite dafür die geeignete Spielwiese.

Johnny wandte sich vom Spiegel ab und ging hinüber ins Ankleidezimmer, das fast so groß war wie das Schlafzimmer. Hier hingen sündhaft teure, bildschöne Anzüge von den besten Schneidern aus London, Paris und Rom; in plexiglasverblendeten Kommoden stapelten sich seidene Hemden, Mohair- und Kaschmirpullover in allen Farben und für jede Gelegenheit. Unter den Anzügen, Blazern und Sportjacketts standen in langer Reihe blankgeputzte Schuhe aus feinstem Leder, Lack oder Wildleder, und an einer Wand hingen an einem eigens dafür angefertigten Gestell ausgesucht schöne Seidenkrawatten.

Da er sich für ein eher unauffälliges Outfit entschieden hatte, wählte Johnny ein Paar dunkelgraue Hosen und einen schwarzen Kaschmirblazer, ein blaßblaues Voile-hemd und dazu eine blaue Seidenkrawatte. Rasch kleidete er sich an, schlüpfte in ein Paar schwarze Lederslipper und suchte dann sorgsam ein seidenes Einstecktuch für die Brusttasche aus.

Ein Blick auf die Uhr zeigte ihm, daß er gerade noch rechtzeitig fertig geworden war: Nell Jeffrey und ihre Freundin würden jeden Moment hier sein.

10

Johnny Fortune konnte Nells Freundin nicht leiden.

Und wenn er sich noch so sehr bemühte, seine Antipathie zu überwinden, es gelang ihm einfach nicht. Irgend etwas an ihr irritierte ihn, brachte ihn aus dem Konzept, und was sie auch sagte, jedesmal spürte er den unwiderstehlichen Drang, ihr zu widersprechen. Nicht nur das, es kostete ihn regelrecht Überwindung, einfach nur höflich zu ihr zu sein.

Rundheraus gesagt: Rosalind Madigan brachte das Schlimmste in Johnny zum Vorschein, was in der Hauptsache freilich an ihm und seinen zahlreichen Komplexen lag. Aber darüber war er sich natürlich nicht im klaren. Auch hatte er noch gar nicht versucht, seine Abneigung gegen Rosie zu analysieren. Vorerst war Johnny viel zu sehr damit beschäftigt, ihr negative Attribute anzudichten – wie unansehnlich sie war, wie arrogant, was für ein Snob.

Selbstverständlich war Rosie nichts von alledem. Aber gleich, als er sie sah, hatte Johnny instinktiv gespürt, daß diese Frau ganz anders war als die Mädchen, mit denen er normalerweise in Berührung kam, und er fühlte sich einer solchen Klassefrau schlicht und einfach nicht gewachsen. Also war es eine reine Schutzmaßnahme, ja fast ein Reflex, daß er sie in Gedanken herabsetzte und ihre Vorzüge in Nachteile verkehrte.

Johnny nippte schlechtgelaunt an seinem Wein und hörte zu, wie die beiden Frauen sich über ihren gemeinsamen Freund Gavin Ambrose, den Filmstar, unterhielten. Da kam ihm plötzlich eine ebenso unerwartete wie seltene Selbsterkenntnis. Plötzlich wußte er, was ihn an dieser Madigan störte. Es war ihre Intelligenz.

Johnny Fortune hatte Angst vor intellektuellen Frauen; neben ihnen kam er sich minderbemittelt und wie eine Niete vor – er, der noch nicht einmal den High-School-Abschluß gemacht hatte.

Sicher, auch eine Frau wie Nell war hoch intelligent, aber ihre blonde Schönheit und ihre feminine Anmut bezauberten Johnny jedesmal so vollkommen, daß der Gedanke an eine geistige Rivalität gar nicht erst aufkommen konnte, jedenfalls nicht, solange er mit ihr zusammen war. Später, allein, erkannte er natürlich stets aufs neue, wie klug und besonnen sie seine Interessen wieder einmal vertreten hatte. Ja, Nell Jeffrey war weit mehr als seine Agentin; sie war Anlageberaterin, Ratgeber und Freundin in einer Person, und Johnny wußte ihre vielseitigen Talente sehr wohl zu schätzen. Sie hatte sein Leben wesentlich beeinflußt und in mancherlei Hinsicht zum Besseren verändert. Johnny war ihr aufrichtig dankbar.

Er atmete tief durch, griff nach der Gabel und wickelte die Spaghetti auf. Jetzt, wo er begriff, warum er sich in Rosies Gegenwart so unbehaglich fühlte, ging es ihm paradoxerweise gleich besser.

Nell, Rosie und Johnny saßen an dem festlich gedeckten Eßtisch im Speisezimmer, vor sich den ersten Gang des Abendessens, das Johnnys Koch Giovanni zubereitet hatte. Die Pasta Primavera hatte Giovannis Frau Sophia serviert, während der in England geschulte Butler Arthur leicht gekühlten Weißwein in die geschliffenen Kristallkelche goß.

»Ah! Das schmeckt ja köstlich, Johnny«, rief Nell,

nachdem sie von der Pasta gekostet hatte. »Einfach himmlisch! Findest du nicht auch, Rosie?«

»O ja, unübertrefflich.« Und an Johnny gewandt fügte Rosie hinzu: »Mit Ihrer Pasta kann selbst die von Alfredo nicht mithalten – Alfredo in Rom, wissen Sie?«

»Giovanni ist ein begnadeter Künstler an seinem Herd«, sagte Johnny von oben herab. Dann ließ er Rosie links liegen, beugte sich zu Nell hinüber und fragte mit leiser, fast vertraulicher Stimme: »Und wie wollen wir diese vielen Konzerttermine nächstes Jahr unter einen Hut kriegen? Ich fürchte schon, daß ich, wenn die Tournee rum ist, höchstens noch auf einer Tragbahre nach Hause komme.«

Nell sah ihn forschend an und beschloß, den Stier bei den Hörnern zu packen. »Ich finde, du solltest nicht die ganze Tournee in einem Rutsch durchziehen, Johnny. Das wäre einfach zu anstrengend. Ich würde dir raten, beschränke dich auf Los Angeles, New York, London, Paris und Madrid. Das sind die Stationen, bei denen wir schon mehr oder weniger fest zugesagt haben und wo wir deshalb die Termine nach Möglichkeit auch einhalten sollten. Aber den Rest laß uns bitte verschieben.«

Johnny starrte sie völlig verdutzt an. »Also ich bin sofort dafür, Nell. Großartig! Ich weiß bloß nicht, was der Veranstalter dazu sagen wird.«

»Das laß nur meine Sorge sein. Ich werde den Leuten schon begreiflich machen, daß auch sie letztlich draufzahlen, wenn sie ihre Stars über Gebühr strapazieren und schließlich total ausgelaugt in die Arena schicken. Im übrigen dürfen wir die Aufnahmen für die neue CD nicht vergessen. Bei einem Perfektionisten wie dir müssen wir ja schon ein paar Monate einplanen. Das kann ich dem Veranstalter ja gleich mit verklickern, was meinst du?«

In Johnnys Augen spiegelte sich unverhohlene Bewunderung. »Ach Nell, du bist wirklich die Allergrößte. Du glaubst gar nicht, wie ich es genieße, wenn du mir das

Denken abnimmst. Also abgemacht. Du läßt die Bombe platzen, und ich geh derweil auf Tauchstation. Und wenn die Wogen sich wieder geglättet haben, schmeiß ich eine Superparty.«

»Danke für dein Vertrauen, Johnny. Weißt du, ich halte es unter anderem auch aus strategischen Gründen für sehr wichtig, daß wir es, an diesem Punkt deiner Karriere, mit der Medienpräsenz und den Live-Auftritten nicht übertreiben.«

»Aber Nell! Nach jedem Live-Konzert von mir schnellen die Plattenverkaufszahlen doch wie wahnsinnig in die Höhe!«

»Ja, ja, ich weiß. Trotzdem bin ich der Meinung, daß es dir – langfristig gesehen – nützen wird, dich jetzt ein bißchen zurückzunehmen.«

»Mmmmm.« Johnny sah grüblerisch vor sich hin und sagte nach einer Weile: »Julio Iglesias hat in den letzten Jahren schon mehrmals eine Welttournee absolviert, ohne daß es ihm oder seinem Image auch nur im mindesten geschadet hätte.«

»Sicher, aber ein Künstler ist nicht wie der andere. Nimm zum Beispiel die Streisand. Die hat seit sechs Jahren nicht mehr live gesungen, aber ihre Platten verkaufen sich trotzdem bombig.«

»Ja, aber Barbra Streisand ist dem Publikum von der Leinwand her vertraut«, wandte Johnny ein.

»Sicher, aber sie singt längst nicht in all ihren Filmen.« Nell lachte versöhnlich. »Ich mach dir einen Vorschlag: Überschlaf die Sache, und laß uns morgen noch mal darüber reden, ja?«

»Das ist ein Wort.«

Um Johnny, der ohnehin in ständiger Angst um seine Karriere lebte, abzulenken, wechselte Nell diplomatisch das Thema. »Ich hab dir doch erzählt, Johnny, daß Rosie die Kostüme für *Kingmaker* entworfen hat, nicht? Ich sage dir, ein Traum! Du mußt unbedingt zur Premiere nächstes Jahr kommen. Und wenn mich nicht alles täuscht, ist Rosie mit diesem Film der nächste Oscar sicher.«

Rosie war vor Verlegenheit ganz rot geworden. »Also ehrlich, Nell, wie kannst du nur so was sagen! Oscarreif sind meine Kostüme ganz bestimmt nicht...«

Zum ersten Mal blickte Johnny ihr direkt in die Augen und sagte reichlich unterkühlt: »Ich versichere Ihnen, daß man sich auf Nells Prophezeiungen verlassen kann. Sie brauchen sich also gar nicht so zu zieren.«

Rosie wußte nicht, was sie darauf sagen sollte. Sie griff nach ihrem Wasserglas, trank einen Schluck und überlegte, warum dieser Mann sie nur derart verabscheute. Er hatte vom ersten Augenblick an keinen Hehl daraus gemacht, daß sie ihm unsympathisch war, und hatte sie mit einer schon fast unverschämten Frostigkeit behandelt. Hätte Nell sie doch bloß nicht überredet mitzukommen. Ein ruhiger Abend vor dem Fernseher in ihrer Hotelsuite wäre in jedem Fall gemütlicher gewesen.

Auch Nell war Johnnys Aversion gegen Rosie nicht entgangen, und sie konnte sich sein Verhalten ebensowenig erklären wie die Freundin. Sie räusperte sich schon und nahm Anlauf, um mit einer lobenden Bemerkung über Johnnys letzte CD und ihren anhaltenden Erfolg das eisige Schweigen zu brechen, als die Tür aufging und Sophia hereinkam, um die Teller abzuräumen. Arthur, der ihr auf dem Fuß folgte, begann neu aufzudecken. Gleich darauf wurde der zweite Gang serviert, Seebarsch in Kräutern gedünstet und frisches Gemüse.

Johnny trank einen Schluck Wein und erkundigte sich bei Nell, welche Pläne sie für Thanksgiving habe.

»Da koche ich für Kevin«, entfuhr es Nell. Und betreten setzte sie hinzu: »Und natürlich auch für Rosie.«

»Kevin? Wer ist Kevin?« fragte Johnny mit emporgezogenen Brauen.

»Mein Freund«, sagte Nell, die sich an dem Punkt

nichts von einer Notlüge versprach, sondern lieber gleich mit der Wahrheit herausrückte. »Und Rosies Bruder.« Ihre Augen wurden schmal, und ihr warnender Blick signalisierte Rosie, die die Freundin völlig entgeistert anstarrte, jetzt nur keine Fragen zu stellen.

»Thanksgiving unter Freunden… klingt gut«, sagte Johnny mit einer leisen Wehmut in der Stimme, die Nell aufhorchen ließ.

»Warum kommst du nicht auch?« schlug sie vor. »Du bist doch nächste Woche ohnehin in New York, und ich würde dich wahnsinnig gern mal bekochen.«

»Ich kann nicht, leider. Ich habe meinem Onkel versprochen, daß ich Thanksgiving mit ihm und seinen… Freunden feiere. Trotzdem danke für die Einladung, lieb von dir.« Und als er die Gabel in seinen Fisch bohrte, sagte Johnny versonnen: »Du hast also einen Freund, hm? Was sagt man dazu? Das hast du aber gut geheimgehalten, zumindest vor mir.«

Vor *mir* auch, dachte Rosie.

Nell reagierte statt mit einer Antwort nur mit einem verlegenen kleinen Lachen. Dann konzentrierte sie sich ganz auf die Speisen auf ihrem Teller.

Rosie war natürlich ganz außer sich vor Neugier, aber sie wußte, daß sie sich gedulden mußte, bis sie und Nell wieder im Hotel waren. Nell und Kevin. Nein, so eine Überraschung! Ob sie schon lange zusammen waren? Wenn ja, warum hatten sie ihr nichts davon erzählt? Rosie stand vor einem Rätsel. Aber sie freute sich aufrichtig für die beiden, für ihren Bruder ganz besonders. Kevin führte ein so aufreibendes, gefährliches Leben, daß er eine liebende und verständnisvolle Partnerin sicher dringender brauchte als mancher andere.

Plötzlich ertappte sie sich dabei, daß ihre Gedanken unversehens abgedriftet waren und sie sich überlegte, wie wohl ihre Verabredung morgen mit Gavin verlaufen würde. Er hatte sie zum Lunch bei sich zu Hause eingeladen, um ihr von seinem neuen Film zu erzählen. Bis jetzt hatte er ein großes Geheimnis darum gemacht, aber Rosie war so gut wie entschlossen, ihm – ganz gleich, welches Thema und welche Epoche er diesmal gewählt haben mochte – wieder als Kostümbildnerin zur Seite zu stehen.

Anfang der Woche hatte sie sich mit Garry Marshall getroffen, der sie vom Fleck weg engagieren wollte, und wenn Gavin nicht gewesen wäre, dann hätte Rosie auch mit Freuden zugesagt. Aber Gavin kam für sie eben immer an erster Stelle.

»Also, wenn ihr mich entschuldigen wollt«, sagte Nell aufgeräumt, und Rosie fuhr erschrocken aus ihren Gedanken hoch. »Dann gehe ich jetzt telefonieren und bringe die Sache hinter mich.«

»Aber natürlich«, sagte Johnny. »Du kannst von meinem Arbeitszimmer aus sprechen, da bist du ungestört.«

Kaum war Nell hinausgegangen und hatte die Tür hinter sich geschlossen, lehnte er sich in seinem Stuhl zurück und griff nach dem Weinglas. Rosie war offenbar Luft für ihn.

Rosie sah ihn einen Moment lang halb fragend, halb verlegen an, dann senkte sie ratlos den Blick. Er ließ sie seine Antipathie so deutlich spüren, daß sie nicht einmal den Mut aufbrachte, halbwegs ungezwungen Konversation zu machen. Worüber sollte sie sich auch mit einem Mann unterhalten, dem schon ihre bloße Gegenwart unangenehm zu sein schien?

Eisiges Schweigen senkte sich über das Zimmer.

11

Rosie wäre am liebsten im Boden versunken.

Sie saß da wie eine Salzsäule und blickte starr geradeaus. Man hätte glauben können, sie hielte sogar den

Atem an. Fieberhaft zerbrach sie sich den Kopf darüber, was in dieser peinlichen Situation zu tun sei.

Schließlich kam sie zu der Einsicht, daß es nur einen Ausweg gab: Sie würde sich entschuldigen, Nell suchen gehen und ihr sagen, daß sie auf dem schnellsten Wege zurück ins Regent Beverly Wiltshire wollte. Nell würde Verständnis haben. Schließlich hatte ihr verwirrter Gesichtsausdruck vorhin bei Tisch ihr deutlich gezeigt, daß auch sie von Johnnys ablehnender Haltung gegen ihre Freundin Rosie brüskiert war.

Während sie noch nach einer Ausrede für ihren Gastgeber suchte, fiel Rosies Blick zum wiederholten Mal auf die beiden silbernen Etageren rechts und links von den Kerzenleuchtern. Schon den ganzen Abend über hatte sie diese kunstvolle Silberschmiedearbeit bewundert. Jedes der zierlichen Kunstwerke bestand aus zwei Putten, die auf einem Sockel standen und zwischen sich einen zahmen Leoparden führten. In den hoch emporgestreckten drallen Ärmchen hielten sie eine kristallgefaßte Silberschale, gedacht für Früchte oder Dessert. Ohne selber recht zu begreifen, woher sie plötzlich den Mut nahm, hörte sie sich zu ihrem ungnädigen Gastgeber sagen: »Das ist Regency, nicht wahr? Aus der Werkstatt von Paul Storr?«

Johnny starrte sie entgeistert an. Endlich nickte er. »Ich hab sie kürzlich erst in London ersteigert.« Obwohl er völlig überrascht war, daß diese Frau sogar den Silberschmied benennen konnte, von dem seine beiden Kleinodien stammten, schmeichelte es ihm doch, daß sie die Etageren so unverhohlen bewunderte. Sie waren sein ganzer Stolz. Das einzige im Haus, was er selbst und ohne Nells Hilfe ausgesucht hatte, waren seine englischen Silberobjekte.

»Woher wußten Sie, daß diese Stücke von Paul Storr gefertigt sind?« fragte Johnny gespannt, indem er sich ihr mit einer raschen Körperdrehung zuwandte.

»Oh, ich habe eine Freundin, die spezialisiert ist auf georgianischen und auf Regency-Stil«, erklärte Rosie. »Sie war früher mal Kunsthändlerin.«

»Und jetzt hat sie's aufgegeben?«

»Ganz recht, ja.«

»Wie schade! Ich bin ständig auf der Suche nach exquisiten Stücken für meine Sammlung. Ein kenntnisreicher und zuverlässiger Antiquitätenhändler kann einem da eine unschätzbare Hilfe sein.« Johnny räusperte sich. »Wissen Sie, oft behalten Händler, die sich aus dem Geschäft zurückgezogen haben, den Markt trotzdem weiter im Auge, als Hobby sozusagen. Falls Ihrer Freundin also mal ein wirklich rares Stück unterkommt, dann würde ich mich aufrichtig freuen, wenn ...«

»Ausgeschlossen«, unterbrach ihn Rosie brüsk. »Sie hat sich ganz aus dem Geschäft zurückgezogen.«

»Aha, genießt den Ruhestand, wie?«

»So was Ähnliches ...« Rosie stockte und schlug die Augen nieder. Ach, wenn Collie doch nur arbeiten *könnte!* Bestimmt wäre das eine große Hilfe für sie. Bei dem Gedanken an die arme Freundin überkam Rosie auf einmal grenzenloses Mitleid. Aber sie hatte sich rasch wieder gefangen – so jedenfalls glaubte sie, bis sie sich zu ihrem Erstaunen dabei ertappte, wie sie diesem wildfremden und noch dazu so ablehnenden Mann plötzlich ihre Sorgen anvertraute. »Meine Freundin – sie heißt Collie – hat ein ganz furchtbar tragisches Schicksal. Erst kam ihr Mann bei einem Autounfall ums Leben, und kurz darauf wurde sie selbst schwer krank. Lange Zeit konnte sie nicht einmal daran denken zu arbeiten. Und als sie endlich doch wieder in ihr Geschäft zurückkehren wollte, da mußte sie bald einsehen, daß sie einfach zu schwach und entkräftet war. Also hat sie ihren Laden aufgegeben – vorläufig jedenfalls.« Rosie zwang sich zu einem kleinen Lächeln. »Wer weiß, vielleicht fängt sie ja wieder an zu arbeiten, wenn sie sich richtig erholt hat.

Und antikes Silber ist wirklich ihre ganz besondere Leidenschaft.«

»Es tut mir sehr leid... daß Ihre Freundin so krank ist, meine ich«, sagte Johnny leise. »Lebt sie in New York?«

Rosie schüttelte den Kopf. »Nein, sie ist in Frankreich zu Hause.«

»Und sie hat Ihnen eine Menge beigebracht über Antiquitäten, speziell Silberschmiedearbeiten, ja?«

»Das stimmt. Sie hat mich oft mitgenommen, wenn sie zu einer Auktion nach London fuhr...« Rosie konnte nicht weitersprechen; die Erinnerung schnürte ihr die Kehle zu. Was für eine schöne Zeit war das doch damals, dachte sie. Für uns beide, für Collie genau wie für mich. Aber dann ist uns das Glück unter den Händen zerbrochen. Bei dem Gedanken an jene ersten unbeschwerten Jahre in Montfleurie war ihr ein richtiger Kloß in die Kehle gestiegen, und jetzt blinzelte sie tapfer die Tränen zurück, die sich in ihren Augen sammelten.

»Paul Storr«, sagte sie, sobald sie ihrer Stimme wieder trauen konnte, »das war ein wirklicher Zauberkünstler, nicht wahr? Er ist Collies ganz besonderer Favorit unter den Silberschmieden, und meiner auch. Ach, sie wäre ganz aus dem Häuschen, wenn sie diese Etageren hier sehen könnte!«

Johnny nickte verständnisvoll. Plötzlich merkte er, wie seine Barrieren zu wanken begannen und seine eben noch so heftige Antipathie gegen Rosie zu schwinden begann. Wie schön war es doch, sich mit einem Menschen zu unterhalten, der den gleichen Geschmack hatte wie man selbst und der die gleichen Dinge schätzte! Mit einem Mal schämte er sich, daß er anfangs so kühl und abweisend gegen sie gewesen war. Hastig, wie um seine Verlegenheit zu kaschieren, trank er einen Schluck Wein und sagte dann: »Nell findet, ich hätte einen guten Blick.«

»Ach nein! Für was denn, wenn man fragen darf?« rief Nell von der Tür her.

»Silber«, antwortete Johnny lachend. »Rosie schwärmt in den höchsten Tönen von meinen zwei Etageren hier.«

»Die sind ja auch wirklich wunderschön«, sagte Nell und setzte sich wieder auf ihren Platz.

»Alles in Ordnung?« fragte Rosie besorgt. »Du warst ja eine Ewigkeit fort.«

»Ich weiß, tut mir leid. Aber es ist gar nicht so einfach, sich gegen diese Bürohengste durchzusetzen. Ich fürchte, ich werde nach dem Essen noch mal telefonieren müssen. Lästig, aber nicht zu ändern.« Nell zuckte gelassen die Achseln. »Ein guter PR-Vertreter ist halt mal rund um die Uhr im Einsatz.«

»Kein Problem«, meinte Johnny, »von mir aus kannst du telefonieren, solange du willst. Aber zuvor wollen wir erst mal den Nachtisch genießen. Giovanni hat *Crostata di Mele alla Crema* gemacht.«

»Großer Gott!« Nell schüttelte den Kopf. »Das klingt ja regelrecht unanständig. Und ich wette, es macht dick!«

»Aber, aber«, wandte Johnny ein, »du brauchst dich doch wirklich nicht um deine Figur zu sorgen. Und überhaupt, was macht schon hin und wieder ein kleiner Nachtisch?«

»Zwei Kilo auf den Hüften«, seufzte Nell und rollte in gespielter Verzweiflung die Augen zur Decke.

»Kann mir mal jemand verraten, um was es sich bei diesem geheimnisvollen Dessert mit dem klingenden Namen eigentlich handelt?« fragte Rosie.

»Das ist Apfeltorte mit einer ganz besonderen Vanillesauce. Wird Ihnen bestimmt schmecken!« Er streifte sie mit einem fast scheuen Blick, ehe er hinzusetzte: »Und *Sie* haben doch auch keine Gewichtsprobleme.«

Gleich nach dem Essen verschwand Nell wieder in Johnnys Arbeitszimmer, um zu telefonieren. Unterdessen führte Johnny Rosie in die Bibliothek im rückwärtigen Teil des Hauses.

Als er ihr die Tür aufhielt, sagte er: »Ich dachte, wir nehmen den Espresso vielleicht hier. Dann kann ich Ihnen gleich noch ein paar weitere Glanzstücke aus meiner Silbersammlung zeigen.«

»O ja, das würde mich freuen!« antwortete Rosie aufrichtig. Sie war überrascht und erleichtert zugleich, daß seine Haltung ihr gegenüber sich so radikal geändert hatte. Was nur der Grund dafür sein mochte? Konnte wirklich ihr Interesse für Silberschmiedekunst den Ausschlag gegeben haben?

»Schauen Sie, diese Kerzenleuchter stammen auch aus Paul Storrs Werkstatt«, sagte Johnny gerade und deutete auf den langgestreckten Bibliothekstisch zwischen Sofa und Kamin. »Die habe ich in der Bond Street gefunden.«

Rosie bewunderte die Leuchter gebührend, bis ihr Blick auf eine große Silberschale fiel, die mitten auf dem Tisch stand. »Die ist auch wunderschön! Stammt aber nicht von Storr, oder?«

»Nein, nein, die datiert gut ein Jahrhundert früher, Queen-Anne-Stil, wissen Sie? Wird allerdings auch einem sehr berühmten englischen Silberschmied zugeordnet, nämlich William Denny.«

»Sie haben ja wirklich eine exquisite Sammlung. Ihr Haus ist überhaupt einmalig schön«, sagte Rosie, als sie auf dem Sofa Platz nahm.

»Danke, das ist sehr lieb von Ihnen«, entgegnete Johnny. »Möchten Sie vielleicht einen Likör zu Ihrem Espresso? Oder einen Cognac?«

»Nein danke, für mich nur einen Espresso bitte.«

Arthur hatte bereits umsichtig alles bereitgestellt, und Johnny schenkte ein.

Schweigend tranken sie ihren Espresso, aber diesmal war es ein angenehmes, friedliches Schweigen, dem Rosie sich gern überließ. Johnny dagegen schwankte zwischen Neugier auf diese Frau, die ihm plötzlich in einem ganz anderen Licht erschien, und Unmut gegen sich selbst. Er, dessen Charme in der ganzen Welt gerühmt wurde, er, dem die Frauen zu Füßen lagen, hatte sich Rosie gegenüber zu Beginn des Abends wie ein Trottel benommen. Warum hatte sie ihn nur so eingeschüchtert, daß er sich nur noch in arrogante Verachtung hatte flüchten können?

»Wer hat denn das gemalt?« Rosies Frage schreckte ihn aus seinen Grübeleien auf. Sie deutete auf das Gemälde über dem Kamin, auf dem zwei Bauernknechte durch ein wogendes Weizenfeld schritten. Rosie verspürte plötzlich Heimweh nach Montfleurie.

»Das hat Pascal, eine Künstlerin hier aus der Gegend, gemalt«, sagte Johnny. »Ich mag ihre Bilder sehr. Oben hab ich noch ein paar.«

»Ich liebe die modernen Impressionisten... Diese Landschaft erinnert mich an Frankreich«, sagte Rosie versonnen, und vor ihrem inneren Auge stiegen die Felder rings um das Château auf.

»Aber es ist ja eine französische Szenerie!« rief Johnny begeistert. Rosie faszinierte ihn von Minute zu Minute mehr. »Pascal ist sehr oft in Frankreich und malt mit Vorliebe dort.«

Rasch entschlossen stellte Johnny seine Tasse ab und setzte sich zu Rosie aufs Sofa. Normalerweise war Johnny Fortune ein Mann, der sich schon aus Prinzip für nichts und bei niemandem entschuldigte. Jetzt aber drängte es ihn auf einmal, Rosalind Madigan um Verzeihung zu bitten. Er sprach ein bißchen überstürzt, mit vor Verlegenheit stockender Stimme. »Hören Sie, ich... ich war wohl vorhin ein bißchen abweisend, nicht? Aber das hatte wirklich nichts mit Ihnen zu tun. Ich hatte einen scheußlichen Tag, wissen Sie, lauter unangenehme Termine und... Trotzdem, ich hätte es natürlich nicht an Ihnen auslassen dürfen. Tut mir ehrlich leid. Es war nicht so gemeint, glauben Sie mir.«

»Ich weiß, was Sie meinen.« Rosie nickte verständnisvoll. »Solche Tage gibt's bei mir mitunter auch.«

»Dann sind Sie mir also nicht mehr böse?«

»Ach, woher denn.« Rosie lächelte ihn an. Es war ein Lächeln, das ihr Gesicht zum Leuchten brachte, ihre Lippen sanft und verführerisch erscheinen ließ und einen warmen Glanz in die Augen zauberte. Johnny konnte den Blick nicht von ihr wenden, und plötzlich war ihm, als hätte eine leichte, zärtliche Hand sein Herz berührt. Starr vor Staunen über dieses kleine Wunder saß er da und sah sie immerfort nur an.

Rosie, die seinen Blick erwiderte, kam es vor, als habe sie noch nie zuvor solch tiefblaue Augen gesehen. Als sie endlich doch den Kopf wandte, fiel das Licht auf ihr Profil, und auf einmal erkannte Johnny, daß diese Frau schön war. Diese irisierenden grünen Augen und dann das metallisch glänzende, kupferne Haar – wie hatte er dieses betörende Geschöpf nur für eine graue Maus halten können?

Rosie, die sein Schweigen mißdeutet hatte, beugte sich vor und drückte seine Hand. »Sie brauchen sich wirklich keine Gedanken zu machen«, sagte sie. »Ich trage Ihnen bestimmt nichts nach.« Wieder spielte ein Lächeln um ihre Lippen. Sie fing an, ihn zu mögen. Tatsächlich hatte sie seine anfängliche Grobheit fast schon vergessen und bemühte sich, ganz wie es ihre Art war, ihn von seiner besten Seite zu sehen.

Johnny, ganz gebannt von diesem Lächeln, nickte nur stumm. Und auch wenn er es selbst noch nicht wußte – er war verloren.

12

Lange nachdem die beiden Frauen gegangen waren, grübelte Johnny noch immer über diese ungewöhnliche Begegnung nach. Kein Zweifel, Rosie hatte ihn aus dem Gleichgewicht gebracht.

Auf den ersten Blick hatte er sie vehement abgelehnt. Aber dann, nach nur wenigen Stunden, hatte sein Gefühl sich um 180 Grad gedreht. Er verstand sich selber nicht, als er jetzt, schon im Pyjama, auf dem Bett lag und mit seinen Emotionen ins reine zu kommen versuchte.

Das Klingeln des Telefons holte ihn unsanft in die Realität zurück. Sein Privatanschluß. Johnny griff zum Hörer und überlegte, wer ihn wohl um die Zeit noch anrufen mochte. Es ging bereits auf Mitternacht zu. Aber er wollte es doch nicht einfach klingeln lassen, denn schließlich kannten nur seine allerengsten Vertrauten diese Nummer.

Dennoch meldete er sich vorsichtshalber nur mit einem neutralen: »Hallo?«

»Johnny, wie geht's dir, mein Junge?« fragte eine rauhe Stimme am anderen Ende.

»Onkel Vito! Wieso bist du denn noch auf? Bei euch in New York ist es doch gleich drei Uhr früh!«

»Stimmt ja. Kommt dir mein Anruf ungelegen? Ich meine... störe ich gerade sehr?«

Johnny lachte. »Nein, Onkel, ich bin allein.«

»Wie schade.« Der alte Mann seufzte. »Was predige ich dir nun schon seit ich weiß nicht wie lange? Such dir ein nettes Mädel, eine Italienerin, wohlverstanden, heirate sie, und gründe eine nette Familie mit vielen Bambinos. Warum hörst du nur nicht auf das, was ich sage, Johnny?«

»Alles zu seiner Zeit, Onkel Vito.«

»Versprochen?«

»Ja, versprochen.«

»Ich war heute auf der Insel. Du weißt ja, donnerstags ist immer Familientreffen. Und der alte Herr läßt dich grüßen – er hat ja schon immer eine Schwäche für dich gehabt. Ach, und sie erwarten uns an Thanksgiving. Das hast du doch nicht vergessen, Johnny, oder?«

»Aber nein. Das würde ich dir doch nicht antun,

Onkel Vito. Ich bin schließlich jedes Jahr gekommen, nicht wahr? Sag mal, von wo rufst du eigentlich an?«

»Keine Sorge, ich bin in einer Telefonzelle.«

»Mein Gott, bei der Kälte und mitten in der Nacht! Nun mach aber, daß du nach Hause kommst und ins Bett, Onkel Vito. Sag, brauchst du irgendwas?«

»Nein, nein, mir geht's bestens, mein Junge, danke.« Vito Carmello im fernen New York zog fröstelnd die Schultern hoch und lachte leise. »Gewissen anderen Leuten hier in der Stadt geht's leider längst nicht so gut. Das kommt davon, wenn einer seinen Mund nicht halten kann. Das ist schlecht fürs Geschäft, *capisce?*«

»Ja, ja, natürlich. Aber nun tu mir den Gefallen, und geh heim ins Warme, Onkel. Schau, wir sehen uns ja nächste Woche. Ich komme Freitag abend an.«

»Und wo wirst du absteigen?«

»Im Waldorf.«

Wieder dröhnte Vitos rauhes Lachen von fernher durch den Draht. »Bravo, das nenn ich Klasse. Also dann, gute Nacht, mein Junge.«

»Gute Nacht, Onkel Vito.«

Als Johnny aufgelegt hatte, blieb er in Gedanken noch ein wenig bei seinem Onkel. Vito war inzwischen neunundsiebzig und damit langsam wirklich zu alt für seinen Job. Zeit, daß er sich endlich ins Privatleben zurückzog. Aber der alte Mann war ein Dickschädel und hörte nicht auf ihn, geschweige denn, daß er sein Geld genommen hätte. »Danke, mein Junge, aber ich brauch deine Dollars nicht. Ich hab genug, mehr als ich je ausgeben könnte. Leg's auf die hohe Kante, für den Fall, daß mal schlechte Zeiten kommen.« So oder ähnlich pflegte er Johnnys Angebote abzulehnen.

Sein Onkel war eben ein stolzer Sizilianer, stur und konsequent, und die unbedingte Treue zu seinem *Compagno* in der *Cosca*, zu Salvatore Rudolfo (den viele teils bewundernd, teils furchtsam »den Großen« nannten) war für ihn Ehrensache. Darum auch wollte er sich nicht zur Ruhe setzen. »Nicht, bevor der Don die Geschäfte an seinen Erben übergibt«, erklärte Vito dem Neffen immer wieder. »Wenn der Don aufs Altenteil geht, gehe ich auch. Aber keinen Tag eher. Wir haben zusammen angefangen, wir hören auch gemeinsam auf.«

Vito und Salvatore waren von klein auf befreundet. 1920, die beiden Jungen waren damals beide acht Jahre alt, waren ihre Familien von Palermo nach Amerika gekommen und hatten in der italienischen Kommune Manhattans in nächster Nachbarschaft Unterkunft gefunden.

Johnny hatte von seinem Onkel die abenteuerlichsten Geschichten über jene harten und entbehrungsreichen Anfangsjahre der Carmellos und der Rudolfos in der großen Metropole New York gehört.

Schier endlos waren die Einwandererströme, die damals die Stadt überschwemmten, und Vitos und Salvatores Eltern mußten bald einsehen, daß sie im »Land der unbegrenzten Möglichkeiten« um keinen Deut reicher, geschweige denn glücklicher wurden als zu Hause in Palermo; und mit der Enttäuschung kam das Heimweh.

Die Väter der beiden Jungen waren Möbeltischler, aber obwohl sie fleißig waren und gute Arbeit leisteten, wußten sie doch oft nicht, wovon sie die Miete zahlen oder ihre Familien im nächsten Monat ernähren sollten.

Die Jungs dagegen ließen sich nicht unterkriegen. Sie waren begeistert vom brodelnden Großstadtlärm, dem geschäftigen Treiben in den Straßen, dem Glanz, den Lichtern, kurz diesem pulsierenden Leben, das sich so gar nicht mit dem verschlafenen Trott Palermos vergleichen ließ. Die Schule freilich langweilte sie – draußen auf den Straßen war es doch viel aufregender und, nachdem sie erst einmal kapiert hatten, wie der Hase lief, auch wesentlich einträglicher.

Mit dreizehn hatten die beiden Freunde ihre eigene Bande gegründet. Die Idee dazu stammte von Salvatore; er war in jeder Beziehung der stärkere von beiden, ein heller Kopf, kurz: der geborene Führer. Fast zwangsläufig rutschten sie und ihre Gang in die Kleinkriminalität ab. Erst beklauten sie Straßenhändler oder Nachtbummler, die sinnlos betrunken im Rinnstein lagen, dann stiegen sie in Fabrikhallen ein und übernahmen schließlich auch kleinere Aufträge für die ortsansässigen Mafiosi. Es dauerte nicht lange, und Vito und Salvatore brachten mehr Geld heim als ihre schwer arbeitenden Väter.

Der *Capo* eines Mafia-Clans wurde schließlich auf Salvatore aufmerksam und holte den jungen Sizilianer mit den stählernen Nerven, der im Ernstfall auch vor einer Gewalttat nicht zurückschreckte, in seine Organisation. Salvatore brauchte nicht lange, um den *Padreterno* zu überreden, auch seinen Freund Vito unter seine Fittiche zu nehmen.

Die beiden lernten von ihrer *Cosca*, was es zu lernen gab, und als 1930 die große Revolte des Mafia-Nachwuchses gegen den altmodischen Führungsstil der Dons ausbrach, sah Salvatore seine Chance und nutzte sie. Als sich mit der Cosa Nostra ein von der sizilianischen Mafia weitgehend unabhängiges kriminelles Kartell gebildet hatte, das sich hauptsächlich auf die Kontrolle illegaler finanzieller Erwerbsquellen wie Prostitution, Glücksspiel und Rauschgifthandel konzentrierte, da besaß die Familie Rudolfo in dieser »ehrenwerten Gesellschaft« Sitz und Stimme. Salvatore war selbstredend der Boß, sein Bruder Charlie der Stellvertreter, sein Vetter Anthony der *Consigliere*, und sein Freund Vito stand ihm als engster Vertrauter und *Capitano* zur Seite.

Als Kind hatte Johnny Fortune nicht genau gewußt, was Onkel Vito eigentlich für einen Beruf hatte. Man erzählte ihm nur, der Onkel arbeite zusammen mit Salvatore, Charlie und Tony im Familienbetrieb. Mit der Zeit konnte ihm freilich nicht verborgen bleiben, daß all seine Onkel schlichtweg Gangster waren, was ihn aber nicht übermäßig schockierte, denn in dem rein italienischen Viertel, in dem Johnny aufgewachsen war, gehörte die Mafia einfach zum Leben dazu, ja man sprach durchaus ehrfürchtig von den *Amici,* den Abgesandten der »ehrenwerten Gesellschaft«, die ihren Landsleuten (bei Wohlverhalten, versteht sich) Schutz und Hilfe angedeihen ließen. Und davon, wie man außerhalb ihrer inselhaften kleinen Welt dachte und urteilte, erfuhr Johnny so gut wie überhaupt nichts.

Ganz im Sinne der strengen Mafia-Traditionen wurde zu Hause nicht über Geschäfte gesprochen, weshalb der kleine Gianni denn auch keine Ahnung hatte, womit der Onkel sein Geld verdiente. Aber jedesmal, wenn Vito für ihn, Gianni, etwas extra brauchte – sei es für neue Kleider und Schuhe, den Doktor, den Zahnarzt, für seine Musikstunden oder auch einmal ein Geschenk –, dann sprang Onkel Salvatore ein. Und wenn die Wohnung in der Mulberry Street auch eng und trist war, so fehlte es dem kleinen Johnny an nichts: Er wurde bestens versorgt, hatte immer gut zu essen und im Winter warme Kleider.

Onkel Salvatore war es auch, der als erster Johnnys Talent entdeckte. »Der Junge singt ja wie ein Engel!« rief er eines Tages und schenkte ihm fünf Dollar. Als Johnny nach der Ausbildung seine ersten Auftritte absolvierte, kaufte Salvatore ihm den ersten Smoking und sorgte dafür, daß die Nachtclubs in der Umgebung von New York, die er und seine Freunde allesamt kontrollierten, ihm Engagements gaben. Und auch später, als Johnny bereits ganz oben auf der Erfolgsleiter stand, hatte Salvatore Rudolfo seine Karriere aus dem Hintergrund wachsam und fördernd begleitet. Vitos begabter und gutaussehender Neffe war und blieb der Protegé des Don.

Johnny selbst war zwar im Schatten der New Yorker Mafia aufgewachsen, hatte selbst aber nie dazugehört.

Seine Musik war sein Leben. Onkel Vito und Onkel Salvatore hatten ihn in jeder Beziehung unterstützt – und ihn sorgsam auf Abstand gehalten, damit nur ja nichts von den Machenschaften des Clans auf ihn abfärbte. Bislang war es ihnen gelungen, Johnnys enge verwandtschaftliche Bindung an die Rudolfos geheimzuhalten. Und so sollte es auch bleiben; nichts durfte Johnnys strahlendes Image trüben.

Salvatore hatte für sein langjähriges Mäzenatentum nie eine Gegenleistung verlangt; ausgenommen den kleinen Auftritt beim traditionellen Thanksgiving-Essen der Familie. Da erwartete man ihn in Onkel Salvatores Haus auf Staten Island, und wenn die Tafel aufgehoben war, sang er dem Don zu Ehren ein paar von dessen Lieblingsliedern. Aber das war jedesmal eine ganz ungezwungene, rein familiäre Festlichkeit, bei der Familie und Gäste sich fabelhaft amüsierten.

Johnny lächelte, als er jetzt überlegte, welche Songs er Onkel Salvatore wohl dieses Jahr zum besten geben sollte. Es war seltsam, aber schon seit seiner Kindheit hatte er sich Salvatore in mancher Beziehung näher gefühlt als Onkel Vito. Nun ja, immerhin war er sein Taufpate, und außerdem bewunderte er ihn aufrichtig. Daß Salvatore Rudolfo aber auch der *capo di tutti capi,* das Oberhaupt sämtlicher Mafia-Clans an der Ostküste und mithin Anführer einer gefürchteten kriminellen Organisation war, das kam Johnny nie in den Sinn. Für ihn war er schlicht und einfach sein fürsorglicher Onkel, dem er unendlich viel verdankte.

Seufzend war Johnny endlich unter die Decke geschlüpft und versuchte zu schlafen.

Aber seine Gedanken hielten ihn wach. Allerdings galten sie jetzt nicht mehr Salvatore und Vito, nein, vor seinem inneren Auge stand auf einmal Rosalind Madigan. Und als er sich ihr Gesicht und vor allem ihr Lächeln vorstellte, da wurde ihm auf einmal ganz leicht und frei ums

Herz, ja er fühlte sich von einem Glücksgefühl emporge-
tragen, das ihm fast den Atem raubte. Johnny konnte sich
nicht genug wundern. Er, der doch immer wieder und
keineswegs nur im Scherz zu sagen pflegte, er wisse gar
nicht recht, was das sei – Glück, er fühlte sich plötzlich
wirklich glücklich, und zwar ihretwegen. Johnny empfand das geradezu als ein kleines Wunder.

Dabei wußte er doch so gut wie gar nichts über sie –
nicht einmal, ob sie ledig, verheiratet oder geschieden
war. Aber das kümmerte ihn im Augenblick auch gar
nicht weiter. Rosalind Madigan war die erste, die *einzige*
Frau, die ihn je in diesen Gefühlsüberschwang versetzt
hatte, und er wollte diesen Glückstaumel nie wieder verlieren. Durchdrungen von diesem Entschluß, schlum-
merte er endlich ein.

Ich *hoffe,* daß wir uns wiedersehen.

Ich *wünsche* mir, daß wir uns wiedersehen.

Ich *muß* sie wiedersehen.

Ich *werde* sie wiedersehen.

13

»Na komm schon, Rosie, verrat's mir! Wie hast du es
angestellt, daß er plötzlich so lammfromm war?«
Lachend hakte Nell die Freundin unter und zog sie mit
sich in den Salon der Suite, die Rosie und sie sich im
Regent Beverly Wiltshire teilten.

»Ich weiß gar nicht, wovon du sprichst«, stammelte
Rosie verlegen.

»Oh, und ob du das weißt! Zuerst hat Johnny dich
doch wie Luft behandelt, sogar noch schlimmer: Als ob
du seine Feindin wärst. Aber als ich dann das erste Mal
vom Telefonieren zurückkam, war er schon ein bißchen
aufgetaut. Und dann, später, finde ich euch in trautem

Tête-à-tête auf dem Sofa in der Bibliothek, und er frißt dir praktisch aus der Hand. Na komm, Rosie, du willst mir doch nicht erzählen, das sei so ganz ohne dein Zutun passiert?«

Rosie konnte sich ein Lächeln nicht verkneifen. Aber dann sagte sie betont ruhig: »Ich habe lediglich mit ihm über seine Silberkollektion gesprochen. Weißt du, was ich glaube? Du veranstaltest hier bloß ein Ablenkungsmanöver, weil es dir peinlich ist, daß du mir deine Beziehung zu Kevin verschwiegen hast. Also, raus mit der Sprache, Nelly! Wann hat das angefangen mit euch beiden?«

Statt zu antworten, ging Nell ans Telefon, wählte die Nummer des Room Service und fragte dabei über die Schulter: »Was hältst du von einer schönen Tasse Tee vor dem Schlafengehen?«

»O ja, gern.«

Nachdem sie die Bestellung aufgegeben hatte, ließ Nell sich aufs Sofa plumpsen und sagte nach einem Stoßseufzer: »Wir haben es dir nicht mit Absicht verschwiegen, Rosie, ehrlich nicht. Ich weiß selbst nicht, wie das gekommen ist, aber tatsächlich weiß niemand von uns. Nein, das stimmt nicht ganz. Kevin hat es seinem Freund Neil O'Connor erzählt – du weißt, er ist auch bei der Polizei. Aber er ist auch der einzige, der von uns weiß.«

»Du brauchst dich ja gar nicht zu entschuldigen, Nelly. Ich bin nicht böse, im Gegenteil! Ich freue mich ja so, daß ihr euch ineinander verliebt habt, du und Kev. Sag, ist es denn was Ernstes?«

Ein leises Lächeln spielte um Nells Lippen. »Ich weiß es nicht... vielleicht haben wir deshalb auch noch mit niemandem darüber gesprochen. Womöglich hatten wir Angst, uns festzulegen oder unter Druck setzen zu lassen, verstehst du?«

»Ja, natürlich verstehe ich. Und ich würde mir nie erlauben, euch da reinzureden.«

»Siehst du«, sagte Nell versonnen, »ich habe Kevin wirklich sehr lieb. Er ist ein wunderbarer Mensch, wir verstehen uns großartig... auch im Bett... haben in vielem den gleichen Geschmack. Na ja, das ist so ungefähr alles, was ich im Moment dazu sagen kann.«

»Du brauchst mir doch nichts zu erklären, Nelly. Ich freue mich einfach, daß ihr miteinander Spaß habt und glücklich seid.«

»Ja, ich glaube, das sind wir – auch wenn ich ihn nicht heiraten möchte.«

Rosie schwieg einen Moment und fragte dann: »Will Kevin denn heiraten?«

»Glaub ich nicht, nein. Aber ehrlich gesagt, ich weiß es nicht. Wir haben nie darüber gesprochen. Er geht ja auch ganz in seinem Beruf auf, und ich hab schließlich eine Firma zu leiten.«

»Wann hat es eigentlich gefunkt bei euch?«

»Das war ungefähr vor einem Jahr. An dem Abend, als wir uns mit Gavin und Carlyle zum Essen getroffen hatten. Weißt du noch, ich hab dir am Telefon davon erzählt. Kevin hat mich nach Hause gebracht. Ich hab ihn noch auf einen Drink mit raufgebeten – und bingo!«

»Einfach phantastisch!« rief Rosie begeistert. »Und wenn ich dir einen Rat geben darf: Nimm dir, was du kriegen kannst, und genieß es, solange es dauert. Mein neues Motto, weißt du.«

»Ach nein!« Nell hob erstaunt die Brauen. »Na, wenn das keine Überraschung ist! Dagegen verblaßt ja beinahe Johnnys plötzliche Kehrtwendung. Apropos: Wie bist du eigentlich drauf gekommen, daß er so verrückt auf Silberschmiedekunst ist?«

Rosie lächelte verschmitzt. »Purer Zufall. Ich wollte eigentlich schon einen Abgang machen, so empört war ich über sein Benehmen mir gegenüber. Aber statt dessen ertappte ich mich dabei, wie ich ihn zu den Paul-Storr-Etageren beglückwünschte.«

»Ah, das erklärt natürlich alles! Ein besseres Thema hättest du dir gar nicht aussuchen können. Diese beiden Paul Storrs sind sein ganzer Stolz. Er war ganz aus dem Häuschen, als er sie entdeckte.«

»Ich hab mich bloß gewundert, daß er sich mit antikem Silber so gut auskennt. Ich meine, irgendwie paßt das gar nicht zu ihm, oder?«

»Ja, das ist schon komisch. Er kommt schließlich aus ganz kleinen Verhältnissen, ist irgendwo in der Bronx oder in Brooklyn aufgewachsen und hat – abgesehen von seiner Musik natürlich – kaum eine ordentliche Schulbildung genossen. Mit Kunst und Antiquitäten ist er natürlich überhaupt nicht in Berührung gekommen. Aber er hat tatsächlich einen guten Blick, und als er erst einmal seine Liebe für antikes Silber entdeckt hatte, da wird er vermutlich auch einiges darüber gelesen haben. Jedenfalls kann man ihn heute getrost als Kenner bezeichnen.«

Rosie hätte sich selber die Zunge abbeißen mögen, aber da war die Frage schon heraus: »Hat er jemanden? Ich meine, ist er liiert?«

»Soviel ich weiß, nein.« Nell sah die Freundin halb belustigt, halb fragend an. »Aber warum...«

Ein Klopfen unterbrach sie. Es war der Etagenkellner, der den Tee brachte.

Als sie wieder allein waren und es sich, jede eine dampfende Tasse in der Hand, gemütlich gemacht hatten, sagte Nell ernst: »Weißt du, ich glaube, Johnny hat noch nie eine wirkliche Beziehung gehabt. Jedenfalls nicht, seit ich ihn kenne. Sicher, da gibt es ab und zu einen Groupie, und manchmal zieht er auch 'ne Weile mit irgend so einem Betthäschen rum. Aber das sind immer bloß ganz kurzlebige Affären, die ihm nicht wirklich etwas bedeuten.«

»Woran das wohl liegt... was meinst du, warum hat er nie geheiratet? Ein so begehrter Mann?«

Nell schüttelte den Kopf. »Weiß der Himmel! Er redet

so gut wie nie über sein Privatleben. Aber wenn du mich fragst – ich hab manchmal das Gefühl, ein Typ wie Johnny kann sich gar nicht ernsthaft verlieben.«

Es entstand eine winzige Pause, bevor Rosie fragte: »Wie ist er eigentlich *wirklich*? Ich meine, abgesehen von dem Künstler, was für ein Mensch ist er?«

»Nicht einmal darauf kann ich dir antworten. Er läßt eben niemanden an sich ran, geht sehr auf Distanz, verstehst du, zumindest im privaten Bereich.«

»Aber du scheinst ihm doch sehr nahezustehen?«

»Auf *geschäftlicher* Ebene, ja. Johnnys ganzes Denken und Trachten dreht sich um seine Karriere, er schwebt ständig in der Angst, es könnte was schiefgehen, sein Hitparadenplatz könnte sinken, was weiß ich. Tja, und ich scheine die Gabe zu haben, ihm seine übertriebenen Ängste zu nehmen. Im übrigen ist er ein ganz netter Kerl, und zu mir war er stets lieb und rücksichtsvoll. Natürlich schleppt er einen ganzen Sack Komplexe mit sich rum, die vermutlich noch aus seiner Kindheit stammen. Und ein ziemlicher Egozentriker ist er auch, aber das sind schließlich alle Entertainer. Du weißt ja selbst, wie das Rampenlicht die Leute verbiegt.«

»Es gibt auch Ausnahmen – Gavin zum Beispiel!« rief Rosie.

»Zugegeben, aber du hast ja eben selbst gesagt: Er ist die Ausnahme von der Regel. Doch um auf Johnny zurückzukommen, er *ist* alles in allem ein feiner Kerl, ja, und trotzdem...«

»Ja? Was weiter?« drängte Rosie.

Nell seufzte. »Ich kann es selber nicht erklären, aber irgendwie hab ich immer das Gefühl, als ob es da ein Geheimnis gäbe. Jedenfalls ist es doch merkwürdig, daß er sich so abkapselt... nie über seine Familie spricht...«

»Hat er denn eine?«

»Ja, zumindest gibt's da irgendwo einen alten Onkel. Ich glaube, der wohnt in Florida. Er und seine Frau haben Johnny großgezogen. Die Tante ist schon lange tot. Einmal hat er mir von seiner Mutter erzählt, die aber wohl schon gestorben ist, als er noch ganz klein war. Geschwister hat er keine. Ich könnte mir vorstellen, daß er eine ziemlich einsame Kindheit hatte; zumindest waren seine Leute wohl sehr arm. Aber der Onkel scheint dann irgendwann das große Los gezogen zu haben. Aber wie gesagt, er spricht fast nie über sich und seine Familie, und da er so zugeknöpft ist, hat er auch kaum Freunde. Johnny ist eigentlich eher ein Einzelgänger.«

»Ich mag ihn, Nell.«

»Ja, ich weiß.«

»Ach, woher denn?«

Nell lachte. »Na hör mal! Wie viele Männer hab ich dir in den letzten Jahren vorgestellt? Bestimmt Dutzende! Aber noch für keinen hast du dich so interessiert wie für Johnny. Sehr verdächtig, mein Schatz! Aber ich muß sagen, ich freue mich von Herzen, daß du dich endlich mal so richtig verknallt hast.«

Rosie wurde rot. »Aber wo denkst du denn hin! Von ›Verknalltsein‹ ist überhaupt nicht die Rede.«

»Aber Rosie, mir machst du doch nichts vor!« lachte Nell. »Und soll ich dir noch was verraten? Er hat sich auch in dich verguckt.«

»Ach, mach dich doch nicht lächerlich!«

»Wenn du mit dem Spruch kommst, hab ich bestimmt ins Schwarze getroffen! Du, ich hab eine fabelhafte Idee«, sagte Nell und ihre Augen blitzten schelmisch. »Ich werd mir was einfallen lassen und eine Verabredung zwischen dir und Johnny arrangieren...«

»Untersteh dich, Nelly! Das wirst du hübsch bleibenlassen«, rief Rosie empört.

»Nichts da, das wird großartig! Paß auf: Johnny wird über Thanksgiving in New York sein. Wie wäre es, wenn wir am Tag danach zu viert ausgehen – Kevin und ich, du und Johnny. Na, was sagst du?«

»An dem Tag fliege ich nach Paris«, erklärte Rosie.

»Ach, dann buch halt um, und flieg am Samstag. Eine solche Gelegenheit solltest du dir wirklich nicht entgehen lassen, Rosie!« Nell klang fast beschwörend.

»Nein, es geht wirklich nicht. Ich hab heute mit Yvonne telefoniert. Collie geht es gar nicht gut. Ich muß wirklich so schnell wie möglich hin. Schließlich hab ich doch auch noch die ganzen Weihnachtsvorbereitungen auf Montfleurie zu besorgen.«

»Du und dein Montfleurie!« rief Nell frustriert. »Wie kann ich nur so dumm sein, mir einzubilden, du könntest dich ernsthaft für einen Mann interessieren, wenn du doch die ganze Zeit in dieses blöde Haus verliebt bist!«

Rosie starrte sie fassungslos an. »Was du da sagst, ist in der Tat *dumm,* Nell. Selbstverständlich ist es nicht das Haus, das mich an Montfleurie bindet, sondern Collie, Lisette und Yvonne. Sie lieben mich, und sie brauchen mich. Ich kann sie ganz einfach nicht im Stich lassen.«

Nell nippte scheinbar gefaßt an ihrem Tee, aber innerlich kochte sie vor Wut. Es gab Zeiten, da strapazierte Rosie ihre Geduld wirklich sehr; ganz besonders dann, wenn sie das Wohl der Familie in Montfleurie so bedingungslos über das eigene stellte. Rosie war einfach zu gut und zu weich, und es gab Leute, die das schamlos ausnutzten; nach Nellys Meinung gehörte die Familie in Frankreich dazu.

»Ach komm«, bat Rosie, »laß uns doch nicht streiten, Nell! Schau, wir sehen uns in letzter Zeit so selten, und wenn wir mal zusammen sind, dann möchte ich ganz gewiß nicht mit dir streiten. Du bist doch meine beste Freundin, nicht?«

Nell nickte stumm und schenkte ihr ein versöhnliches Lächeln. Dann stand sie auf und ging wortlos hinüber ins Schlafzimmer.

Rosie, die ihr nachsah, wünschte inständig, sie hätte sich gar nicht erst nach Johnny Fortune erkundigt. Aber da kam Nell auch schon zurück und drückte ihr eine Kassette in die Hand. Verdutzt schaute Rosie auf das Label. *Fortune's Child* stand da in schwungvollen, farbenfrohen Lettern – Glückskind, ein Titel, der durch Johnnys nebenstehendes Foto natürlich automatisch einen beziehungsreichen Doppelsinn bekam. Sie betrachtete das sensible Gesicht eingehend; kein Zweifel, Johnny Fortune sah sehr gut aus.

Als hätte sie ihre Gedanken erraten, sagte Nell: »Wirklich ein Mann zum Vorzeigen, was? Außerdem ist Johnny talentiert, vermögend, ein recht anständiger Mensch... kurz gesagt: eine blendende Partie. Also tu mir den Gefallen, und hör auf mich, Rosie. Was ihn angeht, so bin ich mir ganz sicher, daß er an dir interessiert ist. Ich sag dir, ich hab ihn noch nie so gesehen!«

»Ja, wie denn?«

»Zum einen hing er förmlich an deinen Lippen, zum anderen konnte er sich gar nicht satt sehen an dir. Viel hätte nicht gefehlt, und er hätte zu schnurren angefangen. Wenn ich nicht dabeigewesen wäre, hätte er dich bestimmt nicht so ohne weiteres fortgelassen. Ich wette, dann hätte er versucht, dich zu verführen.«

»Nelly, du hast wirklich eine blühende Phantasie!«

»Unsinn! Ich hab bloß Augen im Kopf«, gab Nell fast heftig zurück. »Warum gibst du der Sache nicht wenigstens eine klitzekleine Chance? Laß mich ein Dinner arrangieren oder meinetwegen auch bloß einen Lunch, bevor du nach Frankreich mußt. Zu viert, am Tag nach Thanksgiving.«

»Es geht beim besten Willen nicht, Nell, ehrlich. Ich darf Collie nicht enttäuschen. Sie wartet schon so sehnsüchtig auf mich. Gavins letzter Film hat mich ja fast ein Dreivierteljahr in England festgehalten, und die Ärmste war ohnehin schon so enttäuscht, daß ich vor der Rückkehr erst noch in die Staaten mußte.«

Sie hat Angst, dachte Nell. Angst, sich mit einem Mann

einzulassen, weil sie beim letzten Mal so bitter enttäuscht worden ist. Das ist es, was in Wahrheit hinter all ihren Ausflüchten steckt. Sie vergräbt sich in diesem alten Kasten, weil sie sich in Montfleurie sicher fühlt. Dabei ist sie nirgends so sehr in Gefahr wie gerade dort. Ich muß sie dazu bringen, daß sie dieses Haus ein für allemal verläßt, bevor es zu spät ist. Bevor ein Unglück geschieht.

14

»Jetzt bin ich schon fast eine halbe Stunde hier, und du hast noch kein Wort über den Film verloren.« Rosie sah Gavin fast vorwurfsvoll an.

Es war ein kühler Tag, aber da die Sonne schien, hatten die beiden sich doch auf Gavins Terrasse hinausgewagt, um den einmaligen Blick über Bel Air zu genießen. Es war kurz vor dem Lunch, und sie hatten sich als Aperitif einen leichten, trockenen Weißwein genehmigt.

Gavin lachte gutmütig. »Du machst mir Spaß! Seit du zur Tür hereingekommen bist, redest du praktisch ohne Punkt und Komma: über deine Besprechung mit Garry Marshall, über Nell und Kevin... Aber das ist ja wirklich mal eine Neuigkeit! Nicht in tausend Jahren hätte ich mir vorgestellt, daß aus den beiden ein Paar werden könnte.«

»Mir ging's genauso.« Rosie nickte nachdenklich. »Ich hab mir eingebildet, Nell würde immer noch Mikey nachtrauern.«

»Und ich dachte, Kevin kommt nicht von Sunny los. Haben wir uns eben beide geirrt. Sag, glaubst du, das ist was Ernstes mit den beiden?«

»Das hab ich Nell auch schon gefragt. Aber sie ist mir ausgewichen oder wollte sich zumindest nicht festlegen lassen. Das war ja auch der Grund, warum die beiden uns so lange nichts erzählt haben – sie wollten sich nicht bedrängen lassen.«

Gavin nickte. »Das kann ich allerdings gut verstehen.«

»Siehst du, jetzt hast du mich schon wieder vom Thema abgelenkt! Also jetzt aber raus damit: Wovon handelt dein neuer Film?«

Gavin stand auf, ging langsam über die Terrasse vor bis zur Brüstung und lehnte sich mit dem Rücken an das Geländer. »Er handelt von einer großen Persönlichkeit.«

»Wie könnte es auch anders sein. Ich kenne doch deine Vorliebe für historische Stoffe. Oder solltest du dir diesmal eine Figur aus der Gegenwart erkoren haben?«

Gavin schüttelte den Kopf. »Nein, nein, du hast schon richtig getippt. Mein Skript befaßt sich kühnerweise mit einem Mann, über den schon gut zweihunderttausend Bücher geschrieben worden sind, einen Mann, der zu seiner Zeit die ganze Welt ins Wanken brachte.«

»Sag schon, wer ist es?«

»Napoleon.«

Ungläubiges Staunen malte sich auf Rosies Gesicht. »Aber Gavin, du hast doch nicht ernsthaft vor, das Leben Napoleons zu verfilmen? So eine Mammutaufgabe könntest nicht einmal du bewältigen. Das wäre ein sehr viel größeres Wagnis als *Kingmaker*.«

»Da hast du allerdings recht. Aber ich bin nicht so vermessen, mich gleich an das *Leben* Napoleons zu wagen. Nein, nein, ich habe mir eine ganz spezielle *Periode* seines Lebens ausgeguckt.«

»Und welche? Warte, laß mich raten: Seinen Weg zur Macht? Den glanzvollen Aufstieg des jungen Korsen?«

»Nein, ich denke weniger an den Feldherrn und Politiker Napoleon, als vielmehr an den Privatmann. Was mir vorschwebt, ist eine ganz intime Familienchronik, genauer gesagt, eine Liebesgeschichte... Im Mittelpunkt stehen ein Mann und eine Frau – Napoleon und Joséphine. Beginnen möchte ich ungefähr an dem Punkt, als Napoleon sich zum Kaiser gekrönt hat. Er steht im Zenit seiner Macht, nichts und niemand kann ihn mehr aufhalten – und dann: die Tragödie! Er, der mächtigste Mann der westlichen Welt, muß seine einzige Liebe der Staatsräson opfern. Für sein Vaterland, um Frankreichs willen, soll er sich von Joséphine scheiden lassen. Die Allianz mit Rußland muß gefestigt werden, und welches Band wäre dazu besser geeignet als das der Ehe? Also bittet er Zar Alexander um die Hand seiner Schwester Anna. Mit dieser Heirat wollte er eine Garantie auf dauerhaften Frieden erkaufen. Der Zar war einverstanden, aber seine Mutter sträubte sich, und nach langen, zähen Verhandlungen wurde Napoleon abgewiesen. Aber er war dennoch entschlossen, den Frieden zu sichern, und was er dazu brauchte, war ein Bundesgenosse unter den europäischen Großmächten. Außerdem wünschte er sich schon seit langem einen Sohn und Erben, den Joséphine ihm nicht schenken konnte. Am Ende heiratete er eine österreichische Prinzessin.«

»Ja, ich weiß«, fiel Rosie ein, »Marie Louise, die Tochter des Kaisers von Österreich. Und die hat ihm dann ja auch den ersehnten Thronfolger geboren. Sie war blutjung, nicht wahr? Joséphine dagegen war sechs Jahre älter gewesen als Napoleon.«

Gavin nickte und trat auf sie zu. »Komm, Rosie, laß uns reingehen. Ich möchte dir Verschiedenes zeigen.«

Er nahm ihren Arm und führte sie durchs Eßzimmer und über die Diele auf einen langen Flur, an dessen Ende sein liebster Aufenthalt im Hause lag, das Arbeitszimmer. Es war ein hoher, luftiger Raum mit einem Rippengewölbe, hohen Bücherwänden und Blick auf einen makellos gepflegten Rasen, der sich bis zu einem reizenden kleinen Lilienteich erstreckte. Ein riesiger antiker Tisch aus Mahagoni, den man sich eher in einem Sitzungssaal hätte vorstellen können, diente als Schreibtisch. Frei im Raum verteilte Sitzgruppen aus kaffeebraunem Leder luden zum Schmökern und Verweilen ein.

Gavin rückte Rosie einen Stuhl an seinen gigantischen Schreibtisch und nahm neben ihr Platz. Während er in seinem Notizbuch blätterte, begann er ihr sein Konzept zu erklären. »Weißt du, ich hab da eine ganz bestimmte Theorie: Ich glaube, die Trennung von Joséphine war gewissermaßen der Markstein, mit dem Napoleons Sturz begann. Ab da verließ ihn das Glück. Joséphine und mit ihr die einzig wahre Liebe seines Lebens zu opfern, das war der entscheidende, ja der *größte* Fehler seines Lebens. Ohne sie hatte er einfach nicht mehr die Kraft und jenen unerschrockenen, unbesiegbaren Mut wie zuvor.«

»Ja, so sehe ich das auch. Ich habe die Geschichte dieses großen Liebespaars immer schon als unsagbar traurig empfunden«, sagte Rosie leise.

»Ja, nicht wahr?« Gavin blickte in sein Notizbuch, tippte mit dem Finger auf einen Absatz und rief: »Ja, genau das hab ich gesucht! Nun sag mir, Rosie, was du von der Szene hältst: Wir schreiben den 30. November 1809, ein kalter, unfreundlicher Tag. Schauplatz – die Tuilerien. Auftritt – Napoleon und Joséphine. Der Kaiser hat sich zu dem Geständnis durchgerungen, daß er ihre Ehe annullieren lassen wird. Dialog ungefähr so: ›Ich liebe dich noch immer, ja, ich werde dich immer lieben, aber in der Politik regiert der Kopf und nicht das Herz.‹ Joséphine sinkt ohnmächtig nieder. Als sie wieder zu sich kommt, versucht sie unter Tränen, ihn umzustimmen. Aber er bleibt hart. Er hat keine andere Wahl, denn hier geht es nicht um ihn, es geht um Frankreich.«

»Oh, Gavin, wie furchtbar! Und was geschah weiter?«

»Joséphine zog sich nach Malmaison zurück, wo sie vor Jahren eine so ungetrübte, glückliche Zeit mit Napoleon verlebt hatte. Vierzehn Jahre waren sie unzertrennlich gewesen. Die Trennung brach ihr das Herz. Aber nicht nur ihr ging es so, auch er konnte ohne sie nicht leben, dafür gibt es haufenweise Belege. Jedenfalls ist es auch meine Meinung, und das möchte ich in meinem Film thematisieren... Im Zentrum der Story stehen ein Mann und eine Frau, verstehst du – nicht bloß eine unnahbare Größe der Geschichte.«

Gavin hielt inne, blätterte weiter und rief endlich triumphierend: »Ah, das hab ich gesucht! Hör dir das mal an! Diesen Brief hat der junge Napoleon nach ihrer ersten Liebesnacht an Joséphine geschrieben. Sie war übrigens zu dem Zeitpunkt noch nicht so rettungslos in ihn verliebt wie umgekehrt. Ihre große Leidenschaft erwachte erst später. Aber nun hör zu:

›Ganz erfüllt von Dir, Geliebte, bin ich erwacht. Dein Bild und die Erinnerung an den gestrigen Abend haben meine Sinne berauscht und mich lange nicht einschlafen lassen. Süße, unvergleichliche Joséphine, wie wundersam hast Du doch mein Herz gefangengenommen! Sag, Liebste, bist Du verstimmt? Sehe ich Dich traurig? Gar besorgt? Oh, welch Gram wäre das für meine Seele, und es raubte Deinem Freunde die Ruh.... Aber Ruhe finde ich ohnehin nicht mehr, seit ich von Deinen Lippen eine Flamme empfing, die in meinem Herzen lodert und mich zu versengen droht. Ah! Gestern nacht erst bin ich so recht innegeworden, wie wenig das Bildnis, das ich von Dir habe, Deinem wahren Ich gerecht wird. Um die Mittagsstunde mußt Du fort, aber in drei Stunden werde ich Dich noch einmal sehen. Auf bald also, *mio dolce amor*! Ich sende Dir tausend Küsse, doch küß mich nicht wieder, denn Deine Küsse verwandeln mein Blut in glühende Lava.‹«

Als Gavin schon eine ganze Weile geendet hatte, sah Rosie ihn noch immer in stummer Ergriffenheit an. Sein Vortrag hatte sie fasziniert, ja, er hatte so innig, so bewegt gesprochen, daß es ihr vorkam, als sei er in diesen wenigen Momenten gleichsam zu Napoleon geworden. Jetzt konnte sie es kaum noch erwarten, ihn in der Rolle zu sehen.

»Nun«, fragte er endlich gespannt, »was denkst du?

Du sagst keinen Ton, und dabei fand ich, dies sei ein ganz zauberhafter Liebesbrief von einem Mann, den die Welt nur immer als den ehrgeizigen Feldherrn sieht, der darauf brannte, die Welt zu erobern. Dabei war er in Wahrheit sehr viel mehr als das.«

»Ach, Gavin, ich war so gerührt.« Plötzlich sah sie ihn scharf an und fragte: »Du hast das Skript schon fix und fertig in der Schublade, stimmt's?«

»Ach, Angel Face, dir kann man wirklich nichts vormachen! Ja, ich habe tatsächlich bereits ein Skript. Aber es braucht doch noch den letzten Schliff.«

»Es ist von Vivienne Citrine, stimmt's?«

»Jawohl.«

»Ach, das freut mich, Gavin! Sie ist wirklich die Beste, und außerdem arbeitet ihr beide so gut zusammen.«

»Stimmt, fast so gut wie du und ich. Ach, Rosie, die Arbeit an diesem Film wird dir bestimmt Spaß machen, und sei es nur, weil wir in deinem geliebten Frankreich drehen werden. Ich arbeite mit den Billancourt Studios in Paris zusammen und plane sehr viele Außenaufnahmen in und um Paris und natürlich auch in Malmaison. Glaubst du, daß du nach Weihnachten mit den Recherchen für die Kostüme beginnen kannst?«

»Ganz sicher, ja.«

Gavin strahlte. »Ich wußte ja, daß ich auf dich zählen kann! Übrigens wird es dich vielleicht amüsieren, was Napoleon über die antikisierten Gewänder dachte, die Joséphine in Mode gebracht hat. Ich weiß, du findest diesen Stil hochelegant, aber der große Korse verabscheute sie.«

»Nein, wirklich?«

»Allerdings! Einmal ließ er in seinem Unmut die Feuer in Malmaison so kräftig schüren, daß allen Gästen der Schweiß ausbrach. Es war wie in einem Backofen, was Napoleon nur mit der spitzen Bemerkung quittierte, er wünsche, daß den Damen trotz ihrer *Nacktheit* halbwegs warm sei.«

Rosie lachte. »Er war in der Tat sehr schlagfertig. Ach, Gavin, ich kann dir gar nicht sagen, wie ich mich auf diese Arbeit freue. Ich bin jetzt schon so aufgeregt, am liebsten würde ich gleich ins nächste Modemuseum stürzen und mit den Recherchen anfangen.«

»Ich wußte, daß du das sagen würdest.«

»Wann kann ich eine Kopie des Skripts bekommen?«

»Anfang Januar, denke ich. Ich bringe es dir mit, wenn ich nach Paris komme.«

»Sehr schön. Ich kann's kaum erwarten, die ganze Story zu lesen.«

Das Telefon klingelte, und während Gavin den Anruf entgegennahm, blickte Rosie sich auf seinem Schreibtisch um. Darauf türmten sich Aktenordner, Landkarten und vor allem jede Menge Bücher – über Napoleon, seine Feldzüge und die zeitgenössische Politik und natürlich über seine Beziehung zu Joséphine. Aber daneben entdeckte sie auch Literatur über seine Feinde von Barras bis Talleyrand, Bücher, die das Zeitkolorit einfingen, und solche, die sich mit den Auswirkungen der napoleonischen Ära beschäftigten. Gavin hatte sich wie immer äußerst gewissenhaft vorbereitet.

Er legte auf und sagte: »Man ruft uns zum Essen, Angel Face. Miri hat auf der Terrasse gedeckt.«

Später am Nachmittag – Rosie war inzwischen längst gegangen – saß Gavin im Arbeitszimmer und machte sich Notizen zu Viviennes Manuskript. Da flog plötzlich die Tür auf, und seine Frau Louise stürzte herein.

Louise, eine grazile, dunkelhaarige Schönheit, war wie immer tadellos elegant gekleidet. Sie spürte sofort, wie sehr die unwillkommene Störung ihn verstimmte.

»Ich gehe«, verkündete sie. Und als keine Antwort erfolgte, setzte sie gereizt hinzu: »Ich fahre nach Washington.«

»Aber sicher doch«, gab Gavin spöttisch zurück. »Wo

solltest du auch sonst hingehen? Washington ist doch neuerdings dein zweites Zuhause, nicht wahr?«

Louise schloß die Tür, um nicht von den Dienstboten belauscht zu werden. »Wenigstens geben meine Freunde in D. C. mir das Gefühl, daß ich willkommen bin«, sagte sie, wobei ihr eine verräterische Röte in die Wangen stieg. »Und das ist mehr, als ich von diesem Haus sagen kann.«

»Dieses Haus, wie du es nennst, ist dein Heim, Louise. Und nun hör bitte auf, Theater zu spielen. Damit kannst du mich wirklich nicht mehr beeindrucken. Im übrigen darf ich dich daran erinnern, daß ich der Schauspieler in der Familie bin. Darf ich fragen, wann du zurückkommst?«

»Ah, sieh an, das interessiert dich also doch noch? Aber ich muß dich enttäuschen, mein Lieber – ich weiß nicht, wann ich wiederkomme.«

Gavin runzelte die Stirn. »Und was ist mit Thanksgiving?«

»Na? Was soll damit sein?«

»Wirst du denn das Fest nicht zu Hause verbringen?«

»Warum sollte ich?«

»David zuliebe, darum.«

»David hat nur noch Augen für seinen Vater. Das weißt du ganz genau, schließlich hast du ihn ja gegen mich aufgehetzt.«

»Also, das ist nun wirklich albern, Louise!« rief Gavin wütend. »Warum sollte ich unseren Sohn gegen seine eigene Mutter aufbringen?« Ratlos schüttelte er den Kopf. Es war ihm unfaßbar, daß Louise ihm allen Ernstes unterstellen wollte, er hätte einen Keil zwischen sie und das Kind getrieben.

Louise merkte, daß ihre Argumente nicht stichhaltig genug waren, und wechselte prompt die Taktik. »Und wie steht's mit *dir*? Wie lange wirst *du* uns denn mit deiner Anwesenheit in L. A. beehren?«

»Ich muß zum Monatsende nach London zurück. Du weißt ja, die Postproduktion von *Kingmaker*.«

»Und kommst du Weihnachten nach Hause?«

»Aber sicher. Warum fragst du?«

»Nun, ich dachte, du stürzt dich gleich in deinen neuen Film. Das scheint doch heutzutage dein Rhythmus zu sein: ein Film nach dem anderen, nonstop und ohne Pause. Und obendrein drehst du fast nur noch im Ausland. Die letzten paar Jahre hast du uns doch deutlich gezeigt, daß deine Arbeit dir wichtiger ist als wir, David und ich.«

»Du weißt, daß das nicht wahr ist, Louise. Im übrigen wirst du zwar nicht müde, jedem, der's hören will, vorzujammern, wie leid du meine Filmerei bist, aber das Geld, das ich damit verdiene, hast du bisher immer noch mit Begeisterung ausgegeben.«

Louise maß ihn mit einem kalten Blick.

»Die Produktion für den neuen Film wird Ende Februar, Anfang März anlaufen.«

»Na, gratuliere!«

»Bitte, Louise, laß das doch, ja?«

Sie trat näher an den Schreibtisch heran und rief mit einer abfälligen Geste in Richtung Bücherstapel: »*Napoleon*! Allmächtiger! Aber ich hätte mir ja denken können, daß du dir auch den eines Tages noch vorknöpfst. War schließlich auch ein kleiner Mann mit großen Rosinen im Kopf.« Wie zwei Degen blitzten ihre Augen in dem blassen Gesicht.

Gavin, der über ihren höhnischen Seitenhieb einfach hinwegging, entgegnete ruhig: »Eigentlich könntest du dich freuen, denn die sechs Monate, die ich an dem neuen Projekt in Frankreich arbeiten muß, werde ich dir nicht im Wege sein.«

»Ha! Das hätte ich mir ja denken können, daß du einen Dreh finden würdest, um nach Frankreich zu gehen.«

»Und was, bitte, soll das bedeuten?«

»Tu doch nicht so unschuldig! Deine geliebte Rosalind

lebt und arbeitet in Frankreich, und du kannst einfach nicht für längere Zeit ohne sie sein, was?«

»Ach, Louise, deine krankhafte Eifersucht trübt dir wohl noch den gesunden Menschenverstand. Unsere Ehe hat sie ja bereits vergiftet.«

»Untersteh dich, und gib mir die Schuld, Gavin Ambrose! An mir ist unsere Ehe nicht gescheitert. Das hast du ganz allein fertiggebracht... du und deine... deine Weiber!«

Gavin wußte, daß er höllisch aufpassen mußte, damit diese Szene nicht gleich wieder in einen ihrer fruchtlosen, zermürbenden Kräche eskalierte. Also atmete er tief durch und sagte in ruhigem, sanftem Ton: »Bitte, Louise, laß uns nicht streiten. Schau, ich brauche meine Kraft für dieses Projekt und muß mich jetzt wirklich auf das Skript konzentrieren. Und du willst doch dein Flugzeug nicht versäumen, oder? Also amüsier dich gut in Washington, und grüß Allan schön von mir.«

Louise fuhr fast erschrocken auf. »Ich fliege doch nicht nach Washington, um Allan zu treffen. Ich bin bei den Merciers eingeladen – Alicia hat Geburtstag, und sie geben eine große Party.«

Was soll das Versteckspiel – natürlich triffst du dich mit Allan Turner, dachte Gavin erbittert, aber laut sagte er: »Dann grüß eben die *Merciers* recht schön. Und eine gute Zeit wünsche ich dir. Wir sehen uns ja vermutlich noch, bevor ich nach London muß.«

»Vermutlich«, murmelte sie, machte auf dem Absatz kehrt und rauschte ab.

Gavin starrte noch einen Moment auf die Tür, die sie mit lautem Knall hinter sich zugeschlagen hatte, dann wandte er sich wieder seinem Skript zu. Der Entwurf war zwar noch nicht abgesegnet, aber die Dialoge schienen ihm so stimmig, daß er sie ohne weiteres als Drehvorlage akzeptieren konnte.

Nur noch ein paar kleine Korrekturen, dachte er und

griff nach einem Bleistift. An einigen Stellen könnte die Motivation der Charaktere noch um einige Nuancen deutlicher herausgearbeitet werden.

Aber schon bald mußte Gavin einsehen, daß er sich im Moment einfach nicht konzentrieren konnte. Louises Vorwürfe gingen ihm immer noch durch den Kopf. Sie hatte unterstellt – und zwar ganz unmißverständlich –, daß er sich einen Film mit Schauplatz in Frankreich gewählt habe, um in Rosies Nähe arbeiten zu können. Und das stimmte nicht.

Oder etwa doch?

Gavin grübelte der Frage so angestrengt nach, daß er darüber ganz sein Skript vergaß.

II. TEIL

FREUNDE
IN DER NOT

15

Der Verkehr in Paris war mörderisch wie immer, aber zum Glück gab es wenigstens keine Staus, und so hatte Rosie die Innenstadt nach einer halben Stunde hinter sich.

Doch erst als sie ihren Peugeot auf die Autobahn Richtung Orléans lenkte, atmete sie wirklich erleichtert auf. Nachdem sie in Paris eine Woche lang alle liegengebliebenen Schreibtischarbeiten nachgeholt und mit ersten Recherchen für Gavins neuen Film begonnen hatte, war sie heute, am sechsten Dezember, endlich auf dem Weg in ihr geliebtes Montfleurie.

Da es Freitag war, herrschte natürlich auch auf der Autobahn reger Verkehr, denn viele, die in Paris arbeiteten, fuhren übers Wochenende zu ihren Familien aufs Land hinaus. Rosie war zum Glück früh dran und kam daher noch einigermaßen zügig vorwärts. Während sie mit gleichmäßiger Geschwindigkeit dahinfuhr, schweiften ihre Gedanken zu Johnny Fortune.

Sie langte nach der Kassette, die Nell ihr in Beverly Hills gegeben – nein, aufgedrängt – hatte. Rosie hatte zwar schon gelegentlich hineingehört, sie aber bis jetzt noch nie ganz abgespielt. Doch nun, als seine volle, samtene Stimme das Wageninnere füllte und sie zum ersten Mal bewußt seine Version von »You and Me / We Wanted It All« vernahm, spürte sie auf einmal, welche Wehmut in diesen Worten lag, und seine Interpretation ging ihr mehr zu Herzen, als sie das bei einem Schlager für möglich gehalten hätte.

Und während sie dem Song lauschte, überkam sie plötzlich eine seltsame Traurigkeit, und unversehens stiegen Tränen in ihre Augen. Ein tiefer Schmerz, wie nach einem großen Verlust, durchfuhr sie und der Gedanke daran, was hätte sein können, wie anders ihr Leben verlaufen wäre, wenn... Der eindringliche, wehmütige Liedtext klang ihr fast prophetisch. Wer hätte besser gewußt als sie, wie leicht es war, ein Herz zu brechen.

Johnny wechselte zum nächsten Stück, und – immer noch im Banne seiner Stimme – dachte Rosie zurück an den Abend, den sie kürzlich in seinem Haus verbracht hatte. Wie verschieden doch Beverly Hills und das Leben dort von der Welt im Herzen Frankreichs waren, in die sie jetzt zurückkehrte! In Europa war alles viel straffer gegliedert als in Kalifornien, und es war schon ein mächtiger Sprung von der extravertierten, der »Hoppla-jetzt-komm-ich«-Mentalität Hollywoods zum vornehm-zurückhaltenden Lebensstil der französischen Aristokratie. Nicht umsonst zog Nell sie dauernd mit ihren »zwei Leben« auf, wobei die Freundin ihr ohne weiteres zugestand, daß sie, Rosie, diesen Sprung mit Bravour gemeistert hatte.

Nell hatte sie gestern aus New York angerufen, um vorab diverse Weihnachtsgeschenke anzukündigen, und dann hatte sie mit einem verschmitzten kleinen Lachen gesagt: »Johnny wollte unbedingt deine Telefonnummer haben. Als er sich partout nicht abwimmeln ließ, hab ich ihm die Studionummer in London gegeben. Aber dann habe ich vorsichtshalber Aida ein Fax nach London geschickt mit der strikten Anweisung, *niemandem* deine Nummer in Montfleurie zu geben.« Und in verschwörerischem Ton setzte sie hinzu: »Selbstverständlich hab ich es so hingestellt, als käme die Anweisung von dir. Du wolltest, hab ich ihr erklärt, ein paar Wochen ausspannen und einmal ganz für dich sein. Aber ich *sag* dir, Rosie, ich hatte doch recht. Johnny hat's ganz schön erwischt. Er ist total verknallt in dich, ehrlich total verknallt.«

Rosie lächelte bei dem Gedanken, wie vehement sie Nells Diagnose an jenem Abend im Hotel abgetan hatte. Als Nell gestern ihren Eindruck so nachhaltig bestätigen konnte, da fühlte sie sich doch geschmeichelt. Sie hielt Johnny durchaus für etwas Besonderes, und er gefiel ihr – sehr gut sogar. Er war so ganz anders als die Männer, die sie vor ihm gekannt hatte, und bei ihrem vertraulichen Gespräch in der Bibliothek hatte sie viele liebenswerte Eigenschaften an ihm entdeckt. Sie hätte ihn auch gern wiedergesehen, aber das war nun einmal ganz unmöglich. Ja, strenggenommen durfte sie nicht einmal an ihn *denken* – jedenfalls nicht in *dieser* Weise. Sie war schließlich verheiratet.

Ich darf gar nicht erst anfangen, mich in Tagträumen zu verlieren, dachte Rosie und drückte energisch auf die Stopptaste des Kassettenrecorders.

Im Weiterfahren dachte sie auf einmal: Wie merkwürdig, daß ausgerechnet ich die Ehe plötzlich als Hindernis ansehe. Ein alter Film fiel ihr ein, *Jane Eyre,* die Dramatisierung eines ihrer Lieblingsbücher von Charlotte Brontë. Eine Szene war ihr ganz besonders in Erinnerung geblieben: Jane und Mr. Rochester vor dem Altar der Dorfkirche; der Pfarrer, der die Trauung vollzieht, stellt gerade die obligatorische Frage nach etwaigen *Hindernissen,* die ihrer Vermählung im Wege stehen könnten, und dann bricht die Hölle los, als einer vortritt und die Frage laut und vernehmlich bejaht. Allerdings, es gibt ein Hindernis: eine Gemahlin, eine Wahnsinnige, die im Dachgeschoß des Hauses eingeschlossen ist, die Verrückte, die Janes Brautgemach in Brand gesetzt hat... die Frau, die Mr. Rochester einst, als blutjunger Mensch, geheiratet hat.

Ach ja, dachte Rosie, es gibt wohl die verschiedensten »Hindernisse«, und manche wiegen schwerer als andere.

Ein Gewitter zog auf, und die ersten Donnerschläge rissen sie aus ihren Gedanken. Rosie stellte die Scheibenwischer an und konzentrierte sich auf den Straßenverkehr.

Mit einer Länge von über eintausend Kilometern von der Quelle im Zentralmassiv bis zur Mündung in den Golf von Biskaya ist die Loire der größte Fluß Frankreichs. Auch wenn heute weite Teile der Uferregion durch Hochspannungsleitungen und Kernkraftwerke verschandelt sind – die Franzosen sprechen häufig schon vom *Fleuve nucléaire* –, so hat sich entlang der Loire zwischen Orléans und Tours doch noch ein gut dreihundert Kilometer umfassender grüner Landstrich von atemberaubender Schönheit erhalten. In dieser Region, die von den Valois im fünfzehnten, sechzehnten Jahrhundert nicht umsonst zu ihrem bevorzugten Aufenthaltsort erkoren wurde, liegen die majestätischsten der rund dreihundert berühmten Loire-Schlösser: Langeais, Amboise, Azayle-Rideau, Close-Lucé, Chaumont, Chambord, Cheverny, Chinon und Chenonceau, um nur die wichtigsten zu nennen.

Selbst im Winter ist es in diesem Teil des Loiretals milder und freundlicher als irgendwo sonst in Frankreich. So jedenfalls erschien es Rosie, die hier, im Herzen der Region und doch nur anderthalb Autostunden von Paris entfernt, den Ort gefunden hatte, der ihr auf Erden der liebste war.

Es hatte aufgehört zu regnen, der Himmel war wieder kristallklar und von zartem Blau. Die Fluten der Loire glänzten im milden Schein der Wintersonne, silberhell und heiter schimmerten die sandigen Uferbänke im weichen Nachmittagslicht.

Bald bin ich daheim, dachte sie, und ihr Herz machte einen Satz vor Glück und Aufregung. Gleich werde ich in Montfleurie sein, meinem wahren Zuhause.

Château Montfleurie, in Rosies Augen das schönste aller Loire-Schlösser, liegt ziemlich genau im Mittelpunkt des langgestreckten Tals zwischen Orléans und Tours, in unmittelbarer Nachbarschaft zum sagenumwobenen Chenonceau, dem einstigen Domizil von Henri II., seiner Mätresse Diane de Poitiers, seiner Gemahlin Caterina de

Medici, dem gemeinsamen Sohn Francis II. und seiner Gattin, der *petite reinette d'Écosse,* wie sie von den Franzosen genannt wurde – Mary Stuart.

Montfleurie, ursprünglich eine mittelalterliche Festung, wurde erbaut von Fulk Nerra, Comte d'Anjou, einem tapferen Ritter des elften Jahrhunderts und Stammvater der Plantagenet-Dynastie, die in der Folgezeit den Thron Englands erobern sollte.

Das Château, das zweimal den Flammen zum Opfer fiel, aber beide Male wiederaufgebaut wurde, wechselte in den nächsten dreihundert Jahren unzählige Male den Besitzer, bis es im sechzehnten Jahrhundert endlich von dem mächtigen Comte de Montfleurie erworben wurde, der seine Ländereien an der Loire zu vergrößern wünschte und den nicht zuletzt die Nähe zu Chenonceau reizte.

Philippe de Montfleurie, Grandseigneur, Diplomat und Landedelmann, bekleidete mehrere Ministerposten und war, während der kurzen Regentschaft Francis' II. und seiner Gemahlin Maria Stuart, gerngesehener Gast bei Hofe. Dank seiner guten Kontakte zum Onkel der jungen Königin, dem Herzog von Guise, gewann er nicht geringen Einfluß auf die politischen Geschicke des Landes, wobei er es geschickt verstand, aus seiner Tätigkeit im Dienste der Krone stets auch privaten Nutzen zu ziehen.

Im Jahre 1575 legte der Graf den Grundstein zur endgültigen Umgestaltung des Châteaus zu einem strahlenden Renaissance-Palast, der in ebendieser Form noch heute aus luftiger Höhe das Loiretal überragt.

Rosie hatte mittlerweile die Autobahn bei der Ausfahrt nach Tours verlassen und war in Amboise auf die Landstraße abgebogen, die nach Montfleurie führte. Kurz vor einer Biegung, hinter der man das Schloß zum ersten Mal sehen konnte, bremste sie ab und fuhr langsam weiter zum Aussichtspunkt, wo sie, wie jedesmal nach längerer

Abwesenheit, in aller Stille den Blick auf ihr geliebtes Montfleurie genießen wollte, die zeitlose Eleganz und die Erinnerung an seine unwiederbringliche Vergangenheit.

An einer malerischen Flußschleife vom Cher, einem Nebenarm der Loire, gelegen, grüßte Montfleurie noch genauso majestätisch wie vor Hunderten von Jahren von seiner Hügelkuppe herab. Das Schloß war aus heimischem Loire-Stein erbaut, einem Gestein, das mit der Zeit langsam ausbleicht und schließlich annähernd weiß wird. Hell leuchteten die Mauern in der freundlichen Nachmittagssonne, während die schiefergedeckten Dachzinnen und Turmspitzen sich wie dunkle Filigrankonturen von dem azurblauen Himmel abhoben.

Rosie klopfte das Herz vor Aufregung, als sie wenige Minuten später über die Zugbrücke in den Schloßhof einfuhr. Noch bevor der Wagen hielt, flog das schwere Eichenportal auf, und Gaston, der Hausdiener, kam die Freitreppe vor dem Haupthaus heruntergeeilt.

Mit strahlendem Lächeln öffnete er Rosie den Wagenschlag. »Madame de Montfleurie! Guten Tag, Madame! Wie schön, Sie wiederzusehen.«

»Ich freue mich auch, Gaston«, antwortete Rosie und erwiderte sein Lächeln. »Sie sehen gut aus, Gaston – und wie geht es Annie?«

»Danke, bestens, Madame. Sie hat Madame schon sehnlichst erwartet.« Plötzlich schüttelte er bekümmert den Kopf. »Aber Madame kommt sehr früh. Monsieur le Comte hat Sie nicht vor fünf erwartet und ist leider noch gar nicht im Haus.«

»Aber das macht gar nichts, Gaston, ich ...« Aus dem Augenwinkel sah Rosie eine kleine, rotgekleidete Gestalt die Freitreppe heruntergerannt kommen. »Lisette!« rief sie, eilte dem Kind entgegen und schloß es in ihre Arme.

»Tante Rosie! Tante Rosie! Ich hatte schon Angst, du kommst überhaupt nicht mehr!«

Rosie drückte das fünfjährige Mädchen liebevoll an

sich, strich ihr übers Haar, dann hob sie Lisettes Kinn und sah ihr lange und zärtlich in das strahlende Gesichtchen.

»Du hast mir gefehlt, *ma petite*«, flüsterte sie sanft und küßte Lisette auf die Wange. »Aber jetzt bin ich da, und wir werden ganz wunderschön miteinander Weihnachten feiern.«

»Au fein, au fein«, jubelte das Kind.

Oben auf der Treppe erschien unterdessen Yvonne und lächelte Rosie glücklich an. Wie sie gewachsen ist, seit ich das letzte Mal hier war, dachte Rosie. Eine richtige kleine Dame ist sie geworden, mit ihren achtzehn Jahren. Ihr geschulter Blick erfaßte im Nu die raffinierten kleinen Veränderungen, die, wie durch Zauberhand, aus Yvonne eine junge Erwachsene gemacht hatten: das leuchtendrote Haar, das zu Locken frisiert und auf dem Oberkopf zusammengebunden war, der Hauch von pinkfarbenem Lippenstift auf dem zarten jungen Mund, der leichte Puderstaub auf dem sommersprossigen Gesicht.

»Yvonne, mein Schatz!« Rosie lief ihr mit ausgebreiteten Armen entgegen. »Nein, wie schick du bist! Hast du das Kleid selber genäht?«

Yvonne drückte Rosie stürmisch an sich und gab ihr einen knallenden Kuß auf beide Wangen. »Ich kann's noch gar nicht glauben, daß du endlich wieder da bist, Rosie! Es war ja so trist hier ohne dich. Ach, und das Kleid hab ich tatsächlich selber genäht – natürlich ist es die Kopie eines deiner Modelle.«

»Hab ich schon gemerkt.« Rosie lachte. »Aber das hast du sehr schön hingekriegt. Ich werd noch mal eine Modeschöpferin aus dir machen.«

»Oh, glaubst du wirklich? Das wäre einfach wunderbar, die Erfüllung all meiner Träume! Doch nun laß uns reingehen. Collie erwartet dich schon sehnsüchtig. Sie hat buchstäblich die Tage gezählt bis zu deiner Rückkehr.«

»Da erging's ihr nicht anders als mir. Warte, ich hol nur noch rasch meine Tasche.« Rosie lief zurück zum Wagen, und als sie ihre Schultertasche vom Beifahrersitz genommen hatte, sagte sie zu Gaston, der schon dabei war, den Kofferraum auszuladen: »Das kann alles rauf in mein Zimmer. Danke, Gaston.«

»*Mais de rien, Madame de Montfleurie.*«

Rosie eilte zurück zu Lisette und Yvonne, und gemeinsam stiegen sie die Freitreppe zum Château hinauf. Lisette plapperte aufgeregt ohne Punkt und Komma. Inmitten der marmornen Eingangshalle blickte Rosie Richtung Galerie. Und dort stand, in seinem eleganten Reitdress, Guy de Montfleurie.

Im ersten Augenblick war Rosie wie gelähmt. Ihre fröhliche, erwartungsfrohe Stimmung war mit einem Schlage dahin. Der letzte, dem sie auf Montfleurie hatte begegnen wollen, war nun einer der ersten, der ihr unter die Augen kam.

Er war die Treppe hinuntergeeilt und stand vor ihr, noch ehe sie eine Chance hatte, ihre Fassung wiederzugewinnen.

Durchdringend sah er sie an.

Rosie hielt seinem Blick stand, bemüht, sich ihre Gefühle nicht anmerken zu lassen.

»Wir hatten dich erst gegen Abend erwartet, Rosalind«, sagte er.

»Ja, das sagte mir Gaston eben schon.«

Guy trat noch einen Schritt näher und schaute ihr prüfend ins Gesicht. »Na, und wie geht es dir, meine Liebe?«

»Recht gut, danke. Und dir?«

»Wie immer.«

Eine kleine Pause trat ein, dann fragte er mit leisem Lächeln und spöttisch hochgezogener Braue: »Und? Kriegt der liebende Gatte keinen Kuß zur Begrüßung?«

Rosie schwieg.

Guy lachte. »Wie schade! Aber ich werde deine unnahbare Kühle schon überleben. Schließlich bin ich dran gewöhnt.« Wieder lachte er spöttisch auf und ging hoch erhobenen Hauptes an ihr vorbei. Lässig mit der Reitgerte gegen seine hohen Lederstiefel schlagend, schlenderte er zur Tür. Mit der Hand auf der Klinke wandte er noch einmal den Kopf und rief: »Bis später, meine Liebe. Ich darf doch annehmen, daß wir zumindest miteinander essen?«

Rosie holte tief Luft. »Wo sonst sollte ich zu Abend essen als hier bei deinem Vater und den Mädchen«, rief sie, ungehaltener, als es ihre Art war. Dann legte sie Lisette den Arm um die Schultern und führte das Kind die Treppe hinauf; Yvonne lief hinterher.

Als sie zu dritt die breite Vordertreppe hinaufstiegen, nahm Rosie liebevoll all die vertrauten Dinge ringsum in Augenschein: den riesigen Kristallüster, der seit alters her von der Decke schwebte, die Tapisserien an den Wänden und die Ahnenporträts, welche ihre Gedanken wieder voll Kummer auf Guy lenkten. Wie schade, dachte sie, daß er so aus der Art geschlagen ist, statt zu dem Mann heranzureifen, den sein Vater sich so sehnlich zum Sohn gewünscht hätte, ein Mann, der seine Verantwortung für Montfleurie ernst nehmen würde. Aber Guy war ein Schwächling, ein selbstsüchtiger, arbeitsscheuer Müßiggänger und Verschwender. Er hatte seinen Vater bitter enttäuscht. Und Rosie auch.

Vor acht Jahren war sie als junge Braut – Guys Braut – in dieses herrliche Château eingezogen. Damals war ihr Herz übervoll vor Liebe und Bewunderung für Guy de Montfleurie, den künftigen Grafen. Aber das Glück war nur von kurzer Dauer, und ihre Beziehung hatte sich rasch, allzu rasch, verschlechtert. Binnen weniger Jahre waren die Jungvermählten einander entfremdet. Und heute? Heute empfand sie nichts mehr für ihn, oder höchstens schwaches Mitleid.

16

Rosie sah Collie an und sagte, wieder gefaßt: »Ich dachte eigentlich, Guy ist verreist?«

»War er auch. Aber heute morgen ist er plötzlich unangemeldet hier aufgekreuzt.« Collie seufzte. »Ich weiß, ich sollte nicht schlecht über ihn reden, denn er ist immerhin mein Bruder, und ich mag ihn ja auch ganz gern. Aber manchmal ist Guy schon wahnsinnig entnervend.«

»Ich weiß, ja, doch er kann nichts dafür, es ist einfach so seine Art.« Rosie lächelte die Schwägerin liebevoll an und griff nach ihrer Hand. Die beiden Frauen saßen in Collies Arbeitszimmer im Obergeschoß und konnten sich jetzt, da die Mädchen sie allein gelassen hatten, offen aussprechen.

Collie schüttelte versonnen den Kopf. »Du siehst doch in jedem immer nur das Gute... nimmst alle in Schutz... wie machst du das bloß? Ich jedenfalls kann das nicht, und in Guys Fall erst recht nicht. Er ist einfach unmöglich. Leider haben wir ihn jahrelang nach Strich und Faden verwöhnt; mein Vater, ich, ja sogar Claude, solange er am Leben war, und unsere Mutter natürlich sowieso. Ja, und du auch, Rosie. Guy hat immer und überall seinen Willen gekriegt, das war der Fehler.«

»Du hast sicher recht, Collie, aber trotz allem ist er doch kein schlechter Mensch, oder?« Ohne die Antwort abzuwarten, sprudelte Rosie drauflos: »Schau, er ist wie ein kleiner Junge, der partout nicht erwachsen werden will. Er will in allem seinen Willen durchsetzen, und er hat absolut kein Pflichtgefühl – oder sagen wir, er fühlt sich für nichts verantwortlich...«

»...für nichts und *niemanden*«, ergänzte Collie und sah Rosie dabei vielsagend an.

»Daß unsere Ehe gescheitert ist, ist auch zu einem guten Teil meine Schuld«, beteuerte Rosie. »Wie meine Mutter zu sagen pflegte: ›Jedes Ding hat zwei Seiten.‹«

»Und meine Mutter pflegte zu sagen, es gäbe in jeder Ehekrise seine Version, ihre Version *und* die Wahrheit«, konterte Collie.

Rosie lachte bloß. Im Moment war ihr wirklich nicht danach zu ergründen, wie und warum ihre Ehe fehlgeschlagen war.

»Im übrigen«, fuhr Collie fort, »hab ich nicht nur an dich gedacht, als ich eben sagte, Guy lehne jede Verantwortung für seine Nächsten ab. Nein, ich habe dabei auch an Vater gedacht. Er kann den Besitz wirklich nicht mehr allein verwalten, und Guy ... ach, Guy schert sich doch keinen Deut um Montfleurie, oder? Die Unterhaltskosten für das Haus sind erdrückend, und obwohl François Graingier Papa neuerdings zur Seite steht, lastet doch immer noch viel zuviel Arbeit auf ihm. Na ja, wenigstens kommt endlich ein bißchen Geld in die Kasse, seit Papa deinen Rat befolgt und das Château der Öffentlichkeit zugänglich gemacht hat. Wenn nur Guy auch seinen Teil dazutun wollte, dann wäre alles gleich soviel leichter für Vater – und natürlich auch für uns. Nein, ich kann meinen Bruder einfach nicht verstehen.«

»Ich weiß, Collie, mir geht es ja ganz genauso. Am allerwenigsten begreife ich, wieso er sich so gar nicht für Montfleurie interessiert. Immerhin ist es doch sein Erbe, das ihm eines Tages einmal gehören wird ...« Rosie verstummte und blickte ins Kaminfeuer. Auf ihrem Gesicht malte sich verhaltene Trauer.

Collie lehnte sich auf dem Louis-XVI-Sofa mit dem verschossenen grünen Brokatbezug zurück und schloß die Augen. Sie fühlte sich auf einmal sehr erschöpft. Doch im stillen ärgerte sie sich weiter über den Bruder. In den letzten paar Jahren war es noch schlimmer geworden mit ihm. Guy dachte nur noch an sein Vergnügen, wurde zunehmend egoistisch, dickköpfig und sprunghaft. Auf seinen langen Reisen widmete er sich den Lehren pseudo-religiöser indischer Gurus oder zog sich zu Meditationsübungen in einen Ashram in irgendeiner gottverlassenen Gebirgsregion zurück. In Collies Augen waren sie Sektenprediger, denen ihr Bruder nachlief, ausgemachte Scharlatane, die ihn um sein Vermögen gebracht hatten und ihm auch jetzt noch das wenige abknöpften, das ihm geblieben war. Und wenn Guy dann endlich aus seinen entlegenen Bergnestern wieder in die reale Welt herabstieg, so kam er nicht etwa heim, sondern trieb sich monatelang in Hongkong und anderen Zentren des Fernen Ostens herum. Woher kam nur diese rätselhafte Faszination für den Orient? Noch ungereimter freilich war Guys Verhalten Rosie gegenüber. Collie fand sogar, es sei unverzeihlich.

»Warum hast du meinen Bruder eigentlich geheiratet?« Collie erschrak fast über die Frage, die ihr wie von selbst entschlüpft war.

Rosie sah sie verdutzt an. Im ersten Moment war sie sprachlos, doch dann erwiderte sie langsam: »Nun, ich war in Guy verliebt… ich habe ihn bewundert… tja, ich glaube, er hat mir ganz einfach den Kopf verdreht.« Sie hielt inne und setzte ganz leise hinzu: »Du weißt doch, wie verführerisch er sein kann, wenn er's drauf anlegt – unnachahmlich charmant, warmherzig, voller Esprit, galant und ein blendender Gesellschafter. Ich denke, er hat mich einfach überwältigt.« Es gab noch andere Gründe dafür, daß sie Guys Antrag damals angenommen hatte, doch die wollte Rosie lieber nicht preisgeben.

»Ja, er hatte all diese Vorzüge«, stimmte Collie ihr bei. »Und die Frauen fanden ihn schon unwiderstehlich, als er noch ein ganz junger Bursche war, mit sechzehn oder siebzehn. Mein Gott, was hat er nicht vor dir schon für Eroberungen gemacht! Und vermutlich ist er damals, als ihr geheiratet habt, auch noch nicht so selbstsüchtig und sonderbar gewesen.« Collie blickte Rosie offen in die Augen und fragte impulsiv: »Hör mal, warum läßt du dich nicht scheiden?«

»Weiß ich auch nicht.« Rosie lachte verlegen. Plötzlich besorgt, fragte sie: »Versuchst du etwa, mich loszuwerden? Aus der Familie rauszudrängen?«

»Oh, Rosie, um Gottes willen! So was darfst du nicht einmal denken!« rief Collie entsetzt, und ihre Augen weiteten sich vor Schrecken bei der bloßen Vorstellung. Sie rückte näher an Rosie heran und schlang die Arme um sie. »Wie kommst du nur auf die Idee? Ich hab dich doch lieb. Wir alle lieben dich. Und ich bin ganz und gar auf deiner Seite. Guy ist ein Narr, daß er nicht begreift, was er an dir hat.«

Collie bog den Kopf zurück und sah ihre Schwägerin eindringlich an. Ihre hellblauen Augen, ja das ganze markante Gesichtchen spiegelten deutlich ihre Zuneigung und unverbrüchliche Treue. »Wenn du fort bist, ist Montfleurie wie ausgestorben, ehrlich. Vater ist jedesmal ganz geknickt nach deiner Abreise, und wir sind es genauso. Es ist, als ob plötzlich die Sonne nicht mehr scheinen würde. Du spielst eine so wichtige Rolle in unserem Leben, Rosie, und natürlich gehörst du zur Familie! Du bist mir die Schwester, die ich nie hatte, und Vater hängt an dir wie an einer leiblichen Tochter. Aber das weißt du doch!«

»Doch, ja, ich glaube schon. Und ich hänge umgekehrt an euch genauso, Collie – ihr seid auch *meine* Familie, und Montfleurie ist mein Zuhause. Ein Leben ohne euch könnte ich mir gar nicht mehr vorstellen, und ich wäre untröstlich, wenn ich nicht wenigstens einen Teil des Jahres in Montfleurie verbringen dürfte.«

Rosie schüttelte lächelnd den Kopf. »Nun wollen wir aber nicht mehr über Guy reden. Du weißt ja, er macht doch, was er will. Im übrigen ist er in letzter Zeit ja nur noch selten hier, und wir kommen nicht mehr oft mit ihm zusammen, stimmt's?«

Collie nickte zustimmend, lehnte sich aufseufzend wieder zurück und blickte auf die knisternden Scheite im

Kamin. Wenn ihr Bruder doch nicht ausgerechnet jetzt heimgekommen wäre! Neuerdings hatte er sich aus unerklärlichen Gründen angewöhnt, Rosie und sie für seine Probleme verantwortlich zu machen. Hoffentlich, dachte Collie mit einem stummen Stoßgebet, hoffentlich verdirbt er uns mit seiner anspruchsvollen Art, mit seiner Ungeduld und schlechten Laune nur nicht das Weihnachtsfest! Yvonne und Lisette freuten sich doch schon so sehr auf die Feiertage.

Als hätte sie Collies Gedanken erraten, sagte Rosie unvermittelt: »Wir wollen den Mädchen ein wirklich schönes Weihnachtsfest bereiten, nicht wahr?«

»Du nimmst mir das Wort aus dem Mund!« rief Collie.

»Vorhin, als sie mich unten im Hof begrüßte«, fuhr Rosie fort, »da ist mir aufgefallen, wie erwachsen Yvonne auf einmal wirkt.«

»Ja, seit August, als du weg bist, hat sie sich wirklich rasant entwickelt.« Collies helle Augen glitten hinüber zum Gateleg-Tisch neben dem Kamin, wo in einem Silberrahmen die Fotografie ihres verstorbenen Mannes, Claude Chevalier, und seiner einzigen Schwester Yvonne stand; Claude hatte für Yvonne die Vaterrolle übernommen. »Findest du nicht auch, daß unsere Yvonne Claude immer ähnlicher wird?«

»Doch, jetzt, wo du's sagst, sehe ich es auch. Und nicht nur äußerlich schlägt sie ihrem Bruder nach – sie hat auch seine offene, fröhliche Art und diese unbändige Energie, die ich an Claude stets so bewundert habe.«

»Ach, ja.« Collie entfuhr ein kummervoller Seufzer, und dann sagte sie: »Es ist so lieb von dir, Rosie, daß du ihr jeden Monat für die kleinen Arbeiten, die sie für dich erledigt, einen Scheck schickst. Aber es ist gewiß nicht nötig, glaub mir. Sie ist ja so froh und dankbar, daß sie von dir lernen darf, das genügt ihr völlig. Und *mir* brauchst du erst recht kein Geld zu schicken. Ich komme schon zurecht mit dem, was Claude mir hinterlassen hat.«

»Aber ich tu's doch gern, Collie. Warum soll ich euch nicht ein bißchen unter die Arme greifen? Schau, die Unterhaltskosten für das Anwesen zehren das Einkommen deines Vaters praktisch auf, da bleibt euch kaum noch etwas zum Leben. Im übrigen ist das, was ich dir und Yvonne zukommen lasse, ja kaum der Rede wert.«

»Ach, du bist so gut zu uns, Rosie, der reinste Engel«, stammelte Collie. Und dann wandte sie sich hastig ab, um die aufsteigenden Tränen zu verbergen.

17

»Mademoiselle Colette sieht schon wieder viel besser aus, *n'est-ce-pas?*« fragte die Haushälterin, während sie den letzten von Rosies vier Koffern auspackte.

»Ich finde auch, sie hat wieder Farbe bekommen, und ihre Augen leuchten direkt.« Rosie legte einen Stapel Pullis in eine Kommodenschublade und schloß sie dann. »Aber sie ist schrecklich dünn geworden, Annie.«

»*Mais oui, c'est vrai.*« Annie hob nachdenklich den grauen Kopf und sah Rosie an. Dann bückte sie sich wieder, nahm Rosies Morgenmantel aus dem Koffer und legte ihn aufs Bett.

Genau wie ihr Mann Gaston stammte auch Annie aus dem Dorf am Fuße von Montfleurie. Beide arbeiteten schon ihr Leben lang im Château. Sie hatte mit fünfzehn als Küchenmädchen angefangen, sich mit den Jahren zur Haushälterin emporgearbeitet und gehörte jetzt, nach vierzig Jahren im Dienste des Grafen, praktisch zur Familie. Sie kannte ihre Herrschaft von klein auf, wußte ihre diversen Eigenarten zu erdulden und behandelte sämtliche Vorkommnisse mit absoluter Diskretion. Die Montfleuries waren überzeugt, daß Annie ihre Geheimnisse mit ins Grab nehmen würde, und sie hatten durchaus recht damit.

Als Annie jetzt den leeren Koffer zuschnappen ließ, sah sie Rosie an und meinte wie zum Trost: »Collie ist schon immer sehr schmal gewesen. Als sie noch ein kleines Mädchen war, hab ich sie immer *l'épouvantail* gerufen... wie sagt man – Vogelscheuche, nicht wahr?«

Rosie nickte lächelnd.

»Ja, ganz richtig, das war sie, eine klapperdürre Vogelscheuche!« rief Annie mit Nachdruck. »Bestand nur aus Armen und Beinen, das Mädchen, und hatte einen regelrechten Knabenkörper. Tja, und daran hat sich bis heute nicht viel geändert, nicht wahr? Aber das hat nichts zu sagen, *chère* Madame, glauben Sie mir. Madame la Comtesse, ihre selige Mutter« – hier hielt Annie kurz inne und bekreuzigte sich –, »also Madame la Comtesse, die war auch so ein zartes durchsichtiges Geschöpf und leicht wie eine Feder. Nein, nein, das Gewicht hat nichts zu sagen, Madame.«

Rosie nickte nachdenklich, aber ihre Sorgen waren keineswegs zerstreut. Vorhin, als sie Collie in ihrem Arbeitszimmer besucht hatte, war sie bei ihrer ersten Umarmung richtig erschrocken, so abgemagert war der zarte Körper der Schwägerin, daß man fast jede Rippe einzeln zählen konnte.

Annie trug den leeren Koffer zu den anderen nach nebenan und fragte, als sie wieder ins Schlafzimmer trat: »Kann ich Ihnen sonst noch behilflich sein, Madame de Montfleurie?«

»Nein, liebe Annie, besten Dank, aber nun komme ich schon allein zurecht.«

»Ach, Madame« – Annie strahlte sie mit einem warmherzigen Lächeln an –, »ich bin ja so froh, daß Sie wieder daheim sind. Und das gilt für alle, die hier arbeiten. Das ganze Château ist glücklich über Ihre Ankunft. Denn jetzt, wo Sie wieder hier sind, kommt bestimmt alles in Ordnung, *bien sûr.*«

Rosie, der einfiel, daß Gaston vorhin unten am Auto schon eine ähnliche Bemerkung gemacht hatte, fragte leicht beunruhigt: »Hat es denn in letzter Zeit viel Ärger gegeben auf dem Schloß, Annie?«

»*Non, non, madame.* Das heißt … nun ja … Monsieur le Comte, wissen Sie …« Hilflos brach sie ab und schüttelte den Kopf. »Er ist immer so ernst und grüblerisch in letzter Zeit, kaum daß er noch mal ein Lächeln zustande bringt vor lauter Rechnen und Rechnen. Und Mademoiselle Collie trauert immer noch um ihren lieben Mann, na, Sie wissen ja … Aber wenn *Sie* kommen, Madame, dann ist mit einem Schlage alles anders. *La famille est joyeuse, très gaie. C'est vrai, madame.*«

»Das freut mich zu hören, Annie. Aber ich wollte Sie noch was fragen. Vor ein paar Wochen, als ich einmal mit Yvonne telefonierte, da sagte sie mir, Collie könne nicht ans Telefon kommen und es ginge ihr gar nicht gut. War das so?«

»Ja, schon, trotzdem glaube ich nicht, daß sie krank war. Es war mehr – wie soll ich sagen? – der Kummer, wissen Sie? Sie hat so Augenblicke, da überfällt er sie einfach, ganz plötzlich und wohl auch sehr schmerzhaft. Aber irgendwann ist es auch wieder vorbei. Ach, sie hat Monsieur Duvalier ja so sehr geliebt, und sie kann ihn einfach nicht vergessen. Oh, *mon Dieu*, wenn nur dieser furchtbare Unfall nicht gewesen wäre!« Annie bekreuzigte sich abermals und zog die Schultern zusammen, so als fröstele sie.

»Ich verstehe, Annie«, sagte Rosie leise. »Dann denken Sie also, es war die Trauer, die sie neulich so bedrückt hat?«

»*Mais oui, madame, je vous assure.* Und bitte, sorgen Sie sich nicht so sehr um sie. Mademoiselle Colette wird schon wieder auf die Beine kommen. Schauen Sie, ich kenne sie ja gewissermaßen schon seit ihrer Geburt, und ich sage Ihnen, sie ist zäh, unsere liebe Mademoiselle. So, aber nun darf ich nicht länger schwatzen, sondern muß sehen, daß ich hinunter in meine Küche komme! Es wird Zeit, das Abendessen vorzubereiten. Ich schicke dann Marcel hinauf, damit er die leeren Koffer abholt.«

»Ist gut, Annie, und danke, daß Sie mir beim Auspacken geholfen haben.«

»*De rien,* Madame de Montfleurie. Sie wissen doch, Ihnen bin ich stets gern zu Diensten.«

Allein geblieben, räumte Rosie erst noch ihre restlichen Sachen ein und ging dann hinüber ins angrenzende Wohnzimmer.

Dies war ein reizvoller Raum, groß, luftig, mit hoher Decke und mehreren Fenstern mit Blick auf den Park und den Cher, der gleich hinter den Schloßanlagen vorbeifloß. So hoch und breit waren die Fenster, daß man aus Rosies Wohnzimmer einen richtigen Panoramablick genoß, ja den Eindruck gewann, der Himmel reiche geradewegs in den Raum herein.

Das Zimmer war in sanften Tönen gehalten – himmelblau, cremefarben, zartgrau und ab und zu ein Tupfer Pink oder Senfgelb – und atmete jene verblichene Eleganz, die von würdigem, wenngleich verarmtem alten Adel zeugte. Vor allem aber war es ein ungemein gemütlicher Raum, weshalb Rosie sich auch besonders gern hier aufhielt.

Die Seiden-, Taft- und Brokatgewebe, mit denen das Zimmer ausstaffiert war, hatten ihre ursprüngliche Farbe vielfach eingebüßt, und der Aubusson-Teppich, der noch aus dem achtzehnten Jahrhundert stammte, war schon ganz abgetreten. Dennoch hielt Rosie ihn als veritables Kleinod in Ehren. Unter den hübschen Möbelstücken stach ganz besonders ein Louis-XVI.-Sekretär ins Auge, ein Eibenholzunikat mit Messingbeschlägen. Dieser Schreibtisch, der zwischen zwei Fenstern an der Stirnseite des Zimmers stand, hätte selbst einem Museum alle Ehre gemacht; ebenso das Konsoltischchen mit der Marmorplatte und den kunstvoll geschnitzten Putten rings um den Sockel. Bequeme Sitzgruppen neben zwanglos verteilten Beistelltischchen mit hübscher Einlegearbeit vervollständigten die Einrichtung, ein rundum gelungenes Ensemble.

Der Graf hatte im Lauf der Jahre viele seiner minder wertvollen Besitztümer verkaufen müssen, um die bedeutenden Schätze seines Ahnschlosses sowie das Château selbst samt seinen Ländereien sachgerecht erhalten zu können. Seit er allerdings vor drei Jahren das Château der Öffentlichkeit zugänglich gemacht hatte, erholte die Finanzlage der Familie sich spürbar, und die stete Abwanderung herrlicher Kunstgegenstände an Pariser Auktionshäuser oder die Antiquitätenhändler vom Quai Voltaire hatte, sehr zur Erleichterung des Grafen, ein Ende gefunden. Einen nicht zu unterschätzenden Anteil hieran hatten auch die Souvenirverkäufe, zu denen der Comte sich nach anfänglichem Sträuben entschlossen hatte und deren beliebteste mittelalterliche Puppen und anderes Spielzeug waren, das Rosie nach dem Modell einer antiken Sammlung in den Bodenkammern entworfen hatte.

Zwar hatte dieser neue Erwerbszweig den Grafen nicht reich gemacht, aber die Einnahmen aus Eintrittsgeldern, Katalogen und Souvenirverkäufen des letzten Frühjahrs und Sommers reichten doch aus, um das Château für die nächsten sechs Monate zu unterhalten. Und das kleine Familienunternehmen, dessen Gründung sich weitgehend Rosies Erfindungsgeist verdankte, bot die Gewähr dafür, daß der Graf sich nicht weiter zu verschulden brauchte. »Dank deines Talents, deiner praktischen Veranlagung und Überzeugungskraft«, pflegte der Comte immer zu ihr zu sagen, »stimmen meine Bilanzen endlich wieder, und ich kann die Banker in Schach halten.«

In ihre Gedanken versunken, entdeckte Rosie plötzlich mehrere häßliche Wasserflecken an der Decke, die im August bestimmt noch nicht dagewesen waren. Aber trotz der verbesserten Finanzlage hatte die Familie vermutlich keinen Franc für Reparatur- und Malerarbeiten übrig; und schon gar nicht jetzt, so kurz vor Weihnachten, einem Fest mit zahlreichen Verpflichtungen für Henri de Montfleurie.

Halb so schlimm, dachte sie, ich werde mich selbst darum kümmern. Gleich nach den Feiertagen lasse ich einen Klempner kommen und die undichte Stelle ausbessern, und dann werde ich die Decke neu streichen. Rosie war mit Recht stolz auf ihr handwerkliches Geschick, das sie im Lauf der Jahre zu wahrer Meisterschaft gesteigert hatte, indem sie den Bühnenbildnern, mit denen sie zusammenarbeitete, allerlei wertvolle Tricks und Kniffe abguckte.

Sie bückte sich, hob ihre leinene Umhängetasche auf eine Polsterbank und holte die Ordner heraus, in denen sie das Hintergrundmaterial für Gavins neuen Film gesammelt hatte. Zwischen zwei Aktendeckeln fand sich auch das gerahmte Foto ihres kleinen Freundeskreises, das sie auf allen Reisen begleitete. Rosie stellte den Silberrahmen zu einer Reihe anderer Fotografien auf eine antike Kommode, und Nell, Gavin, Kevin, Sunny und Mikey blickten sie nun mit lächelnden Gesichtern an.

Wie jung und schön sie doch auf diesem Bild alle aussahen, dachte Rosie. So unschuldig und fast noch unberührt vom Leben.

Ach, aber inzwischen haben wir unsere Unschuld längst verloren. Das Leben hat uns ganz schön gebeutelt, hat uns verändert, hart gemacht, uns enttäuscht, unsere Illusionen zerstört und zum Teil sogar unsere Hoffnungen und Träume. Vielleicht unwiderruflich. Und wir haben alle den falschen Weg eingeschlagen. Oder nein, korrigierte sie sich im stillen, vielleicht war's nicht der falsche Weg. Vielleicht war es uns vorherbestimmt, den Weg zu gehen, den jeder von uns gewählt hat. Zumindest haben Gavin, Nell, Kevin und ich im Beruf unsere Erfüllung gefunden, wenn auch leider nicht im Privatleben. Und nach Nells Urteil galt diese pessimistische Diagnose ja auch für Gavin.

Mit einem leisen Seufzer rückte sie den Silberrahmen etwas weiter vor und wandte sich dann dem Foto daneben zu, einem Bild von Colette und Claude, aufgenommen in einem Sommer vor etlichen Jahren hier auf der Terrasse von Montfleurie.

Es war ein Farbfoto und wirkte erstaunlich lebensecht.

Wie schön Collie doch darauf aussah, mit dem gebräunten Teint, den dunklen, windzerzausten Locken, dem vollen, sinnlichen, lachenden Mund und den strahlenden blauen Augen, in denen sich der Himmel zu spiegeln schien. Und daneben Claude, so jung und hübsch, wie er voll liebender Bewunderung auf seine entzückende Frau hinunterlächelte. Aber auch auf diesem Foto aus glücklichen Tagen war Collie schon überschlank; bestimmt hatte Annie recht, und ihre Schwägerin war immer schon ein Strich in der Landschaft gewesen. Doch sosehr Rosie sich auch bemühte, ihre Sorgen um Collie zu verscheuchen, es wollte ihr nicht recht gelingen. Wenn sie nur nicht so zerbrechlich wäre in letzter Zeit, dachte sie, so durchsichtig.

Um sich abzulenken, ging sie zum Sekretär, zog Fächer und Schubladen auf und begann, ihre vielfältigen Papiere zu ordnen. Als ihr Blick dabei zufällig zum Fenster schweifte, stockte ihr der Atem vor Entzücken.

Nur ein paar verirrte, flaumzarte Wölkchen segelten am strahlendblauen Himmel, und über dem Fluß lag ein schimmernder Glanz, der sie an die kostbare Glasur alten Porzellans denken ließ. Die milden Strahlen der Spätnachmittagssonne tauchten die Gartenanlagen in ein warmes, anheimelndes Licht, das leuchtete wie geschmolzenes Gold.

Rosalind konnte der Verlockung nicht widerstehen. Rasch entschlossen nahm sie ihr Lodencape vom Sofa und lief aus dem Zimmer. Draußen auf dem langgestreckten Korridor schlug sie eilig die Richtung zur Hintertreppe ein, denn in dem Moment war ihr durchaus nicht danach zumute, vorn im großen Treppenhaus jemandem zu begegnen.

18

In Windeseile gelangte Rosie über die rückwärtige Veranda hinunter auf den schmalen Plattenweg, der zum Fluß führte. Ihr Cape bauschte sich hinter ihr wie ein Segel, so schnell rannte sie dem Ufer zu.

Rosie war auf dem Weg zu einem ihrer Lieblingsplätze in der weitläufigen, ausgedehnten Parkanlage: einer verwitterten Ruine, die in den Familienchroniken als »Bergfried des Schwarzen Falken« geführt wurde. Diesen vollmundigen Namen verdankte der ehemalige Wachtturm seinem Erbauer, Fulk Nerra, Comte d'Anjou, genannt der Schwarze Falke. In der Tat hatte man vom Standort des einstigen Bergfrieds aus – einer sanften Hügelkuppe, vor welcher das Flußbett des Cher eine scharfe Biegung beschrieb – einen strategisch äußerst günstigen Blick über Montfleurie und seine Ländereien, war also im Mittelalter von hier aus trefflich imstande gewesen, Raubritter und Marodeure abzufangen.

Im achtzehnten Jahrhundert hatte man den Grund rings um die Ruine aufgeforstet, das zerfallene Gemäuer war bald von Moos und Flechten überwachsen, und im Sommer blühten in Ritzen und windgeschützten Spalten die lieblichsten Feldblumen und Wiesenkräuter. Mit seiner eigenartigen, bezaubernden Schönheit weckte dieses abgeschiedene Fleckchen Erinnerungen an die Vergangenheit, an die große Geschichte Frankreichs.

Das verfallene Denkmal, halb versteckt unter sattgrünen Baumwipfeln, bot sich als lauschige Idylle dar, weshalb die Familie sich während der Sommermonate hier auch mit Vorliebe zum Picknick zusammenfand.

Rosie war schon ganz außer Atem, als sie den halb eingestürzten Torbogen erreichte, der einst der Zugang zum Turm gewesen war. Aber sie lief im gleichen Tempo weiter, bis sie auf der anderen Seite der Ruine und außer Sichtweite des Châteaus war.

Hier ließ sie sich auf der Steinbank nieder, die ein Montfleurie vor dreihundert Jahren hatte aufstellen lassen, und blickte hinaus auf das gemächlich mäandernde Flußbett des Cher. Ringsum war alles so friedlich und still, daß Rosie den eigenen Herzschlag hören konnte. Langsam beruhigte sich das rasche Pochen in ihrer Brust, ihr Atem ging wieder regelmäßig, und sie begann sich zu entspannen.

Fest in das warme Cape gehüllt, lehnte sie sich an einen Baumstamm dicht hinter der Bank und überließ sich ganz der Schönheit des Naturschauspiels, das sich vor ihren Augen entfaltete.

Wie friedvoll doch heute dieser Ort war, an dem einst Fulk Nerra, der martialische Kriegsherr, erbitterte Schlachten ausgefochten hatte. Inzwischen hatten Zeit und Naturgewalten längst jede Erinnerung an den blutigen Kriegsgrund verweht, und zurückgeblieben war ein freundschaftlicher, beschaulicher Platz, der einlud zum Ausruhen und Nachdenken.

Als Rosie jetzt hier saß, beschäftigte sie die bange Frage, wie es wohl mit ihrer Ehe weitergehen würde. Seit acht Jahren war sie mit Guy verheiratet, aber in letzter Zeit sahen sie einander eigentlich kaum noch, und wenn, dann kam es in der Regel bald zu unschönen Auftritten. Zu kitten war ihre Beziehung wohl kaum noch, nicht, nachdem sie die letzten fünf Jahre wie Fremde aneinander vorbeigelebt hatten, ganz abgesehen davon, daß Guy sie, wann immer sich eine Gelegenheit bot, mit seinen böswilligen Sticheleien plagte.

Als sie Guys gezielten Groll gegen sich zu spüren begann, hatte Rosie sich zunächst ratsuchend an Collie gewandt. Doch ihre Schwägerin hatte ihr immer wieder versichert, Guy sei gegen alle in der Familie feindlich gesinnt, beileibe nicht nur gegen sie, und irgendwann hatte Rosie sich ihrer Meinung angeschlossen. Das änderte freilich nichts daran, daß ihre Situation von Jahr zu Jahr grotesker wurde, nicht nur das, es war direkt schädlich, so zu leben, und doch konnte sie an diesem Zustand einfach nichts ändern.

Plötzlich knackte es hinter ihr im Unterholz, und Rosie richtete sich erschrocken auf, als sie hinter sich, im dürren Laub, Schritte rascheln hörte.

Vorsichtig wandte sie den Kopf und spähte umher. Hoffentlich war es nicht Guy! Sie war jetzt nicht in der Verfassung, ihm allein gegenüberzutreten. Erst mußte sie sich auf seine bissigen Attacken einstellen, sich dagegen wappnen, ja mußte einen Schutzwall aufbauen, ehe sie der Konfrontation mit ihm gewachsen war.

Sehr zu Rosies Erleichterung war es nicht Guy, der sich ihrer lauschigen Bank näherte. Sie sprang auf, und ein Lächeln erhellte ihr eben noch so ängstliches Gesicht, als Henri, Comte de Montfleurie, zwischen den Bäumen hervortrat.

Der Graf blieb stehen, hob bei ihrem Anblick grüßend die Hand, und seine Augen spiegelten ein herzliches, liebevolles Willkommen.

Rosie lief ihm entgegen, und die beiden umarmten sich mit großer Zärtlichkeit. Endlich machte der Comte sich sanft von ihr los, hielt sie auf Armeslänge von sich und sah ihr aus weisen braunen Augen forschend ins Gesicht.

»Rosie, mein Kind, wie geht es dir? Guy hat dich doch hoffentlich nicht gekränkt, oder?«

»Nein, nein, Henri. Ich habe ihn auch nur ganz flüchtig gesprochen, gleich nach meiner Ankunft, weißt du. Allerdings – ein bißchen süffisant war er schon, aber das scheint neuerdings eben die Haltung zu sein, mit der er mir begegnet.«

»Ach, mein Kind, ich versichere dir, er benimmt sich mir gegenüber ganz genauso – und leider ist er auch so zu Collie. Wenn er wenigstens auf seine Schwester etwas Rücksicht nähme. Sie hat weiß Gott genug durchgemacht, unsere arme Colette. Aber nun ja« – der Graf seufzte resigniert –, »Guy denkt eben in erster Linie an sich. Die Gefühle anderer Menschen sind ihm völlig gleichgültig.«

Graf Henri nahm Rosies Arm, und gemeinsam schlenderten sie zu der alten Steinbank zurück.

Der Comte war schlank, mittelgroß, hatte graumeliertes Haar, war auf eine herbe, kantige Art attraktiv, und sein wettergegerbtes Gesicht verriet den Landmann, der sich mit Vorliebe im Freien aufhielt. Bis auf seine Studienzeit an der Sorbonne hatte der Graf, der inzwischen dreiundsechzig Jahre zählte, sein Leben fast ausnahmslos auf Montfleurie zugebracht.

Als sein Vater starb, hatte der damals erst vierundzwanzigjährige Graf Henri das Château an der Loire geerbt. Ein Jahr später heiratete er Laure Caron-Bougival, seine Kinderliebe. Drei Jahre darauf wurde sein Sohn Guy geboren, und nach weiteren vier Jahren folgte die Tochter Colette. Nun war der Graf bereits seit zwölf Jahren Witwer, und obwohl Collie ihn immer wieder ermunterte, konnte er sich nicht dazu entschließen, ein zweites Mal zu heiraten.

Der Graf trug einen schon recht abgetragenen Tweedmantel, den er jetzt fröstelnd fester zusammenzog. Als er und Rosie auf der Bank Platz genommen hatten, griff Comte Henri nach ihrer Hand und drückte sie. »Ich freue mich ja so, dich wieder daheim zu haben, Rosie.«

»Danke, Henri, wie lieb von dir. Und ich bin auch von

ganzem Herzen froh, endlich wieder auf Montfleurie zu sein! Du weißt, wie sehr ich meine Arbeit liebe, aber daß sie mich oft monatelang von hier fernhält, macht es mir oft recht schwer.«

Er nickte, schaute ihr abermals prüfend in die Augen und fragte: »Sag, wie geht's dir denn *wirklich*, mein Kind? Und ich will die Wahrheit hören, verstehst du? Keine Beschönigungen.«

»Ach, es geht mir soweit ganz gut, ehrlich.« Rosie meinte das auch ganz aufrichtig, und doch entfuhr ihr unversehens ein freudloses kleines Lachen. »Jedenfalls fühle ich mich wohl, solange ich mich auf meine Arbeit konzentrieren kann. Aber dann gibt es Momente... ich weiß selbst nicht recht...«

»Ja? So sprich doch weiter, Kind!«

»Na ja, es kommt nur sehr selten vor, aber wenn ich mal nichts mit mir anzufangen weiß, dann kommen mir mitunter ohne jeden Grund die Tränen, und ich heule wie ein Schloßhund«, gestand Rosie. »In solchen Stimmungen wirft mich schon die kleinste Kleinigkeit um. Dabei paßt das gar nicht zu mir, ich war eigentlich nie eine Heulsuse. Siehst du, Henri, du fragst mich, was mit mir los ist, und ich kann dir darauf beim besten Willen nicht antworten, weil ich's nämlich selber nicht weiß.«

Der Comte drückte ihre Hand fester und sagte leise: »Aber ich weiß es, Rosalind. Du bist unglücklich, und das ist ja auch kein Wunder bei dem Leben, das du führst. Du bist nicht verheiratet und bist auch nicht geschieden, ein höchst unnatürlicher Zustand für eine junge Frau, wenn du mir meine Offenheit verzeihst. So, wie es zwischen dir und Guy steht, hängst du doch gewissermaßen in der Luft, und ich finde, dagegen solltest du schleunigst etwas unternehmen.«

»Oh, aber es besteht keine Hoffnung auf Aussöhnung!« rief Rosie fast verzweifelt. »Jetzt nicht mehr. Wir haben uns einfach zu sehr auseinandergelebt.«

»Aber wer spricht denn von Versöhnung? Nein, nein, mein Kind, ich finde, ihr solltet euch scheiden lassen.«

Sprachlos starrte Rosie ihn an.

»Nun mach nicht so ein entgeistertes Gesicht, Rosie. Eine Scheidung ist doch heutzutage nichts Ungewöhnliches mehr. Und obwohl ihr beide katholisch seid, bin ich der Meinung, daß es an der Zeit ist, juristische Schritte zu unternehmen und eure Ehe auflösen zu lassen.« Als Rosie schwieg, fragte er vorsichtig: »Eine wirkliche Ehe habt ihr doch in den letzten fünf Jahren ohnehin nicht mehr geführt, oder?«

»Nein«, kam es leise, kaum hörbar, zurück.

»Na also, wo ist denn dann das Problem?«

Rosie schwieg lange, endlich aber gestand sie flüsternd: »Ich habe Angst.«

Der Graf fuhr verdutzt zurück. »*Angst*! *Du*! Aber Rosie, das kann ich gar nicht glauben. Wovor fürchtest du dich denn?«

Rosie biß sich auf die Unterlippe, senkte den Blick auf ihre ineinander verschlungenen Hände und überlegte fieberhaft, wie sie ihm ihre Gefühle erklären könne. Als sie endlich wieder den Kopf hob und die tiefe Besorgnis in seinen Augen las, da wußte sie, daß ihr keine andere Wahl blieb, als ihm die Wahrheit zu sagen. Er würde sie gewiß verstehen.

Rosie schluckte tapfer und stammelte: »Ich habe Angst davor, euch zu verlieren – dich und Collie und die Mädchen. Ihr seid doch meine einzige Familie, und ich könnte es nicht ertragen, für immer von euch getrennt zu sein, Montfleurie nicht mehr als mein Zuhause betrachten zu dürfen.«

»Aber Kind, das wird nie geschehen!« beteuerte er.

»Doch, Henri, ich fürchte, schon. Wenn ich von Guy geschieden werde, dann gehöre ich doch auch nicht mehr zur Familie.« Gegen ihren Willen liefen Rosie auf einmal Tränen über die Wangen.

Henri reichte ihr stumm ein Taschentuch und wartete, bis sie sich die Augen getrocknet hatte.

Nachdem sie sich wieder gefaßt hatte, sagte er: »Schau, Rosie, wir haben dich alle sehr, sehr lieb. Ich für mein Teil hatte dich schon damals ins Herz geschlossen, als du mit Collie zu uns kamst, lange bevor ihr geheiratet habt, du und Guy. Und für mich wirst du immer meine zweite Tochter bleiben, ob du nun mit meinem Sohn verheiratet bist oder nicht. Auch wenn du dich ein zweites Mal verheiraten solltest, würde das an meinen Gefühlen für dich nichts ändern. Schließlich habe ich dich nicht so gern, weil du die Frau meines Sohnes bist, sondern ich liebe dich um deiner selbst willen, Rosie. Und das eine merke dir: Montfleurie wird dein Zuhause sein und bleiben, solange du lebst. Dafür verbürge ich mich.« Er legte ihr den Arm um die Schulter und zog sie an sich. »Ach, ich weiß nicht, was los ist mit Guy, und ich wage es auch nicht, seine Probleme zu analysieren.«

Henri de Montfleurie hielt kopfschüttelnd inne. Dann fuhr er in klagendem Ton fort: »Ich weiß nur das eine, daß ich einen ausgemachten Narren gezeugt habe. Sein Verhalten dir gegenüber ist mir ein absolutes Rätsel. Und wenn ich daran denke, daß er eines Tages Montfleurie übernehmen soll, er, der so gar nichts übrig hat für den Besitz, ach, dann graut mir heute schon. Ich kann nur hoffen, daß Gott mir noch ein langes Leben zubilligt, damit ich Vorkehrungen treffen und Montfleurie vor Guys Zugriff schützen kann.«

»Aber Henri, warum vermachst du Montfleurie nicht einfach Collie?«

»Weil der Code civil mir zwar gestatten würde, meinen Besitz einem weiblichen Nachfahren zu vererben – aber nur, wenn Colette mein *einziges* Kind wäre. Sowie ein Sohn da ist, verbietet das Gesetz, ihn als Erben zu übergehen. Falls Guy kinderlos sterben sollte, würden Titel und Anwesen an Collie beziehungsweise ihre Tochter Lisette fallen. Aber so, wie die Dinge heute liegen, ist Guy mein unumstrittener Erbe und Nachfolger. Doch vergib mir, Rosie, daß ich dich ausgerechnet jetzt mit meinen Sorgen behellige! Laß mich dir noch einmal wiederholen, was ich vorhin gesagt habe: Du bist wie eine leibliche Tochter für mich, und daran wird sich nie etwas ändern. Sag, willst du mir etwas zuliebe tun?«

»Aber gewiß doch!«

»Schön, dann geh und suche Maître Berthier auf, wenn du wieder in Paris bist. Er ist ein ausgezeichneter Jurist und obendrein ein guter Freund von mir. Laß dich von ihm beraten, und dann faß dir ein Herz, mein Kind, und leite die Scheidung ein.«

»Also gut, ich werde mit dem Anwalt sprechen. Wahrscheinlich hast du recht und es gibt wirklich keinen anderen Ausweg. Vor allem aber laß mich dir danken, Henri, für deine Güte und dein Verständnis. Ich wüßte wirklich nicht, was ich täte ohne dich und Collie!«

Lächelnd tätschelte der Graf ihre Hand. »Schon gut, mein Kind, schon gut. Du sollst wissen, daß ich immer für dich da bin, was auch geschieht.«

Ein Krähenschwarm flog auf und erhob sich wie ein schwarzsamtenes Band in den fahlblauen Winterhimmel. Es dämmerte bereits, und über dem Fluß stiegen silberhell und duftig die ersten Nebelschwaden auf.

»Wie schön und friedlich es doch hier draußen ist«, sagte der Graf.

»Meine Mutter hat diese Zeit, so kurz vor dem Dunkelwerden, immer die blaue Stunde genannt«, erinnerte sich Rosie versonnen.

Lächelnd nickte der alte Graf, stand auf und reichte ihr die Hand. »Ich bin froh, daß wir uns einmal richtig ausgesprochen haben. Aber jetzt sollten wir besser wieder hineingehen, es wird doch ziemlich frisch, nicht wahr?«

Rosie nickte, nahm seinen Arm, und gemeinsam schritten die beiden zurück zum Château.

Kurz vor dem Eingang blieb Graf Henri noch einmal stehen und fragte: »Sag, Rosie, hast du noch immer keinen netten jungen Mann kennengelernt?«

»Aber Henri! Natürlich nicht, was denkst du denn von mir?«

»Wie schade! Es schmerzt mich zu wissen, daß du so allein und einsam bist. Und so unglücklich, mein liebes Kind. Ja, denkst du denn, *ich* wüßte nicht, wie das ist? So zu leben wie du?«

»Doch, Henri, natürlich weißt du das.« Rosie zögerte und fragte dann, fast schüchtern: »Und wie geht es Kyra?«

Sie spürte, wie er neben ihr starr wurde, und obwohl man im rasch schwindenden Zwielicht kaum noch etwas erkennen konnte, sah sie doch, daß sein Mund auf einmal ganz schmal und verkniffen war. »Ihr geht es gut«, sagte er endlich. »Das heißt, ich nehme es an. Sie ist verreist.«

»Oh?« Rosie hob erstaunt die Brauen. »Aber zu Weihnachten wird sie doch wieder hier sein?«

»Ich weiß nicht«, gab er mit gepreßter Stimme zur Antwort, und dann wandte er sich brüsk ab und eilte mit raschen Schritten voraus.

Rosie war klug genug, nicht weiter in ihn zu dringen. Sie standen schon vor dem Eingang, als sein Gesicht sich plötzlich wieder aufheiterte und er in fast scherzhaftem Ton bemerkte: »Ich finde, es ist an der Zeit, daß du dich nach einem Kavalier umsiehst! Andernfalls müßte ich es für dich tun.«

Rosie lachte. »Ach, Henri, du bist unverbesserlich!«

»Nicht doch – ich bin Franzose, mein Kind! Und ein Franzose behält auch im Alter noch seine romantische Ader, weißt du?«

»Aber Henri, du bist doch nicht alt! Und im übrigen bist du etwas ganz Besonderes – einen Schwiegervater wie dich gibt es auf der ganzen Welt kein zweites Mal!«

»Ich darf doch hoffen, daß dies als Kompliment gedacht war, Rosalind de Montfleurie?«

»Versteht sich!« rief Rosie, erleichtert, daß er seine gute Laune wiedergefunden hatte. Im stillen freilich grübelte sie darüber nach, was wohl zwischen dem Grafen und Kyra vorgefallen sein mochte. Vielleicht konnte Collie ihr darüber Auskunft geben, denn sie und Kyra waren schließlich befreundet.

Als Rosie und der Comte kurz darauf das Château betraten, fühlte sie sich zuversichtlich wie schon seit langem nicht mehr.

19

Geraume Zeit später – Rosie hatte inzwischen gebadet, ihr Make-up erneuert und fürs bevorstehende Abendessen ihr geliebtes rotes Wollkleid angezogen – nahm sie eine kleine Hutschachtel aus dem Schrank und ging damit hinüber in Lisettes Zimmer.

Als sie eintrat, kniete Yvonne am Boden und knöpfte Lisette das braune Samtkleidchen zu. »Hallo, Rosie«, rief sie erfreut, »wir wollten auch gleich zu dir.«

»So, dann war ich eben schneller!« versetzte Rosie lachend. Im Nähertreten hielt sie die Hutschachtel sorgsam hinter dem Rücken versteckt, damit Lisette sie nicht sehen konnte. »Ich dachte, wir gehen alle zusammen hinunter ins Speisezimmer.«

»Aber wir müssen noch auf Maman warten«, mahnte Lisette.

»Ja freilich, mein Herz.« Lächelnd beugte Rosie sich zu dem Kind hinab. »Du, ich hab dir was mitgebracht.«

Lisette klatschte aufgeregt in die Hände. »Au fein, Tante Rosie! Was ist es denn? Bitte, sag schon!«

»Dreimal darfst du raten.«

»Hast du's aus Amerika mitgebracht?«

Rosie nickte.

»Dann ist es *un chapeau*!«

»Ja, du meine Güte, wie bist du darauf nur so schnell gekommen? Du bist wirklich ein kluges Kind... Oder« – setzte Rosie neckend hinzu – »oder hat's dir am Ende ein kleines Vögelchen verraten, hm?«

»O nein, Tante Rosie, keiner hat mir was verraten, bestimmt nicht.« Lisette machte auf einmal ein ganz ernstes Gesicht. »Aber du hattest mir doch einen Hut aus Amerika versprochen. Weißt du das denn nicht mehr?«

»Aber sicher. Ich hab ihn dir versprochen, und – voilà! – hier ist er.« Rosie holte die Hutschachtel hinter ihrem Rücken hervor und reichte sie dem Kind.

Lisette rief jubelnd: »*Merci! Merci beaucoup*!« Und schon hatten ihre drallen Händchen die Schleife aufgenestelt und den Deckel abgehoben. Zum Vorschein kam ein kesses grünes Filzhütchen mit rot-grün karierten Bändern und einem Sträußchen leuchtendroter Kirschen an der Krempe. »*Mais comme c'est joli*!« frohlockte die Kleine, fiel der Tante stürmisch um den Hals und rannte zum Schrank, vor dessen Spiegeltür sie das Hütchen aufsetzte und dann von allen Seiten bewunderte.

»Der Hut ist so schön, daß ich ihn zum Essen aufbehalten möchte«, erklärte Lisette strahlend.

»Ja, er ist wirklich entzückend«, lobte Yvonne, »aber zum Essen kannst du ihn trotzdem nicht tragen.«

»Warum denn nicht?«

»Aber du weißt doch, daß man im Haus den Hut nicht aufbehält«, antwortete Yvonne geduldig.

»Ich schon!« konterte die Kleine.

»Aber nun flunkere doch nicht!«

»Nein, es ist wahr. Neulich, als wir im Café waren, da habe ich meinen Hut aufbehalten.«

»Das Speisezimmer in Montfleurie ist aber doch kein

Café«, wies Yvonne sie kopfschüttelnd zurecht. »Und das weißt du auch ganz gut. Also stell dich nicht absichtlich dumm.«

»Wieso? Man ißt im Café, und wir essen im Speisezimmer.«

Rosie, die sich das Lachen verbeißen mußte, warf ein: »Yvonne hat recht, Liebes. Im Haus trägt man wirklich keinen Hut.«

»Aber im Krankenhaus hatte ich auch einen Hut auf, oder? Maman hat's mir erzählt.«

Rosie und Yvonne wechselten einen Blick, und dann sagte Rosie: »Ja, das ist schon richtig, und der neue Hut hier, der steht dir auch wirklich sehr gut, Lisette. Trotzdem solltest du ihn jetzt lieber abnehmen, denke ich. Morgen fahre ich mit dir hinunter ins Dorf und lade dich ins Café auf ein Eis ein, da kannst du dann dein neues Hütchen ausführen. Na, würde dir das gefallen?«

Das Kind nickte lächelnd. Trotzdem blieb der grüne Filzhut fest auf ihre dunklen Locken gedrückt, und Lisette machte keine Anstalten, ihn abzusetzen.

»Komm, Liebes«, sagte Rosie, »laß uns dein neues Hütchen zu den anderen legen. Hast du vielleicht sonst noch einen bekommen, seit ich weg bin, den du mir zeigen möchtest?«

»O ja, sogar zwei! Komm mit!« Und Lisette lief voraus ins angrenzende Spielzimmer, wo auch ihre große und für ein Kind eher ungewöhnliche Hutsammlung auf einem Wandregal ausgestellt war.

Lisette hatte schon als ganz kleines Kind ein Faible für Hüte gehabt und setzte sogar zum Spielen im Schloßgarten einen auf.

Ihre Mutter führte diese sonderbare Vorliebe auf eine Erfahrung gleich nach der Geburt zurück. Lisette war eine Frühgeburt gewesen und hatte in der Pariser Klinik, in der sie zur Welt gekommen war, acht Wochen im Brutkasten gelegen. Und während dieser Zeit hatte sie, als zusätzlichen Wärmeschutz für den Kopf, ein winziges Wollmützchen getragen.

Als die jungen Eltern ihr Töchterchen dann endlich mit heimnehmen durften, hatten sie ihr das Mützchen abgestreift. Doch da begann das Baby aus Leibeskräften zu schreien und beruhigte sich erst, als man ihm sein warmes Käppchen wieder aufsetzte. Und dieses Faible für Kopfbedeckungen war Lisette geblieben, ein Faible, das die ganze Familie gutmütig tolerierte und unterstützte; daher die große Hutsammlung in ihrem Spielzimmer.

»Die hier hab ich von Großpapa bekommen.« Lisette nahm eine zierliche, perlenbestickte Juliahaube vom Regal. »Er hat sie in einer Truhe auf dem Dachboden gefunden. Sie gehörte Großmama Laure. Sie ist mir natürlich noch zu groß, aber Großpapa sagt, ich werde schon hineinwachsen.«

»Die ist ja wirklich zauberhaft«, rief Rosie bewundernd. »Aber mit so einem feinen, alten Kleinod mußt du auch recht behutsam umgehen.«

»Keine Sorge, das tue ich schon«, versicherte Lisette, die endlich doch den neuen Filzhut abgenommen hatte und ihn nun neben die Juliahaube legte. Dann bückte sie sich nach einer beigefarbenen Wollmütze, stülpte sie über und band einen braunen Pelzkranz davor, der ihr herzförmiges Gesichtchen allerliebst umrahmte. »Sieh mal, Tante Rosie, kannst du raten, von wem ich diese Mütze habe?«

Rosie legte den Kopf schief und tat so, als müsse sie angestrengt nachdenken. »Warte, laß mich überlegen… also sie erinnert mich an Kosakenuniformen… nein, eher an einen schmucken Bojaren… Ha, jetzt bin ich auf der richtigen Spur, oder? Hast du die Mütze vielleicht von… Kyra?«

»Richtig geraten! Bist du aber klug, Tante Rosie.«

In dem Moment ging nebenan die Tür auf, und Colette betrat das Schlafzimmer. »Maman!« rief Lisette freudestrahlend, nahm eilig den neuen Hut vom Bord und rannte hinüber, um ihn der Mutter zu zeigen.

»Allerliebst!« sagte Collie gerade, als Rosie und Yvonne dem Kind ins Schlafzimmer folgten. »Aber nun geh bitte, und bürste dir noch einmal die Haare.« Dankbar und liebevoll sah sie Rosie an. »Es ist so rührend von dir, daß du jedesmal daran denkst, ihr einen Hut mitzubringen.«

»Aber das macht mir doch Freude«, beteuerte Rosie. »Bloß ist Lisette inzwischen so daran gewöhnt, daß sie nach jeder meiner Reisen einen bekommt, daß ich sie gar nicht mehr überraschen kann.«

Colette nickte. »Ich weiß, was die Hüte angeht, so verwöhnen wir sie alle ganz schrecklich. Aber sie ist andererseits so ein braves kleines Mädchen, so lieb und gehorsam, und nie macht sie mir Kummer.«

»Genau wie Yvonne hat auch sie einen tüchtigen Schuß gemacht«, sagte Rosie nachdenklich. »Sie wirkt gut ein, zwei Jahre älter, als sie ist.«

»Ja, auch geistig ist sie ihren Altersgenossen voraus«, bestätigte Collie. »In ihrer Klasse überflügelt sie alle anderen mühelos. Und sie ist gänzlich unerschrocken, weißt du. Nichts kann sie aus der Fassung bringen.«

»Da kommt sie ganz auf ihre Mutter«, meinte Rosie.

»Na, ich weiß nicht. In letzter Zeit habe ich mich gar nicht so besonders gehalten, oder?«

Das Lächeln auf Rosies Lippen erstarb. »Fühlst du dich nicht wohl, Collie?« Besorgt trat sie auf die Schwägerin zu und legte ihr den Arm um die Schultern.

»Ach, es ist nichts, wirklich. Nur ermüde ich in letzter Zeit immer so rasch, und ich finde einfach nicht die Kraft, mich wieder ernsthaft an meine Arbeit zu machen.«

»Aber das darfst du auch auf keinen Fall überstürzen. Es reicht doch, wenn du die Galerie nächstes Frühjahr wieder aufmachst. Jetzt ist die Touristensaison sowieso längst vorbei, und bis April bleibt das Château ja für Besucher geschlossen.«

»Sicher, du hast natürlich recht. Aber weißt du, manchmal sehne ich mich einfach nach meiner Arbeit. Du weißt ja, wie sehr ich daran gehangen habe, und besonders die Beschäftigung mit antikem Silber hat mir immer soviel Freude gemacht.«

»Ach, du, dabei fällt mir ein: Ich habe schon einen Kunden für dich für die Zeit, wenn du wieder arbeiten kannst! Stell dir vor, ich habe neulich in Hollywood durch Nell den Sänger Johnny Fortune kennengelernt, und der hat eine herrliche Silbersammlung, die er liebend gern erweitern möchte, und dazu bräuchte er natürlich eine so bewanderte und ausgezeichnete Händlerin wie dich am europäischen Markt...«

»Fertig, Maman!« verkündete Lisette von der Tür her.

»Na, dann komm. Großpapa wartet bestimmt schon auf uns«, sagte Colette, und an Rosie gewandt setzte sie hinzu: »Also die Sammlung von diesem Johnny Fortune interessiert mich sehr. Darüber müssen wir uns einmal in Ruhe unterhalten.«

20

»Sag, was ist eigentlich zwischen deinem Vater und Kyra vorgefallen? Haben sie sich zerstritten?« fragte Rosie, die Collie untergehakt und mit sich in eine stille Sitzecke gezogen hatte.

»Zerstritten wäre wohl zuviel gesagt«, antwortete Collie mit einem verstohlenen Blick auf die beiden Mädchen, die mit ihnen im kleinen Salon waren. Aber Yvonne und Lisette hatten sich am anderen Ende des Zimmers vor dem Fernseher niedergelassen und schienen ganz auf das Geschehen am Bildschirm konzentriert. »Eine kleine

Meinungsverschiedenheit muß es freilich gegeben haben«, fuhr Colette fort. »Doch warum fragst du? Hat Papa dir gegenüber etwas angedeutet?«

»Nein, ganz im Gegenteil. Ich fragte ihn, wie es Kyra geht, und da sagte er bloß ganz brüsk, sie sei verreist. Und weißt du, ich hatte so den Eindruck, als wisse er nicht einmal, ob sie zum Weihnachtsfest wieder hier sein wird.«

»Ich hoffe sehr, daß sie kommt... Vater ist in ihrer Gegenwart immer gleich viel gelöster.«

»Und du weißt gar nicht, was sie entzweit haben könnte?«

»Nein, ich habe keine Ahnung. Es sei denn, es hat was mit... mit *Alexandre* zu tun.« Collie hatte unversehens die Stimme gesenkt und sprach den Namen nur im Flüsterton aus.

Die beiden Frauen wechselten einen vielsagenden Blick. Eine Weile blieb es still zwischen ihnen, dann fuhr Collie mit leiser Stimme fort: »Wegen Alexandre gibt's ja immer wieder Probleme. Aber genauer kann ich es dir auch nicht sagen, weil nämlich beide nicht mit mir darüber sprechen. Um ganz ehrlich zu sein, ich wäre froh, wenn die beiden heiraten würden, Rosie. Kyra liebt Vater aufrichtig, na, und wie er für sie empfindet, weißt du ja. Ich dachte auch schon, ich hätte ihn endlich soweit, daß er sich ein Herz fassen und ihr einen Antrag machen würde.«

»Tja, wie sagt der Volksmund: Du kannst ein Pferd zur Tränke führen, aber trinken muß es schon von allein«, sagte Rosie. »Aber im übrigen bin ich ganz deiner Meinung. Ich finde auch, daß die beiden heiraten sollten.«

»*Wer?*« fragte Guy von der Tür her. »Wer sollte heiraten?«

Wohl wissend, wie eifersüchtig er auf Kyra war, griff Rosie, um Guy nur ja nicht zu provozieren, rasch zu einer Notlüge. »Kevin und Nell. Sie sind seit einem Jahr zusammen, und ich habe Collie gerade erzählt, wie sehr ich mir wünsche, daß die beiden heiraten.«

»Ach, wirklich? Na, das wäre in der Tat mal eine interessante Verbindung, die reiche Erbin und der kleine Bulle.« Guy lachte kalt, trat an das Konsoltischchen mit den Getränken und schenkte sich ein Glas Weißwein ein.

Rosie, die ihn verstohlen musterte, fiel auf, daß er ziemlich müde und erschöpft aussah. Um seine Augen entdeckte sie zudem ein paar neue Falten; auch die Linien zwischen Nase und Mund hatten sich tiefer eingegraben, und sein schwarzes Haar zeigte die ersten grauen Strähnen. Er sah entschieden älter aus als sechsunddreißig, und doch war er immer noch ein sehr attraktiver Mann mit seiner hochgewachsenen, athletischen Gestalt, an der kein Gramm Fett zuviel war. Körperlich wenigstens hält er sich weiterhin fit, dachte Rosie bei sich. Geistig dagegen schien er mit seiner rastlosen Suche nach neuen Eindrücken, neuen Heilslehren immer mehr an Halt zu verlieren, und emotional war er immer schon sehr instabil gewesen. Im Grunde, ging es ihr durch den Kopf, ist Guy nie wirklich erwachsen geworden, ja er ist eine Art Peter Pan, ein verwöhntes Kind, dem alles in den Schoß gefallen ist, das nie um etwas zu kämpfen brauchte und folglich auch kein Rückgrat entwickeln konnte.

Unglücklicherweise hatte seine Mutter ihm auch noch ein kleines Vermögen hinterlassen, das ihn materieller Sorgen enthob und ihm ein müßiggängerisches Hippie-Dasein ermöglichte, bis er sich schließlich in den Fallstricken eines fernöstlichen Sektensystems verfing, das ganz systematisch darauf aus war, die Schwachen und Verlorenen zu ködern.

Gavin hatte schon recht gehabt, als er Guy einen asynchronen Typen nannte. Er war ein Fossil der sechziger Jahre, ein verweichlichtes Blumenkind, das den verschärften Anforderungen der problematischen neunziger nicht gerecht werden konnte.

Guy schlenderte hinüber zum Kamin und prostete den beiden Frauen mit leicht erhobenem Glas zu. »*Santé.*«

»Ah, da seid ihr ja schon alle!« Henri hatte unbemerkt den Salon betreten, steuerte auf das Konsoltischchen zu und goß sich einen Scotch ein. Er nippte genießerisch an seinem Drink und lehnte sich dann neben Guy an den Kaminsims.

»Du hast, scheint's, nicht genau gezählt, Vater«, sagte Guy spöttisch. »Wir sind nicht *alle* versammelt. Kyra fehlt. *Ausnahmsweise einmal.*«

Es blieb totenstill im Salon. Rosie und Collie wagten kein Wort zu sagen und schauten einander nicht einmal an. Rosie zitterte innerlich und wartete mit angehaltenem Atem auf die Explosion.

Aber sie blieb aus. Graf Henri überhörte die unverschämte Spitze seines Sohnes geflissentlich und nippte – äußerlich gefaßt – weiter an seinem Drink.

»Darf man erfahren, *wo* die schöne Kyra sich aufhält?« stichelte Guy gehässig weiter. »Ich fing schon an zu glauben, sie gehöre auf Montfleurie zum Inventar.«

Wieder herrschte Schweigen, bevor der Comte endlich mit mühsam beherrschter Stimme sagte: »Kyra mußte unerwartet nach Straßburg reisen. Ihre Schwester Anastasia, die dort lebt, ist plötzlich erkrankt.«

»Aha. Und wenn sie wiederkommt... ich meine, was hast du mit ihr vor, Vater?« fragte Guy, die schwarzen Augen durchdringend auf den Grafen gerichtet.

»Ich verstehe nicht, wovon du sprichst«, versetzte der Comte gelassen, doch Blick und Mienenspiel drückten eine deutliche Warnung aus.

Entweder bemerkte Guy sie nicht, oder er schlug sie vorsätzlich in den Wind. Jedenfalls sprach er ungerührt weiter. »Du hast sehr wohl verstanden, Vater. Ich möchte wissen, ob du die Absicht hast, diese Dame zu heiraten.«

»Ich glaube nicht, daß dich das etwas angeht.« Die Stimme des Grafen war auf einmal schneidend vor Zorn.

»Oh, aber da täuschst du dich«, widersprach Guy mit süffisantem Lächeln.

»Jetzt hör mir mal zu, Guy, ich werde nicht dulden, daß...«

»Nein, Vater, erst wirst du *mir* zuhören«, fiel Guy ihm ins Wort.

Rosie und Collie saßen wie versteinert da.

Guy preschte indessen blindlings weiter vor. »Sie ist noch jung, deine Madame Kyra Arnaud, erst Mitte Dreißig, nicht wahr? Das heißt, sie könnte aller Wahrscheinlichkeit nach noch Kinder kriegen. Mir dagegen dürfte Nachwuchs wohl versagt bleiben.« Ein häßliches Grinsen glitt über sein Gesicht, als er Rosie jetzt einen vielsagenden Blick zuwarf. »Meine liebe Frau und ich, wir haben uns ja leider völlig entfremdet. Und unter diesen Umständen werde ich wohl zumindest nicht mit *legitimen* Erben rechnen dürfen. Ja, und in der Situation wäre es doch durchaus denkbar, daß du den Fortbestand des Hauses Montfleurie durch eine neuerliche Heirat sichern möchtest, nicht wahr? Indem du einen zweiten ehelich gezeugten Sohn in die Welt setzt?«

»Nun ist es aber genug!« donnerte der Graf. »Ich verbiete dir, in diesem Ton mit mir zu reden. Im übrigen sind deine Anspielungen degoutant und in höchstem Grade unpassend. Außerdem sagte ich dir ja schon, daß es sich hier um Dinge handelt, die dich nichts angehen.«

»Oh, aber du irrst schon wieder, Vater. Wenn ich kinderlos sterbe, stirbt das Geschlecht der Montfleuries aus.«

»Halt, verehrter Bruder!« rief Collie ärgerlich. »Du wirst mich doch nicht vergessen haben, oder? Nach französischem Recht kann ich das Erbe antreten, genau wie meine Tochter nach mir.«

»Schluß damit!« fuhr der Graf dazwischen. »Noch bin ich nicht unter der Erde, und ich verbitte mir solch widerliches Gerede in meiner Gegenwart.«

Bemüht, die spannungsgeladene Situation durch einen Themenwechsel zu entschärfen, warf Rosie unvermittelt und ohne jemanden direkt anzusprechen ein: »Übrigens werde ich im kommenden Jahr hier in Frankreich arbeiten.«

Collie, die Rosies Absicht sofort erkannt hatte, nahm das Stichwort geschickt auf. »Oh, das ist ja wundervoll, Liebes. Um was für ein Projekt handelt es sich denn? Wieder einen Film? Oder ein Bühnenstück?«

»Nein, nein, ich mache wieder die Ausstattung für einen Film von Gavin.«

»*Naturellement*«, spottete Guy, der sich Collie gegenüber in einem Sessel niedergelassen hatte.

Collie, die ihren Bruder geflissentlich ignorierte, wollte als nächstes wissen: »Und worum geht es in diesem Film, Rosie? Komm, erzähl schon, wir sind alle sehr gespannt.«

»Es wird ein Film über Napoleon«, antwortete Rosie. »Gavin möchte...«

»*Mon Dieu*! Wie anmaßend! Ein *Amerikaner* dreht einen Film über *Napoleon*. Das ist ja einfach lächerlich. Fehlt nur noch, daß du uns erzählst, er will den *Empereur* selber spielen!«

»Aber natürlich übernimmt er die Hauptrolle«, antwortete Rosie mit erzwungener Ruhe.

Guy lachte leise. »Na, wenigstens haben sie eins gemeinsam, unser berühmter Korse und der gefeierte Megastar – beide sind sie kleinwüchsig.«

Außer Guy fand offenbar niemand diesen Witz amüsant. Collie erwiderte kühl: »Napoleon war einssechsundsechzig, das ist beileibe nicht kleinwüchsig, und zu damaliger Zeit war es durchaus Normalmaß. Das Zeitalter der Riesen beginnt schließlich erst mit unserem Jahrhundert.«

»Gavin ist im übrigen einsdreiundsiebzig«, ergänzte Rosie.

»Du mußt es ja wissen!« konterte Guy und nahm einen kräftigen Schluck Wein.

Graf Henri, der seiner Empörung unterdessen wieder Herr geworden war, kam und setzte sich neben Rosie. »Es ist mir eine Beruhigung, daß du im nächsten Jahr nicht wieder soviel in der Weltgeschichte herumreisen mußt, mein Kind. Wann fangt ihr denn an zu drehen?«

»Oh, das dauert schon noch eine Weile. Ich denke, es wird Sommer werden, bis Gavin alle nötigen Vorbereitungen getroffen und die Drehgenehmigungen eingeholt hat. Aber ich habe mit den Recherchen für die Kostüme schon begonnen, und gleich nach Neujahr werde ich mich gründlich einarbeiten.«

»Und wo wird der Film genau gedreht?« erkundigte sich Collie.

»Nun, wir fangen mit den Studioaufnahmen in Paris an, und dann geht es offensichtlich in Malmaison weiter – vorausgesetzt, die Regierung gibt uns ihr Placet. Außerdem sind Außenaufnahmen in verschiedenen französischen Regionen geplant. Genaueres darüber kann ich euch erst sagen, wenn ich das Skript gelesen habe. Ich warte praktisch jeden Tag darauf.«

»Glaubst du nicht, daß der große Gavin Ambrose sich da ein bißchen übernimmt?« fragte Guy in seinem gewohnt ironischen Tonfall.

»Nein, ganz und gar nicht«, widersprach Rosie fest. »Gavin hat in seinen letzten Filmen hinreichend bewiesen, daß er das Zeug und die Erfahrung hat, um anspruchsvolle Großprojekte durchzuziehen. Im übrigen kannst du aber ganz beruhigt sein, er inszeniert nämlich nicht Napoleons Leben als ganzes, sondern nur einen Teil davon.«

»Ach, das ist interessant«, warf Graf Henri ein. »An welche Periode hat er denn gedacht?«

»An die kurz vor und nach der Kaiserkrönung.«

»Na, da sollte unsere Bibliothek dir Hilfestellung leisten können.« Der Comte lächelte stolz. »Wir haben eine ganze Sammlung von Studien über das Napoleonische Reich. Gleich morgen werde ich mir die Abhandlungen einmal vornehmen und für dich sichten, vielleicht finden sich darin ja auch Anregungen für deine Kostüme.«

»O danke, Henri, das ist wirklich ganz lieb von dir. Ich kann jede Hilfe gebrauchen, weißt du.«

»Vater«, meldete Guy sich wieder zu Wort, »ich habe einmal eine Frage an dich.«

»Ich höre.«

»Tja, es geht um Kyras Kind. Also rundheraus: Ist Alexandre wirklich *dein* Sohn, Vater?«

Rosie gefror das Blut in den Adern. Sie spürte, wie der Graf neben ihr erstarrte, wagte aber nicht, ihn anzusehen.

Collie war nicht minder entsetzt. Heute abend hatte ihr Bruder den Bogen entschieden überspannt.

Henri de Montfleurie stellte sein Glas auf einen Beistelltisch, erhob sich und trat auf Guy zu, der bei seinem Näherkommen sichtlich den Kopf einzog.

Das Gesicht des Grafen war aschfahl, und die dunklen Augen flammten vor Zorn. »Steh auf!« befahl er seinem Sohn.

Guy gehorchte verstört.

Henri trat noch einen Schritt näher und blickte seinem Sohn offen ins Gesicht. Als er jetzt sprach, war seine Stimme leise, aber stahlhart: »Jetzt hör mir einmal ganz genau zu. Ich verbiete dir ein für allemal, in diesem Hause je wieder die Ehre und den Leumund einer Dame in Zweifel zu ziehen, sei es nun Kyra Arnaud oder irgendeine andere Frau. Ich verbiete dir ein für allemal, im Beisein der Kinder verfängliche Themen zur Sprache zu bringen. Und ich verbiete dir ein für allemal, mit deinen süffisanten Anspielungen Unfrieden in diese Familie zu bringen. Wenn du dich an diese Regeln, die eigentlich nichts weiter sind, als was Sitte und Anstand gebieten, nicht halten kannst, dann steht es dir frei, dieses Haus zu verlassen. Und zwar auf der Stelle. Ich werde jedenfalls dein skandalöses Benehmen nicht länger dulden. Du bist als Aristokrat geboren – also benimm dich gefälligst standesgemäß, oder scher dich fort.«

»Aber Vater, *bitte* ... ich wollte dich doch nicht aufregen. Und von Unfrieden stiften kann gar keine Rede sein, ich hatte lediglich die Absicht, mit dir zu diskutieren. Schau, ich bin doch nur besorgt um den Fortbestand des Hauses Montfleurie, für den Fall, daß mir etwas zustoßen sollte ... was bei meinen vielen Auslandsreisen ja nicht auszuschließen ist. Siehst du denn nicht, Vater, daß ich dir nur helfen wollte zu ...«

Ein scharfes Klopfen ließ Guy jäh innehalten.

Im nächsten Augenblick stand Gaston in der Tür, verneigte sich gemessen und meldete: »*Monsieur le Comte – le dîner est servi.*«

»*Merci,* Gaston«, antwortete der Graf. »Wir kommen sofort.«

21

Kyra Arnaud kehrte eine Woche später ins Loiretal zurück.

Rosie erfuhr als erste von ihrer Anwesenheit, und das ganz durch Zufall. Sie war am Freitagmorgen ins Dorf gefahren, um für Collie ein paar Besorgungen zu machen, und auf der Rückfahrt nach Montfleurie sah sie Kyra auf der Terrasse ihres Hauses stehen.

Die kleine Villa war zwar ein ganzes Stück weit von der Straße versetzt, aber da sie auf einer leichten Anhöhe stand, konnte man sie dennoch gut erkennen. Und Kyras wallendes rotbraunes Haar war auch auf die Entfernung unverwechselbar. Kein Zweifel, die Frau dort auf der Terrasse hinter dem kleinen Baumstreifen mußte Kyra sein. Das Haar hatte sie verraten.

Rosie fuhr zwar ohne anzuhalten weiter, weil sie sich scheute, Kyra unangemeldet zu überfallen, aber kaum war sie wieder im Château, lief sie schnurstracks zu Collie.

Warm in einen schwarzen Pullover, schwarzen Blazer und eine graue Hose gehüllt, saß Colette an ihrem Schreibtisch unweit vom Kamin und bastelte Weihnachtskarten. Als die Tür aufflog, hob sie den Kopf, und beim Anblick der Schwägerin ging ein Strahlen über ihr Gesicht.

»Das ging aber schnell! Hast du den Leim und die passenden Bänder gefunden?«

Rosie nickte. »Ja, und ich habe noch etwas gefunden – oder vielmehr jemanden.«

Collie schaute sie fragend an. »Ja, wen denn?«

»*Kyra Arnaud*. Sie ist wieder da!«

»Ach! Seid ihr euch im Dorf begegnet?«

»Nein, nein, ich hab sie zufällig auf ihrer Terrasse stehen sehen, als ich zurückkam.«

»Und bist du dir auch ganz sicher? Kyra hat eine neue Haushälterin, mußt du wissen. Und deren Tochter lebt auch mit in der Villa.«

»Aber nein, ich hab mich bestimmt nicht geirrt«, versicherte Rosie, die ihr Lodencape abgelegt hatte und jetzt mit dem Rücken vor dem Kamin stand. »Dieses flammendrote Haar ist doch einmalig, nicht zu verwechseln.« Rosie zwinkerte Collie verschmitzt zu. »Es sei denn«, räumte sie schelmisch ein, »auch die Haushälterin nebst Tochter hätten so eine leuchtend rotbraune Mähne.«

»Nein, nein, haben sie nicht«, antwortete Collie. »Ja, dann muß es Kyra gewesen sein. Ob Vater wohl weiß, daß sie zurück ist?«

Rosie zuckte die Achseln. »Glaub ich kaum. Wenn sie sich im Streit getrennt haben, warum sollte sie ihm dann jetzt sofort ihre Rückkehr mitteilen?«

»Nun, sie könnten sich per Telefon versöhnt haben«, gab Collie zu bedenken. »Uns hätte er davon bestimmt nichts erzählt, und ich traue mich seit letzten Freitag nicht mal mehr, in seiner Gegenwart ihren Namen zu nennen.«

»Ja, mir geht's genauso. Das wäre glatt, als ob man einen Stier mit dem roten Tuch reizt. Es wundert mich nicht, daß Guy am Samstag Reißaus genommen hat. Diesmal hat er sich wirklich allzusehr ins Fettnäpfchen gesetzt.«

»Ha! Ich würde eher sagen, er ist mit beiden Füßen reingesprungen!«

Collie seufzte bedrückt. »Ich habe mich immer noch nicht von dem Schock erholt – und du auch nicht, wenn du ehrlich bist. Mich wundert bloß, wo Vater seine Gelassenheit hernimmt...« Mit einem spontanen Lächeln setzte sie hinzu: »Andererseits ist er immer gut aufgelegt, wenn du da bist. Doch was meinen Bruder angeht, so ist er ohne Zweifel der größte Dummkopf unter der Sonne. Ich krieg noch heute eine Gänsehaut, wenn ich daran denke, was er Vater alles ins Gesicht gesagt hat.«

»Ja, es war einfach schrecklich. Aber hör zu, Collie, was hältst du davon, wenn wir Kyra besuchen und zusehen, daß wir die Sache zwischen ihr und deinem Vater wieder einrenken?«

»Ich weiß nicht recht... Sie könnte es als Einmischung betrachten, Kyra ist sehr empfindlich, weißt du? Und temperamentvoll. Vor allem aber könnte Vater böse werden, wenn wir uns in sein Privatleben einmischen.«

»Letztes Mal, als ich hier war, hast du zu mir gesagt, du könntest dich nicht genug darüber wundern, wie sehr der kleine Alexandre deiner Lisette ähnlich sieht«, meinte Rosie nachdenklich. »Und siehst du, mir war das auch schon aufgefallen, und ich war relativ sicher, daß er ein Montfleurie ist.«

»Aber! Man müßte ja blind sein, um das nicht zu erkennen. Doch worauf willst du hinaus, Rosie?«

»Dein Vater ist Kyra sehr zugetan. Du und ich, wir sind beide der Meinung, daß Alexandre sein Sohn ist. Und jetzt, wo Jacques Arnaud sich von Kyra hat scheiden lassen, spricht doch wohl nichts mehr gegen eine Heirat von Kyra und Henri, oder?«

»Nein, nein, und ich hab dir ja neulich schon gesagt, daß ich Vater immer wieder daraufhin angestupst habe.«

»Schön, und wo ist nun der Haken?«

Collie schüttelte den Kopf. »Das kann ich dir beim besten Willen nicht sagen.«

»Wäre es denkbar, daß dein Vater Kyra nicht heiraten will?«

»Ehrlich, Rosie, ich weiß es nicht.«

»Also gut, wie steht's dann umgekehrt? Kannst du dir vorstellen, daß vielleicht Kyra sich gegen eine neuerliche Ehe sträubt?«

Collie schürzte die Lippen und dachte angestrengt nach. »Ich kann's nicht sagen, wirklich nicht. Immerhin, mein Vater ist wesentlich älter als sie...«

»Ach, *sooo* groß ist der Altersunterschied auch wieder nicht. Er ist dreiundsechzig und sie fünfunddreißig. Heutzutage ist das nichts Ungewöhnliches mehr. Außerdem sieht er erheblich jünger aus, ist gesund und sportlich, vital und spontan.«

»Sicher, das ist alles richtig, Rosie, aber ich verstehe immer noch nicht ganz, worauf du hinauswillst.«

»Schau, Collie, wir beide möchten, daß die beiden glücklich werden, nicht? Aber wir wissen weder, worüber sie sich zerstritten haben, noch was ihrer Heirat im Wege steht. Und es gibt nur einen Weg, das rauszufinden – indem wir einen der Beteiligten fragen. Deinen Vater wagen wir in einer so heiklen Angelegenheit nicht anzusprechen – also bleibt nur Kyra.« Rosie stockte und sah Collie forschend an. »Was ist denn? Du schaust ja so entsetzt? Ich dachte immer, Kyra sei recht zugänglich. Und ihr seid doch seit Jahren gut befreundet, sie und du, oder?«

»Doch, ja.«

»Na bitte! Warum dann diese Hemmungen?«

»Ja, kannst du denn das nicht verstehen? Es ist mir peinlich, das Liebesleben meines *Vaters* mit seiner Partnerin zu diskutieren, und wenn sie zehnmal meine Freundin ist.«

»Natürlich, das verstehe ich. Aber sie ist die einzige, die uns reinen Wein einschenken kann – ausgenommen dein Vater, und der kommt ja wohl nicht in Frage als Ansprechpartner?«

Collie schüttelte stumm den Kopf.

Rosie trat ans Fenster und schaute gedankenversunken hinunter auf das mäandernde Flußbett des Cher. Plötzlich drehte sie sich rasch entschlossen wieder um und lehnte sich neben Collie an deren Schreibtisch. »Ich mache dir einen Vorschlag: Das Reden übernehme ich, aber würdest du mich wenigstens begleiten, sozusagen als moralische Stütze?«

»Aber natürlich!« rief Collie erleichtert. »Wir müssen bloß zuvor anrufen.«

»Ich hatte ja nicht vor, unangemeldet ins Haus zu platzen«, sagte Rosie mit einem leisen Lächeln. »Du kannst Kyra anrufen und sie fragen, wann's ihr paßt, und dann fahren wir zusammen hinüber. Je früher, desto besser, würde ich sagen. Warum nicht gleich heute nachmittag?«

»Hast recht, warum nicht?« Ohne noch eine Minute zu verlieren, griff Collie beherzt zum Telefon und wählte Kyras Nummer.

22

In Haltung und Betragen hatte Kyra Arnaud etwas ausgesprochen Hoheitsvolles. Jedenfalls hätte Rosie es nicht besser zu umschreiben gewußt. Das stolz erhobene Haupt, der aufrechte Gang und die gemessenen Bewegungen – alles strahlte nobles Selbstbewußtsein aus. Kyra war schlank und hochgewachsen und hatte, obgleich sie keine Schönheit im klassischen Sinne war, ein so markantes Gesicht, daß die meisten Leute, betört von soviel vornehmer Eleganz, unfehlbar ein zweites Mal hinschauten.

Sie hatte ein schmales Gesicht mit hohen, vorspringenden Wangenknochen, einer glatten, ziemlich breiten Stirn und fein gezeichneten Brauen über großen, weit auseinanderstehenden grauen Augen.

Ihr auffallendstes Merkmal waren natürlich die leuchtend rotbraunen Haare, die ihr, wenn sie sie wie heute in natürlichen, weich fließenden Locken offen trug, gleich einem feurigen Heiligenschein das Gesicht umrahmten. Sie trug einen übergroßen Strickkasack in warmen Herbstfarben, braune Leggings und passende Wildlederstiefel, und so selbstbewußt und anmutig, wie sie sich um den Couchtisch in ihrem Wohnzimmer bewegte, war sie der Inbegriff der Frau von Welt.

Es war Samstag nachmittag, und Kyra servierte Rosie und Collie, die erst vor kurzem eingetroffen waren, Tee mit Zitrone. Während sie den Tee in hohe Kelchgläser goß, die in silbernen Filigranhaltern standen, erzählte sie den beiden von ihrem Besuch bei der kranken Schwester in Straßburg.

»Sie hatte eine Blinddarmoperation, und die ersten Tage nach der Entlassung aus dem Krankenhaus war sie noch sehr schwach. Darum bin ich zu ihr gefahren, um ihr ein wenig zur Hand zu gehen.«

»Ja, das hörten wir schon von Vater«, sagte Collie leise.

Kyra und Collie tauschten weiter Familienneuigkeiten aus; zuerst über die kranke Anastasia und ihre Kinder, dann über Olga, Kyras zweite Schwester, die vor kurzem nach New York übergesiedelt war. Rosie hörte nur mit halbem Ohr zu; sie zerbrach sich den Kopf darüber, wie sie das Gespräch möglichst unauffällig und taktvoll auf Henri de Montfleurie lenken könne. Als Collie gestern mit Kyra telefoniert und die Verabredung getroffen hatte, war der Grund für ihren Besuch wohlweislich unerwähnt geblieben.

Im Hintergrund erklang leise ein weniger bekanntes Rachmaninow-Konzert, mit dem Rosie allerdings wohl vertraut war und dessen Klänge wohltuend und beruhigend auf sie wirkten. Der sonnendurchflutete Raum, dessen Terrassenfenster auf den Garten hinausgingen, war eigenwillig mit französischen und englischen Antiquitäten sowie Trophäen vom Flohmarkt ausgestattet, lauter Stücke, die Kyra irgendwann auf ihrem buntbewegten Lebensweg aufgelesen hatte und die ihr wegen der damit verknüpften Erinnerungen lieb und teuer waren. Als Ensemble hatte das Zimmer einen gewissen zigeunerhaften Charme und wirkte, trotz des unkonventionellen Ambientes, ausgesprochen gemütlich.

Rosie hatte Kyra Arnaud von Anfang an gemocht. Und ihre Sympathie für die Russin stieg noch, als diese jetzt so liebevoll von ihren beiden Schwestern erzählte. Die drei waren die Töchter eines russischen Diplomaten, der sich 1971, als Kyra fünfzehn war, in den Westen abgesetzt hatte. Er war zu der Zeit als Attaché an der sowjetischen Botschaft in Washington akkreditiert, und als er bei der US-Regierung um politisches Asyl nachsuchte, wurden er und seine Familie rasch und unbürokratisch einem Schutzprogramm zugeteilt und unter falschem Namen im Mittelwesten angesiedelt.

Als Kyras Vater 1976 starb, war die Mutter mit ihr und den Schwestern nach Frankreich gezogen, wo sie Verwandte hatte. Mit siebenundzwanzig hatte Kyra Jacques Arnaud geheiratet, einen bekannten Vertreter des modernen Impressionismus, doch nach nur zwei Jahren war die Ehe gescheitert. Kyra hielt es nicht länger in Paris, und sie hatte sich hier, in dem kleinen Herrenhaus an der Loire, eine neue Heimat geschaffen.

»Nun ja, und als ich sah, daß es ihr wirklich wieder besserging, da bin ich abgereist. Donnerstag nachmittag war ich wieder hier«, schloß Kyra eben ihren Bericht über den Besuch in Straßburg. Rosie fuhr aus ihren Gedanken auf und setzte sich gerade.

»Ich weiß noch nicht«, fuhr Kyra zögernd fort, »wie lange ich bleiben werde. Aber gewiß nicht sehr lange.«

»Ja, aber warum denn nicht?« fragte Collie erstaunt.

Kyra gab keine Antwort.

»Soll das heißen«, hakte Rosie nach, »daß Sie zu Weihnachten nicht hier sein werden?«

»Ganz recht«, sagte Kyra. »Uns hält ja hier nichts, Alexandre und mich. Darum werde ich die Einladung meiner Schwester annehmen und Weihnachten mit ihr und ihrer Familie in Straßburg verbringen. Meine Mutter wird auch dort sein, und Olga kommt von New York herüber.«

»Du sagst, dich hält hier nichts, aber das ist doch nicht wahr!« Collie beugte sich eindringlich vor und legte der Freundin die Hand auf den Arm. »Warum willst du nicht mit Alexandre zu uns kommen, so wie in den letzten Jahren?«

Kyra schüttelte den Kopf. »Ich glaube, das wäre keine gute Idee.«

Eine Weile schwiegen alle drei.

Dann wagte Rosie sich beherzt vor. »Ist etwas vorgefallen, Kyra? Ich meine, zwischen Ihnen und Graf Henri?«

Wieder betretenes Schweigen.

Rosie gab nicht auf. »Wollen Sie *deshalb* so rasch wieder nach Straßburg zurück?«

»So ungefähr«, räumte Kyra schließlich matt lächelnd ein.

»Können wir Ihnen helfen, das Mißverständnis aufzuklären?« fragte Rosie.

Kyra schüttelte nur den Kopf.

»Deshalb sind wir nämlich gekommen«, fiel Collie ein. »Rosie und ich haben uns gedacht, daß etwas nicht stimmt zwischen Vater und dir, und da wollten wir uns als Vermittler anbieten... UN-Unterhändler auf privater Ebene, wenn du so willst. Wir wissen doch, wie sehr ihr einander zugetan seid, und da würden wir euch gern helfen, wieder zusammenzufinden.«

»Gewiß, wir mögen uns sehr. Trotzdem glaube ich nicht, daß eure Vermittlungsversuche, so lieb sie auch gemeint sind, etwas ausrichten können.«

»Warum denn nicht?« Rosie sah sie durchdringend an. »Wenn man einen Menschen aufrichtig liebt und von ihm wiedergeliebt wird, dann gibt es immer einen Weg.«

»Rosie hat recht«, bekräftigte Collie. »Vater hat dich sehr, sehr gern, ja er *liebt* dich, Kyra, das weiß ich bestimmt. Ich dachte sogar, ich hätte ihm Mut gemacht, dich um deine Hand zu bitten. Aber da habe ich mich wohl geirrt.«

»Nein, hast du nicht.« Kyra sagte es ganz leise, und in ihren Augen, die auf Collie gerichtet waren, lag absolute Ehrlichkeit. »Dein Vater hat mir einen Antrag gemacht... gewissermaßen jedenfalls...«

Collie starrte sie entgeistert an. »Was heißt ›gewissermaßen‹?«

»Nun, er hat gesagt, er sei der Meinung, daß wir unserer Beziehung ein dauerhaftes Fundament geben sollten. Aber er ist nicht niedergekniet und hat in aller Form um mich angehalten, und er hat auch nicht wortwörtlich von ›heiraten‹ gesprochen.«

»Aber du hast doch sicher trotzdem gewußt, was er meint?« fragte Collie.

»Ja, natürlich, das will ich auch gar nicht abstreiten. Es war nur so: Als ich nicht direkt *ja* gesagt oder den Vorschlag begeistert aufgenommen habe, da hat er einen Rückzieher gemacht. Er murmelte etwas wie, er sei eben zu alt für mich und es sei töricht gewesen von ihm, anzunehmen, daß ich mich an einen Mann binden würde, der achtundzwanzig Jahre älter ist als ich. Und dann hat er sich so schnell wie möglich verabschiedet.«

»Sie hätten ihm nachgehen sollen, Kyra«, sagte Rosie mit sanftem Tadel in der Stimme. »Warum haben Sie ihm nicht einfach gesagt, daß der Altersunterschied Ihnen nichts ausmacht und daß Sie ihn trotzdem heiraten wollen? Waren das nicht die Antworten, die er sich erhofft hatte?«

»Doch, sicher.« Kyra wirkte plötzlich sehr bedrückt. Verstohlen biß sie sich auf die Unterlippe.

»Wann hat sich das eigentlich abgespielt?« wollte Collie wissen.

»Kurz bevor ich nach Straßburg gefahren bin.«

»Und das war der wirkliche Grund für Ihre Reise, stimmt's?« fragte Rosie.

»Es war *mit* ein Grund. Natürlich wollte Anastasia mich gern bei sich haben, aber meine Mutter war ohnehin dort, um sich um sie und die Kinder zu kümmern. Jedenfalls war der Besuch bei meiner Schwester ein guter Vorwand für meine überstürzte Abreise. Und ich hatte einfach das Bedürfnis, eine Weile allein zu sein. Ich wollte in Ruhe nachdenken, und dazu brauchte ich erst einmal Distanz zu Henri.«

»Aber dann, als du dich besonnen hattest – warum hast du Vater da nicht aus Straßburg angerufen und ihm gesagt, daß du ihn heiraten willst?«

Kyra sah Collie ausdruckslos an und schüttelte den Kopf. Sie lehnte sich auf dem Sofa zurück, schloß die Augen und atmete tief durch. Im nächsten Moment stand sie entschlossen auf und trat ans Fenster. Als sie in den

Garten hinausschaute, verschleierte sich ihr Blick, und die Baumwipfel draußen verschwammen vor ihren Augen zu bizarren Klecksen. Nackt und kahl starrten die Äste gen Himmel, das Gras war braun vom Frost, und die Pflanzen in den Beeten waren verdorrt. Im Winter bot ihr Garten immer einen traurigen, verlassenen Anblick. Wie ein Spiegel meiner Seele, dachte sie. Traurig, schmerzbewegt und einsam. Beim Gedanken an Henri de Montfleurie wurde ihr eng ums Herz. Neuerdings schien sie ohnmächtig gegen ihre Gefühle. Kyra wußte, daß Henri ebensosehr litt wie sie, denn sie liebten einander wirklich, aber ihr waren die Hände gebunden. Sie konnte weder ihm helfen noch sich selbst.

Ein tiefer Seufzer entschlüpfte ihr. Verstohlen wischte sie sich die Tränen fort und wandte sich wieder den beiden Frauen zu, die am Kamin saßen. »Ich habe deinen Vater nicht angerufen, Colette, weil ich ihn nicht heiraten will.« Kyra sah keinen anderen Ausweg, als diese Notlüge zu gebrauchen.

Collie war im ersten Moment sprachlos. Als sie ihre Stimme wiedergefunden hatte, rief sie: »Ich kann das einfach nicht glauben, Kyra! Du hast doch gerade noch gesagt, daß du Vater liebst.«

»Ja«, gab Kyra zu, »ich liebe ihn, das ist wahr. Aber Liebe allein genügt eben manchmal nicht, um ernsthafte Hindernisse zu überwinden.«

»Meinen Sie den Altersunterschied?« fragte Rosie.

»Aber nein!«

»Tja, wenn es nicht daran liegt… gibt es dann irgendeinen *zwingenden* Grund, warum Sie den Grafen nicht heiraten können?« Rosie blickte Kyra forschend an.

»Falls Sie an rechtliche Hindernisse denken – nein, die gibt es nicht. Ich bin von Jacques geschieden.«

»Aber ein Hindernis besteht dennoch!« rief Rosie aufgeregt. »Das haben Sie doch indirekt eben selber zugegeben, nicht wahr?«

Kyra schüttelte den Kopf, aber eher so, als wolle sie etwas vor sich selbst verleugnen, und dann trat sie wieder ans Fenster. Doch diesmal sah sie nicht hinaus, sondern machte auf dem Absatz kehrt und kam zum Kamin zurück. In dieser Weise ging sie eine ganze Weile rastlos auf und ab, und wenn ihr Gesicht auch unbewegt, ja fast ruhig wirkte, so verrieten ihre grauen Augen, in welcher Erregung sie sich befand.

Endlich blieb sie vor der Sitzgarnitur stehen und sah Collie und Rosie an. Nach einem tiefen Atemzug begann sie rasch, aber mit stockender Stimme zu sprechen. »Also gut, ich will euch die Wahrheit sagen. Ich würde Henri mit tausend Freuden heiraten. Aber ich kann nicht. Ich habe Angst... Angst vor Guy. Er weiß etwas über mich. Er... er kennt ein Geheimnis, das mich betrifft. Und wenn ich Henri heirate, dann wird Guy ihm dieses Geheimnis verraten. Um ihm weh zu tun. Und das könnte ich nicht ertragen. Um das zu verhüten, werde ich fortgehen.«

Collie und Rosie waren beide vor lauter Spannung an die Sesselkante vorgerückt.

»Was ist das für ein Geheimnis, Kyra?« drängte Collie. »Was könnte Guy von dir wissen, das so furchtbar ist?«

Kyra hätte sich den beiden gern anvertraut, aber sie brachte es nicht über sich. Ihr fehlte der Mut.

23

Zwei Augenpaare, das eine blau, das andere grün, waren mit beunruhigender Intensität auf sie gerichtet, und Kyra zuckte unter ihrem prüfenden Blick zusammen.

Sekundenlang versuchte sie, der Konfrontation standzuhalten, aber dann drehte sie sich um und trat an den Kamin. Die Hand auf den Sims gestützt, starrte sie in die züngelnden Flammen.

Ihre Gedanken jagten sich fieberhaft. Wie hatte sie nur so dumm sein können, vor den beiden ihr Geheimnis zu erwähnen. Es wäre viel besser gewesen, gar nichts zu sagen oder vielleicht auch einen Haufen Lügen aufzutischen; alles wäre besser gewesen als zuzugeben, daß ihrer Heirat mit Henri ein Hindernis im Wege stand, wie Rosie das nannte.

»Ihr sogenanntes Geheimnis kann doch nicht gar so schrecklich sein«, wagte Rosie sich jetzt noch einmal vor.

Kyra fuhr erschrocken zusammen. Ich darf mich nicht so gehenlassen, ermahnte sie sich. Gerade jetzt muß ich unbedingt einen klaren Kopf behalten.

Sobald sie sich einigermaßen gefaßt hatte, drehte sie sich langsam um und sah Rosie an.

Die beiden Frauen tauschten einen langen, durchdringenden Blick, und dann sagte Kyra mit leiser Stimme: »Doch, es *ist* schrecklich.«

»Ich bitte dich, Kyra, so sag uns doch, was es ist! Was weiß Guy über dich?« beschwor Collie sie. »Nichts, was du sagen könntest, wird unsere Gefühle für dich ändern. Rosie und ich, wir haben dich sehr gern, das weißt du, und mein Vater *liebt* dich.«

Kyra schwieg. Sie überlegte fieberhaft. Was sollte sie tun, und vor allem, was sagen? *Lügen.* Das war die Antwort. Sie mußte die beiden anlügen. Die Wahrheit konnte sie ihnen auf keinen Fall sagen.

Rosie beugte sich vor und stützte die Ellenbogen auf die Knie. »Schauen Sie, Kyra, die Familie weiß sehr wohl, daß Guy ein notorischer Unruhestifter ist. Niemand gibt sonderlich viel auf das, was er sagt, glauben Sie mir.«

»In diesem Fall würde Henri ihm bestimmt zuhören«, versetzte Kyra überzeugt.

»Was ich nicht verstehe«, sagte Collie nachdenklich, »wie konnte ausgerechnet Guy hinter dein Geheimnis kommen?«

»Ganz einfach, er gehört mit dazu.« Kaum daß sie das

gesagt hatte, hätte Kyra sich am liebsten die Zunge abgebissen. Sie hatte ohnehin schon viel zuviel preisgegeben. Unwillkürlich lehnte sie sich dichter an den gemauerten Kamin, denn sie hatte an allen Gliedern zu zittern begonnen.

Rosie, der Kyras innere Erregung nicht entgangen war, sagte mit ganz sanfter, behutsamer Stimme: »Ich an Ihrer Stelle würde Guy zuvorkommen und Henri selbst einweihen. Glauben Sie nicht, daß das das beste wäre?«

»Niemals!« rief Kyra entsetzt, und ihre grauen Augen blitzten.

»Na gut, aber warum riskieren Sie's dann nicht wenigstens mit uns? Collie und ich, wir sind nicht gekommen, um über Sie zu richten. Wir wollen Ihnen bloß zuhören und, wenn es irgend in unserer Macht liegt, helfen. Uns können Sie sich doch anvertrauen. Warum erzählen Sie also nicht *uns* Ihr Geheimnis, Kyra? Gewissermaßen als Test, wenn Sie es wollen, und dann entscheiden wir alle *gemeinsam*, was weiter geschehen soll. Drei Köpfe sind bekanntlich schlauer als einer.«

»O ja, das ist eine glänzende Idee!« stimmte Collie zu. »Guy ist derzeit übrigens gar nicht gut angeschrieben bei Papa, ich denke, das weißt du. Mein Vater gibt nichts auf seine Ansichten, und er hat längst die Achtung vor ihm verloren.«

Kyra stand schweigend vor dem Kamin und wog die Argumente der beiden gegen ihre Ängste ab.

»Ich bitte Sie, Kyra, wir wissen, daß Sie niemanden umgebracht haben – wie schrecklich kann es also sein, Ihr Geheimnis?« rief Rosie ermunternd. »Kommen Sie, vertrauen Sie sich uns an, und vielleicht finden wir ja einen Weg, um Ihnen zu helfen. Irgendwie wird sich Ihr Problem schon lösen lassen.«

Kyras Blick wanderte zwischen Rosie und Collie hin und her, und plötzlich, ohne daß sie selbst recht wußte, wie es dazu kam, hörte sie sich sagen: »Es könnte schmerzlich für Sie sein, Rosie. Wissen Sie, ich...« Doch da hielt sie abrupt inne.

Rosie sah sie scharf an. »Bitte, Kyra, was soll das heißen?«

Ich bin verloren, dachte Kyra. Ich hätte mich erst gar nicht darauf einlassen dürfen. Aber jetzt gibt es kein Zurück mehr. Und wer weiß, vielleicht ist es gut so. Vielleicht werde ich mich leichter fühlen, wenn die Wahrheit heraus ist.

Langsam, mit vorsichtig gewählten Worten begann sie zu erzählen: »Als ich 1986 hierher ins Loiretal kam, machte ich gleich zu Anfang die Bekanntschaft mit deiner Tante, Collie. Sophie Roland nahm mich unter ihre Fittiche, und nach einiger Zeit, auf deiner Dinnerparty in Monte Carlo, machte sie mich mit deinem Bruder bekannt.«

Kyra spürte, wie ihr vor lauter Angst der Mund trokken wurde. Sie schluckte hart, räusperte sich und sah dann Rosie gerade in die Augen. »Guy erzählte mir gleich an diesem ersten Abend, daß Sie und er sich auseinandergelebt hätten, Ihre Ehe nur noch auf dem Papier bestünde. Ja, er behauptete sogar, Sie hätten sich getrennt, oder vielmehr Sie hätten ihn verlassen und seien in die Staaten zurückgekehrt...«

»Ich war damals bei Dreharbeiten in Kanada«, unterbrach Rosie.

»Ja, das habe ich später auch erfahren.« Kyra wirkte auf einmal furchtbar verlegen. Hastig fuhr sie fort: »Ich... ich hoffe ganz aufrichtig – und das ist weiß Gott keine hohle Phrase –, ich hoffe von ganzem Herzen, daß ich Sie mit meinem Geständnis nicht allzusehr verletzen werde, Rosie.«

»Nicht doch, Kyra, davor brauchen Sie wirklich keine Angst zu haben. Eins an Guys Geschichte stimmt nämlich: Damals – es muß etwa im September '86 gewesen sein, nicht wahr? –, also damals hatten Guy und ich uns wirklich schon ganz auseinandergelebt.«

Kyra senkte den Kopf. »Danke, daß Sie so verständnisvoll sind, Rosie. Also damals an dem Abend bat Guy mich um meine Telefonnummer hier in der Villa, und ich hab sie ihm gegeben. Eine Woche später, als wir beide wieder aus Südfrankreich zurück waren, hat er mich angerufen. Wir fingen an, miteinander auszugehen. Es war zunächst ganz harmlos, wenigstens von meiner Seite. Ich lebte von Jacques getrennt, wartete darauf, daß die Scheidung ausgesprochen würde, tja, und ich war einsam. Mir lag viel daran, neue Freunde zu finden, wieder unter Menschen zu kommen. Na ja, und Guy hatte mir versichert, er sei... solo, wie er sich ausdrückte. Das hab ich ihm auch geglaubt, und so kam es, daß aus einer anfangs eher flüchtigen Bekanntschaft allmählich mehr wurde.«

»Er hat dich nie mit nach Montfleurie gebracht«, sagte Collie leise. »Aber das braucht mich eigentlich nicht zu wundern. Natürlich hätte er sich das nie getraut.«

Kyra nickte. »Ja, inzwischen verstehe ich das auch, nachdem ich erfahren habe, wie sehr deine Familie an Rosie hängt. Aber damals fand ich es sehr merkwürdig, weil er mir doch versichert hatte, seine Frau habe ihn verlassen. Als ich ihn einmal darauf ansprach, behauptete Guy, sein Vater sei schrecklich altmodisch und er könne mich auf dem Château unmöglich einführen, bevor er nicht seine Eheprobleme bereinigt hätte.«

Rosie und Collie wechselten einen vielsagenden Blick.

Kyra sah die beiden zaghaft an, dann schlug sie die Augen nieder. Sie schluckte verlegen und fuhr dann fort: »Na ja, Guy und ich, wir kamen uns wie gesagt näher, und es wurde einigermaßen kompliziert, weil...«

»Sie haben mit ihm geschlafen«, sagte Rosie ruhig. »Das ist es doch, was Ihnen nicht über die Lippen will, oder? Sie hatten eine Affäre mit Guy.«

Kyra wurde rot bis unter die Haarwurzeln. »Ja. Aber sie dauerte nur ganz kurze Zeit, und wir... wir haben nur ein paarmal miteinander geschlafen.«

Rosie runzelte verwundert die Stirn. »Und *das* ist Ihr großes Geheimnis?«

»Ja.«

Collie lachte leise. »Also so schrecklich kann ich das nicht finden. Und meinen Vater wird es bestimmt nicht umwerfen.«

»O doch, das würde es«, beharrte Kyra.

»Schauen Sie, ich bin nicht schockiert, und Guy ist immerhin mein Mann – wenn auch nur auf dem Papier«, gab Rosie zu bedenken. Dann lächelte sie Kyra ermutigend an und fragte: »Also, wie lange hat diese... Affäre denn nun gedauert?«

»Drei Monate etwa. Guy verlor rasch das Interesse an mir, nachdem wir erst einmal... miteinander geschlafen hatten. Sie wissen ja, er ist bald danach nach Indien aufgebrochen.«

»Wo er bis auf einen kurzen Besuch daheim zwei Jahre lang geblieben ist«, warf Collie ein. »Aha, und in der Zeit hast du dann meinen Vater kennengelernt.«

»Ja, es begann als Freundschaft, wie du dich erinnern wirst, Collie. Wir hatten ähnliche Interessen, die Freundschaft vertiefte und wandelte sich – bis wir eines Tages merkten, daß wir uns ineinander verliebt hatten. Da begriff ich, daß ich ihn gleich zu Anfang über Guy und mich hätte aufklären sollen, aber das hatte ich nun einmal versäumt. Tja, und später dann fehlte mir einfach der Mut... ich hatte Angst, ihn zu verlieren.«

»Es ist doch nicht zu spät! Du kannst es ihm immer noch sagen. Gleich *heute*. Und ich garantiere dir, du wirst ihn deshalb nicht verlieren«, sagte Collie beschwörend. »Ich kenne meinen Vater, er ist mitfühlend, verständnisvoll und aufgeschlossen. Er hat viel erlebt, viel durchgemacht und im Laufe seines Lebens Weisheit und Menschlichkeit erworben. Er wird es ganz bestimmt verstehen. Im übrigen kanntest du Vater ja noch gar nicht, als du diese Affäre mit Guy hattest.«

»Ich weiß nicht, was ich tun soll... ich hab einfach Angst...« Kyra sah Collie hilflos an und schüttelte den Kopf.

Rosie sagte nachdenklich: »Sie gehen davon aus, daß Guy seinem Vater von Ihrer früheren Beziehung erzählen wird, sobald Sie Henri heiraten. Aber vielleicht täuschen Sie sich.«

»Aber ich bitte dich, Rosie, natürlich wird er reden!« rief Collie aufgebracht. »Ich kenne doch meinen Bruder. Der läßt sich doch keine Gelegenheit zum Unruhestiften entgehen.«

»Collie hat recht, Rosie«, bestätigte Kyra. »Sie müssen wissen, daß Guy, obwohl er zunächst mit mir Schluß gemacht hatte, prompt anfing, mir wieder nachzustellen, als er aus Indien zurückkam und von meiner Beziehung zu seinem Vater Wind bekam. So ist er nun einmal, und Sie, die Sie mit ihm verheiratet sind, dürften das doch auch wissen. Guy will immer gerade das, was er nicht haben kann, ihn locken stets die Kirschen in Nachbars Garten. Wahrscheinlich ist er darum so ein Schürzenjäger. Er ist eben sehr rasch und sehr leicht gelangweilt von einer neuen Eroberung, braucht ständig neue Reize.«

Rosie nickte zustimmend. »Doch, das habe ich inzwischen auch herausgefunden. Unsere Ehe ist das beste Beispiel dafür. Nach knapp einem Jahr war er meiner schon überdrüssig und sehnte sich nach anderen Frauen. Ich mußte berufstätig bleiben, und das nicht nur, weil ich meine Arbeit liebe, nein, wir brauchten schlicht und einfach das Geld. Aber dadurch, daß ich so oft auswärts war, hatte er reichlich Gelegenheit, den Playboy zu spielen und sich mit anderen einzulassen.«

»Leider, ja.« Kyra nickte traurig. »Guy ist ein seltsamer Mensch, in vieler Hinsicht rätselhaft. Aber eins weiß ich bestimmt: Ihm ist die Jagd wichtiger als die Eroberung, und darum wird er auch nie mit einer Frau glücklich werden.«

»Also gut«, sagte Collie entschlossen, »zurück zu unserem Problem. Wir sind uns einig, daß Guy Vater einweihen wird, und sei's nur aus purer Gehässigkeit – das ist nun mal seine Art. Und darum, Kyra, mußt du ihm zuvorkommen.«

»Wie meinst du das?«

»Ganz einfach, du mußt zu Vater gehen und es ihm selber sagen. Was hast du denn noch zu verlieren? Du warst ja schon bereit, ihn aufzugeben, nur um dein kleines Geheimnis weiter zu hüten.«

»Da hast du recht, ja.«

»Na also, dann komm mit!« Collie stand auf.

»Ja, kommen Sie, Kyra, holen Sie Ihren Mantel!« drängte auch Rosie.

»*Jetzt*? Ihr wollt, daß ich jetzt gleich mit ihm rede?«

»Natürlich, je eher, desto besser, dann hast du's hinter dir. Und keine Angst, Rosie und ich werden dir schon moralischen Beistand leisten.«

»Aber ich will auf keinen Fall Guy in die Arme laufen«, murmelte Kyra.

»Das kannst du gar nicht, er ist nämlich abgereist! Letzte Woche hatte er eine kleine Auseinandersetzung mit Vater, und danach hat er sich nach Paris abgesetzt«, erklärte Collie.

»Kommen Sie, Kyra, wir wollen fahren, bevor Sie es sich womöglich anders überlegen oder bevor Sie der Mut verläßt«, sagte Rosie.

Die beiden schoben sie aus dem Salon in die Diele hinaus, und obwohl Kyra protestierte, war es doch nur ein sehr halbherziger Protest.

Die drei Frauen trafen bereits in der Eingangshalle von Montfleurie auf den Grafen. Da er Kyra noch in Straßburg wähnte, war er ganz und gar nicht auf die Begegnung gefaßt, aber sein Erstaunen wich im Nu unverhohlener, strahlender Freude über das unverhoffte Wiedersehen.

»Meine liebe Kyra«, begrüßte er sie herzlich, während er ihr beide Hände entgegenstreckte und sie auf die Wange küßte.

»Guten Tag, Henri«, sagte sie beklommen.

»Kyra hat dir etwas zu sagen, Vater«, erklärte Collie mit Nachdruck. Sie war entschlossen, dies zu einem guten Ende zu führen. »Sie möchte dir erzählen, warum sie *wirklich* nach Straßburg gefahren ist. Rosie und ich, wir lassen euch jetzt allein. Vielleicht können wir ja nachher alle noch ein Glas miteinander trinken.« Und mit einem aufmunternden Blick zu Kyra setzte sie hinzu: »Und vielleicht magst du zum Abendessen bleiben?«

Ehe Kyra antworten konnte, hatte Rosie die Schwägerin schon beim Arm genommen und zog sie zur Treppe. »Ich muß endlich das Weihnachtsmenü mit dir durchsprechen, komm.«

»Ja, laß uns das rasch erledigen«, sagte Collie, und die beiden entfernten sich schleunigst.

Graf Henri führte Kyra durch die Halle hinüber in sein Arbeitszimmer. Dort bot er ihr einen Platz am Kamin an. »Setz dich doch hierhin, meine Liebe. Du siehst ganz verfroren aus, und im übrigen scheinst du auch sehr erschöpft zu sein?«

Dankbar sank Kyra in den Sessel. Henri war stets so fürsorglich, nie hatte sie einen liebevolleren Mann gekannt. Ihr Blick hing unverwandt an seinem Gesicht, als er jetzt ihr gegenüber Platz nahm und die Beine übereinanderschlug.

»Nun, meine Liebe, um was geht es denn? Collie und Rosie kamen mir eben vor wie zwei Verschwörer, so geheimnisvoll taten sie. Na, und aufgeregt wie Pensionstöchter bei ihrem ersten großen Streich.«

Kyra erkannte, daß sie sich ihm rasch anvertrauen mußte, bevor ihre Angst übermächtig wurde. Und so nahm sie denn allen Mut zusammen und schilderte ihm ihre kurze Beziehung zu Guy genauso wie vorhin Collie und Rosie gegenüber. Sie ließ nichts aus, beschönigte nichts und schonte sich nicht, auch wenn manches von dem, was sie zu gestehen hatte, über ihre Kräfte ging.

Als sie endlich zum Schluß kam, holte sie noch einmal tief Luft und sagte: »Und darum, verstehst du, bin ich davongelaufen. Ich habe Anastasias Krankheit als Vorwand benutzt, um nach Straßburg zu fliehen. Denn ich wußte, wenn ich einwilligte, deine Frau zu werden, dann wird Guy dir von unserer Affäre damals erzählen, bloß um dir weh zu tun. Und das hätte ich nicht ertragen können, Henri – genausowenig wie die Vorstellung, daß du schlecht von mir denken könntest.«

»Aber Kyra, *chérie*, ich weiß doch längst alles.« Henri lächelte sie liebevoll an. »Guy hat mir schon vor vier Jahren ›die Augen geöffnet‹, wie er sich auszudrücken beliebte. Damals, als er zu einem Blitzbesuch von Indien zurückkam und merkte, daß wir beide uns inzwischen angefreundet hatten und einander herzlich zugetan waren. Kurz vor seiner Abreise hat er mir alles bis ins Detail geschildert. Das konnte er sich einfach nicht verkneifen.«

Kyra war wie vor den Kopf gestoßen. »Aber ... aber ... du hast mir nie etwas davon gesagt«, stammelte sie.

»Wozu auch?« Der Comte beugte sich vor und griff nach ihrer Hand. »Er hat mir erzählt, daß er eine Affäre mit dir hatte, und ich stellte fest, daß es mir nichts ausmachte. Alles, worauf es mir ankam, warst *du*, waren *wir*. Ein Mann spürt es, wenn eine Frau ihn aufrichtig liebt, Kyra, und ich wußte ohne jeden Zweifel, daß du mich liebtest. Das war alles, was ich wollte, alles, worauf es mir ankam.«

»Aber ich kann Guy nicht begreifen ... wie kann ein Mensch nur so ... so gemein sein ...« Kyra versagte die Stimme.

»Er erträgt es nun mal nicht, andere Menschen glücklich zu sehen«, sagte der Graf. »Er ist eifersüchtig, neidisch, mißgünstig, verbittert, obwohl er zu alledem nicht den geringsten Grund hat. Ich habe gerade in dieser letzten Woche viel über ihn nachgedacht, und ich bin zu dem Schluß gekommen, daß er im Grunde schon immer ziemlich verkorkst war.« Graf Henri seufzte und schüttelte traurig den Kopf. »Er hat einfach keinen Charakter. Von klein auf war er eifersüchtig auf Collie, ja sogar auf mein Verhältnis zu seiner Mutter. Immer hat er uns als Rivalen gesehen, sich und mich.«

»Ja, da hast du wohl recht, Henri.« Sie hielt inne und setzte dann leise hinzu: »Es tut mir so leid, daß ich dir Schmerz zugefügt habe. Bitte verzeih mir.«

»Da gibt es nichts zu verzeihen, *chérie*. Und du sollst wissen, daß ich nie, auch nicht eine Sekunde lang, schlecht von dir gedacht habe.«

Kyra sah den Grafen sehr lange an. »Was immer du auch sagst, ich weiß, es war nicht richtig von mir, dir meine Beziehung zu Guy zu verschweigen. Ich habe dich hintergangen, und das hätte ich nie tun dürfen.«

Henri de Montfleurie erwiderte nichts darauf, sondern saß nur da und betrachtete Kyra Arnaud. Ihre Augen verrieten ihm deutlicher als Worte ihre Liebe zu ihm, und er dachte an die Seelenqual, die er in den letzten Wochen ausgestanden hatte, weil sie von ihm fortgegangen war. Jetzt wußte er, auch sie hatte gelitten. Doch nun war es Zeit, dem Schmerz ein Ende zu machen. Er liebte diese Frau, und er wollte den Rest seines Lebens mit ihr verbringen. Also stand er auf und trat vor sie hin.

Der Comte beugte sich über Kyras Sessel und küßte das Gesicht, das so sehnsüchtig zu ihm aufblickte.

»Willst du mich heiraten, Kyra? Willst du meine Frau werden?«

»O ja, Henri, ja.«

Ein Lächeln erhellte seine Züge, und er küßte sie noch einmal, ehe er sie zu sich emporzog. »Und nun komm, wir wollen diese beiden so wundervoll naseweisen jungen

Damen suchen, die es nicht lassen konnten, sich einzumischen, und ihnen die gute Nachricht verkünden.«

Rosie und Collie saßen im kleinen Salon, und als Henri und Kyra eintraten, blickten sie erwartungsvoll auf. Das strahlende Lächeln der beiden ließ freilich keinen Zweifel über den Ausgang der Unterredung zu.

»Es ist alles wieder gut!« rief Rosie triumphierend, »ich kann's euch ja im Gesicht ablesen.«

»Ihr werdet heiraten!« Collie breitete strahlend die Arme aus.

»Ja, sie hat mich endlich erhört!« sagte Graf Henri lachend, und die innere Spannung, die sein Gesicht in den letzten Wochen so abgehärmt hatte erscheinen lassen, war auf einmal von ihm gewichen.

»Er hat es die ganze Zeit gewußt«, sagte Kyra und sah Collie und Rosie an. »Guy hat Henri schon vor vier Jahren von uns erzählt.«

Rosie und Collie starrten sie fassungslos an, und Collie sagte zornig: »Dann hast du dich also ganz umsonst so lange gegrämt.«

»Pscht, *chérie*«, mahnte der Comte sanft. »Reg dich doch wegen Guy nicht auf. Er ist's nicht wert. Übrigens habe ich dir und Rosie noch etwas zu sagen. Der kleine Alexandre ist mein Sohn. Sobald Kyra und ich verheiratet sind, werde ich ihn adoptieren, ihm meinen Namen geben und alles rechtmäßig regeln.«

Collie eilte zu ihrem Vater und warf sich ihm in die Arme.

Gerührt drückte der Graf sie an sich. »Meine geliebte Tochter«, flüsterte er, die Lippen auf ihrem Haar. »Ist immer auf mein Glück bedacht.«

Lächelnd blickte Collie zu ihm auf. »Daß Alexandre dein Sohn ist, das hatten Rosie und ich längst erraten, Vater. Denn selbst mit seinen zwei Jahren ist der Kleine dir schon wie aus dem Gesicht geschnitten. Alexandre ist durch und durch ein de Montfleurie.«

24

Bleierne Müdigkeit hatte Collie beschlichen.

Ein plötzlicher Schwächeanfall zwang sie, den Füller aus der Hand zu legen. Sie lehnte sich in ihrem Sessel zurück, in der Hoffnung, das Schwindelgefühl möge bald wieder vergehen.

Es war Freitag morgen, nur fünf Tage noch bis Weihnachten, und dabei hatte sie noch so schrecklich viel für das Fest vorzubereiten, das bei allen auf Montfleurie einen ganz besonderen Stellenwert genoß.

Annie hatte wie immer ihr Küchenreich fest unter Kontrolle und scheuchte sie jedesmal hinaus, wenn sie kam und fragte, ob sie etwas helfen könne. Doch Collie wollte unbedingt ihren Beitrag leisten, denn sie wußte ja, wie überlastet das wenige Personal im Château war, und kannte zur Genüge die Schwierigkeit, ein so großes Haus zu führen. Im Moment hatte sie freilich nicht einmal die Kraft, hinunterzugehen und beim Schmücken mitzuhelfen. Dabei hatte sie diese schöne Tradition, die auf Montfleurie mit Hingabe gepflegt wurde, schon als Kind geliebt. An festem Willen fehlte es nicht, doch fühlte sie sich körperlich einfach zu schwach.

Gaston und sein Bruder Marcel, der ebenfalls auf dem Schloß beschäftigt war, hatten schon vor Stunden begonnen, den riesigen Christbaum für die Halle herzurichten und für den Ständer passend zu machen. Am Sonntag dann würde die ganze Familie ihn gemeinsam schmücken.

Mühsam richtete Collie sich auf und ging langsam hinüber zu dem Sofa, das vor dem hell lodernden Kaminfeuer stand.

Ein plötzlicher, unmenschlicher Schmerz im Rücken ließ sie aufschreien. Tastend griff sie nach der Sofalehne und krümmte sich zusammen. Vorsichtig atmend wartete sie darauf, daß der Schmerz vergehen würde. Als er endlich nachließ, setzte sie sich hin und lehnte den Kopf in die weichen Kissen. Ein solch qualvolles Stechen im Rücken hatte sie noch nie gespürt, und der unvermutete Anfall jagte ihr panische Angst ein.

Ob das der Krebs war, der sich zurückmeldete? Aber nein, das war unmöglich. Im August hatten ihr die Ärzte in Paris doch versichert, daß sie den Tumor restlos entfernt hätten, daß zuverlässig mit keinen neuen Metastasen zu rechnen sei. Nach der Hysterektomie und den erforderlichen Nachbehandlungen hatte man sie als absolut geheilt entlassen, und Collie hatte sich wirklich wohl gefühlt, beinahe wieder so wie früher. In letzter Zeit freilich war sie sehr geschwächt gewesen, ermüdete leicht und hatte oft das Gefühl, irgend etwas sauge buchstäblich all ihre Energie aus. Natürlich hatte auch der drastische Gewichtsverlust sie beunruhigt. Und nun dieser plötzliche Schmerz. Ein Alarmsignal? Was war die Ursache, woher kam er? Der bloße Gedanke an eine weitere Chemotherapie ließ sie erschaudern. Ich will das nicht, ich steh es nicht durch, dachte sie verzweifelt.

O doch, du *kannst* und du *wirst* es durchstehen, flüsterte eine leise Stimme in ihrem Innern. Für Lisette! Alles wirst du auf dich nehmen um deines Kindes willen. Deine Tochter braucht dich. Sie hat schon keinen Vater mehr, also mußt du stark sein, mußt durchhalten – um ihretwillen.

Meine Lisette, mein allerliebstes kleines Mädchen!

Collies Blick wanderte zu dem Foto ihrer Tochter auf dem Tisch beim Kamin. Sie war ein wunderhübsches Kind und dabei so gescheit, so aufgeweckt und voll liebenswerter Eigenschaften. Und was für eine ausgeprägte Persönlichkeit sie für ihr Alter schon hatte! Unser Herzblatt hat eine weise, alte Seele, pflegte Annie zu sagen – und Collie hatte diese Beschreibung stets sehr zutreffend gefunden.

Was soll ohne mich nur aus ihr werden? dachte Collie verängstigt, schob aber diesen furchtbaren Gedanken gleich wieder beiseite. Ich werde nicht sterben. Um meines Kindes willen werde ich kämpfen, falls der Krebs wirklich wiedergekommen sein sollte.

Und wenn mir doch etwas zustoßen *sollte*, dann ist ja jetzt Kyra da. Kyra, die bald die Frau ihres Vaters und ein Mitglied der Familie werden würde. Dieser Gedanke spendete Collie großen Trost.

Colette hatte ihr möglichstes getan, um den Vater und Kyra wieder miteinander zu versöhnen, und darüber, daß es geglückt war, empfand sie Freude und Erleichterung. Aber die Anstrengungen, die sie – vor allem letzten Samstag – unternommen hatten, forderten ihren Tribut, und sie fühlte sich seither erschöpft und ausgelaugt.

Doch es hat sich gelohnt, sagte sich Collie. Mein Vater ist endlich glücklich, und Kyra auch, der kleine Alexandre bekommt endlich einen Vater und seinen guten Namen.

Und Papa wird, sollte Guy etwas zustoßen, einen zweiten männlichen Erben haben, der das Geschlecht der de Montfleurie weiterführen kann. Auch deshalb fühle ich mich seit letzter Woche so erleichtert. Ich habe Lisette nie gewünscht, daß sie einmal das Château und die Ländereien erben wird; die Verantwortung für einen so riesigen Besitz wäre einfach zu groß.

Nur der Gedanke an Guy machte ihr Kummer. Seit Jahren schon hatte der Bruder sie immer wieder enttäuscht und verärgert, aber sie hatte trotzdem stets versucht, fair gegen ihn zu sein, ja hatte sich eine gewisse Zuneigung für ihn bewahren können. Doch nun war leider auch die dahin, und wenn sie in sich hineinschaute, dann entdeckte sie überhaupt kein Gefühl mehr für Guy. Sie hoffte bloß, er möge nicht die Dreistigkeit besitzen, zu Weihnachten auf dem Schloß aufzutauchen. Aber nein, nach seinem abscheulichen Auftritt vor zwei Wochen würde er das gewiß nicht wagen. Andererseits: Bei Guy konnte man nie wissen, er war unberechenbar. Und dick-fellig. Und über die Maßen dumm.

Sein großes Plus war von klein auf das blendende Aus-sehen gewesen, das er stets zu seinem Vorteil einzusetzen wußte. Ach, wie ihn die Frauen verwöhnt hatten, eben weil er so umwerfend gut aussah und diesen fatalen Charme hatte, den er an- und abstellen konnte wie einen Wasserhahn. Und auch wir haben ihn verzogen, dachte Collie, haben immer wieder Entschuldigungen für sein Benehmen gefunden, ihn immer wieder in Schutz genom-men. Dadurch haben wir uns mitschuldig gemacht, denn wir haben ja mitgeholfen, den Unmenschen zu erschaf-fen, als der er sich nun entpuppt. Und wenn der Gedanke auch unbarmherzig war, Collie hoffte gleichwohl, Guy würde nie mehr einen Fuß über die Schwelle von Schloß Montfleurie setzen.

Wenn Rosie ihren Bruder doch nur nicht geheiratet hätte, wieviel Leid wäre ihr erspart geblieben! Anderer-seits hätten Vater und ich sie dann nicht in unserer Fami-lie. Ach, wie egoistisch von mir! schalt sie sich. Ich denke nur an Vater und mich statt an Rosie. Aber ich danke Gott dafür, daß er uns Rosalind Madigan geschickt hat, die so liebevoll und treu zu uns hält und immer nur auf unser Wohlergehen bedacht ist. Einen Menschen wie Rosie gibt es auf der ganzen Welt nicht noch einmal. Sie ist ein richtiger Engel.

Und wenn sie nicht gerade einen Film macht, wird sie hier auf Montfleurie leben. Sie wird sich um Lisettes Erziehung kümmern, wenn ich nicht mehr sein sollte.

Ich will nicht sterben.

Ich werde nicht zulassen, daß ich sterbe.

Ich werde wieder gesund.

Wieder lehnte sie den Kopf in die weichen Sofakissen zurück, schloß die Augen und ließ ihre Gedanken schwei-fen. Gleich nach Weihnachten würde sie nach Paris fahren und die Ärzte konsultieren, die sie im Sommer so erfolgreich behandelt hatten. Es waren Kapazitäten ersten Ranges, und sie würden ihr helfen. Falls der Krebs wirklich wieder ausgebrochen war, konnte dieses hervorragende Ärzteteam sie gewiß ein zweites Mal heilen.

Als Collie spürte, daß ihre Kräfte langsam wiederkehrten, stand sie auf, nahm Claudes Foto vom Tisch und setzte sich damit wieder aufs Sofa. Lange blickte sie selbstvergessen in sein Gesicht. Wie sehr sie ihn liebte. Er war tief in ihrem Herzen, war ein Teil ihres Seins.

Er war erst dreißig gewesen, als er bei diesem sinnlosen Unfall ums Leben kam, einem Unfall, an dem er nicht die Schuld trug und bei dem er dennoch sterben mußte. Die grausame Ironie daran war, daß Claude in seiner gefährlichen Tätigkeit als Kriegsberichterstatter nie auch nur ein Haar gekrümmt worden war. Aber dann fiel er auf einer harmlosen Autofahrt zwischen Montfleurie und Paris einem verantwortungslosen Geschwindigkeitsfanatiker zum Opfer.

Collie konnte den Blick nicht von der Fotografie wenden. Ihr Herz zog sich zusammen, als sie ihn so jung und lachend und lebendig vor sich sah. *Ach Claude, Claude, du fehlst mir so. Ich kann nicht weiterleben ohne dich. Du warst doch mein Leben, der beste Teil von mir. Ohne dich bin ich nichts, nur ein trauriges Überbleibsel, dem die Bürde des Lebens zu schwer wird.* Tränen brannten in ihren Augen, und sie konnte sie nicht zurückhalten, ja es war sogar fast eine Erleichterung, dem Schmerz so freien Lauf zu lassen.

Claude war die einzige Liebe ihres Lebens gewesen, und sosehr sie sich auch bemühte, den Schmerz zu bändigen und ihr Leben weiterzuführen – die meiste Zeit wollte ihr das einfach nicht gelingen. Claude ließ sie nicht los, ja er suchte sie heim wie ein Geist. Und sie wollte es so.

Alle hatten ihr gesagt, sie würde darüber hinwegkommen – die Zeit heilt bekanntlich alle Wunden –, aber auf

sie traf das nicht zu. Collie würde nicht darüber hinwegkommen; nicht einmal, wenn ich hundert Jahre alt
werde, dachte sie. *Aber so lange werde ich ja nicht leben.
Ich werde nicht alt werden.*

Collie wußte natürlich, daß viele Krebspatienten ihrer
Krankheit Herr werden und ein langes, erfülltes Leben
führen. Aber in jüngster Zeit hatte sich, tief in ihrem
Innern, die Gewißheit festgesetzt, daß sie nicht dazu-
gehörte; ihr Leben, das spürte sie instinktiv, neigte sich
dem Ende zu. Und auch wenn sie sich nicht erklären
konnte, woher diese Gewißheit kam, fing ihr Herz doch
an, sich ihr zu beugen. Natürlich gab es immer wieder
Phasen – so wie eben jetzt –, in denen sie vehement dagegen ankämpfte, aber die leise innere Stimme kehrte doch
irgendwann zurück und behauptete sich.

Ohne daß sie gewußt hätte, woher sie kam, spürte Collie sich mit einemmal von einer unendlich erquicklichen
Ruhe durchdrungen. Sie war jetzt ganz entspannt, mit
sich im Einklang. Es war gleichsam, als ob jemand ihr
übers Haar striche, ihr Trost spendete und unermeßliche
Liebe. Sie schloß die Augen. Sie hatte Frieden gefunden.

Es heißt, die guten Menschen sterben jung, ging es ihr
wenig später durch den Sinn. Meine Mutter war jung, als
sie an Krebs starb. Claude war jung, als er bei diesem tragischen Unfall umkam. Und wenn es mir bestimmt sein
sollte, früher als erwartet diese Erde zu verlassen, dann
will ich mein Schicksal annehmen. Denn ändern kann ich
es nicht, ich stehe in Gottes Hand.

Jeder von uns hat im Leben einen bestimmten Zweck
zu erfüllen, und wenn das geschehen ist, wenn wir die
Aufgabe, die Er uns gestellt hat, verrichtet haben, dann
holt Er uns zu sich. Was immer auch mit mir geschieht,
mit mir und allen anderen Menschen – es *ist* Gottes
Wille...

»Maman, kommst du nicht herunter und schaust dir
den Christbaum an?«

Rasch wischte Collie sich die Tränen von den Wangen und zauberte ein Lächeln auf ihr Gesicht, als Lisette ins Zimmer gelaufen kam. Als sie ihre Tochter in die Arme schloß, vertiefte sich das Lächeln und war jetzt so strahlend, daß es unverkennbar von Herzen kam.

Wie hinreißend Lisette aussah in dem wattierten Schneeanzug, den Rosie ihr aus New York mitgebracht hatte. Der Anzug war quittengelb und mit roten Litzen besetzt; das Mädchen sah darin zum Anbeißen aus.

»Hallo, mein süßer kleiner Kanari«, begrüßte Collie die Tochter scherzend. Ach, wie sehr sie das Kind doch liebte!

»Gaston hat den Baum aufgestellt, Maman! Du glaubst ja nicht, wie groß er ist. Gaston sagt auch, es ist der höchste Baum auf der ganzen Welt.« Ihr Blick fiel auf Claudes Foto, das neben Collie auf dem Sofa lag. »Warum ist Papas Bild hier auf dem Sofa?«

»Weil ich ihn gern anschauen mag, wenn ich mit ihm spreche.«

»Und antwortet er dir auch, Maman?« Lisette lehnte sich an Collies Knie und sah gespannt zu ihr auf.

»Aber gewiß tut er das, *chérie*.«

»Aber Papa ist doch nicht hier. Er ist im Himmel, ein Engel beim lieben Gott.«

»Das stimmt, Lisette, aber trotzdem spricht er mit mir... ganz, ganz tief in meinem Herzen drin, weißt du?«

»Aber der Himmel ist doch sooo weit fort. Wie kannst du Papa hören, wenn er von ganz dort oben spricht?« Lisette blickte Richtung Decke und sah dann wieder fragend ihre Mutter an. Ihre schwarzen Augen wirkten riesengroß in dem kleinen Gesichtchen.

»Das, siehst du, macht die Liebe, *chérie*. Papas Liebe zu dir und mir ist es, die seine Stimme in mein Herz dringen läßt. Und meine und deine Liebe zu ihm, die sorgen dafür, daß auch er mich hören kann.«

»Oh.« Lisette legte den Kopf schief und runzelte die Stirn, so angestrengt versuchte sie, dieses Mysterium zu enträtseln.

»Die Liebe, kleine Lisette, die Liebe ist die größte Macht auf Erden. Denk immer daran, *chérie*. Die Liebe kann Wunder tun, verstehst du?«

Das Kind nickte ernsthaft und sagte dann: »Ich wollte aber nicht, daß Papa uns verläßt. Warum ist er fortgegangen von uns?«

»Das war Gottes Wille«, sagte Collie leise.

Lisette dachte über die Worte der Mutter nach. Schließlich fragte sie: »War es auch Gottes Wille, daß Annies Kätzchen ein Katzenengel geworden ist?«

»Ja, ich glaube schon.«

»Ich mag ihn nicht, diesen Gott mit seinem Willen!« rief Lisette heftig, und ihre Augen blitzten vor Zorn.

»Auch mir gefällt nicht immer, was er entscheidet«, meinte Collie und strich ihrer Tochter zärtlich über die Wange. »Aber es bleibt uns dennoch nichts anderes übrig, als uns zu fügen, *chérie*.«

Ein paar Sekunden herrschte Schweigen, und dann wechselte Lisette so abrupt, wie es nun einmal Kinderart ist, das Thema. »Yvonne und ich, wir dürfen Brautjungfern sein, wenn Kyra und Großpapa heiraten. Tante Rosie näht uns extra rote Samtkleider dafür.«

»So, wirklich?«

»O ja, und wir kriegen auch rote Samtkäppchen mit kleinen Kirschsträußchen dran. Und du, Maman? Was wirst du anziehen? Auch ein rotes Kleid?«

»Ich hab noch nicht darüber nachgedacht.« Collie strich ihrer Tochter das Haar aus dem Gesicht. »Aber weißt du was? Wir wollen hinuntergehen und es mit Rosie besprechen, ja?«

»O ja, das machen wir!«

»Schön, aber erst sei so lieb, und stell Papas Bild wieder an seinen Platz, ja?«

Lisette gehorchte eifrig, doch als Collie aufstehen wollte, spürte sie aufs neue den stechenden Schmerz im Rücken und fiel kraftlos, das Gesicht qualvoll verzerrt, aufs Sofa zurück.

Lisette, die sich genau in dem Moment nach ihr umdrehte, sprang ängstlich besorgt an ihre Seite. »Maman! Maman! Was ist los? Tut dir was weh?«

»Nichts, *chérie*, gar nichts. Ich hatte nur eben so ein Ziehen im Rücken.« Collie zwang sich zu einem fröhlichen Lachen. »Wahrscheinlich werde ich langsam alt und kriege Rheuma.«

Lisette klammerte sich an die Mutter und verbarg das Gesicht in ihrem Pullover. »Ich will nicht, daß du wieder Schmerzen bekommst, Maman, ich will nicht, ich will nicht«, jammerte sie, den Tränen nahe.

»Aber dieser Schmerz vergeht gleich wieder, *chérie*. Laß mir nur einen Moment Zeit zum Ausruhen«, bat Collie. Sie schloß die Augen und hielt das Kind fest mit beiden Armen umschlungen. Und während sie ihre Tochter beschwichtigend hin und her wiegte, sprach sie ein stummes Gebet: *Bitte, lieber Gott, hol mich noch nicht so bald von ihr fort. Bitte laß mich noch eine Weile bei ihr bleiben.*

Rosie stand auf einer Trittleiter vor dem Kamin im kleinen Salon. Seit zehn Minuten versuchte sie nun schon, zwei Stechpalmenzweige am Rahmen des Spiegels über dem Kaminsims anzubringen.

Zuvor hatte sie die Zweige mit dünnem Blumendraht zusammengebunden, und jetzt wollte sie sie recht wirkungsvoll drapieren, was ihr aber bisher noch nicht zur vollen Zufriedenheit gelungen war. Als sie sich gerade ein wenig zurücklehnte, um die Wirkung ihres letzten Versuches zu begutachten, klingelte das Telefon. Leise fluchend stieg Rosie von der Leiter und nahm den Hörer ab.

»*Château de Montfleurie – allô*«, meldete sie sich etwas außer Atem.

Es knackte ziemlich in der Leitung, und dann sagte eine Männerstimme, die offenbar von sehr weit her kam: »Miß Rosalind Madigan, bitte.«

»Am Apparat.« Rosie hatte die Stimme nicht erkannt.

»Na so was, Rosie! Hi! Ich bin's, Johnny. Johnny Fortune.«

»Johnny! Das ist aber eine Überraschung! Wie geht's Ihnen?« fragte sie, völlig überrumpelt.

»Danke, großartig. Und Ihnen, Rosie?«

»Auch gut, danke. Ich bin gerade mitten in den Weihnachtsvorbereitungen. Von wo rufen Sie an? Es klingt, als sprächen Sie von einem anderen Planeten.«

»Gut getroffen – ich bin in Las Vegas.«

»Aber dort muß es doch jetzt mitten in der Nacht sein?«

»Klar doch, drei Uhr morgens. Ich habe gerade den letzten Auftritt hinter mich gebracht und dachte, ich ruf Sie noch schnell an, ehe ich ins Bett falle. Ich wollte Ihnen ›Frohe Weihnachten‹ wünschen und Ihnen sagen, daß ich bald nach Europa komme. Im Januar. Könnten wir uns da nicht mal treffen? Ich meine, darf ich Sie zum Essen einladen oder so?«

Rosie zögerte, doch dann sagte sie sich: Ich brauche mich doch jetzt nicht mehr abzukapseln, nicht, nachdem ich mich zur Scheidung durchgerungen habe. »Das fände ich sehr schön, Johnny«, sagte sie. »Ich würde mich freuen, Sie wiederzusehen.«

»Also, das ist ja riesig! Einfach super! Passen Sie auf, ich komme nach Paris. Werden Sie im Januar auch dort sein?«

»Ja, ich will gleich nach Neujahr wieder mit der Arbeit beginnen.«

»Darf ich Sie dann um Ihre Telefonnummer bitten?«

»Ja, sicher. Ach, apropos: Wie haben Sie mich eigentlich gefunden? Ich meine, woher haben Sie diese Nummer?«

»Das war nicht leicht, an die ranzukommen!« Er lachte. »Gestern wollte Nell mir weismachen, Sie wären in London, und sie gab mir die Nummer des dortigen Filmstudios. *Wieder.* Mit der Nummer hatte sie mich nämlich schon mal abgespeist. Na, ich hab's trotzdem noch mal versucht und bin an eine sehr nette Lady geraten, Aida Young. Von der erfuhr ich, daß Sie weder in London noch in Paris seien. Ich habe sie so lange bekniet, bis sie mir verraten hat, daß Sie vermutlich in Montfleurie sind. Aber angeblich wußte sie nicht, wie man Sie dort erreichen kann. Ehrlich gesagt, ich hatte das Gefühl, sowohl sie als auch Nell haben ganz einfach gemauert. Na, schließlich kam mir ein Geistesblitz. Immerhin hatte ich ja nun den Namen Montfleurie, und mit dem habe ich mich an meinen Antiquitätenhändler in London gewandt – Sie wissen, den, von dem ich zum Beispiel die Storr-Etageren habe – und ihn gefragt, ob er was damit anfangen kann. Montfleurie – was ist das, habe ich ihn gefragt. Ein Hotel? Eine Stadt? Oder was? Er kannte sich tatsächlich aus und hat mir erklärt, daß es sich um eins der berühmtesten Loire-Schlösser handelt. Sogar die Telefonnummer hat er mir besorgt, und so kann ich Gott sei Dank endlich mit Ihnen sprechen.«

»Es tut mir wirklich leid, daß Sie sich soviel Mühe machen mußten.«

»Warum haben Nell und Aida mich abschmettern lassen, Rosie?«

»Ich glaube nicht, daß es Absicht war.«

»Sind Sie am Ende verheiratet oder was?« Johnnys Stimme klang auf einmal scharf.

Rosie holte tief Luft. »Ich war verheiratet, ja. Aber wir haben uns getrennt. Ich lasse mich scheiden.«

»Verstehe. Geben Sie mir jetzt Ihre Pariser Nummer?«

Rosie diktierte sie ihm und fragte dann: »Wissen Sie schon, wann genau Sie in Paris sein werden?«

»Ein Datum steht noch nicht fest, aber ich denke so Mitte des Monats. Ich geb Ihnen aber noch rechtzeitig Bescheid. Einstweilen wünsche ich fröhliche Weihnachten, Rosie – ach, und ich bin wirklich froh, daß ich Sie endlich gefunden habe.«

»Fröhliche Weihnachten auch Ihnen, Johnny. Und danke für den Anruf.«

Rosie legte den Hörer auf und blieb einen Moment nachdenklich neben dem Apparat stehen.

Von der Tür her rief plötzlich Collie: »Ich hab nicht gelauscht, aber zufällig habe ich eben doch mitgehört. Wirst du dich *wirklich* von Guy scheiden lassen, Rosie?«

Rosie fuhr herum, sah Collie lange an und nickte endlich. »Dein Vater und ich, wir haben gleich am Tag meiner Ankunft darüber gesprochen. Er machte mir den Vorschlag, ja drängte mich regelrecht dazu, und als ich später über seine Argumente nachdachte, da fand ich sie wirklich überzeugend.«

»Ich kann nur sagen, Gott sei Dank!« Collie kam ins Zimmer und umarmte Rosie. »Es ist wirklich an der Zeit, daß du deine Freiheit bekommst. Und ich bin heilfroh, daß du den Mut aufgebracht hast, diesen Schritt zu wagen. Er ist ohnehin längst überfällig.«

»Du glaubst doch nicht, daß Guy zu Weihnachten herkommt, oder?« fragte Rosie besorgt.

Collie schüttelte heftig den Kopf. »Nein, für so taktlos halte ich selbst ihn nicht. Er muß doch wissen, daß er sich's mit Vater ein für allemal verdorben hat und auf Montfleurie nicht mehr willkommen ist.«

»Hoffentlich hast du recht«, erwiderte Rosie skeptisch.

»Er kommt bestimmt nicht«, versicherte Collie mit fester Stimme.

»Früher oder später werde ich mich natürlich mit ihm treffen müssen und ihm sagen, daß ich die Scheidung eingereicht habe«, meinte Rosie leise, während sie zur Leiter zurückging.

Ein verschmitztes Lächeln spielte um Collies Lippen, als sie jetzt fragte: »Sag mal, war das etwa Johnny, der große Sänger, der dich da vorhin angerufen hat?«

»Ja. Er kommt im Januar nach Paris und möchte mit mir essen gehen.«

»Ach, das ist ja wundervoll, Rosie, *chérie. Toujours l'amour... toujours l'amour.*«

Rosie spürte, wie sie rot wurde. Sie wollte schon etwas erwidern, als Annie ins Zimmer gestürzt kam.

»Madame de Montfleurie, eben ist dieses Päckchen für Sie gekommen. Per Kurierdienst, Sonderzustellung. Aus Kalifornien. Ich habe für Sie unterschrieben.«

»Danke, das war lieb von Ihnen, Annie.« Rosie nahm das Päckchen in Empfang.

Annie wollte schon wieder hinausgehen, drehte sich aber auf der Schwelle noch einmal um und sagte mit prüfendem Blick auf Collie: »Sie sehen ja so blaß aus, Mademoiselle Colette. Und schrecklich müde. Na, Dominique hat eine köstliche Suppe fürs Mittagessen vorbereitet – *poulet et légumes,* die wird Ihnen gut tun.« Damit ging sie hinaus.

Rosie, die dabei war, das Päckchen aufzumachen, rief Collie zu: »Stell dir vor, es ist von Gavin aus Los Angeles! Ah, wunderbar, das Skript von *Napoleon und Joséphine!* Und hier ist noch etwas.« Rosie legte das Drehbuch auf die Trittleiter und drehte neugierig eine schmale Schachtel in der Hand, die zuunterst in dem Päckchen gelegen hatte. Sie war in blaues Geschenkpapier eingeschlagen und mit einer Goldschleife verziert, unter der ein länglicher Briefumschlag steckte. Rosie öffnete ihn, zog eine Karte heraus und las laut vor: »*Herzlichen Dank, liebe Rosie, für die allerschönsten Kostüme der Welt, für Deinen treuen Beistand und für Deine Freundschaft. Frohe Weihnachten und alles Liebe, Gavin.*«

»Das ist aber wirklich reizend von ihm«, sagte Collie. »Pack doch mal das Geschenk aus, Rosie.«

»Meinst du nicht, ich sollte damit warten bis Heiligabend, wenn wir alle unsere Geschenke unter dem Christbaum öffnen?«

»Ach, sei nicht albern. Ich sterbe vor Neugier. Komm, sei kein Frosch, und pack endlich aus.«

Rosie wickelte das schwere blaue Seidenpapier ab und hielt ein samtenes Etui in der Hand, das in der rechten unteren Ecke die Initialen HW trug. »Es stammt von Harry Winston, dem Starjuwelier«, sagte Rosie ehrfürchtig. Als sie den Deckel hob, verschlug es ihr fast den Atem. »O Collie, sieh doch nur! Die schönsten Südseeperlen, die ich je gesehen habe.« Damit nahm sie das Kollier vom Samtpolster und hielt es in die Höhe.

Collies Augen weiteten sich vor Bewunderung. »Die sind *echt*, sie müssen echt sein, wenn sie von Harry Winston stammen.«

Rosie nickte. »Gavin macht mir jedesmal ein besonderes Geschenk, wenn wir mit einem Film fertig sind. Aber etwas so Herrliches wie diese Perlen habe ich wohl noch nie bekommen. Sieh doch nur, wie sie das Licht einfangen und widerspiegeln!« Rosie hielt das Kollier gegen das Fenster, dann reichte sie es der Schwägerin.

»Ein Gedicht«, flüsterte Collie ergriffen. »Und bestimmt sehr kostbar.«

»Ja, ich muß Gavin nachher unbedingt anrufen und mich bei ihm bedanken. Aber jetzt ist es drüben in L.A. noch mitten in der Nacht. Ich denke, ich warte bis sechs, dann ist es dort neun Uhr morgens, da wird er wohl schon auf sein.«

»Hier hast du sie wieder.« Collie reichte ihr die Perlen. »Ach, und wenn du fünf Minuten Zeit hättest, würde ich gern mit dir besprechen, was ich zu Vaters Hochzeit anziehen soll. Lisette hat mir erzählt, daß du für sie und Yvonne rote Samtkleider schneiderst. Aber mich wirst du doch hoffentlich nicht auch in roten Samt stecken wollen, oder?«

Rosie lachte. »Nein, nein! Zwei Brautjungfern sind genug, auf die Ehrendamen wollen wir verzichten. Darüber habe ich mich gestern abend schon mit Kyra geeinigt; sie ist auch für eine schlichte Trauung. Ich denke, du und ich, wir brauchen nicht extra was Neues für die Hochzeit. Und ehrlich gesagt muß ich mich ohnehin schon sehr sputen, um die Kleider für die Mädchen bis dahin fertig zu bekommen.«

»Vielleicht kann Yvonne dir ja ein bißchen helfen?«

»Sie hat's mir schon angeboten, und ich überlasse ihr gern die Juliahauben. Den Stoff habe ich bereits bei Madame Solange in Paris geordert, und sie schickt ihn uns per Nachtkurier. Morgen sollten wir den Samt haben, und dann werde ich mich gleich ans Zuschneiden machen.«

»Da wirst du jetzt alle Hände voll zu tun haben«, bemerkte Collie leise. Sie hatte sich aufs Sofa gesetzt, während Rosie wieder auf die Trittleiter gestiegen war. »Es sind ja nur noch zehn Tage bis zur Hochzeit.«

»Ich weiß.« Rosie richtete zum x-ten Mal den Stechpalmenzweig, beäugte ihr Werk kritisch mit zurückgelegtem Kopf und sagte: »Aber die Kleider für die Mädchen krieg ich schon fertig, und wenn ich die ganze Nacht aufbleiben muß, schlimmstenfalls auch jede Nacht, du wirst sehen.«

»Aber ja, daran zweifle ich nicht, Rosie. So was wie dich gibt's kein zweites Mal. Wie machst du das bloß, *chérie*?«

25

Der Himmel über Paris war wie eine Grisaille, ein Monochrom in düsteren Grautönen. Vom Horizont zogen schwere Regenwolken herauf.

Gavin Ambrose stand am Salonfenster seiner Suite im

Ritz und sah verdrießlich hinaus in diesen trostlos-öden Sonntagmorgen.

Bis zum Abflug seiner Maschine nach New York am morgigen Montag dehnten sich noch ein endlos langer Tag und ein einsamer Abend vor ihm. Wie schade, daß Rosie nicht in Paris war. Aber sie verbrachte das Weihnachtsfest natürlich bei der Familie ihres Mannes an der Loire.

Außer ihr kannte Gavin in Paris nur ein paar Manager von den Billancourt Studios. Mit ihnen hatte er sich Freitag und Samstag getroffen; heute aber war er allein und wußte nichts mit sich anzufangen.

Gavin war selbst überrascht, daß ihn die Aussicht auf einen Tag ohne Gesellschaft so frustrierte. Dabei galt er doch als Einzelgänger, der sich gern einmal zurückzog, sich mit sich selbst beschäftigte und bislang nie Probleme mit dem Alleinsein gehabt hatte. Seit kurzem aber fürchtete er sich regelrecht davor. Wenn er allein war, hatte er Zeit zum Nachdenken, und diese Gedanken waren es, vor denen ihm graute.

Sein Leben war ein Scherbenhaufen. Seine Ehe hatte Schiffbruch erlitten. Alles, was ihm noch blieb, war die Arbeit. Zum Glück liebte er seinen Beruf, fand Erfüllung und Selbstbestätigung darin. Aber in letzter Zeit hatte er einen Film nach dem anderen abgedreht, ohne sich eine Verschnaufpause zu gönnen. Er vergrub sich in der Arbeit, um persönlichen Problemen zu entfliehen, um seine Alpträume in Schach zu halten.

Insgeheim hatte er sich längst eingestanden, daß seine Ehe zur Farce geworden war. Es gab keine Substanz mehr, nur noch ein schwarzes Loch. Einen gähnenden, bodenlosen Abgrund. Von Gefühlen konnte keine Rede sein; nicht einmal Haß war mehr zu spüren, sondern nur Gleichgültigkeit. Louise und ihn verband nicht einmal der Anschein einer Beziehung. Und Gavin fragte sich inzwischen, ob eine solche überhaupt je bestanden hatte.

Louise war ein aufgeblasenes, ichbezogenes kleines Luder von geringem Verstand, das sich nicht im mindesten für ihn, seine Arbeit, seine aufreibende Karriere oder sein Leben überhaupt interessierte.

Gavin selbst bedeutete Ruhm nicht allzuviel, sah er ihn doch eher als Begleiterscheinung seiner Schauspielerei. Louise dagegen war sein Ruhm zu Kopf gestiegen. Für ihn als Mann interessierte sie sich indessen schon lange nicht mehr. Sie griff inzwischen nach strahlenderen Sternen. Nicht, daß es Gavin etwas ausgemacht hätte. In gewisser Hinsicht fühlte auch er sich schuldig, denn in Wahrheit lag ihm ebenfalls nichts mehr an ihr.

Immer und immer wieder hatte er sich mit der Frage gequält: Warum habe ich Louise eigentlich geheiratet? Dabei kannte er die Antwort doch ganz genau. Er hatte sie geheiratet, weil sie schwanger war. Doch diese Schwangerschaft war zu einem entsetzlichen Alptraum geworden, der schließlich in eine herzzerreißende Tragödie mündete.

Und darum war er bei ihr geblieben; um ihr in ihrem körperlichen wie seelischen Schmerz zur Seite zu stehen. Er war aufrichtig um ihre Genesung bemüht, erkannte aber auch, daß er sich selber wieder auf die Füße half, indem er ihr Beistand leistete.

Es blieb nicht aus, daß Louise wieder schwanger wurde, und als dann vor acht Jahren David zur Welt kam, hatte Gavin sich unsterblich in seinen Sohn verliebt. Um des Kindes willen hatte er in einer gescheiterten Ehe ausgeharrt.

Als David kaum laufen konnte, war Louise bereits durch immer neue Seitensprünge aus ihrer Ehe ausgebrochen. Er hatte sich ihr nie in den Weg gestellt, weil ihr Tun und Treiben ihn zu dem Zeitpunkt schon nicht mehr berührte, und ihm übrigen schliefen sie längst nicht mehr miteinander.

Was, fragte Gavin sich plötzlich, was würde wohl aus David werden, wenn wir uns scheiden ließen? Würde sein

Sohn das Opfer eines erbitterten Tauziehens vor Gericht werden? Den Gedanken konnte Gavin einfach nicht ertragen.

Du wirst ausharren und abwarten, sagte er sich. Und wenn du lange genug Geduld hast, muß Louise dich irgendwann um die Scheidung bitten. Gavin wußte sehr wohl, wieviel Louise der Senator in Washington bedeutete, mit dem sie sich so oft wie möglich traf. Der verwitwete Senator. Der reiche Senator. Der Senator mit dem glänzenden gesellschaftlichen Background. Ja, Allan Turner wäre der ideale Partner für Louise.

Ja, er *würde* stillhalten und abwarten. Denn nur dann hatte er die Chance, Bedingungen zu stellen. Gavin hatte keineswegs die Absicht, Louise das Kind wegzunehmen, nein, das wäre ihm grausam und monströs erschienen. Aber er erhoffte sich gemeinsames Sorgerecht und war entschlossen, es durchzusetzen.

Mit einem unterdrückten Fluch wandte Gavin sich vom Fenster ab und ging ins Schlafzimmer. Ein Blick auf die Uhr sagte ihm, daß es schon auf elf zuging.

Ich sollte raus an die frische Luft und mich bei einem Spaziergang von diesen deprimierenden Gedanken befreien, dachte er. Dagegen sprach nur leider, daß ein so bekannter Schauspieler wie er es kaum riskieren konnte, sich auf der Straße zu zeigen, ohne daß er gleich einen Schwarm von Autogrammjägern hinter sich herzog.

Also schlang er sich einen Schal ums Kinn, setzte einen breitkrempigen Filzhut auf, schlüpfte in einen Kaschmirmantel, dessen Kragen er hochschlug, und setzte eine dunkle Brille auf. Als er vor den Spiegel trat, glitt ein zufriedenes Lächeln über sein Gesicht. In dem Aufzug hätte er sich nicht einmal selbst erkannt. Und wirklich gelangte er unbehelligt durch das Hotelfoyer und hinaus auf die Place Vendôme.

Gavin kannte Paris zwar nicht sehr gut, aber da er jedesmal, wenn er in die französische Hauptstadt kam, im Ritz abstieg, fand er sich inzwischen in der Nachbarschaft des Hotels ohne Schwierigkeiten zurecht. Jetzt schlug er die Richtung zur Place de la Concorde ein. Als er erst einmal ein paar Schritte gegangen war, gelang es ihm wirklich, sich von seiner gedrückten Stimmung und den nagenden Selbstvorwürfen zu befreien.

Statt dessen beschäftigte ihn jetzt, angesichts der Prachtstraßen der Seinemetropole, sein neuer Film, *Napoleon und Joséphine.* Halb sah er Paris mit dem Auge der Kamera, halb mit den Augen seines historischen Protagonisten, der dem Stadtbild von Paris so nachhaltig seinen Stempel aufgedrückt und viel von der Architektur geschaffen hatte, die auch heute noch das Gesicht der Metropole prägte.

Bei seinen Recherchen war Gavin auf ein Subventionsprogramm Napoleons gestoßen, das einen Zehnjahresplan zur Förderung der französischen Architektur und einen doppelt so langen zur Unterstützung der bildenden Künste des Landes vorsah. Im Rahmen dieses Programms war der Bau von vier Triumphbögen geplant worden, die neben den Idealen Friede und Religion die Schlachten von Marengo und Austerlitz verherrlichen sollten.

Realisiert wurden von diesem ehrgeizigen Traum allerdings nur zwei Bauten: ein kleines Siegesmal für Austerlitz und das Monument zu Ehren der *Grande Armée* (»der Armee, die zu befehligen ich die Ehre habe«, wie er sich seinem Architekten gegenüber ausdrückte).

Als Gavin jetzt von der Place de la Concorde die Champs-Élysées hinaufschaute, an deren anderem Ende, auf der Place de l'Étoile, sich jener stolze Arc de Triomphe erhob, den Napoleon seiner geliebten Armee gestiftet hatte, da dachte er anerkennend: Er ist wirklich genauso geworden, wie der Kaiser ihn sich gewünscht hat. »Ein Denkmal für die *Grande Armée*«, so der große Korse, »muß gewaltig sein und groß, dabei schlicht, majestätisch und ohne jegliche Anleihen bei der Antike.«

Und an diese Anweisungen hat sein Architekt Chalgrin sich getreulich gehalten, dachte Gavin bewundernd, während er jetzt die Champs-Élysées entlangschlenderte, so vertieft in seine historischen Betrachtungen, daß er gar keinen Blick hatte für die bunten Weihnachtsdekorationen des Boulevards.

Gavin erfüllte sich mit diesem neuen Filmprojekt gewissermaßen einen Kindertraum. Von frühester Jugend an hatten ihn tatkräftige Männer, Männer, die Großes vollbrachten, fasziniert – allen voran Napoleon Bonaparte.

Schon als Kind in New York hatte er Geschichtsbücher verschlungen und den Biographien der Männer nachgespürt, die der Welt so unnachahmlich und unauslöschlich ihren Stempel aufgedrückt haben. Seine Faszination kannte keine Grenzen: Was hatte diese großen Geister motiviert? Was unterschied sie von gewöhnlichen Sterblichen? Wie war ihr Gefühlsleben abgelaufen? Warum hatten sie sich gerade in diese und nicht in jene Frau verliebt? Nach welchen Kriterien hatten sie ihre Bündnisse geschlossen? Welche innere Kraft trieb sie auf solch luftige Höhen? Welches geheime Elixier hob sie über die Norm hinaus? Oder, ganz einfach gefragt: Warum waren gerade *sie* über ihre Zeitgenossen hinausgewachsen?

Je intensiver er sich mit dem Leben seiner Idolgestalten beschäftigte, desto klarer erkannte Gavin, daß auch die Helden der Geschichte, die auf Erden überlebensgroß und nach dem Tode unsterblich schienen, durchaus mit menschlichen Schwächen und Fehlern behaftet waren.

Trotzdem blieben diese historischen Persönlichkeiten seine Idealfiguren, und er interessierte sich kaum für die Footballspieler, Baseballstars oder Rockmusiker, die seine Freunde anhimmelten. Ein paar Schauspieler hatte Gavin freilich schon bewundert, aber das verstand sich ja bei einem aufstrebenden Jungdarsteller fast von selbst. Paul Newman und Spencer Tracy rangierten für ihn ganz oben.

Tracy in *Stadt in Angst* war kaum zu übertreffen; und das gleiche galt wohl für Paul Newman in *The Bronx*, einem spannenden Actionfilm über ein Polizeirevier in einem der hochexplosiven Bezirke New Yorks.

Die Bronx! Wie viele Erinnerungen der Name heraufbeschwor! Gavin war im Belmont-Viertel aufgewachsen, wo es zum Glück nicht halb so rauh und hart zuging wie drüben in der South Bronx, dem Schauplatz jenes Paul-Newman-Films. Gleichwohl waren seine Kinder- und Teenagerjahre in Belmont Lichtjahre entfernt von dem Luxus und Glamour, in dem er heute lebte.

Manchmal wunderte er sich immer noch über seinen kometenhaften Aufstieg zum Ruhm. Eben noch war er ein unbekannter kleiner Schauspieler gewesen, der sich recht und schlecht mit Off-Broadway-Rollen und mickrigen Fernsehauftritten durchschlug, und dann kam über Nacht der große Durchbruch, und man umjubelte den damals Fünfundzwanzigjährigen als die sensationellste Broadway-Entdeckung seit '47, dem Jahr, in dem Marlon Brando als Stanley Kowalsky in *Endstation Sehnsucht* unsterblich geworden war. Gavin selbst hatte dem Vergleich stets skeptisch gegenübergestanden. Da er seinerzeit – 1983, um genau zu sein – in der gleichen Rolle debütierte, hatte sich die Parallele den Kritikern förmlich aufgedrängt, aber war sie denn auch gerechtfertigt? Verdiente er ein solches Lob?

1983 war überhaupt ein ereignisreiches Jahr gewesen. Erst wurde sein Sohn geboren, dann lockte Hollywood, und Gavin war dem Ruf gefolgt. Etliche Jahre flog er noch zwischen Ost- und Westküste hin und her, bevor er sich endgültig in Hollywood niederließ. Aber für die Castingdirektoren in L.A. blieb er der ideale Ostküstenrepräsentant, ein Schauspielertypus vom Schlage Al Pacino, Robert De Niro, Dustin Hoffman und Armand Assante. Durch die Bank keine schlechte Gesellschaft, dachte Gavin schmunzelnd. Sein heimlicher Favorit aus diesem Kreis war im übrigen Al Pacino, ein Vollblut-schauspieler und zugleich Spitzenstar erster Güte.

Seltsamerweise hatte Gavin Ambrose selbst nie mit einem solch plötzlichen Durchbruch gerechnet und war denn auch im ersten Moment wie betäubt gewesen. Er kam sich vor, als hätte man ihn unversehens in höchste Höhen katapultiert; zum Glück war ihm bislang der Absturz erspart geblieben. Ein wehmütiges Lächeln huschte bei dem Gedanken über sein Gesicht. Gavin wußte sehr wohl, wie kurzlebig und flüchtig der Erfolg in seinem Beruf war. Ein Star war doch immer nur so gut wie sein letzter Film.

Ungeachtet dieser realistischen Einschätzung freute er sich über die Anerkennung, die ihm zuteil wurde. Er liebte seine Arbeit leidenschaftlich, und bei dem Engagement, das er investierte, wäre es geradezu unnatürlich gewesen, nicht stolz zu sein auf den verdienten Applaus. Leid tat ihm dabei nur, daß seine Mutter seinen kometen-haften Aufstieg nicht mehr miterlebt hatte. Sie war es nämlich gewesen, die ihn schon als kleinen Jungen mit ins Kino genommen und die Liebe zur Schauspielerei in ihm geweckt hatte.

Gavin war bei ihr und dem Großvater aufgewachsen, die beide kurz hintereinander starben, als Gavin gerade erst achtzehn war und eben bei Lee Strasberg eine Schau-spielerausbildung begonnen hatte.

Schrecklich einsam und verloren hatte er sich damals gefühlt, bis – ja, bis er »die Gruppe« kennenlernte: Kevin und Rosie, Nell, Mikey und Sunny. Sie hatten sich zusam-mengefunden wie eine Familie, und so – wie eine richtige Familie – wollten sie auch füreinander dasein und durch dick und dünn miteinander gehen. Das hatten sie sich feierlich geschworen.

Für Gavin war der Zusammenhalt in der Gruppe damals ungeheuer wichtig, beinahe sein einziger Halt gewesen. Von ihm stammten auch die Spitznamen der

Mitglieder: Rosie, das sanfte, engelsgleiche Wesen taufte er Angel Face; aus Nell wurde Klein Nell, in Anlehnung an eine seiner liebsten Dickens-Figuren; Kevin, den angehenden Polizisten, nannte er den Schnüffler; und aus Mikey, der fleißigen Leseratte, wurde der Professor. Für Sunny, das strahlende, lichtblonde Geschöpf empfahl sich wie von selbst der Beiname Goldkind. Damals, dachte Gavin traurig, aber heute nicht mehr.

Rosie war es, die eines Tages erklärte, auch er müsse nun einen Gruppennamen bekommen. Und ohne die anderen zu fragen, hatte sie ihm auch gleich einen verpaßt. »Du bist wie ein Chamäleon, Gavin«, hatte sie gesagt. »Du kannst dich in jede Figur verwandeln, in jede Rolle schlüpfen. Du bist der geborene Schauspieler. So wollen wir dich denn auch in Zukunft nennen: Gavin, den Schauspieler.«

Rosie und er hatten sich von Anfang an zueinander hingezogen gefühlt. Und als sie sich ein Jahr lang kannten, waren sie ein Liebespaar geworden. Drei Jahre hatte diese Romanze gedauert, die über einem so nichtigen Streit zerbrach, daß er sich nicht einmal mehr darauf besinnen konnte. Doch höchstwahrscheinlich war er der schuldige Teil gewesen. Er war damals ganz auf seine Arbeit fixiert, und das machte ihn unwillkürlich egoistisch und ichbezogen. Wahrscheinlich ist jeder Schauspieler ein Narziß, dachte er, aber natürlich geht das einem Partner über kurz oder lang auf den Geist.

Damals, als Rosie und er sich gründlich verkracht hatten, war ihm Louise über den Weg gelaufen, und aus lauter Trotz war er mit ihr ins Bett gegangen. Das war der Beginn einer heißen kleinen Affäre, und bevor Gavin wieder zur Besinnung kam, hatte er Louise geschwängert. Sie hatten Hals über Kopf geheiratet, weil Louise die Reaktion ihrer untadeligen High-Society-Familie fürchtete und weil er es für seine Pflicht und Schuldigkeit hielt, ihr in dieser heiklen Zwangslage beizustehen. Gavin hatte schon immer viel Wert darauf gelegt, ein Mann von Ehre zu sein. Zuverlässig und verantwortungsbewußt.

Ein Jahr später – Rosie hatte inzwischen ihre Ausbildung an einer renommierten New Yorker Modefachschule abgeschlossen – war sie nach Paris gegangen, hatte dort Guy de Montfleurie kennengelernt und bald darauf geheiratet.

Und damit fiel der Vorhang.

Nachdem sie Abstand von ihren persönlichen Zwistigkeiten gewonnen hatten, waren Rosie und er wieder die besten Freunde geworden, und sie hatte sich einige Zeit später seinem Team angeschlossen. Die verständnisvolle, freundschaftliche Zusammenarbeit mit Rosie half ihm, das Leben mit Louise zu ertragen.

Gavin seufzte still vor sich hin. Eine Menge Wasser war den Berg hinuntergeflossen, seit sie sich damals, als halbe Kinder, in New York zusammengefunden hatten. Jung und naiv waren sie gewesen, mit lauter Rosinen im Kopf, aber auch mutig, voller Optimismus und beseelt von wunderbaren Idealen. Vierzehn Jahre war das jetzt her. Doch es kam ihm viel länger vor, so als läge es Jahrzehnte zurück.

Louise hatte bei ihrer letzten Auseinandersetzung unterstellt, daß er immer noch an Rosie hinge. Und sie hatte recht damit. Rosie war schließlich seine beste Freundin, seine Vertraute, und sie hatte an jedem seiner Filme mitgearbeitet. Ohne sie konnte er sich seinen schöpferischen Prozeß gar nicht mehr vorstellen. Und ja, warum es nicht zugeben: Er liebte Rosalind Madigan, aber doch nur platonisch. Jene andere, die stürmische, leidenschaftliche Liebe bestand längst nicht mehr zwischen ihnen; die war schon erloschen, bevor er Louise begegnete.

Gavin fröstelte und kuschelte sich fester in den Mantel, als er endlich vor dem Arc de Triomphe anlangte.

Es tat nicht gut, zurückzuschauen und in der Vergangenheit spazierenzugehen. Damit machte man sich nur unnötig das Herz schwer. Nein, immer nach vorne schauen, das war sein Motto. Vorwärts und aufwärts, dachte er, halb belustigt, als er jetzt, den Kopf in den Nacken gelegt, an dem mächtigen Triumphbogen hinaufsah. Unter dem Mauerkranz flatterte die Trikolore. Die französische Nationalflagge. Die Fahne Napoleons.

Dieser Film wird uns allen das letzte abverlangen, dachte er, und die Rolle des großen kleinen Korsen wird meine bisher größte Herausforderung. Aber schließlich habe ich auch ein ganz wunderbares Produktionsteam an der Hand. Nun muß ich bloß noch dafür sorgen, daß die Besetzungsliste genauso hochkarätig ausfällt.

Der Tag auf dem Set ließ sich viel effektiver nutzen, wenn man mit Profis arbeitete.

26

Wieder zurück in seiner Suite im Ritz, bestellte Gavin ein Geflügelsandwich und einen Tee mit Zitrone. Dann setzte er sich aufs Sofa und begann, die zweite Fassung von *Napoleon und Joséphine* durchzuarbeiten.

Sein Imbiß kam in Windeseile, und als er gegessen hatte, griff Gavin zum Telefon und wählte Rosies Nummer auf Montfleurie.

»*Château de Montfleurie, allô*«, meldete sich eine wohlvertraute Frauenstimme.

»Hallo, Rosie, ich bin's.«

»Gavin, wie schön! Ich versuch dich schon seit Tagen in L.A. zu erreichen. Am Freitag ist nämlich das Skript angekommen ... und dein Geschenk. Gavin, ich weiß gar nicht, wie ich dir danken soll. Die Perlen sind einfach märchenhaft schön, ein Traum! Aber du darfst mir doch keine so kostspieligen Geschenke machen.«

»Nichts ist zu kostspielig für dich, Angel Face. Das Kollier hast du dir redlich verdient. Denkst du, ich wüßte nicht, wie hart du an unserem letzten Film gearbeitet hast? Na, und wer hat mich nach meinem Unfall so rührend betreut? Nein, nein, ich stehe in deiner Schuld, Honey.«

»Gavin, nun mach mal einen Punkt! Bei mir brauchst du doch wirklich nicht so dick aufzutragen!« rief Rosie lachend. »Aber sag mal, von wo rufst du denn eigentlich an?«

»Aus Paris. Ich war ein paar Tage in London, um meinen Part nachzusynchronisieren. Du weißt ja, das leidige Problem, wenn zu viele Nebengeräusche den Dialog stören. Da hilft dann nichts weiter, als das Ganze im Studio noch einmal einzulesen.«

»Ach, Gavin, wenn ich doch nur gewußt hätte, daß du hier bist! Du hättest doch das Wochenende bei uns verbringen können, statt allein in Paris zu hocken. Das heißt, ich nehme an, du bist allein«, setzte sie etwas verwirrt hinzu.

»Bin ich, ja.«

Es blieb einen Moment still in der Leitung, dann räusperte sich Gavin und fuhr fort: »War dumm von mir, dich nicht früher anzurufen. Aber weißt du, ich konnte vorher schlecht abschätzen, wie lange es im Synchronstudio dauern würde, und dann hatte ich auch ein paar Besprechungen mit den Studiobossen von Billancourt.«

»Und? Wie ist es gelaufen?«

»Phantastisch, Rosie, einfach phantastisch! Ab Februar stehen uns die Studioeinrichtungen zur Verfügung, und wir werden dort unser Hauptquartier aufschlagen. Übrigens konnte ich Aida wieder als Produzentin gewinnen, und ich denke, Michel Roddings wird die Regie übernehmen. Na, was hältst du von den zwei Pflaumen?«

»Bin voll dafür!« Rosie lachte wieder. »Du weißt ja,

wie gern ich mit Aida arbeite. Na, und was Michael angeht, so bin ich ein richtiger Fan von ihm. Er ist einer der besten Regisseure, die wir haben.«

»Wußt ich's doch, daß dir die Mannschaft gefallen wird.« Gavin lehnte sich in die Kissen zurück und streckte die Beine auf dem Couchtisch aus. »Hast du schon Zeit gehabt, mal einen Blick in das Skript zu werfen?«

»Willst du mich verschaukeln? Ich hab's gelesen, Gavin, von vorne bis hinten. Und ich find's großartig, ehrlich. Hochdramatische, aber auch sehr leise, anrührende Szenen. Super Timing. Aber du und Vivienne, ihr habt ja schon immer toll zusammengearbeitet. Also für mich liest sich's praktisch drehfertig.«

»Ja, ich muß auch sagen, es ist ein runder Wurf. Hier und da fehlt vielleicht noch der letzte Schliff, aber dann kann's losgehen. Doch nun erzähl mal von dir, Rosie. Wie geht's euch denn? Vor allem: Was macht Collie? Du warst doch so in Sorge um sie, nicht?«

»Ja, aber es scheint ihr zum Glück schon wieder viel besserzugehen. Sie ist schrecklich dünn geworden, aber sonst viel agiler, als ich gedacht hatte. Ja, und sonst ist alles wohlauf.«

»Und... Guy?«

Rosie hatte den Eindruck, als klinge Gavin auf einmal verstimmt. Aber wahrscheinlich war das nur Einbildung. »Ach, der ist gar nicht da. Er hat sich vor vierzehn Tagen mit seinem Vater gestritten und ist am Tag darauf abgereist. Und seitdem haben wir nichts mehr von ihm gehört. Ehrlich gesagt wären wir alle froh, wenn er über Weihnachten wegbliebe. Dann hätten wir wenigstens Frieden im Haus. Du, aber ich muß dir noch ganz was Tolles erzählen! Stell dir vor, Henri und Kyra werden heiraten.«

»Was du nicht sagst! Wie ist denn das zustande gekommen?«

Rosie erzählte ihm die Geschichte in allen Einzelheiten und fragte zum Schluß: »Du, hättest du nicht Lust, zur Hochzeit zu kommen? Es wird eine ganz stille kleine Feier hier auf dem Château. Na, was sagst du?«

»Ich käme wirklich gern, Rosie, aber es geht nicht. Weißt du, ich habe David versprochen, Weihnachten zu Hause zu sein.«

»Ach, natürlich, wie dumm von mir! Tut dir bestimmt gut, dich für ein Weilchen bei der Familie auszuruhen.«

»Sicher«, gab er lakonisch zurück.

»Du, ich brenne schon darauf, mich an die Kostümentwürfe für unseren neuen Film zu machen. Gleich nach der Hochzeit, also Anfang Januar, fahre ich nach Paris und setze mich dran. Stell dir vor, Henri hat ein paar ganz phantastische Bücher über die napoleonische Zeit und das Stilgefühl des Empire ausgegraben. Seit ich die studiert habe, bin ich richtig inspiriert.«

»Wann wärest du das nicht, Rosie?« fragte Gavin mit aufrichtiger Bewunderung in der Stimme. Für ihn war sie die begabteste Kostümbildnerin der Welt.

Rosie ging lachend über das Kompliment hinweg. »Und du?« fragte sie. »Wann kommst du nach Paris zurück?«

»Wenn alles klappt, in der zweiten Januarwoche. Und dann steigen wir voll ein mit *Napoleon und Joséphine*. Na, wie findest du das?«

»Ach, Gavin, ich kann's kaum erwarten!«

»Ich weiß, mir geht's genauso. Also dann: Frohe Weihnachten, Angel Face.«

»Frohe Weihnachten, Gavin. Und alles Gute für dich, Lieber.«

»Paß auf dich auf, Rosie.« Er legte den Hörer auf, griff nach dem Skript und las weiter. Nur jetzt nicht daran denken, daß er Sehnsucht nach ihr hatte; und zwar weit mehr, als er bereit war, sich einzugestehen.

27

»Ein Mann, der einer Frau kostbare Perlen schenkt, empfindet mehr für sie als Freundschaft.« Henri de Montfleurie sah Kyra vielsagend an.

»Willst du damit andeuten, daß Gavin Ambrose in
Rosalind verliebt ist?«

»Ich würde sagen, alle Anzeichen sprechen dafür.«

Kyra drehte sich um und blickte hinüber zu Rosie, die
eifrig damit beschäftigt war, Lisette, Collie und Yvonne
zu fotografieren.

Die drei standen vor der riesenhohen, festlich
geschmückten Tanne. Während die beiden Mädchen aus-
gelassen kichernd herumalberten, ermahnte Collie sie
immer wieder mit sanftem Nachdruck, doch endlich still-
zustehen, damit Rosie nicht alle Aufnahmen verwackeln
würden.

Kyras Blick blieb auf Rosies Perlenkollier haften, das
sie heute, am Heiligen Abend, angelegt hatte. Wie makellos und milchweiß die Perlen auf ihrer Haut schimmerten
und wie effektvoll sie sich von dem schwarzen Samtkleid
abhoben, das Rosie trug. Nachdenklich wandte Kyra sich
wieder Henri zu. »Wir dürfen freilich nicht vergessen,
chéri, daß die beiden von frühester Jugend an befreundet
sind. Und nun arbeiten sie auch schon jahrelang zusammen. Vielleicht sind diese Perlen einfach ein Dankeschön
eines treuen Freundes und Kollegen.«

»Also, das bezweifle ich.« Henri nippte an seinem
Champagner. »Ich hab die beiden oft genug zusammen
gesehen, um zu erkennen, daß sie etwas ganz Besonderes
verbindet. Ob sie sich dessen allerdings bewußt sind« –
er hob achselzuckend die Hände –, »tja, das steht freilich
auf einem anderen Blatt.«

»Aber Gavin ist doch verheiratet«, wandte Kyra leise
ein.

»Schon, aber glücklich ist diese Ehe ganz bestimmt nicht. Ich kenne seine Frau: aufbrausend, neurotisch, nicht sonderlich intelligent. Meines Erachtens haben die beiden so gut wie nichts gemeinsam. Na ja, Rosie hat Gavin die letzten Jahre sicher keine Chance gegeben, ihr näherzukommen – dazu war sie viel zu sehr auf ihre Probleme mit Guy fixiert; nicht zu vergessen die aufopferungsvolle Liebe, mit der sie sich uns gewidmet hat. Aber das dürfte sich ja nun bald ändern.«

»Wie meinst du das?«

»Jetzt, wo sie sich zur Scheidung durchgerungen hat, wird Rosie auch ein neues Leben anfangen, verlaß dich drauf.«

»Aber Rosie und Guy leben seit Jahren nicht mehr wie Mann und Frau zusammen. Außerdem sehen sie sich kaum, seit er nur noch so selten nach Montfleurie kommt. Glaubst du wirklich, daß da der Scheidungsakt als solcher noch viel Unterschied machen wird?«

»In Rosies Fall schon, ja. Solange sie sich rechtmäßig an Guy gebunden fühlt, hat sie sich nicht gestattet, auf die Stimme ihres Herzens zu hören. Aber jetzt, wo sie den entscheidenden Schritt gewagt und die Scheidung eingereicht hat, wird sie sich auch innerlich von Guy befreien können.«

»Ach, hoffentlich hast du recht, Henri. Ich mag Rosie sehr, und sie verdient es wirklich, glücklich zu werden...« Kyra hielt inne, und ihre Stimme klang zaghaft, als sie ein paar Augenblicke später fortfuhr: »Ich... ich möchte dir auf keinen Fall die Stimmung verderben, *chéri*, aber... hast du inzwischen von Guy gehört?«

Der Comte nickte. »Ja, ich bin noch gar nicht dazu gekommen, es dir zu erzählen. Gestern abend hat er mich aus Paris angerufen. Um sich zu entschuldigen – kannst du dir das vorstellen? Na ja, ich habe ihm von unserer bevorstehenden Heirat erzählt und auch, daß ich unseren Sohn adoptieren werde.«

»Und? Wie hat er darauf reagiert?«

»Du wirst es nicht für möglich halten: Er gratuliert uns! Und weißt du, was das Merkwürdigste daran ist? Ich hatte den Eindruck, als sei es ihm wirklich ernst damit. Er ist schon ein komischer Kauz, mein Sohn. Ich jedenfalls bin nie aus ihm klug geworden.«

»Das geht nicht nur dir so. Weißt du, wenn er so versöhnlich gestimmt war, dann wundert es mich fast, daß er sich nicht zum Weihnachtsfest auf Montfleurie eingeladen hat.«

»Oh, dem bin ich zuvorgekommen. Ich hab ihm gesagt, daß ich seine Entschuldigung zwar annehme, ihn aber nicht so ohne weiteres wieder in den Schoß der Familie aufnehmen kann. Vielleicht nächstes Weihnachten, wenn wir ein bißchen Abstand gewonnen haben.«

»Und wie hat er's aufgenommen?«

»Ziemlich gefaßt, würde ich sagen. Ach ja, er wollte dann noch Rosie sprechen, und ich hab ihm den Gefallen getan und sie an den Apparat geholt. Aber nicht ohne ihr zu raten, daß sie ihre Chance nutzen und ihm klipp und klar sagen soll, daß sie gleich im neuen Jahr die Scheidung einreichen wird.«

»Und hat sie deinen Rat befolgt?«

»Hat sie. Rosie war sogar geistesgegenwärtig genug, ihn zu fragen, wie lange er noch in Paris bleibt, damit sie ihm die entsprechenden Papiere zuschicken kann. Offenbar hat Guy vor, erst im März wieder Richtung Fernost aufzubrechen – erst nach Hongkong und von dort weiter nach Indonesien. So dürfte Rosie also genügend Zeit bleiben, alles in die Wege zu leiten.«

»Aber Guy war doch sicher völlig überrascht, nicht?«

Der Graf schüttelte den Kopf. »Anscheinend nicht. Rosie sagte jedenfalls, er hätte es ziemlich gelassen aufgenommen. Ja, gleich nachdem sie aufgelegt hatte, hab ich sie nach ihrem Eindruck gefragt, und da meinte sie, Guy sei schon seit langem nicht mehr so nett zu ihr gewesen. Hat mich auch gewundert.«

Ein Schatten glitt über Kyras Gesicht. »Weißt du, das gefällt mir nicht, Henri. Er entschuldigt sich bei dir, gratuliert uns zur Hochzeit und geht dann auch noch lammfromm auf Rosies Scheidungswunsch ein – nein, Henri, das paßt einfach nicht zu ihm. Ich sag dir, Guy führt etwas im Schilde!«

Die Augen des Grafen wurden schmal. »Meinst du?« fragte er besorgt. »Aber was könnte das sein?«

»Keine Ahnung. Aber ich habe ein ganz ungutes Gefühl.«

Der Comte, der ihre Besorgnis spürte, griff beruhigend nach ihrem Arm. »Ich denke, *chérie*«, sagte er sanft, »deine Phantasie geht mit dir durch. Im übrigen brauchst du dir wegen Guy wirklich keine Gedanken zu machen, mit dem werde ich schon fertig. Aber nun komm, laß uns zu den anderen gehen, bevor sie uns noch für unhöflich halten.«

Graf Henri wandte sich um, und sein Auge ruhte wohlgefällig auf dem Christbaum, der im hellen Lichterglanz bis zur Decke der hohen Eingangshalle emporragte. »Man soll sich zwar nicht selber loben«, meinte er schmunzelnd, »aber ich glaube, mit dem Baum haben wir uns dieses Jahr selbst übertroffen.«

»Ja, das ist gut, daß ihr herüberkommt!« rief Rosie munter. »Seid doch so lieb, und stellt euch dazu, damit ich ein Foto von der ganzen Familie machen kann.«

»Aber wenn es ein Familienbild werden soll«, wandte der Graf ein, »dann gehörst du auch mit drauf, Rosie.« Er winkte Yvonne zu sich und bat: »Sei so lieb, und ruf Gaston herein, *chérie*. Sag ihm, wir bräuchten ihn einen Augenblick als Fotografen.«

Yvonne sauste diensteifrig los.

»Und du, Lisette, kannst raufgehen zu Eliane und sie bitten, daß sie uns den kleinen Alexandre runterbringt. Ich denke, ihn wollen wir auch auf unserem Foto haben.«

»Laß nur«, rief Kyra, »ich hole ihn schon.«

Rosie legte die Kamera auf ein Konsoltischchen, nahm sich ein Glas, und der Comte goß ihr Champagner ein. »Ach«, gestand sie lachend und wies mit einem Kopfnicken in Richtung Küchentrakt, »mir ist schon der Mund wäßrig geworden von all den köstlichen Düften, die da heraufsteigen.«

»Mir geht es genauso, Rosie.« Graf Henri nickte verständnisvoll. »Ich träume schon den ganzen Abend von Annies unnachahmlicher Kastanienfüllung, die sie jedes Jahr zur Weihnachtsgans macht.«

»Und vergiß nicht ihre göttliche *Pâté de foie gras* oder den *Bûche de Noël* zum Nachtisch«, fiel Collie ein. »Wir dürfen uns, denke ich, auf ein wirklich fürstliches Mahl freuen.«

»Aber erst müssen wir noch das Familienporträt aufnehmen«, sagte der Graf lächelnd. »Sag mal, Rosie, wie weit bist du übrigens mit den Kleidern für unsere zwei Brautjungfern?«

»Die sind so gut wie fertig. Wenn du morgen vormittag einmal zu mir raufkommen möchtest, zeige ich sie dir gern.«

Der Comte wehrte energisch ab. »Nein, nein, ich möchte mich überraschen lassen, wenn der große Tag kommt.«

Collie lächelte den Vater liebevoll an. »Kyra wird jedenfalls ein wunderhübsches Kleid tragen, Papa. Und dabei ganz einfach und schlicht. Ich finde nur, du solltest ihr die Montfleuriebrosche schenken, weißt du, die antike mit den Diamanten. Sie würde ganz wunderbar zu dem Kleid passen.«

Der Graf sah seine Tochter lange an. Vor lauter Rührung konnte er zunächst gar nichts sagen, dann aber nahm er sie in die Arme, hauchte ihr einen Kuß auf die Wange und flüsterte bewegt: »Was für ein reizender Gedanke, mein Kind, und nur du in deiner Großmut und Güte konntest einen solchen Vorschlag machen. Was für eine noble und liebevolle Geste! Ja, *chérie*, ich denke, ich werde Kyra die Brosche geben – als Hochzeitsgeschenk *von uns beiden.*«

28

Collie war schwer krank, und Graf Henri brauchte ihre Hilfe. Das war alles, woran Rosie denken konnte, während sie an diesem klirrend kalten Morgen in ihrem Pariser Schlafzimmer hin und her eilte und das Nötigste in einen kleinen Koffer warf.

Es war inzwischen Mitte Januar, und seit zwei Wochen hatte sie mit Feuereifer an den Kostümentwürfen für *Napoleon und Joséphine* gearbeitet. Gavin war noch in London, um die Postproduktion für *Kingmaker* abzuwickeln, aber sie telefonierten jeden Abend miteinander.

Mein Gott, dachte Rosie jetzt, ich muß ihm ja Bescheid sagen! Hastig ließ sie den Kofferdeckel zuschnappen, ging zum Telefon und wählte die Nummer seines Direktanschlusses in den Shepperton Studios.

Er hob gleich beim zweiten Klingeln ab. »Ja, hallo?«

»Gavin, ich bin's. Entschuldige, wenn ich störe, aber ich wollte dir nur rasch sagen, daß ich zurück nach Montfleurie muß. Es ist wegen Collie...« Rosie spürte, wie ihr die Tränen kamen.

»Ach, Rosie, ich kann dir gar nicht sagen, wie leid mir das tut. Ihr Zustand hat sich also wieder verschlechtert, ja?«

Rosie schluckte hart. »Ich glaube, es fing gleich nach der Hochzeit an. Aber Henri wollte nicht, daß ich mir womöglich unnötig Sorgen mache, und darum hat er bislang geschwiegen. Gestern nacht hat sich Collies Zustand dann plötzlich sehr verschlechtert, und als Henri mich heute morgen verständigte, da hat er gesagt, es sei keine Zeit zu verlieren. Ich soll kommen, so schnell ich kann.«

»Aber Rosie, um Gottes willen... du denkst doch nicht etwa, sie...?«

Rosie schluchzte leise. »Ich weiß es nicht, Gavin... ich weiß es nicht.«

»Rosie, hör zu... wenn ich dir irgendwie helfen kann...«

»Danke, das ist lieb von dir, aber ich wüßte nicht...«

»Versprich mir nur eins, Rosie, fahr vorsichtig, hörst du?«

»Aber ja, versprochen.«

»Okay. Und ruf mich bald wieder an, ja? Sag mir, wenn du etwas brauchst, egal was, hörst du?«

»Mach ich, Gavin, und danke.«

»Paß auf dich auf, Angel.«

»Sicher«, sagte sie und legte auf.

Keine drei Stunden später fuhr Rosie über die Zugbrücke und bog in den gepflasterten Schloßhof von Montfleurie ein.

Gaston kam ihr, kaum daß sie den Motor abgestellt hatte, entgegengeeilt. Sein kummervolles Gesicht sprach Bände.

»Der Herr Graf erwartet Sie in seinem Arbeitszimmer, Madame.«

»Danke, Gaston. Ich hab nur einen kleinen Koffer dabei. Der Schlüssel steckt.« Damit eilte Rosie die Freitreppe hinauf.

Die hohe Eingangshalle, die zu Weihnachten noch von fröhlichem Gelächter widergehallt hatte, war an diesem frostkalten Nachmittag geradezu unheimlich still. Ein banges Vorgefühl beschlich Rosie, als sie über die blitzblanken Fliesen auf das Arbeitszimmer des Grafen zuging.

Die Tür stand einen Spaltbreit offen, und so klopfte sie nur leise, um ihn nicht zu erschrecken, und trat ein.

Henri de Montfleurie saß auf dem Sofa vor dem Kamin. Als er Rosie erkannte, stand er auf und ging ihr entgegen.

»Rosie! Gott sei Dank, daß du da bist! Collie fragt schon seit Stunden ständig nach dir.«

Rosie sah dem Grafen ängstlich forschend ins Gesicht. Der Schmerz um die hilflos leidende Tochter war ihm deutlich anzumerken. Offenbar hatte er schon lange nicht mehr geschlafen, denn seine Züge wirkten verhärmt und abgespannt, und die Augen, unter denen tiefe Schatten lagen, waren rot und verquollen.

»Wie... wie geht es ihr?« flüsterte Rosie mit halb erstickter Stimme.

Er schüttelte den Kopf. »Ich fürchte, gar nicht gut.«

»Ich weiß, sie war Weihnachten schon nicht ganz auf der Höhe, aber... so plötzlich?«

»Ach, weißt du, sie bekam schon vor Weihnachten auf einmal furchtbare Rückenschmerzen, nur hat sie nichts gesagt – vor allem, weil sie Lisette das Fest nicht verderben wollte. Aber kurz nach Neujahr wurde es so schlimm, daß sie uns ihre Schmerzen nicht mehr verheimlichen konnte. Ich habe sie nach Tours zum Arzt gebracht, und der riet ihr dringend, die Spezialisten aufzusuchen, die sie letzten Sommer in Paris behandelt haben. Ich glaube, der Doktor hatte schon den Verdacht, daß sich wieder Metastasen gebildet hatten. Collie war auch bereit, nach Paris zu fahren. Alle Vorbereitungen waren schon getroffen, da... da erlitt sie einen Zusammenbruch...« Dem alten Grafen versagte die Stimme. Er wandte sich ab und tastete verstohlen nach einem Taschentuch. Doch dann faßte er sich energisch und sagte: »Aber wir haben keine Zeit zu verlieren, Rosie. Collie wartet so sehnsüchtig auf dich.«

»Ich hab auf dich gewartet, Rosie. Ich wollte nicht gehen, bevor du kommst«, stammelte Collie mit schwacher

Stimme. Ihre fiebrig glänzenden Augen ließen Rosies Gesicht nicht los.

»Jetzt bin ich ja da, Collie. Sei nur ganz ruhig.«

»Ich habe eine lange Reise vor mir, Rosie. Bald werde ich weit, weit fort sein.«

Rosie, die auf einem Hocker neben dem Bett saß, konnte nur hilflos nicken. Sie nahm Collies schmale, kalte Hand zwischen ihre beiden Hände, hielt und streichelte sie. Wie sehnte sie sich danach, der Schwägerin Trost spenden zu können.

»Äußerlich werden wir sehr weit voneinander getrennt sein, Rosie. Und doch werde ich immer bei dir sein – in deinem Herzen. Und solange du lebst, so lange werde auch ich weiterleben, denn du wirst die Erinnerung an mich bewahren.«

»Oh, Collie, ich ertrage das nicht. Ich kann dich nicht gehenlassen. Du mußt kämpfen, Collie, um dein Leben kämpfen.« Tränen strömten Rosie übers Gesicht, ohne daß sie es gemerkt hatte. »O bitte, Collie, laß uns nicht allein.«

»Aber ich werde frei sein, Rosie. Endlich keine Schmerzen mehr. Und Claude, weißt du … er wartet auf mich.« Ihre blauen Augen leuchteten auf einmal strahlend hell. »Ich glaube an ein Leben nach dem Tod, du nicht auch, Rosie?«

»Doch, Collie.«

»Der Geist lebt doch weiter, nicht wahr?«

»Aber gewiß, *chérie*, gewiß.«

Ein leises Lächeln spielte um Collies Lippen. »Als ich noch klein war, hat meine Mutter einmal zu mir gesagt, wenn etwas rein ist und gut, dann stirbt es nie, dann lebt es ewig. Und meine Liebe zu Lisette und Vater und zu dir – die ist doch gut, nicht wahr, Rosie?«

Rosie konnte nur noch nicken.

»Und dann wird meine Liebe auch weiterleben, nicht?«

»Ja.«

»Willst du mir etwas versprechen?«

»Alles, Collie, alles!«

»Du wirst dafür sorgen, daß Lisette mich nicht vergißt, ja?«

»*Niemals.*«

»Ich möchte, daß sie sich an ihre Eltern erinnert, an uns beide, Claude und mich.«

»Ich verspreche dir, sie wird weder dich noch ihn vergessen.«

»Meine Tochter ist bei Papa und Kyra gewiß gut aufgehoben, aber du wirst trotzdem auch ein bißchen achtgeben auf sie, ja?«

»Aber natürlich werde ich das!«

»Hab Dank, Rosie, danke für alles, was du für uns getan hast.«

»Sag doch so was nicht, Collie! Das war doch gar nichts.«

»O doch, du hast sehr viel für uns getan. Und noch was wollte ich dir sagen: Ich bin froh, daß du dich von Guy freimachst. Du mußt ein neues Leben anfangen. Eines Tages wirst du dem richtigen Mann begegnen, und mit dem wirst du so glücklich sein, wie ich es mit Claude war. Und das ist wirklich das einzige, was das Leben lebenswert macht... wofür es sich zu leben lohnt... eine echte und tiefe Liebe, die zwei Menschen auf immer verbindet.« Collie schloß die Augen. Ihr Atem ging mit einemmal rascher, flach und mühsam.

»Du darfst nicht soviel sprechen, Collie.«

»Schon gut«, flüsterte Collie. »Aber vielleicht bist du so gut und holst jetzt die anderen herein, ja? Lisette, Papa, Yvonne und Kyra. Und natürlich auch Père Longueville – der Gute wartet ja schon so lange...«

Rosie wollte schon aufstehen, da winkte Collie sie mit einer schwachen Handbewegung zurück. Und als sie sich zu ihr hinunterbeugte, da bat Collie mit matter Stimme: »Gib mir noch einen Abschiedskuß, Rosie.«

Ungehindert strömten die Tränen über Rosies Wangen, als sie jetzt ihre Lippen auf die der Freundin drückte. Behutsam nahm sie Collie in die Arme, wiegte sie liebevoll und flüsterte, den Mund an ihrem Haar: »Ich werde dich immer lieb behalten, Collie, immer. Und ich werd dich nie vergessen. *Niemals.* Du wirst immer einen Platz in meinem Herzen haben, *chérie. Immer und ewig.*«

»Du darfst nicht weinen, Rosie. Schau, ich werde es ja gut haben, dort, wo ich hingehe. Claude wartet auf mich und meine Mutter auch«, flüsterte Collie und lächelte ganz verklärt.

Nach einer kleinen Weile machte sich Rosie sanft aus Collies Armen los und ging hinaus auf den Flur, wo die Familie wartete, um Collie Lebewohl zu sagen.

Auf Rosies Wink hin traten sie leise, auf Zehenspitzen, ein. Lisette klammerte sich verängstigt an die Hand ihres Großvaters. Wie klein und schutzbedürftig sie doch noch ist, dachte Rosie mitleidig. Der junge Priester, der erst vor wenigen Wochen Kyra und Graf Henri getraut hatte, kam als letzter. Er blieb etwas abseits von der Familie bei der Tür stehen. Wenn Collie sich von ihren Lieben verabschiedet hatte, würde er ihr die Letzte Ölung erteilen.

Und dann wird Collie ihren Frieden finden, dachte Rosie. Wir aber werden nie aufhören, um sie zu trauern. Ach, sie ist doch noch viel zu jung zum Sterben. Erst zweiunddreißig. Nur ein Jahr älter als ich.

III. TEIL

GEFÄHRLICHE LEIDENSCHAFT

29

»Du machst Fortschritte, Kevin, weiter so«, sagte Neil anerkennend. »Aber bleib cool, hörst du, und tu um Gottes willen nichts Unüberlegtes.«

Kevin nickte. »Keine Sorge, ich paß schon auf und bleib in Deckung. Wenn ich mir um jemand Sorgen mache, dann um Tony. Der hält schließlich seinen Kopf hin. Mann, ich hab ja selber lange genug undercover gearbeitet, aber mitten in einer Mafiazentrale? Da kann einem schon der Arsch auf Grundeis gehen! Ich bin bloß froh, daß ich bei dem Spiel von der Seitenlinie aus zusehen kann.«

»Na, mach dir nichts vor, du bist immer noch nahe genug dran.«

Kevin lächelte sein schiefes Lächeln. »Aber ich steh nicht direkt im Feuer.«

»Gut, gut, aber hör zu, Kev! Tony wird's schon schaukeln. Weißt du, so ein Italo-Amerikaner dritter Generation, der kennt die Spielregeln und weiß, wie man diese Typen anpacken muß. Er spricht dieselbe Sprache, das ist schon mal sehr wichtig, na, und wenn du dir seinen Lebenslauf anschaust, wirst du zugeben, daß er auch reichlich Erfahrung hat.«

Neil nickte, wie um sich selbst etwas zu bestätigen. »Ich sag dir, Kev, es ist völlig ausgeschlossen, daß diese Aasgeier Anthony Rigante als Bullen enttarnen. Tony arbeitet als verdeckter Ermittler, seit er vor sechs Jahren zur Polizei gekommen ist. Dem ist der Job in Fleisch und Blut übergegangen, Mann.«

Die beiden Detectives saßen in einer kleinen, schummrigen Bar in der Vierunddreißigsten Straße, gleich hinter der First Avenue. Obwohl es erst kurz nach fünf war, herrschte hier bereits Hochbetrieb, und der Lärmpegel bot genau den richtigen Hintergrund für ihr vertrauliches Gespräch. Denn solange die Gäste lachend und johlend durcheinanderbrüllten, solange die Jukebox plärrte und die Gläser klirrten, so lange konnte kein Mensch auch nur ein Wort von dem verstehen, was sie sagten.

Trotzdem rückte Kevin jetzt noch näher an Neil heran und senkte die Stimme. »Es hat gut einen Monat gedauert, aber jetzt rührt sich endlich was. Tony hat es endlich geschafft, mich bei den niederen Chargen der Rudolfo-Familie einzuführen. Mit ein paar Fußsoldaten und einem *caporegime* bin ich sogar schon auf du und du! Und du hattest wieder mal den richtigen Riecher, Neil. Die Rudolfos stecken bis zum Hals im Drogengeschäft. Ja, die werfen jede Woche Stoff im Wert von etlichen Millionen Dollar auf den Markt.«

»Und sie haben die Gewerkschaften in der Tasche, kontrollieren die Wettbüros und den Straßenstrich, sie kungeln mit den Banken und kassieren bei den Geldverleihern ab. Ich sag dir, es gibt kein faules Geschäft in dieser Stadt, bei dem die Rudolfos nicht ihre schmutzigen Finger drin haben. Jahrelang sind sie damit durchgekommen, aber jetzt werden wir sie festnageln, Mann!«

»Klar, Neil, aber wir brauchen noch etwas mehr Zeit. Alles läuft bestens, also mach dir keine Gedanken. Wir dürfen jetzt nur nichts überstürzen, sonst könnten wir im letzten Moment noch alles verderben.«

»Okay, okay, ich laß euch ja Zeit – aber wartet nicht zu lange. Denn je länger ihr die Sache hinzieht, desto gefährlicher wird es für euch.«

Kevin nickte. Er trank sein Bier aus, schob den Stuhl zurück und stand auf. »Na, noch eins auf den Weg? Oder lieber was Härteres diesmal?«

»Danke, ich trink noch 'n Bier.«

Neil drückte seine Zigarette aus und steckte sich mechanisch die nächste an. Er hätte das Rauchen gern aufgegeben, aber er hatte einfach nicht die nötige Willenskraft. Wenn ihn nicht eines Tages eine Kugel erwischte, dann würde er vermutlich an Lungenkrebs sterben oder einen Herzinfarkt kriegen und tot umfallen. Aber was soll's, sagte er sich, das Leben ist so oder so ein Risiko.

Kevin kam mit zwei Glas Bier an den Tisch zurück und setzte sich. Er prostete Neil zu und nahm einen großen Schluck, der einen Schaumschnurrbart auf seiner Oberlippe hinterließ. Kevin wischte ihn mit dem Handrücken ab und feixte: »Und Gotti sitzt jetzt also bis zum Hals in der Scheiße, wie?«

Neil mußte unwillkürlich lachen. »Das kannst du laut sagen. Hast du neulich die *Daily-News*-Schlagzeile gesehen? Die haben ihn den ›Al Capone der neunziger Jahre‹ getauft. Das dürfte ihm ganz schön zu Kopf steigen.«

»Ja, hab ich gelesen. Paßt aber irgendwie, der Spitzname, denn sie wollen ihm ja in Brooklyn den Prozeß machen, und das war doch Capones Jagdrevier.«

»Stimmt, aber da hat nun mal auch Gotti am kräftigsten abgesahnt.« Neil beugte sich vertraulich über den Tisch. »Wie es heißt, glauben selbst seine Freunde aus der Unterwelt, daß er den Kopf diesmal nicht mehr aus der Schlinge kriegt. Tja, sieht ganz so aus, als ob der Teflon Don diesmal den Bach runtergeht.«

»Darauf kannst du jede Wette eingehen. Ich versteh bloß nicht, wie ausgerechnet Gotti so dumm sein konnte, dermaßen unvorsichtig das Maul aufzureißen.«

»Also ich hab ja schon lange gesagt, daß der Kerl nichts im Hirn hat. Andererseits, woher hätte er wissen sollen, daß wir im Ravenite Club Wanzen installiert haben? Na, und daß sein Anwalt vom Gericht abgelehnt wird, also das hätte er sich wahrscheinlich in tausend

Jahren nicht gedacht. Dieser Bruce Cutler, der Winkeladvokat, war ja im Grunde sein Maskottchen. Ohne den hat Gotti doch früher nicht mal piep gesagt. Trotzdem ist es natürlich unverzeihlich, wenn ein Don in seinem Club – seinem *Hauptquartier* – so ohne jede Vorsicht drauflosplappert. Wenn er reden wollte, hätte er einen Spaziergang machen sollen – auf der Straße gibt's keine Wanzen.«

»Er soll ja sogar zugegeben haben, daß er einen alle gemacht hat. Ist angeblich auf einem von den Bändern drauf.«

Neil nickte. »Ja, bei der Beweislage wandert er ganz schön lange in den Knast, vielleicht reicht's sogar für lebenslänglich. Damit wären also der Kanari Gravano und Gotti erst mal aus dem Verkehr gezogen. Da wird ja bei der Colombo-Familie die Kacke bald so richtig am Dampfen sein. Gerade erst hat man einen ihrer Jungs umgenietet, und jetzt das. Ich sag dir, das gibt Krieg, und zwar innerhalb des Clans! Die werden sich noch gegenseitig zerfleischen.«

Kevin stieß Neil aufmunternd in die Seite. »Nun mach nicht so ein Gesicht, sondern sieh auch mal das Positive. Recht und Ordnung gewinnen langsam wieder Boden in unserer Stadt. Erst letzte Woche hab ich gehört, daß die beiden Gambino-Brüder demnächst drüben in Jersey wegen Drogenschieberei angeklagt werden. Goldkehlchen Gravano singt dem Bezirksstaatsanwalt anscheinend ganze Opernarien vor. Diesmal liefert er die Gambinos ans Messer. Angeblich haben die beiden Brüder die Transportunternehmer und die Bekleidungsindustrie in der Zange.«

»Hab ich auch gehört, ja.« Neil sah auf seine Armbanduhr. »Ich muß los, Kev. Schön, daß wir so gut vorankommen. Nächste Woche wieder um die gleiche Zeit, ja?«

»Is' gebongt, Neil. Gib mir nur kurz Bescheid, wo wir uns treffen.«

Die beiden Detectives nahmen ihre Mäntel über den Arm und verließen zusammen die Bar. Draußen auf dem Bürgersteig blieb Kevin stehen. »Ich geh da lang.« Er deutete mit dem Kopf Richtung Vierzigste Straße.

»Ah, ist also wieder mal ein Besuch bei deiner High-Society-Freundin angesagt, wie?« Neil grinste anzüglich.

»Nein, nein, die ist verreist. Ich treff mich mit 'nem alten Kumpel, der für 'n paar Tage in New York ist.«

»Na dann, viel Spaß, Kev. Und denk dran, was ich dir gesagt hab: Augen aufhalten und den Rücken frei!«

»Geht klar, Neil. Paß du nur auch auf dich auf.«

»Logo.«

Kevin winkte ein Taxi heran, stieg ein und ließ sich bis zur Ecke Lexington Avenue und Fünfundvierzigste Straße fahren. Dort stieg er aus, nahm eine zweite Taxe bis Sixth Avenue, Achtundfünfzigste Straße und ging von da zu Fuß zum Wyndham Hotel. Nach einem kurzen Blick ins Hotelrestaurant kehrte er in die Halle zurück und lief die paar Stufen hinunter zur Herrentoilette.

Fünf Minuten später winkte er vor dem besonders von Showbusiness-Leuten frequentierten Hotel zum dritten Mal an diesem Abend einem Taxi. Er ließ sich bis Park Avenue und Zweiundfünfzigste Straße bringen, ging zu Fuß die Zweiundfünfzigste rauf bis zur Fifth Avenue und dort weiter bis zur Sechsundfünfzigsten Straße. Unterwegs vergewisserte er sich immer wieder in einer Schaufensterscheibe oder durch einen verstohlenen Blick über die Schulter, daß er auch wirklich nicht verfolgt wurde.

Einmal in der Sechsundfünfzigsten Straße, lief er zügig weiter bis zum Trump Tower. Hier trat er ein und wandte sich in der Halle an den Sicherheitsbeamten.

»Mr. Gavin Ambrose, bitte.«

»Wen darf ich melden, Sir?«

»Kevin Madigan.«

Der Wachmann wählte eine Nummer, sagte etwas,

nickte und legte wieder auf. »In Ordnung, Sie können rauffahren, Sir. Sechzigster Stock.«

»Danke.« Kevin machte kehrt und ging auf die Fahrstuhlzeile zu.

»Teufel auch, das is' vielleicht 'ne Aussicht!« rief Kevin bewundernd, als er den weitläufigen Wohnraum des Apartments durchquerte. »Aus der Perspektive ist New York ja echt 'ne Wucht! Man könnte meinen, Manhattan wächst direkt bis in den Himmel. Aber wenn man da rausschaut, kann einem richtig schwindlig werden. Ich glaub wirklich, ich war noch nie so hoch oben.«

»Aber klar doch! Wir waren mal zusammen auf dem Empire State Building, weißt du nicht mehr?« Lächelnd reichte Gavin ihm ein Glas Wein. »Aber nun drück dir nicht an dem Fensterglas die Nase platt, sondern setz dich, und erzähl mir, wie's dir geht.«

Die beiden Freunde nahmen inmitten einer weißbezogenen Sitzgruppe Platz, die um einen chinesischen Lacktisch arrangiert war, dessen schwarz glänzende Platte duftige Blumen aus Perlmutteinlegearbeit zierten.

»Mann!« sagte Kevin lachend. »Wie kommst du denn zu so einer Bude? Sieht ja aus wie die Absteige einer Edelnutte.«

»Mein Gott, du nimmst aber wirklich kein Blatt vor den Mund! Und wie, bitte sehr, stellst du dir so ein Edelnuttennest vor?«

»Oh, Plüsch satt und ein Raumspray, das nach Knete riecht. Aber nun mach's nicht so spannend, Gav! Sag schon, wem gehört die Hütte?«

»Ich weiß es ehrlich gesagt selber nicht. Ich hab das Apartment über einen Makler bekommen. Aber ich glaube, der Eigentümer ist irgendein stinkreicher Europäer, der doch lieber in Europa bleibt. Ich hab's nur für ein paar Monate gemietet.«

»Sooo.« Kevin hob die Brauen und sah den Freund

prüfend an. »Hängt bei dir daheim etwa der Haussegen schief?«

Gavin lachte. »Ach, zwischen Louise und mir herrscht Flaute wie gehabt. Aber deswegen hab ich mich nicht hier einquartiert. Nein, ich hatte ganz einfach mal wieder Sehnsucht nach der Ostküste.«

»Na, das freut mich, Gav. New York wird sein wie in alten Zeiten, wenn du wieder hier bist. Aber ich dachte eigentlich, ihr fangt bald in Paris zu drehen an? Rosie schwärmt jedenfalls am Telefon nur noch von *Napoleon und Joséphine.*«

»Ja, ich werde auch nach Frankreich fliegen, sobald ich hier den Papierkram erledigt habe.«

»Aber was wird dann aus der Nobelherberge hier?«

»Ich tret sie dir ab, wenn du willst, Kev.«

»Das soll wohl 'n Witz sein?«

»Aber nein!«

»Und was würde ich mit einer solchen Wohnung anfangen?«

»Na, vermutlich drin wohnen, was sonst?« Gavin lachte belustigt. »Ich meine, besser als deine Bude unten an der First Avenue ist sie doch allemal, oder?«

»Ja, schon, aber die benutz ich zur Zeit sowieso nicht. Ich kampiere in einem Untermietzimmer im Village. Natürlich nicht unter meinem eigenen Namen. Ich hab nämlich mal wieder 'nen Auftrag als Undercover-Agent.«

»Mal wieder? Wann hättest du je was anderes gemacht, Kev?«

In Gavins Stimme hatte sich unversehens ein mißbilligender Ton geschlichen. Und der Schatten, der sich über seine kühlen grauen Augen legte, schien Bedauern auszudrücken. Gavin hatte die ehrlichsten Augen, die Kevin je untergekommen waren. Er sagte nichts, sondern nippte nur verlegen an seinem Glas, lehnte sich auf dem weichgepolsterten Sofa zurück und schlug die Beine übereinander.

»Der Job zehrt an dir, Kev«, sagte Gavin nach kurzem Schweigen. »Und langsam sieht man's dir auch an.«

Kevin, der sonst immer in die Defensive ging, wenn jemand Bedenken gegen seine gefahrvolle Arbeit äußerte, wollte schon gewohnheitsmäßig abwiegeln, besann sich dann aber eines Besseren. Mit seinem ältesten Freund, dem Mann, den er liebte wie einen Bruder, brauchte er wahrhaftig keine albernen Versteckspiele durchzuziehen.

Langsam nickte er. »In letzter Zeit ist es mir wirklich ganz schön kalt reingegangen«, gab er zu. »Und die Arbeit als verdeckter Ermittler zehrt mitunter auch ganz schön an den Nerven.«

»Kein Wunder! Aber was du machst, ist vor allem sehr gefährlich, Kev.«

»Ach, Gav, heutzutage ist das Leben überhaupt gefährlich.«

»Ja, schon, aber du machst dich doch Tag für Tag bewußt zur Zielscheibe.«

Kevin zuckte die Achseln. »Tja, dafür kassier ich aber auch ganz schön Kohle.« Manchmal tat es gut, sich einfach mit einem Witz über die Gefahr hinwegzumogeln.

»Ach, pfeif doch auf die Kohle!« Gavin trank hastig einen Schluck Wein und fuhr dann eindringlich fort: »Rosie ängstigt sich deinetwegen halb zu Tode. Nell hat Angst um dich. Und meine Wenigkeit auch, falls es dich interessiert. Also warum machst du nicht endlich Feierabend, Kevin?«

»Könntest du die Schauspielerei an den Nagel hängen?«

»Nein.«

»Na bitte!«

»Aber das kannst du doch nicht vergleichen! Ich riskiere schließlich nicht Kopf und Kragen, wenn ich vor die Kamera gehe.«

»Und ob du das tust, mach mir doch nichts vor. Wenn du auch nur eine Rolle in den Sand setzt, reißen diese

Aasgeier von Studiobossen dich doch bei lebendigem Leib in Stücke.«

Gavin schüttelte den Kopf. »Du bist unverbesserlich. Aber wahrscheinlich hast du zumindest in einem recht: Ein Mann kann halt nicht aus seiner Haut raus.«

»Du sagst es, Kumpel!«

»Wie wäre es«, fragte Gavin gedehnt, »wenn ich dir einen Job anbiete? Würdest du's dir dann noch mal überlegen?«

»*Du*? Was könnte ich bei dir denn werden?«

»Mein Assistent.«

»Scheiße, Gavin, wie kannst du mir so was zumuten?« fuhr Kevin ihn zornig an. »Ich nehm doch kein Almosen von dir.«

»Von ›Almosen‹ kann überhaupt keine Rede sein, ehrlich nicht. Ich brauche dringend jemanden, der mir ein bißchen den Rücken freihält. Mir wächst die Arbeit echt über den Kopf.«

»Warum suchst du dir dann nicht eine Sekretärin? Das ist doch das übliche bei Leuten in deiner Position, oder?«

»Ich hab ja eine Sekretärin. Aber ich brauche außerdem dringend einen Assistenten, einen Mann meines Vertrauens, jemand, der sich ums Finanzielle kümmert und so weiter.«

»Sag mal, hat Nell dir diesen Floh ins Ohr gesetzt?«

»Aber wo denkst du hin, die hat keine Ahnung. Trotzdem wäre sie bestimmt heilfroh, wenn du deinen gefährlichen Job an den Nagel hängst.«

»Laß gut sein, Gavin, ich weiß, du meinst es gut, aber was du mir da anbietest, das ist einfach nicht meine Kragenweite.«

»Wie du meinst. Das Angebot steht jedenfalls. Du kannst es dir jederzeit anders überlegen.«

Kevin seufzte. »Dank dir schön. Es ist bestimmt ein tolles Angebot, und ich komm dir jetzt sicher schrecklich undankbar vor, aber ich bin nun mal Polizist. So wie mein Vater Polizist war und mein Großvater und sein Vater vor ihm. Und ich glaub einfach nicht, daß ich in irgendeinem anderen Job glücklich werden könnte.«

»Also gut, lassen wir das.« Die beiden Freunde tauschten einen langen, wissenden Blick, und dann fragte Gavin: »Wie geht's denn nun mit dir und Nell weiter? Wollt ihr zusammenbleiben?«

»Darüber hab ich in letzter Zeit oft nachgedacht. Ich war sogar schon soweit, daß ich sie gefragt hab, ob sie mich heiraten will. Aber bis jetzt hat sie noch nicht ja gesagt.«

»Das tut mir wirklich leid! Ich finde, ihr zwei seid füreinander bestimmt.«

»Das solltest du Nell sagen.«

»Werd ich auch, wenn du nichts dagegen hast.«

»Nein, durchaus nicht. Aber sag mal, du bist mir vorhin so elegant ausgewichen – wie steht's denn nun mit dir und Louise?«

»Da spielt sich wirklich nicht viel ab. Sie wohnt in meinem Haus, gibt mein Geld aus und bumst einen Senator in Washington.« Gavin hob die Schultern. »Wenn mein Großvater noch am Leben wäre, würde er mich bestimmt einen italienischen Trottel nennen.«

»Und meiner mich einen irischen! Also mach dir nichts draus.«

Die beiden grinsten sich an, und Kevin fragte: »Aber wie soll's denn nun weitergehen? Ich meine, willst du mit Louise zusammenbleiben? Trotz des Senators?«

»Jedenfalls werde ich fürs erste keine schlafenden Hunde wecken...«

»Und du glaubst, es wird besagte Hunde nicht aufscheuchen, wenn du so einfach zurück an die Ostküste ziehst?«

»Ich bin ja in dem Sinne nicht umgezogen. Ich habe mir lediglich in New York eine Wohnung gemietet, um von hier aus die Postproduktion meines letzten Films zu überwachen. Sowie das abgewickelt ist, gehe ich nach Frankreich und mache dort einen neuen Film. Unterdessen hat Louise jede Menge Freiraum. Sie wird sich irgendwann schon selbst ihren Strick drehen, da bin ich ganz sicher. Und ich kann's erwarten. Ich hab keine Eile.«

»Dann hast du also keine andere?«

Gavin schüttelte den Kopf. »Nein, kein holdes Geschöpf, das mir die einsamen Abende verkürzt. Mir genügt meine Arbeit.«

»Eines Tages wirst du schon noch die Richtige kennenlernen.«

»Vielleicht.«

»Sag mal, hast du hier eigentlich 'ne Köchin oder so was?«

»Nein, wieso?«

»Na, du hattest mich doch zum Essen eingeladen. Und da ich weiß, wie ungern du ausgehst, seit deine berühmte Visage überall gleich einen Menschenauflauf auslöst, dachte ich halt, wir essen hier ...«

»Na, nun schieb mal nicht alles auf mich, Kevin. Du zeigst dich schließlich auch ungern in der Öffentlichkeit.«

»Touché!«

Gavin erhob sich. »Aber du wirst staunen: Heute abend gehen wir aus!«

»Ach? Und wohin?«

»Runter ins Tribeca. Ich hab Robert De Niros Vorführraum gemietet, nur für uns beide, damit ich dir eine Privatvorstellung von *Kingmaker* geben kann. Und anschließend lade ich dich in Bobbys Tribeca Grill zum Essen ein.«

»Klingt super! Und in so kleiner Besetzung sind wir vermutlich auch beide sicher – du vor deinen weiblichen Fans und ich vor irgendeinem Hinterhalt meiner Mafia-Kunden.«

»So sicher wie in Abrahams Schoß. Das garantier ich dir.«

30

Es war eisig kalt, und der hartnäckige Nieselregen verwandelte sich rasch in körnige Schneekristalle, die an der Windschutzscheibe haftenblieben und dem Fahrer die Sicht raubten.

»Ein schlimmes Wetter, Vito«, sagte der Chauffeur, als er den Scheibenwischer anstellte. »Ein schlimmes Wetter für eine so weite Fahrt bis rauf nach Staten Island.«

»Immerhin sitzen wir ja hier im Trocknen, Carlo«, kam Vitos rauhe Stimme aus dem Fond. »Und warm haben wir's auch. Ist also halb so schlimm. Warum legst du nicht Johnnys neue CD ein? Du weißt schon, *Fortune's Child*.«

»Sofort, Vito.«

Gleich darauf erfüllte Johnnys samtige Stimme das Wageninnere, und Vito lehnte sich hinten behaglich zurück, während er voll stolzer Freude Johnnys Version von »You and Me / We Wanted It All« lauschte.

Vito sonnte sich gern im Ruhm seines Neffen, der ein so großer Star geworden war. Natürlich waren vor ihm andere genauso berühmt gewesen, aber deren Stern war inzwischen verblaßt, und jetzt war Johnny an der Reihe. Ja, mit seinen achtunddreißig Jahren war Johnny ganz oben, sprengte alle Hitlisten und wurde von allen umschwärmt. Nicht nur die USA, die Welt lag ihm zu Füßen.

Mit einem zufriedenen behaglichen Seufzer schloß Vito die Augen. Er hat wahrhaftig die Stimme eines Engels, mein Johnny, dachte er.

Es war Donnerstag, der 23. Januar 1992, und wie an jedem Donnerstag war Vito auf dem Weg zu Salvatore und dem allwöchentlichen Familiendinner. Seit sechzig Jahren hielten sie nun schon an dieser Tradition fest, die sie als neunzehnjährige, frischvermählte Brautleute begründet hatten. Er und Angelina, möge sie in Frieden ruhen; Salvatore und Theresa.

Wie lange das schon her war! Jetzt waren sie beide alt, er und Salvatore, fast achtzig. Aber bis auf die leichte Arthritis in der Hüfte und etwas Übergewicht fühlte Vito sich so frisch wie eh und je. Äußerlich hätte sie beide keiner auf neunundsiebzig geschätzt. Gewiß, ihr Haar war grau, und Falten hatten sie auch, aber ansonsten waren sie noch sehr gut beieinander und rüstig. Vor allem hatten sie, gottlob, ihren klaren, wachen Verstand behalten.

Sein alter *compagno* war ein Wundertier, noch immer obenauf, immer noch an der Macht und Herr über alle Familien an der Ostküste – *capo di tutti capi*. Ich kann wirklich stolz sein auf Salvatore, genauso stolz wie auf Johnny.

Das Lied, das der Junge da sang, gefiel ihm.

»You and Me / We Wanted It All.«

War das nicht die eigentliche Wahrheit, die, um die es sich auf der ganzen Welt drehte? Er und Salvatore, sie hatten auch alles gewollt – und sie hatten es sich genommen. Mit Gewalt, wenn nötig. Es gab Leute, die behaupteten, sie seien gefährlich, grausam, ohne Erbarmen. Aber das stimmte ganz und gar nicht. Nein, er und Salvatore, das waren nur zwei tapfere Kämpfer, die sich aus der Gosse hochstemmen wollten, aus der bitteren Armut des Elendsviertels Lower East Side, wo sie damals, als halbverhungerte, der Landessprache unkundige Immigrantenkinder gestrandet waren. Sie hatten nur getan, was nötig war, um in diesem Sumpf zu überleben.

Vito lächelte still vor sich hin. Sie hatten das Leben am Schopf gepackt. Ein paar Ausrutscher hie und da, ein paar Pannen, sicher, aber nichts, was sie am Ende nicht wieder in den Griff gekriegt hätten. Und es war ihnen gelungen, sich die Behörden vom Hals zu halten – seit über sechzig Jahren schon. Gewiß, dazu gehörte auch eine Portion Glück, aber mit genügend korrupten Bullen auf Salvatores Gehaltsliste konnte man dem Glück schon ein wenig nachhelfen.

Gegen Geld, dachte Vito, gegen Geld ist keiner immun. Alle sind sie käuflich. Der Unterschied liegt bloß im Preis. Es kommt eben drauf an, was der einzelne sich kaufen will. Die einen gierten nach Macht, die anderen nach einer Frau, auf die Huren waren eigentlich alle scharf. Also feilschte man letztlich bloß um den Preis, wenn man auf eine kleine Gefälligkeit von den Bullen aus war.

Wenn man sich's recht überlegte, arbeitete doch die »ehrenwerte Gesellschaft« nicht anders als die Politiker, nur daß die dem Volk Sand in die Augen streuen und so tun, als hielten sie sich an die Spielregeln, dachte Vito. Salvatore und ich, wir haben uns eben unsere eigenen Regeln gemacht. Vito schmunzelte stillvergnügt. Ja, er hatte ein paar schöne Erinnerungen.

Johnny Fortune.

Superstar.

Sein Augapfel.

Sein Neffe.

Mehr Sohn als Neffe.

Johnny war diese Woche in New York. Bei dem Dinner heute abend würde er dabeisein. Salvatore war glücklich; Vito war glücklich. Es würde ein herrlicher Abend werden.

Salvatore Rudolfos Haus stand ein Stück weit von der Straße zurückversetzt. Die hohe Backsteinmauer, die um das Grundstück lief, mündete zur Frontseite hin in ein schweres Eisentor, ein Tor, das unter Strom stand. Fort Knox konnte nicht besser bewacht sein als dieses Anwesen.

Vito wußte, daß es auf dem Grundstück von Leibwächtern wimmelte, Männern, die keinen Spaß verstanden, aber zu sehen waren nur die beiden Wachen am Tor, die wie aus dem Boden gewachsen am Gitter erschienen, kaum daß der Wagen vor dem Tor hielt.

Langsam schwangen die Torflügel auf, sobald die Wachen ihn erkannt hatten, und Carlo lenkte den schwarzen Cadillac im Schrittempo die geschwungene Auffahrt entlang bis vors Haus. Hier sprang er aus dem Wagen und hielt seinem *padrone* den Schlag auf. Carlo, ein einfacher Gefolgsmann der *cosca*, war Vito als Chauffeur und Leibwächter zugeteilt.

Gleich beim Eintreten, als er in der weitläufigen Diele den Mantel ablegte, spürte Vito, daß heute abend etwas anders war als sonst. In der Regel nahmen an diesen Donnerstagstreffen nur Salvatores engste Ratgeber und die Familie teil. Heute aber lungerten im Hintergrund etliche Kapos herum, und zwei waren ostentativ vor der Tür zu Salvatores Arbeitszimmer postiert.

Während Vito sich noch unschlüssig umsah, flog plötzlich die Tür zum Arbeitszimmer auf, und Anthony Rudolfo, Salvatores Vetter und der *Consigliere* der Familie, kam heraus. Er küßte Vito auf beide Wangen und sagte: »Geh nur hinein, Vito. Salvatore möchte dich vor dem Essen noch unter vier Augen sprechen.«

Vito beschlich eine bange Vorahnung. Als er das Allerheiligste betrat, erhob sich der Don zur Begrüßung.

»Ah, schön, daß du da bist, mein Freund! Komm, komm ans Feuer. Es ist kalt heute, und unsere alten Knochen frieren leicht. Hier, trink einen Schluck.« Damit reichte er Vito ein Glas funkelnden Rotweins. »Das Feuer möge dir das Fleisch erwärmen, der Wein das Blut.«

»*Salute*!« Die beiden Männer stießen miteinander an, schnupperten die Blume des edlen Tropfens und rollten den ersten Schluck genießerisch vor dem Gaumen – ein guter Wein gehörte zu den wenigen Vergnügungen, die das Leben in ihrem Alter noch zu bieten hatte.

Endlich fragte Vito: »Ich hab draußen das Kapoaufgebot gesehen. Was ist los? Glaubst du, es wird Ärger geben?«

Salvatore schüttelte den Kopf. »Nein, nur eine Vorsichtsmaßnahme. Du weißt ja, was bei den anderen Familien los ist. Die Gambinos hat ein Singvogel in die Bredouille gebracht. Die Colombos zerfleischen sich gegenseitig. Ich hoffe bloß, daß wir nicht wieder mit einem Krieg zwischen den Familien rechnen müssen.«

»Danach sieht's mir nicht aus.«

Der Don hob skeptisch die Hände. »Wer weiß! Eine der anderen New Yorker Familien könnte die Situation ausnutzen und versuchen, sich das Terrain der Gambinos oder der Colombos unter den Nagel zu reißen. Und dann hätten wir Krieg! Aber wie es auch kommt, es schadet nichts vorzubauen – für alle Fälle.«

Salvatore beugte sich vor und sah den Freund aus plötzlich wieder jugendfrisch blitzenden blauen Augen an. »Und da ist noch einer, der mir Kummer macht«, sagte er vertraulich. »Joey Fingers!«

»Was ist mit ihm?«

»Er wird übermütig. Und er hat dauernd den Finger am Abzug. Die Bullen haben ihn im Visier, und da er mit uns in Verbindung steht, bedeutet das auch für uns Gefahr. Schnüffler, Untersuchungen – alles schlecht fürs Geschäft, schlecht für die *cosa nostra.*«

Vito nickte. Und nach einigem Nachdenken fragte er: »Und, was hast du beschlossen? Wer soll Joey Fingers übernehmen?«

»Vorläufig gar keiner. Wir warten erst mal ab. Sehen zu, was er weiter vorhat.«

Vito sah den Don bewundernd an. Salvatore war nicht umsonst *capo di tutti*! Stets dachte und handelte er besonnen, verlor niemals den Kopf. Salvatore war ein stattlicher Mann, der aber gleichwohl kein Gramm zuviel hatte. Sein Gesicht war wettergegerbt und zerfurcht, aber es war trotzdem nicht das Gesicht eines alten Mannes. Die Züge waren immer noch ausdrucksstark und respekteinflößend. Die leicht gebogene, römische Nase, die weiß melierten, hochgewölbten Brauen verliehen dem

Gesicht eine Aura von Macht und Autorität. Das Auffälligste an ihm aber waren seine Augen. Blau wie das Meer vor der Küste Siziliens. In einer Minute erfüllt vom strahlend warmen Sonnenlicht der alten Heimat und in der nächsten schon kalt und eisig wie die Arktis.

Salvatores Stimme unterbrach Vitos Betrachtungen. »Sag, wo bleibt denn Johnny?«

»Der wird jeden Augenblick hier sein. Mach dir doch nicht immer gleich Sorgen, Salvatore.« Vito stand auf und ging ans Fenster. »Ah!« rief er kurz darauf triumphierend. »Da kommt er ja! Ein guter Junge.« Er warf einen prüfenden Blick auf seine Armbanduhr. »Er ist ganz pünktlich.«

Theresa Rudolfo, Salvatores Frau, saß am Kopfende der Tafel. Sie war hochgewachsen und schlank, eine würdevolle Frau in den Siebzigern, mit schlohweißem Haar und kohlschwarzen Augen. Wie immer bei den Donnerstagsdinners trug sie ein schwarzes Kleid und als einzigen Schmuck ihre dreireihige Perlenkette.

Die Tafel, über die Signora Theresa so stolz und gravitätisch wachte, war mit einem wunderschön bestickten weißen Damasttuch gedeckt, und darauf blitzten das feinste Silber, Kristall und Porzellan, das man mit einem entsprechenden Geldbeutel kaufen konnte. Eine silberne Schale, gefüllt mit herrlichen Gewächshausrosen, flankiert von weißen Kerzen in Silberleuchtern, krönten den Tafelschmuck, während sich rechts und links davon der Tisch unter den köstlichsten Speisen bog.

Zur Abendgesellschaft im gediegenen Speisezimmer der Rudolfos gehörten außer den vier Kindern Salvatores nebst Gattinnen noch Salvatores Bruder Charlie und der *Consigliere* mit ihren Frauen.

Vito saß zur Rechten von Theresa.

Salvatore hatte Johnny an seine Seite gebeten, wie jedesmal, wenn der berühmte Sänger zu Gast bei der Familie war.

Es war ein typisches Familienessen: Die italienischen Speisen fanden regen Zuspruch, der Wein nicht minder, alles lachte und schwatzte durcheinander; kurz, der Abend war ausgesprochen heiter und gesellig.

Einzig Theresa schwieg. Dafür hörte sie um so aufmerksamer zu und beobachtete die anderen aus wachsamen Augen.

Johnny, der sie verstohlen taxierte, dachte bei sich: Es ist meinetwegen. Sie ist unglücklich, weil ich heute mit am Tisch sitze. Er konnte es sich zwar absolut nicht erklären, aber seine Tante Theresa, die er doch von klein auf kannte, hatte ihn nie leiden mögen, und wenn es überhaupt eine Erklärung gab, dann nur diese: Tante Theresa war *eifersüchtig*! Eifersüchtig auf ihn, weil er Onkel Salvatores Liebling war.

Am anderen Ende des Tisches hing Vito ganz ähnlichen Gedanken nach. Aber der alte Mann ließ sich nicht sonderlich davon beunruhigen. Theresa war inzwischen eine alte Frau. Ihr Haß hatte den Biß verloren, sie konnte niemandem mehr gefährlich werden. Am allerwenigsten Salvatore, der sie nie geliebt hatte.

Nach dem Essen zog der Don sich mit Vito und Johnny in sein Arbeitszimmer zurück.

»Komm, Johnny, trink ein Glas Strega«, sagte Salvatore, der schon den goldschimmernden Likör in die schlanken Gläser goß. »Du auch, Vito?« fragte er mit leicht erhobenen Brauen. Vito nickte.

Die drei Männer prosteten sich zu und setzten sich dann vor das flackernde Kaminfeuer.

»Wollte dir noch gratulieren, Johnny!« Salvatore nickte dem jungen Mann beifällig zu. »Dein Konzert im Madison Square Garden letzten Samstag war ein sensationeller Erfolg. Wir waren alle sehr stolz auf dich.«

»Es war ausverkauft. Das hatte ich in so großem Rahmen noch nie«, erklärte Johnny strahlend.

»Ja, jetzt bist du wirklich ein großer Star. Ach was: *der größte.* Und du hast es aus eigener Kraft geschafft.«

»Aber Onkel Salvatore! Glaubst du, ich wüßte nicht, wie sehr ihr mir geholfen habt, Onkel Vito und du?«

»Ach, halb so wild. Wir haben dir ein paar Türen geöffnet, dir Auftritte in ein paar Clubs verschafft, ja, aber das war's auch schon. Nein, nein, wir wollten, daß du dich durchboxt und hocharbeitest wie jeder andere auch.«

Johnnys Augen weiteten sich vor Staunen. »Aber warum? Ich meine, es wäre doch so leicht gewesen für euch, bei euren Beziehungen...«

»Wir wollten, daß du sauber bleibst«, erklärte Salvatore mit samtweicher Stimme. »Verstehst du – niemand sollte dich mit uns in Verbindung bringen können.«

»Wenn wir mehr getan hätten, Johnny«, setzte Vito hinzu, »dann hätten wir dich womöglich korrumpiert. Weil wir aber auf keinen Fall wollten, daß man dich mit der Bruderschaft in Verbindung bringt, haben wir nur ein ganz klein wenig und in aller Stille hinter den Kulissen mitgeholfen.«

Johnny grinste die beiden alten Männer verblüfft an. »Und dabei hab ich die ganze Zeit geglaubt, ich stünde unter eurem Schutz.«

»Oh, so war es auch. *Immer*!« beteuerte Salvatore. »Aber deine Karriere, die haben wir dich allein aufbauen lassen. Und das war richtig so. Du hast dich mit deinem Talent ganz ohne Hilfe an die Spitze gesungen, und du hast uns nie enttäuscht – außer in einem Punkt.«

Johnny sah ihn verdutzt an. »Und der wäre?«

»Du bist noch immer nicht verheiratet, Johnny. Aber ein Mann braucht eine Frau an seiner Seite.« Der Don nickte weise. »Ja, ich wünschte, du hättest eine nette, gute Frau – Italienerin natürlich.«

»Ich bin ganz deiner Meinung, Onkel Salvatore. Aber ich hab eben die Richtige noch nicht gefunden.«

»Schade«, sagte der Don. »Aber du bist jung – noch ist es Zeit.« Dann ließ er sich von Johnny die Stationen seiner bevorstehenden Europatournee nennen, fragte nach neuen Songs, geplanten Schallplattenaufnahmen, nickte hie und da beifällig und unterbrach von Zeit zu Zeit mit einer interessierten Frage.

Vito erging sich indessen in Erinnerungen. Vor seinem geistigen Auge sah er Rudolfo vor sich, wie er damals, in Johnnys Alter, gewesen war. Genauso hübsch und charmant, ein Liebling der Frauen. Aber ihn hatte das nicht interessiert. Salvatore war eher prüde gewesen. Wenigstens die meiste Zeit.

Vito seufzte. Das Leben war schon komisch. Gar nicht sauber und ordentlich, so wie er es sich wünschte, nein, überall stolperte man über lose Enden. Vito schloß die Augen, ließ sich von seinen Gedanken einlullen, genoß die Wärme des Feuers, den weichen Nachgeschmack der Strega, das wohlige Gefühl der Sättigung, den tröstlichen Schutz der Familie. Zufrieden nickte er ein.

»Ich melde mich natürlich gleich aus London, Onkel«, versicherte Johnny, und Vito fuhr mit einem Ruck hoch.

»Wie? Was hast du gesagt?« fragte er und blinzelte den Neffen an.

Salvatore lachte sein tiefes, dröhnendes Lachen. »Du bist eingeschlafen, mein Alter!«

Vito lächelte verlegen, sah aber ein, daß er ertappt war, und versuchte daher gar nicht erst zu leugnen.

Johnny bat, ihn zu entschuldigen, da er noch eine Verabredung in der Stadt habe. Er umarmte erst Vito, dann den Don, verneigte sich lächelnd unter der Tür und ging.

Als die beiden Alten allein geblieben waren, saßen sie erst eine ganze Weile in behaglichem Schweigen beisammen.

Endlich sagte Vito: »Weißt du, ich hab eigentlich gar nicht geschlafen.«

Salvatore lachte spöttisch.

»Nein, ich hab geträumt.«

»Ach? Und wovon?«

»Von der Vergangenheit, alter Freund. Weißt du, in meinem Traum sah ich dich in Johnnys Alter. Du hast damals ausgesehen wie er. Das gleiche Haar, die gleichen Augen, das gleiche Gesicht.«

Der Don straffte sich unmerklich in seinem Sessel, sagte aber nichts dazu.

»Ich verwahre zu Hause ein Album mit Fotos, die Angelina gesammelt hat. Darin ist auch ein Bild von uns vieren: du, ich, Theresa und Angelina. Auf dem könnte man dich glatt mit Johnny verwechseln.«

Salvatore schwieg noch immer.

»Ich verstehe gar nicht, wieso die Ähnlichkeit nie jemandem aufgefallen ist.«

Der Don brummte bloß etwas Unverständliches vor sich hin.

Vito holte tief Luft. »Theresa allerdings, die hat's gesehen. Sie hat's von Anfang an gewußt.«

»Mag sein«, knurrte Salvatore endlich.

»Warum hast du's eigentlich Johnny nie erzählt?«

»Weil's so besser ist.«

»Wer weiß? Meine Schwester Gina hat dich geliebt, Salvatore. Nach Robertos Tod warst du ihr Leben. Sie hätte bestimmt gewollt, daß Johnny weiß, wer sein Vater ist.«

»*Nein*!« Der Don beugte sich vor und durchbohrte Vito mit seinem eisblauen Blick. »*Er darf es nie erfahren, hörst du? Niemand darf wissen, daß er mein Sohn ist.*«

»Aber warum denn nicht?«

Der Don schüttelte den Kopf. »Du wirst, scheint's, wirklich alt, Vito, sonst würdest du keine so dummen Fragen stellen. Ich will, daß mein Sohn sauber bleibt. Johnny soll aus allem rausgehalten werden. Darum darf er nicht wissen, wer sein Vater ist. *Capisce?*«

31

Seit sie nach Collies Beerdigung von Montfleurie nach Paris zurückgekehrt war, hatte Rosie sich in ihrer Arbeit vergraben.

Sie wußte aus Erfahrung, daß Arbeit ein gutes Heilmittel gegen Kummer ist, und in diesem Fall half sie ihr, wenigstens halbwegs mit der Trauer um die geliebte Schwägerin fertig zu werden.

Heute, an einem klaren, sonnigen Februarmorgen, stand Rosie in ihrem Atelier und sah ihre Entwürfe durch. Der große lichtdurchflutete Raum lag auf der Nordseite ihrer Wohnung an der Rue de l'Université im siebten Arrondissement. Neben mehreren raumhohen Fenstern sorgte zusätzlich noch ein Oberlicht dafür, daß Rosie so lange wie möglich ohne künstliche Beleuchtung arbeiten konnte.

Auf einem eigens installierten Besichtigungsbord stand eine Serie von sechs Skizzen, farbig auf Karton. Die fast maßstabsgerechten Figurinen zeigten drei Kostüme für Gavin in der Rolle des Napoleon und drei für die zur Zeit noch unbesetzte Darstellerin der Joséphine.

Rosie hatte, wie es ihre Art war, mutig mit dem Schwierigsten begonnen und als erstes die in ihrer aufwendigen Pracht ungeheuer kompliziert nachzubildende Krönungsrobe Napoleons entworfen. Das weißseidene Untergewand mit schwerem Goldbesatz sollte möglichst weich und natürlich fließen, damit sich die bodenlange rote Samtrobe um so wirkungsvoller darüber drapieren ließ. Für entsprechend majestätische Wirkung sorgten das weiße Hermelincape und der Kranz aus goldenen Lorbeerblättern. Rosie, deren Hang zu Authentizität auf Bühne und Leinwand in der Branche hinlänglich bekannt war, wollte es sich auch diesmal nicht nehmen lassen, exakte Nachbildungen der Originalmodelle anzufertigen.

Ihr zweiter Entwurf für Gavin zeigte eine Uniform Bonapartes. Hier hatte sie hautenge weiße Reithosen mit schwarzen Stiefeln und schwarzem goldbetreßtem Rock kombiniert und das Kostüm durch den obligatorischen Zweispitz vervollständigt. Und als drittes hatte Rosie einen Zivilanzug entworfen, bestehend aus Kniebundhosen und rotem Tuchrock, dazu sollten weiße Seidenstrümpfe und schwarze Schnallenschuhe getragen werden.

Auch bei den Skizzen für Joséphines Gewänder stand im Vordergrund der Entwurf für die Krönungsrobe. Das Kleid war ein duftiger Märchentraum aus weißer Seide, dessen verschwenderische Stoffülle in Rock und Schleppe mit kostbaren Goldfäden durchwirkt war. Dazu gehörten eine Tiara aus Brillanten sowie erlesener Halsschmuck. Als weiteren Modellvorschlag hielt Rosie ein Abendkleid im Empirestil bereit, den Joséphine hoffähig gemacht hatte und dessen Charakteristika die extrem hohe Taille, das tiefe Dekolleté und die kurzen, gebauschten Ärmel waren. Für diese Robe hatte Rosie silberfarbene Seide vorgesehen und einen Überwurf aus blaßblauem Chiffon. Vervollständigt wurde der Reigen durch ein eher streng geschnittenes, hochgeschlossenes Reitkleid, über dessen Ausarbeitung sich Rosie allerdings noch im Zweifel war. Eben wollte sie, zur Auffrischung ihres Gedächtnisses, noch einmal in einem der Historienbücher aus der Bibliothek von Montfleurie nachsehen, da klingelte es an der Wohnungstür.

Fast erschrocken fuhr Rosie auf und sah nach der Uhr. Tatsächlich! Kurz vor eins, und um eins hatte sie Nell zum Essen eingeladen. Die Freundin war für ein paar Tage nach Paris gekommen, um den für den Sommer geplanten Live-Auftritt von Johnny Fortune vorzubereiten.

Hastig streifte Rosie ihren weißen Kittel ab und eilte zur Tür. Im nächsten Moment lagen sie und Nell einander lachend und weinend zugleich in den Armen.

»Du siehst großartig aus, Nell!« Rosie hielt die Freundin auf Armeslänge von sich ab. »Mir scheint, mein Bruder bekommt dir gut.«

Nell nickte lachend. Doch dann sagte sie: »Na ja, die meiste Zeit jedenfalls.«

Rosie überhörte den skeptischen Einwurf geflissentlich. Wortlos nahm sie Nell den dunklen Nerz ab und führte sie in die Bibliothek. In dem kleinen, anheimelnden Raum, eingerichtet im Stil der Belle Époque, brannte ein offenes Feuer. In den würzig-herben Geruch der prasselnden Holzscheite mischte sich süß und schwer der Duft von Mimosen und anderen Frühlingsblumen.

»Du lieber Himmel!« rief Nell erstaunt. »Wo hast du denn um diese Jahreszeit schon Mimosen aufgetrieben?«

»Ich gar nicht«, antwortete Rosie verlegen. »Johnny Fortune hat sie mir durch Lachaume schicken lassen. Das ist der exklusivste Blumenhändler von Paris, spezialisiert auf Treibhausgewächse. Bei Lachaume sind die Jahreszeiten außer Kraft gesetzt.«

»Na, jetzt bin ich aber platt!« Nell lächelte Rosie verschmitzt an. »Und dabei hab *ich* ihm erzählt, du würdest für Veilchen und blaßrote Rosen schwärmen.«

»Oh, die hat er auch geschickt. Stehen im Wohnzimmer.«

»Halbe Sachen macht der Junge wirklich nicht, wie?« Nell beugte sich über die Vase und atmete genüßlich den Duft der Mimosen ein. »Hmmm! Einfach himmlisch!« Als sie sich wieder aufrichtete, war Rosie eben dabei, eine Flasche Wein zu entkorken. »Jetzt kannst wohl selbst du nicht mehr abstreiten, daß Johnny es sich in den Kopf gesetzt hat, dich zu verführen, oder?«

»Inzwischen glaub ich's auch, ja.«

»Mmmm.« Nell setzte sich in einen Sessel und schlug die Beine übereinander. »Ich weiß gar nicht, warum dich das so in Verlegenheit bringt. Doch, doch, du bist ja richtig rot geworden! Aber ich finde, es war höchste Zeit, daß wieder ein bißchen Liebe und Romantik in dein Leben einzieht. Du wärst doch fast verkümmert in all den Jahren mit Guy! Ach, apropos: Wie geht's denn mit der Scheidung voran?«

»Ganz gut soweit. Guy ist bisher sehr kooperativ gewesen und hat alle Papiere unterzeichnet.«

»So? Und wieviel hat dich das gekostet?«

Rosie starrte sie überrascht an. »Woher weißt du, daß es mich überhaupt was gekostet hat?«

Nell schüttelte den Kopf. »Ach, Rosie, ich hatte diesen Kerl doch längst durchschaut! Guy de Montfleurie hat sich sein Leben lang aushalten lassen – also, wieviel hat er dir diesmal abgeknöpft?«

»Ich hab ihm das Ticket nach Hongkong und Indonesien bezahlt und ihm darüber hinaus noch zweitausend Dollar gegeben. Und ich sage dir, das Geld reut mich kein bißchen. Ich wollte bloß, daß er aus meinem und aus seines Vaters Leben verschwindet. Ich traue ihm nämlich nicht, und wenn er hiergeblieben wäre, hätte er über kurz oder lang wieder Unfrieden gestiftet auf Montfleurie. Also hab ich ihn ins nächste Flugzeug verfrachtet, sobald er alle nötigen Papiere unterschrieben hatte. Im Fernen Osten kann er schließlich weder mir noch seiner Familie schaden.«

Nell nickte zustimmend und nahm das Glas Wein, das Rosie ihr reichte. Die beiden tranken einander zu, und Rosie sagte: »Wenn's dir nichts ausmacht, würde ich vorschlagen, wir essen hier bei mir. Dann brauche ich mich nicht groß umzuziehen und zurechtzumachen ... ich hab nämlich noch Berge von Arbeit vor mir, weißt du?«

»Aber gern, mir soll's recht sein. Wie kommst du denn übrigens mit den Kostümen voran?«

»Eigentlich ganz gut, danke. Aber historische Kostüme kosten nun mal besonders viel Zeit und Mühe, vor allem, wenn man sie möglichst authentisch haben will, so wie ich. Aber die Arbeit lenkt mich wenigstens ein bißchen ab von den ständigen Gedanken an Collie. Doch nun erzähl du mal! Wie geht's Kevin?«

»Phantastisch. Er sieht blendend aus wie immer. Ist sehr lieb und zärtlich. Aufregend. Und er treibt mich zur Weißglut.«

»Klingt vielversprechend – bis auf den Nachsatz.«

Nell schaute einen Moment lang wie abwesend in die Flammen. Ein Schatten glitt über ihr Gesicht, und ihre Augen blickten auf einmal ernst, fast traurig. Dann hob sie entschlossen den Kopf, sah Rosie an und sagte leise: »Du weißt, ich liebe Kevin aufrichtig, ja ich bete ihn an. Aber mit seinem Job komm ich verdammt noch mal nicht zurecht! Niemand weiß besser als du, daß man ständig um ihn zittern muß. Und siehst du, ich erlebe das sozusagen hautnah mit, durchlebe Tag und Nacht diese furchtbare, ohnmächtige Angst. Ich sage dir, ich bin schon das reinste Nervenbündel.«

»Das kommt eben gerade daher, daß du ihn so liebst, Nell.«

»Ach ja?«

»Natürlich. Andernfalls würdest du dir nicht dauernd solche Sorgen um ihn machen.«

»Ja, wahrscheinlich hast du recht.«

»Sag, warum heiratet ihr eigentlich nicht?«

Nell tat so, als hätte sie die Frage überhört.

»Verzeih, daß ich so neugierig bin, aber Kevin hat mir am Telefon erzählt, daß er dich gefragt hat, und da wollte ich natürlich wissen, wie du dazu stehst.«

»Ach, und das hat dir das Bruderherz nicht auch gleich verraten? Weißt du, ich glaube, ich bin noch nicht ... reif für die Ehe. Vorläufig möchte ich meine Freiheit ganz gern noch behalten. Mir gefällt mein Leben so, wie es ist.«

»Vergiß nur nicht, wie lieb Kevin dich hat, Nell. Gavin sagt das übrigens auch ...«

»Mein Gott! Da sind wohl wieder mal die Überseeleitungen heißgelaufen! Klingt ganz so, als hätte die alte

Bande sich gegen mich verschworen. Aber ihr dürft mich jetzt nicht so sehr bedrängen, ich hab ohnehin schon genug Streß. Meine Klienten sitzen mir im Nacken und… ach, apropos Klienten! Ich hab dir doch erzählt, daß ich das Gastspiel für Johnny Fortune vorbereite, nicht? Nun, er kommt morgen selber von London herüber. Du, und ich warne dich: Er wird über dich herfallen wie die Windpocken!«

Rosie mußte lachen. »Nun sei doch kein solcher Miesmacher! Eben warst du noch hellauf begeistert, weil er sich für mich interessiert.«

»Das find ich ja auch nach wie vor ganz phantastisch. Ich möchte dich lediglich warnend darauf hinweisen, daß *er* morgen hier einfliegt, während *ich* zurück nach London muß. Mit anderen Worten: Du wirst niemanden haben, der auf dich aufpaßt!«

»Danke, aber ich denke, das kann ich schon allein. Johnny hat mich übrigens gleich für morgen abend zum Essen eingeladen.«

Nell sah sie prüfend an und lächelte. »Na so was, du siehst ja aus wie die Katze, die den Kanarienvogel gefressen hat.«

»Aber Nell!«

»Doch, doch! Aber ich finde gar nichts dabei – Johnny Fortune ist schließlich eine Superpartie! Das hab ich dir ja schon letzten November in Kalifornien gesagt. Er ist intelligent, sieht gut aus, ist sexy, reich, berühmt, der Schwarm von Millionen Frauen – und obendrein noch ein wirklich netter Mensch. Ich persönlich denke, er würde einen großartigen Ehemann abgeben.«

»Hoppla, nicht so hastig, Nell«, rief Rosie lachend. »Vorläufig hat er mich nur zum Essen eingeladen, da kannst du uns doch nicht gleich miteinander verkuppeln!«

»Warum nicht? Auf alle Fälle möchte ich mich schon mal als Brautjungfer bewerben.«

»Gut, ich werde dich vormerken – aber nur, wenn ich umgekehrt bei dir und Kevin die Schleppe tragen darf. Also, jetzt sag mir mal ehrlich, wie du zu ihm stehst – und red dich ja nicht wieder auf die Leier von der emanzipierten Frau heraus, die sich ihre Freiheit bewahren will!«

Nell biß sich auf die Unterlippe, und nach einigem Zögern sagte sie kleinlaut: »Also schön, aber du darfst mich nicht verraten, ja? Paß auf, ich hab einen Plan. Du weißt doch sicher auch inzwischen, daß Kevin nicht auf einen ruhigen Schreibtischjob gewechselt ist, sondern im Gegenteil einen hochbrisanten Mafia-Fall bearbeitet?«

Rosie nickte. »Ja, er und sein Team wollen einen der berüchtigsten Clans ausheben.«

»*Genau*. Kevin hat mir versichert, in ein, zwei Monaten sei alles gelaufen. Und ich hab ihm das Versprechen abgenommen, daß er anschließend mit mir Urlaub macht. Siehst du, und in diesen Ferien, da werde ich ihm einen Vorschlag unterbreiten.«

»Ja und? Was für einen Vorschlag? Nell, mach's doch nicht so spannend!«

Nell lachte spitzbübisch. »Ich werde vorschlagen, daß ich meine Agentur verkaufe, er seinen Dienst quittiert und wir zusammen irgendein Geschäft gründen.«

»Aber Nelly, du würdest wirklich deine Agentur aufgeben?« rief Rosie überrascht.

»Ja«, antwortete Nell mit fester Stimme.

Rosie schwieg. Sie wußte nur zu gut, daß ihr Bruder schwerlich bereit sein würde, auf einen solchen Handel einzugehen. »Ich weiß nicht, Nell«, sagte sie schließlich bekümmert. »Kevin ist mit Leib und Seele Polizist. Er liebt seine Arbeit.«

»Ich vertraue eben darauf, daß er mich mehr liebt. Und wenn ich bereit bin, ihm meine Agentur zu opfern, dann sollte er doch Manns genug sein und sich zu einer Gegenleistung durchringen, oder?«

»Aber Nell, sieh mal, du bist von Haus aus eine reiche Erbin. Du bist nicht darauf angewiesen, dir deinen Lebensunterhalt zu verdienen. Da wird Kevin es vielleicht nicht als allzu großes ›Opfer‹ ansehen, wenn du deine Agentur verkaufst.«

»Nun mach aber mal 'nen Punkt, Rosie! Du weißt, wie sehr ich an meiner Arbeit hänge, und ich habe mir den Laden von Anfang an ganz allein aufgebaut. Die Agentur aufzugeben wäre ein kolossales Opfer für mich.«

»*Ich* weiß das, Nell, sicher ...«

»Und Kevin weiß es auch.«

»Ja, aber er ist sehr stolz«, gab Rosie zu bedenken. »Er ... er wird von dir kein Geld nehmen wollen, Nell.«

Nell sprang auf und tigerte ruhelos in der kleinen Bibliothek auf und ab. »Ich wußte einfach keinen anderen Ausweg, Rosie!« rief sie endlich. »Ich hielt das wirklich für einen guten Plan – jetzt hast du mich wieder ganz verunsichert. Ach, verflucht, wieso muß ich mich auch ausgerechnet in einen verdeckten Ermittler verlieben!«

»Er ist ja nicht irgendein Polizist – er ist Kevin Madigan.«

»Ich weiß, das macht es ja gerade so schwer. Er kann so wunderbar sein ... wenn wir zusammen sind, denke ich oft: Ich bin noch nie so glücklich gewesen.«

»Na ja, dir bleibt immerhin ein Trost«, meinte Rosie leise.

»Und der wäre?«

»Eines Tages wird er in Pension gehen müssen.«

»Ich weiß aber nicht, ob ich so lange warten kann«, sagte Nell.

32

Johnny Fortune stand in seinem Schlafzimmer im Plaza-Athénée vor dem Spiegel und musterte sich kritisch. Ein nachdenklicher Ausdruck glitt über sein schmales, gebräuntes Gesicht, und dann wandte er sich abrupt ab und durchmaß mit langen Schritten das Zimmer.

Dreimal hatte er sich heute abend schon umgezogen, und ein viertes Mal würde er es nicht tun! Nein, die dunkelgraue Hose, der schwarze Kaschmirblazer, das weiße Voile-Hemd und die schwarz-weiß gepunktete Krawatte waren bestimmt korrekt für das Le Voltaire.

Rosie hatte das Restaurant vorgeschlagen. Es sei, hatte sie am Telefon gesagt, ein elegantes, aber gleichwohl schlichtes Lokal mit exzellenter Küche. Johnny hatte sich begeistert gezeigt, und daraufhin erbot sie sich, einen Tisch zu reservieren.

Johnny nahm auf dem Weg durch den Salon noch rasch seinen schwarzen Kaschmirmantel von einer Stuhllehne, dann verließ er die Suite und ging Richtung Fahrstuhl. Als er hinunterkam, wartete draußen auf der Avenue Montaigne bereits der Wagen.

Auf der Fahrt hinüber zur Rive gauche mußte Johnny insgeheim über sich selber lachen. Seit Jahren hatte er nicht mehr derart penibel auf seine Kleidung geachtet, hatte sich zumindest nicht dreimal für ein und denselben Anlaß umgezogen. Ausgenommen natürlich für seine Bühnenshows. Aber bestimmt nicht für eine Frau. Allerdings hatte es in seinem Leben auch noch keine Frau wie Rosalind Madigan gegeben.

Und er war noch nie wirklich verliebt gewesen. In Rosie aber hatte er sich Hals über Kopf verliebt, gleich am ersten Abend, als Nell sie in sein Haus in Benedict Canyon mitgebracht hatte.

Oft schon hatte er sich in der Rückschau darüber amüsiert, wie vehement er sie im ersten Augenblick abgelehnt hatte. Nun, diese Antipathie war weiß Gott nicht von langer Dauer gewesen! Seit zwei Monaten schon ging sie ihm nicht mehr aus dem Kopf, ja er mußte Tag und Nacht an sie denken. Und immer und überall sah er ihr Gesicht vor sich. Aber jetzt, als er endlich, endlich auf dem Weg zu ihr war, befielen ihn auf einmal Zweifel. Er war nervös und ungeduldig.

O *ja,* er liebte sie.

Und o *ja,* er wollte mit ihr schlafen.

Und ganz entschieden *ja,* er wollte sie heiraten.

Rosalind Madigan war die richtige, die einzige Frau für ihn. Und sie war gewiß die erste und einzige, bei der ihm je der Gedanke ans Heiraten gekommen war.

Vor einer Woche, bei Onkel Salvatore auf Staten Island, hatte er sich ordentlich zusammenreißen müssen, um dem Don auf seine Frage, warum er sich denn nicht endlich eine Frau suche, nicht gleich mit einer schwärmerischen Beschreibung von Rosie zu antworten.

Rosie sollte eine Überraschung für die beiden Onkel werden, eine wundervolle Überraschung. Wenn er Anfang April nach New York zurückkehrte, würde er die alten Herren in ein erstklassiges Restaurant in Manhattan einladen, und dort würde er ihnen Rosie präsentieren. Bestimmt würden sie sich genauso in sie verlieben, wie er es getan hatte. Klar doch, dachte er, sie werden Rosie nicht widerstehen können! Meiner Rosalind. Im stillen wiederholte er sich den Namen. Er gefiel ihm. Rosalind Madigan. *Rosalind Fortune.* Klang wirklich gut.

Doch plötzlich packte ihn eine seltsame Furcht, die sich, durch seine Nervosität geschürt, zur Panik steigerte. Auf einmal schreckte er vor der tatsächlichen Begegnung mit seinem Traum zurück. Was, wenn er nun eine Enttäuschung erlebte? Wenn sie seinen Erwartungen nicht standhalten konnte? Seit zwei Monaten war sie seine

Traumfrau. Er hatte alle nur erdenklichen Phantasievorstellungen von ihr gehabt. Ihretwegen war er anderen Frauen aus dem Weg gegangen. Hatte er mit seiner hochgeschraubten Erwartungshaltung die Enttäuschung nicht gewissermaßen selber vorprogrammiert?

Echte, aufrichtige Liebe zu einer Frau – das war eine völlig neue Erfahrung für Johnny. Außer seinem Onkel Vito und natürlich Onkel Salvatore hatte ihm bisher kein Mensch sonderlich viel bedeutet. Nicht einmal Tante Angelina, Vitos Frau, die doch immer so nett zu ihm gewesen war. Ja, seine Mutter hatte er natürlich geliebt, das verstand sich wohl von selbst. Aber sie war gestorben, als er noch ein kleiner Junge war, und er konnte sich kaum an sie erinnern.

Ja, wenn er es recht bedachte, dann waren die beiden alten Onkel die einzigen gewesen, die ihm nahestanden – bis er Rosie traf. Andere Frauen, die Frauen, die er vor ihr gekannt hatte, zählten nicht. Die hatte er stets nur begehrt, weiter nichts.

Und dann hielt der Wagen, und die Worte des Chauffeurs rissen ihn aus seinen Gedanken. »*On est arrivé, Monsieur.*«

In dem Augenblick, da sie ihm lächelnd die Tür öffnete, waren seine Ängste verflogen.

Er lächelte zurück, ein offenes, freudiges Lächeln.

Und dann nahm sie ihn bei der Hand und zog ihn in die Wohnung.

Sie standen, immer noch Hand in Hand, in der Diele und brachten beide kein Wort heraus.

Endlich trat er einen Schritt vor, zog sie gleichzeitig näher zu sich heran und küßte sie erst auf die eine, dann auf die andere Wange.

»Ich freue mich so, Rosie«, flüsterte er.

»Ich mich auch, Johnny.«

Seine strahlend blauen Augen wichen nicht von ihrem

Gesicht. In ihm gärten die abenteuerlichsten Gefühle. Am liebsten hätte er sie wieder und wieder geküßt, sie ausgezogen und geliebt, hier, jetzt, auf der Stelle – leidenschaftlich, zärtlich und unsagbar lange.

Er wollte ihr alles sagen, was er seit ihrer ersten Begegnung über sie gedacht hatte, wollte ihr seine sexuellen Träume erzählen, ihr seine Liebe gestehen und sie bitten, ihn so bald wie möglich zu heiraten. *Jetzt* wollte er all das sagen. Johnny wollte immer alles *jetzt*. Sofort. Aber diesmal war es ihm ernst. Er wollte nie mehr ohne sie sein. Und so würde es werden, ja, von nun an würden sie ihr ganzes Leben zusammen verbringen.

Trotzdem wußte er natürlich, daß er seinem Impuls unmöglich nachgeben durfte. Langsam, mahnte er sich, geh es langsam an, und mit äußerster Willensanstrengung wurde er wieder Herr seiner taumelnden Sinne, brachte seine überschäumenden Gefühle unter Kontrolle.

Fast sein ganzes Erwachsenenleben hatte er darauf gewartet, sie zu finden, seine Traumfrau, die Seelengefährtin. Also konnte er auch noch ein Weilchen länger warten, ehe er sie in die Arme schloß, sie in Besitz nahm, sie zu der seinen machte. Am Ende würde sie ihm ja doch gehören.

»Geben Sie mir bitte Ihren Mantel«, sagte Rosie und entzog ihm ihre Hand.

Johnny wurde sich bewußt, daß er sie die ganze Zeit angestarrt hatte, obendrein vermutlich noch ziemlich einfältig. Hastig schlüpfte er aus dem Mantel und reichte ihn ihr stumm.

»Ich habe Champagner kaltgestellt und Weißwein«, sagte sie lächelnd. »Aber vielleicht möchten Sie lieber etwas anderes?«

»Oh, mir ist es gleich. Was nehmen Sie?«

»Ein Glas Champagner, aber das soll Sie nicht beeinflussen, Johnny. Sie können haben, was immer Sie möchten.«

Ach, Honey, das hoffe ich, dachte er und verschlang sie abermals mit den Augen. Doch als er das Verlangen in sich aufwallen spürte, wandte er verlegen den Blick ab. Er machte ein paar Schritte auf den Kamin zu und sagte betont locker: »Champagner klingt gut... doch, ja, ich nehme gern auch ein Glas, Rosie.«

»Dann entschuldigen Sie mich einen Moment«, sagte sie, noch bevor er anbieten konnte, die Flasche für sie zu öffnen. »Ich bin gleich zurück.«

Johnny drehte sich mit dem Rücken zum Kamin und nahm neugierig das Zimmer in Augenschein.

Der Raum zeugte von untadeligem Geschmack, aber das hatte er nicht anders erwartet.

Das Wohnzimmer, in das Rosie ihn geführt hatte, war geräumig, aber nicht mit Möbeln vollgestopft. Die gedämpften cremefarbenen Wände paßten gut zu dem auf Hochglanz polierten Parkettboden, in dessen Mitte ein Teppich lag. Der war zwar schon ziemlich abgetreten und an manchen Stellen in der Farbe ausgebleicht, aber Johnny sah, daß es ein antikes und wahrscheinlich sehr wertvolles Stück war. Zwischen einer Sitzgruppe, Sofas und Sessel mit gelber Seide überzogen, waren antike Konsoltischchen verteilt, auf denen er seine Blumen wiedererkannte. An einer Längswand hing eine ausgesuchte Serie von Aquarellen, in den Nischen zu beiden Seiten des Kamins stand kostbares Porzellan, die antiken Lampen auf den Beistelltischen – zierlicher Kristallfuß, Schirm mit cremefarbener Seide bespannt – waren offenbar Sammlerstücke.

Es war ein angenehmer, behaglicher Raum, in dem Johnny sich auf Anhieb wohl fühlte, und das freute ihn. An der Fensterfront lockte ein Klavier. Johnny wollte schon hinübergehen, machte aber vor einem Kartentisch halt, auf dem etliche Fotografien ausgestellt waren. Wer wohl all diese Menschen waren? Wenn sie zurückkam, würde er sie fragen. Er mußte einfach alles über Rosalind Madigan wissen.

Johnny setzte sich ans Klavier und griff mit leichter Hand die ersten Takte einer Cole-Porter-Melodie. Wie es seine Gewohnheit war, summte er leise dazu, und dann, als er sich eingespielt hatte, sang er selbstvergessen und gefühlvoll den Anfang von »You Do Something to Me.«

»Johnny, das klingt ja wundervoll!« rief Rosie von der Tür her.

»Ach, ich hab nur so ein bißchen vor mich hinge-klimpert.« Sie trug ein Tablett mit Eiskübel und Gläsern. Doch als er aufsprang, um ihr zu helfen, wehrte sie ab.

»Danke, danke, das schaff ich schon«, sagte sie und stellte das Tablett auf den Couchtisch vor dem Kamin.

Während Rosie die Champagnerflöten füllte, fuhr sie fort: »Oh, ich wünschte, Sie hätten nicht aufgehört! Ich höre Sie so gern singen. Bitte, Johnny, wollen Sie mir nicht noch einmal die Freude machen? ... Ach, das hätte ich jetzt wohl nicht sagen sollen! Verzeihen Sie, wie dumm von mir! Für Sie ist das Singen schließlich Arbeit, nicht wahr? Und hier in Paris sollten Sie ja gerade einmal ein paar Tage ausruhen davon und Kräfte sammeln für Ihre Englandtournee.«

Als Johnny sein Glas in Empfang nahm, glühte er innerlich vor Stolz. Sie liebte seinen Gesang, so ungefähr hatte sie doch gesagt. Ein eindeutiges Kompliment! Johnny war glücklich.

»Wenn ich irgendwo ein Klavier sehe«, sagte er, »dann kann ich mich einfach nicht zurückhalten, es übt so eine magische Anziehungskraft auf mich aus. Im übrigen würde ich für Sie jederzeit singen, Rosie – nur heute abend nicht. Heute abend möchte ich mit Ihnen reden.« Dann hob er mit ernster Miene sein Glas und sagte: »Auf Sie, Rosalind, die schönste Frau von Paris.«

Rosie, die unter seinem durchdringenden Blick errötet war, wollte sich abwenden von diesen lebhaften blauen Augen, die so feurig in die ihren starrten, aber es gelang ihr nicht. Verlegen lächelnd schüttelte sie den Kopf. »Ich und die schönste Frau in Paris – also das ist schamlos übertrieben... trotzdem vielen Dank.« Und als sie mit ihm angestoßen hatte, setzte sie hinzu: »Willkommen an der Seine, Johnny, willkommen bei mir.«

»Für mich sind Sie die schönste Frau auf der ganzen Welt«, sagte er mit sehnsuchtsvollem Blick. Doch dann, wie erschrocken über die eigene Kühnheit, schlug er die Augen nieder und stammelte, hastig das Thema wechselnd: »Sie haben eine reizende Wohnung, Rosie. Leben Sie schon lange hier?«

»So an die fünf Jahre. Die Wohnung habe ich durch Zufall gefunden. Aber es war Liebe auf den ersten Blick.«

Johnny schlenderte hinüber zu dem Tisch mit den Fotografien, und mit einer Unschuldsmiene, als sei er jetzt erst auf sie aufmerksam geworden, sagte er: »Ach, das sind ja Sie zusammen mit Nell! Und da erkenne ich einen jungen Gavin Ambrose. Aber wer sind denn die anderen?«

Rosie kam vom Kamin her auf ihn zu.

Johnny sah, daß sie schöne Beine hatte. Das war ihm bisher noch gar nicht aufgefallen. Aber er hatte sie ja auch erst einmal gesehen; törichterweise vergaß er das immer wieder. Denn im Geiste hatte er schon so oft mit ihr geschlafen, so viele leidenschaftlich-erotische Stunden mit ihr verbracht, daß er das Gefühl hatte, sie in- und auswendig zu kennen. Aber natürlich kannte er sie in Wahrheit überhaupt noch nicht.

Rosie stand jetzt neben ihm, und er konnte ihren Duft einatmen. Es war eine verführerische Mischung aus Maiglöckchen, Shampoo, frischer Seife und jugendlicher Haut. Bevor dieser Abend zu Ende ging, würde sie ihn rettungslos verrückt gemacht haben. Sie wirkte auf ihn wie ein lebendes Aphrodisiakum – bei Gott, die Frau war Dynamit!

Johnny schluckte mühsam und fragte noch einmal: »Hier zum Beispiel, die entzückende Blondine – wer ist das? Oder darf ich nicht so neugierig sein?«

»Doch, doch. Fragen Sie ruhig. Das da ist Sunny. Sie ...
sie war in unserer Gruppe.«

»Hinreißend. Die gehört zum Film, wie man bei uns in
Hollywood sagen würde. *Ist* sie vielleicht Schauspielerin?«

Ein Schatten glitt über Rosies Gesicht. »Nein. Sie ist in
einer Heilanstalt in New Haven. Vor ein paar Jahren hat
sie angefangen, Drogen zu nehmen, und eines Abends,
da ... da hat sie schlechten Stoff erwischt. Das Zeug hat
ihren Verstand zerstört. Sie wird nie mehr ein normales
Leben führen können.«

»Oh, das tut mir leid, ich ...« Er brachte den Satz nicht
zu Ende.

»Schon gut, das konnten Sie ja nicht wissen«, meinte
Rosie beschwichtigend. »Sehen Sie, das hier ist Mikey.
Leider auch eine traurige Geschichte. Vor zwei Jahren ist
er auf einmal spurlos verschwunden. Gavin hat sogar Privatdetektive nach ihm suchen lassen – ohne Erfolg. Wir
haben nie mehr etwas von ihm gehört.«

»Wenn jemand entschlossen ist unterzutauchen, dann
nützen alle Nachforschungen nichts.« Johnny betrachtete
aufmerksam die Gruppe auf dem Foto und fragte endlich: »Und wer ist der da? Der Typ mit dem Clark-Gable-
Lächeln?«

»Das ist mein Bruder.«

»Ach? Dann ist er Nells Freund, oder?«

»Stimmt, ja.«

»Sieht verdammt gut aus – ihn könnte man sich auch
auf der Leinwand vorstellen. Was macht er übrigens
wirklich?«

»Er ist Bankkaufmann«, sagte Rosie. Das war die Antwort, die Kevin ihr, Nell und Gavin eingetrichtert hatte.

»Aha, und ihr habt euch alle schon als Kinder in New
York zusammengefunden, ja?«

»Nun, wir waren schon Teenager, als wir uns kennenlernten ... fünfzehn Jahre ist das jetzt her. Wir hatten alle

keine Eltern mehr, wissen Sie, und da haben wir uns halt gegenseitig zu unserer Familie gemacht.«

Johnny stellte das Bild an seinen Platz zurück, deutete aber gleich auf ein anderes. »Ich weiß, ich bin wirklich schrecklich neugierig, aber würden Sie mir verraten, wer dieses goldige kleine Mädchen ist?«

»Das ist meine Nichte Lisette. Hier neben ihr, das ist ihre Mutter, Collie. Ich hab Ihnen von ihr erzählt, an dem Abend, als wir uns kennenlernten – die Silberexpertin, wissen Sie noch?«

»Aber natürlich, ich erinnere mich! Wie geht es ihr?«

»Sie ... sie ist gestorben«, stammelte Rosie mit halb erstickter Stimme. »Vor drei Wochen. Sie ... es war Krebs, wissen Sie ...«

»O, mein Gott, ich kann Ihnen gar nicht sagen, wie leid mir das tut! Nein, wäre ich doch bloß nicht so indiskret gewesen ...«

»Nicht doch, Johnny, ich denke ohnehin Tag für Tag an sie. Collie war meine Schwägerin, und das da« – sie deutete auf eine Fotografie im Hintergrund – »das ist ihr Bruder Guy ... von dem ich mich gerade scheiden lasse.«

Johnny verspürte einen heftigen Stich: Eifersucht! Er wollte sie fragen, wann ihre Scheidung denn endlich rechtskräftig werde, aber er hatte Angst, wieder eine Taktlosigkeit zu begehen. Statt dessen erkundigte er sich: »Und das Haus im Hintergrund? Ist das Schloß Montfleurie?«

»Ja. Eins der schönsten Schlösser im Loiretal. Ich hänge sehr daran.«

»Übrigens, Sie haben mir doch am Telefon erzählt, daß Sie daheim arbeiten. Wo ist denn nun Ihr Atelier?«

»Möchten Sie es sehen? Kommen Sie, ich zeig es Ihnen!« Damit nahm Rosie seinen Arm und führte ihn hinaus in die Diele und über einen langen Flur, vorbei an Bibliothek und Schlafzimmer, zu ihrem nordseitigen Studio.

»Bitte, da wären wir! Hier kann ich wunderbar arbeiten, weil ich das optimale Licht habe.«

Johnny ging sofort zielstrebig auf die Figurinen zu, die auf der Ausstellungsleiste lehnten. »Die sind ja phantastisch!« rief er, und aus seiner Stimme klang ehrliche Bewunderung. »Sie sind wirklich sehr begabt. Nell hat mir das zwar schon oft genug beteuert, aber so richtig begreifen kann ich's erst jetzt, wo ich Ihre Arbeiten sehe.«

»Das sind Kostümentwürfe für Gavins neuen Film: *Napoleon und Joséphine*«, erklärte Rosie.

»Klingt vielversprechend. Wollen Sie mir nicht ein bißchen was darüber erzählen?«

»Aber mit Vergnügen! Nur denke ich, wir sollten uns beim Essen weiter unterhalten. Es wird langsam spät, und wir wollen doch unseren Tisch im Voltaire nicht verlieren.«

»Gut, dann lassen Sie uns gehen«, sagte er. »Ich habe einen Wagen unten.«

33

Komischerweise war Johnny regelrecht erleichtert, als er Rosie jetzt in einem öffentlichen Restaurant gegenübersaß. Denn vorhin in ihrer Wohnung hatte er dauernd an sich halten müssen, um sie nicht einfach in die Arme zu schließen, leidenschaftlich zu küssen und sie auf der Stelle zu nehmen.

Hier dagegen blieb ihm gar keine andere Wahl, als brav auf seinem Stuhl zu sitzen, sich an ihrer Gesellschaft zu erfreuen und dankbar die bewundernden Blicke zu genießen, die von Zeit zu Zeit in ihre Richtung gingen. Kein Zweifel, sie gaben ein wirklich hübsches Paar ab. Gewissermaßen ein Traumpaar. Er war ein großer Star, im Moment brauchte er hinter keinem anderen Entertainer zurückzustehen. Und sie war eine bildschöne Frau, an deren Seite jeder Mann sich mit Stolz gezeigt hätte.

Die anderen Gäste im Restaurant hatten ihn offenbar erkannt, das merkte er daran, daß man den Kopf öfter nach ihm wandte als nach ihr. Rosie war in Europa noch nicht so prominent. In Hollywood, ja da wäre es etwas anderes gewesen, da hätte man ihr Gesicht ohne weiteres erkannt; schließlich war sie eine preisgekrönte Kostümbildnerin, die sich sogar schon eines Oscars rühmen durfte, und überdies erschien ihr Bild immer wieder an der Seite von Gavin Ambrose auf den Titelblättern.

Hollywood. Mein Gott, was würden sie dort für Schlagzeilen machen! Bislang hatte er sich eigentlich nicht viel aus dem Presserummel gemacht, aber jetzt war das anders, und zwar wegen Rosie. Er sehnte sich danach, mit ihr zu glänzen. Sowie wir verheiratet sind, dachte er, werde ich eine große Party in meinem Haus geben. Auch das hatte er noch nie getan.

Aber auf einmal hatte er auch den Wunsch, sein Haus zu präsentieren – vorausgesetzt, daß Rosie dort an seiner Seite war.

Mitten in seine rosaroten Träume hinein erkundigte sich der Kellner, ob sie einen Aperitif wünschten.

Johnny sah Rosie fragend an. »Bleiben wir beim Champagner?«

Sie nickte lächelnd.

»Dann bringen Sie uns bitte einen Dom Pérignon«, sagte Johnny, an den Kellner gewandt, doch ohne daß er Rosie dabei aus den Augen gelassen hätte. Sie hatte sich über die Speisekarte gebeugt und war offenbar ganz in die einzelnen Menüfolgen vertieft. Johnny warf einen prüfenden Blick in die Runde. Das Le Voltaire war ein reizendes Lokal mit intimer Atmosphäre, dafür sorgten schon die holzgetäfelten Wände und das angenehm weiche Licht. Und obwohl das Restaurant gut besucht war, ging es doch ruhig und gedämpft zu; stilvoll, dachte

Johnny, und es gefiel ihm sehr. Ganz offensichtlich standen hier die exquisite Küche und der wohlsortierte Weinkeller im Vordergrund, weshalb man denn auch auf äußeren Pomp und dekorativen Schnickschnack verzichten konnte. Im übrigen war der Service tadellos.

Rosie hob den Kopf und sagte: »Immer dasselbe hier! Ich kann mich nie entscheiden, weil einfach alles so köstlich schmeckt.«

»Ich denke, Sie sollten für mich mit aussuchen. Ich kenne mich nämlich nur in der italienischen Küche wirklich gut aus.«

»Wird mir ein Vergnügen sein. Aber jetzt wollen wir erst mal unseren Champagner genießen.«

Zum zweiten Mal an diesem Abend prosteten sie einander zu, und Johnny ertappte sich dabei, daß er schon wieder den Blick nicht von ihr wenden konnte.

Rosie trug ein lila Wollkleid mit dezentem rundem Ausschnitt und langen Ärmeln. Ganz schlicht, dachte er, aber was für ein raffinierter Schnitt, und wie der ihre Figur betont! Das kräftige Lila brachte ihre grünschimmernden Augen besonders gut zur Geltung, Augen, die groß und lächelnd ihr Gesicht beherrschten.

»Hören Sie, Johnny. Sie starren mich nun schon den ganzen Abend an.« Rosie beugte sich fragend über den Tisch. »Ist vielleicht mein Lippenstift verschmiert oder sonstwas nicht in Ordnung?«

»Nein, nein, ich hab nur gedacht, wie hinreißend Sie aussehen... und dann hab ich Ihre Perlen bewundert. Die sind wirklich märchenhaft schön.«

»Ja, nicht wahr? Mein Weihnachtsgeschenk von Gavin.«

Johnny zuckte zum zweiten Mal an diesem Abend unter einem heftigen Eifersuchtsanfall zusammen; dabei konnte er sich nicht erinnern, daß er früher je auf irgendwen oder irgendwas eifersüchtig gewesen wäre. Er konnte es selber kaum fassen: *Ich bin eifersüchtig auf*

Gavin Ambrose, dachte er. Nein so was! Das haut mich glatt um. Aber dann gab er sich einen Ruck, setzte sein strahlendstes Bühnenlächeln auf und sagte: »Ausgezeichnete Wahl, sie stehen Ihnen wunderbar zu Gesicht.«

»Danke, lieb von Ihnen. Wissen Sie, das Kollier ist eigentlich nicht direkt ein Weihnachtsgeschenk – ich bekomme immer etwas von Gavin, wenn wir einen Film abgeschlossen haben.«

Johnny nippte an seinem Champagner und versuchte seiner Eifersucht Herr zu werden. »Aha, nette Geste. Übrigens – wann geht's denn mit dem Napoleon-Projekt los?«

»Die Vorproduktion startet schon im März, aber da es ein sehr aufwendiger und dadurch leider auch teurer Film wird – schon allein wegen der Schlachtenszenen –, werden wir für die Phase ziemlich lange brauchen. Gavin rechnet damit, daß wir im August anfangen können zu drehen. Auf jeden Fall werden wir dann mit den Außenaufnahmen anfangen, weil das Wetter im Sommer verläßlicher ist. So ganz kann man sich die Drehfolge freilich nicht aussuchen, denn wenn wir einen Schauspieler zum Beispiel bloß für einen Monat von seinem Studio ausgeliehen bekommen, dann müssen dessen Szenen natürlich alle innerhalb dieses Zeitraums durchgezogen werden.« Sie griff nach ihrem Glas und lächelte ihn über den Rand hinweg versonnen an. »So wie ich das Skript einschätze, werden wir mit *Napoleon und Joséphine* bestimmt sehr lange beschäftigt sein.«

Für Johnny hörte sich das an, als würde sie womöglich bis Jahresende kaum noch Zeit für ihn haben, und er fragte ganz verzagt: »Aber Ihre Kostüme müssen doch sicher schon vor Drehbeginn fertig sein?«

»Freilich, ich denke, ich schaffe die Entwürfe bis Ende April, Anfang Mai, und dann kann die Schneiderei sich gleich an die Arbeit machen. Im übrigen entwerfe ich ja nur die Kostüme für die Hauptdarsteller; die Sachen für die Komparserie holen wir uns von einem Kostümverleih.«

Obwohl Johnny etwas verstimmt war angesichts der Vorstellung, daß Rosie monatelang nur noch ihren Film im Kopf haben würde, war sein Interesse für dieses ehrgeizige Projekt doch geweckt. »Wo werden denn die Außenaufnahmen gedreht?« fragte er.

»Oh, in verschiedenen Regionen Frankreichs... viele Szenen spielen auch in und um Paris... ja und natürlich in Malmaison!«

»Malmaison?« fragte er stirnrunzelnd. »Sollte ich das kennen?«

»Nun, es ist das Château, das Napoleon eigens für Joséphine gekauft hat. Es liegt nur ein paar Kilometer außerhalb von Paris, in Rueil, gleich an der Seine. Heute ist es als Museum für die Öffentlichkeit zugänglich gemacht – ein wirklich schöner Besitz. Ach, vielleicht würden Sie gern einmal einen Ausflug dorthin machen, Johnny?«

Museen interessierten ihn zwar nicht, aber um mit ihr zusammensein zu können, wäre er auf alles eingegangen. Also nickte er rasch. »Wann wollen wir fahren? Gleich morgen?«

»Wenn Sie möchten.«

»Und ob! Und nach der Besichtigung lade ich Sie zum Lunch ein, abgemacht?«

»Also gut. Aber jetzt sollten wir uns erst einmal ums heutige Abendessen kümmern. Mir steigt nämlich langsam der Champagner zu Kopf.«

»Oh, ja, natürlich – wir haben ja noch nicht mal bestellt!«

»Was halten Sie davon, wenn wir mit einer Pâté aus dem Périgord beginnen und als Hauptgericht vielleicht... die gegrillte Seezunge?«

»Ich vertraue ganz Ihrem Urteil, klingt gut.«

Später, sie waren inzwischen beim Hauptgang, meinte Rosie: »Ich habe von Nell gehört, daß Sie mit einem veritablen Gefolge nach Paris gekommen sind?«

»Na ja, das ist wohl doch ein bißchen übertrieben. Ich habe meinen Assistenten dabei, den Keyboarder und natürlich meinen Manager.«

»Aha, und was macht das glückliche Kleeblatt heute abend?«

»Oh, die wollten sich ein wenig in den Pariser Jazzkneipen umschauen, hören, was die Konkurrenz zu bieten hat... Ach, dabei fällt mir ein: Waren Sie eigentlich schon einmal in einer von meinen Shows, Rosie?«

»Leider nicht, nein, was ich übrigens sehr bedaure. Ich habe Ihnen ja schon gesagt, wie ausnehmend gut mir Ihre Stimme gefällt.«

»Warum kommen Sie dann nicht nächste Woche nach London? Da singe ich im Wembley Stadion.«

Rosie sah ihn nur leicht verwundert an und sagte nichts.

»Oh, keine Angst, das geht ganz ohne Streß und Hektik«, versicherte er hastig. »Sie könnten am Montag mit mir in meiner Maschine rüberfliegen. Oder wenn das zu früh ist, schicke ich Ihnen den Jet im Laufe der Woche wieder her. Kommen Sie, Rosie, sagen Sie ja! Wir hätten bestimmt beide einen Riesenspaß. Und außerdem wird es doch wirklich höchste Zeit, daß Sie mal so ein gigantisches Konzertspektakel miterleben, oder?«

»Also gut, überredet«, sagte sie lächelnd.

Ihr Lächeln hätte einen Eisberg zum Schmelzen gebracht! Und ehe er sich anders besinnen konnte, hatte Johnny schon nach ihrer Hand gegriffen und drückte sie stürmisch. »Sie brauchen sich um überhaupt nichts zu kümmern. Nells Büro wird Ihnen eine Suite in meinem Hotel reservieren, im Dorchester. Und ich verspreche Ihnen, Sie werden sich großartig amüsieren.«

»Das glaube ich Ihnen aufs Wort, Johnny«, sagte

Rosie, und im stillen dachte sie: Ich freue mich über die Einladung. Ich bin froh, daß ich zugesagt habe. Ich habe mich schon seit Jahren nicht mehr richtig amüsiert.

Und ganz tief im Innern wußte Rosie bereits, daß dieser Flirt zwischen ihr und Johnny nicht platonisch bleiben würde.

34

Rosie kam es mitunter vor, als ob Johnny Fortune ihr Leben ganz und gar mit Beschlag belegt hätte. Aber sie hatte es ja zugelassen, war seine willige Komplizin gewesen bei dieser stürmischen Eroberung.

Seit dem ersten Abend im Voltaire war er praktisch nicht mehr von ihrer Seite gewichen. Nachdem sie ihn tags darauf nach Malmaison begleitet hatte, bat er sie, ihm doch auch ein wenig vom »wahren« Paris zu zeigen, für das er auf seinen bisherigen Reisen, die natürlich immer mit dichtgedrängten Konzertterminen verbunden waren, nie Zeit gehabt hatte.

Rosie hatte ihre Phantasie spielen lassen und einen Besichtigungsplan mit Sehenswürdigkeiten zusammengestellt, von denen sie glaubte, daß sie ihn interessieren würden. Und wirklich hatten sie ein paar herrliche Tage damit zugebracht, ihre Lieblingsstadt zu durchstreifen, hatten mittags in ausgewählten Bistros Rast gemacht und abends in Gourmet-Tempeln wie Taillevent oder Tour d'Argent diniert. Sie hatten zusammen gelacht und eine Menge gemeinsamer Gesprächsthemen entdeckt, und darüber entwickelte sich rasch eine angenehme Kameradschaft zwischen ihnen.

Doch als sie ihm an diesem Freitagmittag im Restaurant des Relais Plaza gegenübersaß, fand sie Johnny auf einmal ganz verändert. Er wirkte kühl, distanziert, zerstreut, ja fast mißmutig. Und er hatte kaum ein Wort mit ihr gesprochen.

»Stimmt was nicht?« fragte sie endlich und sah ihn besorgt an.

»Wie? Doch, doch, alles in Ordnung.«

Rosie beugte sich näher zu ihm und sagte leise, aber eindringlich: »Schau, Johnny, ich merk dir doch an, daß irgendwas los ist. Willst du's mir nicht sagen?«

Er schüttelte den Kopf.

»Hab ich dich irgendwie verärgert?«

»Aber nein!« Wie zur Beruhigung schenkte er ihr ein mattes Lächeln.

»Aber du bist doch traurig, Johnny.«

Er senkte stumm den Blick.

»Du ißt nichts...«

»Ich hab bloß keinen Hunger, Rosie.«

Sie sah auf ihren Teller mit Rührei, in dem sie nur ein bißchen mit der Gabel herumgestochert hatte, und flüsterte: »Ich auch nicht.«

Johnny blickte auf, sah erst ihren fast unberührten Teller, dann ihr wachsbleiches Gesicht. Er legte seine Hand auf die ihre und drückte sie so fest, daß die Knöchel kalkweiß hervorsprangen. Langsam, so als sei ihm eben etwas klargeworden, nickte er vor sich hin und sagte dann: »Wollen wir raufgehen in meine Suite und... dort den Kaffee trinken?«

»Ja.« Und sie erwiderte den Druck seiner Hand.

Sie trug ihren Mantel über dem Arm, doch kaum hatten sie die Suite betreten, nahm er ihn ihr ab.

Ihre Hände streiften sich, und sie tauschten einen raschen, fast verstohlenen Blick.

Ungeduldig warf Johnny den Mantel auf den nächstbesten Stuhl; Rosie machte es mit Tasche und Handschuhen ebenso.

Johnnys Augen ließen die ihren nicht los. »Ich kann nichts essen, weil ich die Qual nicht länger ertrage…«

»Ich weiß, warum du nichts essen kannst, Johnny. Aus demselben Grund wie ich.«

Sie wechselten einen Blick, der plötzlich keine Geheimnisse mehr kannte, und dann lagen sie einander in den Armen.

Sein Mund fand den ihren, und er überschüttete sie mit tausend Küssen. Unendlich sanft glitt seine Zunge zwischen ihre Lippen, tastete nach ihrer Zunge und hielt, als sie sie gefunden hatte, sacht und zärtlich inne. Seine Hände waren unterdessen unter ihren Pullover geschlüpft, er fand den Verschluß ihres BHs und hakte ihn auf. Mit sanften, kreisenden Bewegungen kamen seine Hände nach vorn, schoben Pullover samt BH hoch und entblößten ihre volle, schöne Brust. Er senkte den Kopf, lutschte abwechselnd an ihren rosigen Titten, preßte beide Brüste zusammen und liebkoste sie, bis er endlich stöhnend vor ihr in die Knie sank.

Er zog den Reißverschluß an ihrem Rock auf und streifte ihn über ihre Hüften. Als er zu Boden fiel, befreite Rosie sich vollends mit einem Schritt, schlüpfte gleich darauf auch aus den Schuhen und stand reglos vor ihm. Sie trug lediglich eine Strumpfhose, durch deren hauchdünnes Material er das dunkle Haardreieck schimmern sah. Er schmiegte den Kopf an ihren Leib, schloß die Augen und atmete ihren Duft ein, den wundervollen, sinnlichen Duft einer Frau, in der das Verlangen reift. Er fing an, durch das Nylon hindurch ihren Venushügel zu küssen, streichelte dabei ihre Pobacken, erst sanft, dann drängender, bis er ihren Körper ganz dicht vor sein Gesicht gepreßt hielt. Undeutlich und wie aus weiter Ferne hörte er, wie ihr ein langer, wohliger Seufzer entschlüpfte.

Johnny öffnete die Augen, erhob sich taumelnd und schloß sie abermals in seine Arme. Mit einer Hand tastete er nach der Tür und schloß ab, dann führte er Rosie, die er immer noch fest umschlungen hielt, hinüber ins Schlafzimmer.

In der Tür blieben sie stehen und küßten sich. Da faßte Johnny sie mit einer plötzlichen, raschen Bewegung unter den Pobacken und hob sie auf sich drauf. Sie legte die Arme um seinen Hals, grätschte die Beine und schlug sie ihm um die Hüften, und so trug er sie zum Bett. Dort legte er sie sanft in die Kissen zurück, rollte ihr die Stumpfhose über die Hüften abwärts und zog sie ihr schließlich ganz aus.

Rosie zog sich den Pullover selbst über den Kopf und sah zu, wie er seinen Blazer über seine Stuhllehne warf und sich hastig die Krawatte abmachte. Mit drei Schritten war er bei der Tür, schloß sie und knöpfte sich im Zurückkommen das Hemd auf.

Johnny stand vor dem Bett und sah sie nur an. Ihr mädchenhaft schlanker Körper ließ ihre vollen Brüste noch größer erscheinen. Es waren die verführerischsten Brüste, die er je gesehen hatte, mit einem rosig leuchtenden Hof um die festen kleinen Nippel. Er hatte Lust, sein Gesicht darin zu vergraben, sie zu liebkosen und für immer zwischen ihnen geborgen zu sein.

Nachdem er sich vollends ausgezogen hatte, nahm Johnny sie an beiden Händen, richtete sie auf und zog sie schließlich vom Bett in seine Arme. Indem er mit der flachen Hand über ihren Rücken fuhr, preßte er sie fest an sich, damit sie ihn spüren konnte. Er hatte eine wahnsinnige Erektion, und sie sollte wissen, wie sehr er sie begehrte. Johnny war krank vor Verlangen, und das schon seit Tagen. Die Zurückhaltung hatte ihm schier unerträgliche Qualen bereitet, und nun war er aufgeladen wie vor einer Explosion. Er küßte sie auf den Mund, dann auf den Hals und ließ seine Lippen weiterwandern zu ihren Brüsten, die er mit Inbrunst leckte.

Rosie zitterte in seinen Armen, und als Johnnys Körper

sich fester an den ihren schmiegte, als seine Hände auf ihrem Rücken und seine Lippen auf ihren Brüsten brannten, da spürte sie, wie ihre Beine unter ihr nachgaben. Eine köstliche Wärme machte sich in ihrem Becken breit, strahlte hinab in ihr innerstes Sein und bis hinauf in die Magengrube. Es war ein unbeschreiblich schönes Gefühl, eines, das sie schon so lange nicht mehr gehabt hatte, daß sie zuzeiten glaubte, es würde nie mehr wiederkommen. Aber jetzt erlebte sie es doch, hier zusammen mit Johnny Fortune. Er war schön, liebevoll und zärtlich, und sie begehrte ihn ebenso sehr wie er sie, ja hatte ihn schon die ganze Zeit gewollt, schon seit jenem Abend im Voltaire. Sie hatte nur darauf gewartet, daß er den ersten Schritt tat, hatte sich gesehnt nach seinem Kuß, nach seiner Umarmung.

Johnny war jetzt so erregt, daß sein Verlangen sie noch mehr in Wallung brachte. Ihre Hände streichelten seinen Rücken, wanderten hinunter zu seinen Pobacken, massierten, kneteten sie mit immer heißerem Druck. Da hob er den Kopf von ihrer Brust, sein Mund suchte den ihren, seine Zunge glitt zwischen ihre Lippen und zog sich wieder zurück, immer wieder – das Sinnlichste und Wollüstigste, was sie sich denken konnte. Sie führte ihre Hände über seinen Rücken hinauf zu den Schultern, krallte sich daran fest, kraulte seinen Nacken, fuhr ihm mit spielerischen Fingern durchs Haar. Sein Mund verschloß den ihren; ihre Körper waren wie zusammengeschweißt.

Johnny zog die Steppdecke vom Bett und drängte sie auf die seidenen Laken. Über sie gebeugt, flüsterte er: »Geh nicht weg, bitte«, und verschwand im Bad.

Rosie lag mit geschlossenen Augen still da und wartete auf ihn. Das Blut rauschte in ihren Ohren, all ihre Sinne verlangten nach ihm, sie stand in Flammen.

Ein leises Geräusch ließ sie die Augen aufschlagen.

Johnny schloß die Vorhänge und sperrte das Sonnenlicht aus. Als er sich umdrehte und aufs Bett zukam, sah sie, wie riesig er ihm stand, und ein kleiner Schauer überlief sie. Sie sah wohl, daß er sich im Badezimmer ein Kondom übergestreift hatte.

Mit leisem Lächeln strich er ihr übers Gesicht, legte sich zu ihr aufs Bett und nahm sie in die Arme. Seine Hände wanderten forschend, suchend, fragend, lockend und streichelnd über ihren Körper, voll Verlangen, sie bis ins kleinste kennenzulernen. Langsam, langsam und zärtlich glitten seine Finger zwischen ihre Schenkel, tasteten schmetterlingsgleich, rieben und schmeichelten – und dann hatte er ihren Kern gefunden, und seine Finger trieben ihre heiße Erregung zum Siedepunkt.

Plötzlich und ohne jede Vorwarnung stemmte Johnny sich über sie und drang schnell, fast brutal in sie ein. Beinahe hätte sie vor Schmerz aufgeschrien, aber sie unterdrückte den Impuls. Nur ihr Körper versteifte sich für einen Moment.

Als er das spürte, schob er die Hände unter ihren Po, hob ihren Körper dem seinen entgegen und drang gleichzeitig tiefer und tiefer in sie ein, bis ihr war, als rühre er an ihr Herz. Hitzig an ihn geklammert, paßte sie sich seinem Rhythmus an, und dann bewegten sie sich in harmonischem, aber wildem Auf und Ab – unersättlich trieb eins den anderen an, begierig, das eigene Verlangen ebenso zu stillen wie das des anderen.

Rosie spürte, wie sie immer weicher und feuchter wurde. Weit, weit öffnete sie sich ihm, wollte ihn ganz in sich fühlen. Johnnys Rhythmus wurde schneller, steigerte sich rauschhaft, und dann rief er ungestüm ihren Namen, drängte sie, sich ihm hinzugeben: »Komm doch, komm.« Und sie kam. Sein Name war auf ihren Lippen, als sie gemeinsam den Höhepunkt erlebten.

Selig erschöpft sank er auf sie nieder, das Gesicht an ihrer Brust. So lag er eine ganze Weile.

Endlich ging ein bebendes Lachen durch seinen Körper.

»Was ist denn?« fragte Rosie verdutzt und faßte ihn an der Schulter.

Er hob den Kopf und sagte, immer noch glucksend vor Vergnügen: »So steht's eigentlich nicht in den Büchern, Honey. Beim ersten Mal klappt es normalerweise nicht derart phänomenal. Angeblich muß man sich vorher erst sehr gut kennenlernen, weißt du, und dann, allmählich ...«

Jetzt lachte Rosie auch und strich ihm das zerzauste Blondhaar aus der Stirn. Aber sie sagte nichts.

Johnny richtete sich auf, schwang sich aus dem Bett und murmelte mehr zu sich selbst: »Ich muß erst mal dieses blöde Ding loswerden.« Damit verschwand er im Badezimmer.

Als er zurückkam, streckte er sich wieder neben ihr aus, stützte sich auf den Ellbogen, damit er ihr in die Augen sehen konnte, und sagte: »Wir passen phantastisch zusammen, Rosie. Ich hoffe, du wirst bleiben.«

»Aber sicher doch. Du mußt mich schon noch füttern, bevor ich gehe.«

»Ich spreche nicht von *heute*. Wenn ich sage ›bleiben‹, dann meine ich ... na ja, für länger eben.« Eigentlich hatte er sagen wollen, »für immer«, aber das wagte er nicht. Jedenfalls noch nicht. Er hatte inzwischen gelernt, daß er bei Rosie behutsam vorgehen mußte. Es machte ihm nichts aus. Schließlich war's ihm ernst mit ihr, hier ging es ums Ganze.

Rosie lächelte ihn an. »Natürlich bleibe ich. Warum auch nicht? Trotzdem wär's lieb von dir, wenn du einer hungrigen Frau erst mal was zu essen geben würdest. Ich sterbe vor Hunger, Johnny.«

»Ich auch, Rosie. Nach dir.« Sein Gesicht schwebte über dem ihren, und dann küßte er sie auf den Mund, aber nur ganz sanft, und sah ihr tief in die Augen.

In Johnnys Zügen spiegelte sich grenzenlose Verzückung, und als er ihr jetzt eine verirrte Haarsträhne aus der Stirn strich, lag in der Berührung fast so etwas wie Ergriffenheit. »Weißt du, Rosie, ich habe so was noch nie erlebt«, gestand er. »Und ich habe noch für keine Frau gefühlt wie für dich. Seit unserer ersten Begegnung bist du mir nicht mehr aus dem Kopf gegangen.«

Rosie schwieg, aber sie streckte die Hand aus und fuhr mit zwei Fingern über seine Wange.

»Sag doch was«, flüsterte er. »Wie fühlst du dich, hm?«

»Wunderbar, rundum zufrieden und glücklich«, murmelte sie.

Das schmeichelte ihm, aber er wollte mehr. »Hast du denn auch an mich gedacht, nachdem du mit Nell bei mir warst? Und meine Anrufe? Hast du dich darüber gefreut?«

Sie nickte. »Ja und noch mal ja.«

»Und? Was hast du gedacht?«

»Daß ich dich gern wiedersehen wollte. Und als wir uns verabredet hatten, da hab ich mich drauf gefreut. Und…«

»Und? Was?«

»Und seit du in Paris bist, hab ich mich nach dir gesehnt, nach deinen Händen, deinen Lippen und…«

»Na komm, genier dich nicht, sag's mir, bitte!«

Ein verstohlenes Lächeln spielte um ihren Mund. »Ich hab mir gewünscht, daß wir zusammen sind, so wie jetzt… im Bett. Aber ich hatte auch ein bißchen Angst.«

»Warum? Wovor hattest du Angst?«

»Na ja, vielleicht ist ›Angst‹ nicht das richtige Wort. Sagen wir, ich war nervös.«

Er runzelte die Stirn und schwieg.

»Weißt du«, fuhr sie ganz behutsam fort, »meine Ehe ist schon vor fünf Jahren gescheitert. Aber ich war noch immer seine Frau, und ich habe mich… also ich habe mit keinem anderen geschlafen. Wahrscheinlich war ich deshalb ein bißchen nervös.«

Es freute ihn, daß es außer dem Ehemann keinen anderen in ihrem Leben gegeben hatte und daß sie nach so vielen Jahren der Enthaltsamkeit gerade ihn gewählt hatte. Das war beinahe, als ob sie als Jungfrau zu ihm gekommen wäre, und auch das gefiel ihm.

»Und hab ich dich enttäuscht?« fragte er.

»Wie kannst du nur so dumm fragen, Johnny. Du hast doch selbst gespürt, wie schön es für mich war. Nein, ich wollte dir bloß erklären, warum mir ein bißchen bange war vorher... ich meine, nach fünf Jahren Zölibat...«

Ein mutwilliger Funke blitzte in seinen Augen auf, und er sagte verschmitzt: »Mit dem Sex ist es wie mit dem Radfahren, das verlernt man nicht.«

Rosie lachte. »Da magst du recht haben. Andererseits hat schon meine Mutter gesagt: ›Übung macht den Meister.‹«

»Falls du auf ein Kompliment aus bist, Honey, dann kann ich dir nur bestätigen, daß dir die Meisterklasse sicher ist, auch ohne Praxis in letzter Zeit.«

Er beugte sich über sie, küßte sie auf den Mund und fuhr dann mit sanfter Hand alle Konturen ihres Körpers nach, von den Brüsten über die Arme hinunter zu den Hüften, die Beine entlang bis zu den Füßen, nur um dann jeder Rundung wieder aufwärts und zu den Brüsten zurück zu folgen. Und seine Augen flossen über vor Zärtlichkeit und Hingabe. Johnny war hoffnungslos vernarrt in sie.

»Du machst mich schon wieder ganz heiß«, flüsterte Rosie.

»Das will ich ja gerade, und ich möchte dich besitzen, ganz, mit Haut und Haar, verstehst du? Ach Gott, Rosie, du ahnst ja nicht, was du mit mir machst, wie sehr ich dich begehre...«

Rosie setzte sich auf, schlang die Arme um seinen hageren Körper und drückte ihn fest an sich. »Weißt du was«, sagte sie, »wir lassen uns einfach ein paar Sandwiches raufkommen. Tut mir leid, aber ich hab dir ja gesagt, ich bin am Verhungern.«

»Okay, ich ruf den Roomservice an. Aber sowie wir gegessen haben, geht's zurück ins Bett!«

35

Johnny erwartete sie in ihrer Suite im Dorchester, als sie eine Woche später, von Heathrow kommend, im Hotel eintraf.

Als Rosie eintrat, gefolgt von einem Pagen mit ihrem Gepäck, sprang er wie elektrisiert auf und schloß sie stürmisch in die Arme. »O mein Gott, du ahnst ja nicht, wie ich mich nach dir gesehnt habe«, flüsterte er.

Johnny gab dem Pagen ein Trinkgeld und begleitete ihn hinaus. Dann half er Rosie aus dem Mantel, zog sie neben sich aufs Sofa und küßte sie leidenschaftlich. Sie erwiderte seinen Kuß, glücklich, daß er offenbar ebenso sehnsüchtig auf dieses Wiedersehen gewartet hatte wie sie.

»Oh, das waren grausame Tage ohne dich, Honey! Ich war richtig krank, weißt du!«

»Jetzt bin ich ja da«, sagte sie. »Und ich gehöre ganz dir.«

Strahlend erhob er sich und reichte ihr die Hand. »Komm, ich möchte dir die Suite zeigen. Sie ist wirklich Klasse, weißt du.«

Rosie hatte schon im Hereinkommen gesehen, wie geschmackvoll der Salon eingerichtet war. Und auch die vielen Vasen mit blaßrosa Rosen waren ihr nicht entgangen. »Danke, daß du an meine Lieblingsblumen gedacht hast, Johnny«, sagte sie. »Die Rosen sind wunderschön.«

»Genau wie du.« Er öffnete die Tür nach nebenan und sagte: »Siehst du, hier ist das Schlafzimmer, ein richtiger

Tanzsaal, nicht? Und da drüben geht's ins Bad. Ach, und hier rechts hast du noch so eine Art Ankleidezimmer. Aber du kannst dir das später alles in Ruhe ansehen. Soll ich dir jetzt ein Zimmermädchen kommen lassen, das dir beim Auspacken hilft?«

Rosie schüttelte den Kopf. »Danke, aber das schaff ich schon allein.« Ihr Blick fiel auf eine kleine Vase mit Veilchen auf dem Nachttisch, und sie schmiegte sich an ihn und gab ihm einen Kuß. »Danke«, hauchte sie, »du bist so lieb.«

Er lächelte sie an. »Jetzt aber Schluß mit der Küsserei«, sagte er heiser. »Sonst landen wir im Handumdrehen in dem Bett da – und ich hab doch heute abend mein Konzert, da muß ich schon mit meinen Kräften haushalten.«

Sie kehrten in den Salon zurück, und Johnny deutete auf eine Tür an der Längswand. »Dahinter liegt gleich meine Suite. Wenn du was brauchst, mußt du also bloß rufen.«

Rosie lächelte nur.

Johnny lehnte sich an den Kaminsims und schaute sie unverwandt an.

»Du machst es ja schon wieder, Johnny.«

»Was denn?«

»Na, mich so anstarren.«

»Dagegen bin ich machtlos. Du bist so schön, daß ich mich einfach nicht satt sehen kann an dir.«

»Ach, nächste Woche um diese Zeit bist du mich womöglich schon wieder leid.«

»Niemals!« beteuerte er und fragte dann, in ruhigerem Ton: »Du *weißt* doch, was heute für ein Tag ist, nicht?«

Sie runzelte leicht die Stirn. »Ich... hmmm... ja, natürlich. Du gibst heute abend dein Eröffnungskonzert, den Auftakt zu deiner Englandtournee.«

»Ja, sicher, aber heute ist auch Freitag, der 14. Februar. Valentinstag, Rosie!«

»Oje, das hatte ich tatsächlich vergessen.«

»Aber ich nicht.« Er steckte die Hand in die Tasche und zog ein kleines, in Geschenkpapier eingewickeltes Kästchen heraus. »Das ist für dich, Rosie, mit all meiner Liebe.«

Rosie schüttelte traurig den Kopf. »Und ich hab nicht dran gedacht, und nun hab ich auch kein Geschenk für dich. Ach, Johnny, es tut mir so entsetzlich leid.«

»Aber nicht doch! Du bist schließlich hier, oder? *Du* bist mein Valentinsgeschenk. Aber nun mach endlich dein Päckchen auf, und schau dir an, was drin ist.«

Sie nestelte das weiße Seidenband auf, zog das Papier weg und hielt ein rotledernes Kästchen mit Goldprägung in der Hand. Als sie den Deckel aufklappte, verschlug es ihr den Atem. Vor ihr lag auf schwarzem Samtpolster ein Ring mit einem großen Brillanten.

Johnny beobachtete sie gespannt. Als sie aber sprachlos blieb, fragte er schließlich: »Na, was ist? Gefällt er dir nicht? Ist der Stein am Ende nicht groß genug?«

»Oh, Johnny, er ist wunderschön! Ein Traum von einem Ring! Aber... aber ich kann ihn unmöglich annehmen.«

»Ja, warum denn nicht?«

»Weil... etwas so Wertvolles kann ich einfach nicht annehmen, Johnny.«

»Aber das ist nicht irgendein Ring. Es ist ein *Verlobungsring.*«

»Oh, Johnny...«

»Ich liebe dich, Rosie.«

Sie sah ihn aus großen, verwunderten Augen an.

»Ich möchte, daß wir uns verloben«, sagte er. »Ich möchte, daß wir heiraten. Ich möchte den Rest meines Lebens mit dir verbringen. Ich hab dir doch schon mal gesagt, daß ich vor dir noch keine Frau geliebt habe. Ich möchte, daß du *meine* Frau wirst, Rosie.« Seine unwahrscheinlich blauen Augen waren eindringlich auf sie gerichtet, und sein feierlich gesammeltes Gesicht ließ keinen Zweifel daran, wie ernst es ihm war.

»Oh, Johnny, ich bin ganz gerührt... und wahnsinnig geschmeichelt, weißt du, aber ich darf diesen Ring jetzt nicht nehmen, und ich kann mich auch nicht mit dir verloben. Ich bin doch noch immer verheiratet, Darling.«

»Aber du sagtest doch, du bist so gut wie geschieden.«

»Sicher, es ist alles in die Wege geleitet, aber bis die Scheidung rechtskräftig wird, können noch Monate vergehen – wahrscheinlich dauert's fast ein Jahr...«

»Es ist mir egal, wie lange es dauert!« unterbrach er sie leidenschaftlich. »Ich warte auf dich. Und wir können ja auch so zusammenleben, bis du frei bist und mich heiraten kannst. Also bitte, Honey, nimm den Ring. Komm, laß mich ihn dir anstecken.«

»Nein, Johnny, ich kann nicht.« Unwillkürlich hatte sie die Stimme erhoben, und jetzt sah sie, wie er erstarrte.

»Bitte, Johnny, mach nicht so ein Gesicht.«

»Was denn für ein Gesicht?«

»So als ob man dich geschlagen hätte. Ich will dich doch nicht verletzen.«

»Aber du empfindest nicht das für mich, was ich für dich fühle, oder?« hakte er nach.

»Ich... ich weiß nicht. Du hast einfach zuviel Tempo drauf für mich, mir geht das alles zu schnell.« Und nach einem erzwungenen kleinen Lachen fuhr sie fort: »Schau, ich hab mir beim ersten Mal bös die Finger verbrannt, und ich möchte nicht noch mal einen Fehler begehen. In einer kaputten Ehe zu leben, weißt du, das ist die Hölle. Ich könnt's nicht noch einmal ertragen.«

»Aber ich bin kein Guy de Montfleurie! Du hast mir erzählt, daß er dir schon sehr bald untreu gewesen ist, dir weh getan hat, weil er ganz ungeniert mit anderen Frauen schlief. Ich will keine andere, Rosie. Ich will nur dich.«

»Ich zweifle ja auch gar nicht an dir und deinen Gefühlen, Johnny, das ist es nicht. Ich möchte bloß... *klüger* handeln diesmal, besonnener. Für uns beide! Schau, du bist nie verheiratet gewesen, also kannst du dir auch nicht vorstellen, wie man leidet, wenn eine Ehe auseinanderbricht. Es ist furchtbar, glaub mir.«

»Uns wird das nicht passieren«, widersprach er, »dazu liebe ich dich viel zu sehr.«

Rosie fuhr unbeirrt fort: »Sieh mal, Guy und ich, wir haben voreilig geheiratet. Wir kannten uns kaum. Und du kannst doch nicht leugnen, daß auch *wir* bis jetzt nur sehr wenig voneinander wissen. Schließlich sind wir doch erst seit einer Woche zusammen.«

»Zehn Tage, um genau zu sein«, korrigierte er. »Und ich kenne dich sehr wohl, ganz intim sogar.« Seine Augen wurden schmal, als er sie jetzt forschend ansah und fast beschwörend sagte: »Hör zu, Rosie, man kann fünfzig Jahre mit einem Menschen zusammensein, ohne je zu erfahren, wie und wer er wirklich ist. Aber es kommt auch vor, daß zwei sich begegnen – und es macht *wumm*!, und alles ist geritzt. Man begreift instinktiv, daß man den Richtigen getroffen hat, ja man erkennt ihn sozusagen wieder als den, der für einen bestimmt ist. Und so war es bei uns. Wir sind füreinander bestimmt, Honey. Ich liebe dich, ich bete dich an.«

Sie schwieg.

»Empfindest du denn gar nichts für mich?«

»Oh, Johnny, wie kannst du so was sagen! Ich liebe dich doch auch. Ich bin verrückt nach dir. Du bist so gut und sanft und zärtlich, ich ...«

Ein Lächeln huschte über sein Gesicht. Er war froh, endlich wieder Boden zu gewinnen. »Na also, warum willst du dann den Ring nicht nehmen?«

»Bitte, Johnny, wir wollen nichts überstürzen. Laß es uns doch langsam angehen.«

»Und wenn du ihn einfach an der rechten Hand trägst statt an der linken? Dagegen ist doch wirklich nichts einzuwenden, oder?«

Rosie schüttelte den Kopf. »Laß uns wenigstens so lange warten, bis ich frei bin und das Recht habe, ein

Symbol unserer Freundschaft zu tragen.« Sie klappte das Schmuckkästchen wieder zu und stellte es auf den Tisch. »Aber du sollst wissen, daß dies der schönste Ring ist, den ich je gesehen habe.«

Er legte die Arme um sie, zog sie stürmisch an sich und küßte sie inbrünstig. Dann hielt er sie sanft ein Stück von sich ab und sah ihr in die Augen. »Ich muß immerzu an dich denken, Rosie, und ich begehre dich so sehr, Tag und Nacht. Und ich will, daß du bei mir bleibst, Honey, als meine Frau. Als Mrs. Johnny Fortune.«

»Oh, Johnny, Johnny Darling«, hauchte sie und lehnte sich zärtlich an ihn, endlich wieder entspannt, endlich wieder im Einklang mit ihm.

Er spürte, wie ihre Anspannung wich, und auf einmal wurde ihm klar, daß sie ebenso wehrlos gegen ihn war wie umgekehrt, und das machte ihn froh.

In seinem Überschwang spürte Johnny allen Widerstand schwinden. Er vergrub die Hände in ihrem Haar, zog sie an sich und bedeckte ihr Gesicht mit glühenden Küssen. Rasch entflammt kam sie ihm entgegen, schlang die Arme um seinen Hals und klammerte sich mit bebenden Gliedern an ihn.

Abrupt machte er sich los und sagte: »Tut mir leid, Honey, ich… ich hätte nicht damit anfangen dürfen. Dafür haben wir jetzt wirklich keine Zeit.« Und nach einem unterdrückten Seufzer setzte er hinzu: »Siehst du jetzt, was du mit mir machst? Du bringst mich glatt um den Verstand.«

»Das tust du umgekehrt auch«, flüsterte sie.

Johnny nahm ihr Gesicht in beide Hände und sah ihr tief in die Augen. »Sag mir nur, woran ich bin«, bat er eindringlich.

»Johnny, es hat sich nichts geändert zwischen uns seit Paris. Andernfalls wäre ich doch auch gar nicht hier. Ich will ja mit dir zusammensein. Ich hab dir doch gesagt, ich bin verrückt nach dir.«

»Und? Hab ich eine Chance?«

»Aber ja! Ja, die hast du!«

»Heißt das, du wirst wenigstens darüber nachdenken? Über meinen Heiratsantrag, meine ich?«

»Versprochen.«

»Klappt es denn im Bett nicht wunderbar mit uns?«

Sie lächelte ihn an. »Darauf brauche ich dir wohl nicht zu antworten.«

»Und auch abgesehen vom Bett verstehen wir uns toll. Sag es, Rosie.«

»Wir verstehen uns sehr gut.«

Ein selbstgefälliges kleines Lächeln spielte um seinen Mund. »Also, dann läuft doch alles super für uns. Okay, das wäre geklärt. Wir verloben uns an dem Tag, an dem deine Scheidung perfekt ist. Und einen Tag später wird geheiratet.«

Rosie sah ihn erschrocken an. »Aber... das hab ich nicht gesagt, Johnny.«

Er hatte sie anscheinend gar nicht gehört. »Jetzt wird's aber höchste Zeit für mich, Baby! Nell kommt nachher und holt dich ab fürs Konzert.« Damit steuerte er auf die Tür zu seiner angrenzenden Suite zu.

Rosie nahm das Schmuckkästchen von Cartier und lief ihm nach. »Johnny! Warte! Der Ring!«

Er schüttelte nur den Kopf. »Ich hab ihn für dich gekauft. Also gehört er dir. Behalte ihn.«

»Das *kann* ich nicht. Du *mußt* ihn wieder an dich nehmen! Ich... ich hätte Angst, ihn zu verlieren. *Bitte*, Johnny, heb du ihn für mich auf, ja?«

»Also schön«, sagte er widerstrebend, nahm das Kästchen und steckte es ein. Dann beugte er sich zu Rosie hinunter und gab ihr einen Kuß auf die Nasenspitze. »Du wirst meine Frau werden, Rosie. Wir sind füreinander bestimmt, glaub mir. *Que serà serà.*«

Wieder wußte sie nicht, was sie darauf hätte antworten sollen.

Die Hand schon auf der Klinke, sagte er: »Oh, da sind 'n paar Musiker in meiner Suite und üben. Die würden zwar nie hier reinkommen und dich belästigen, aber wenn's dich beruhigt, kannst du gern hinter mir abschließen.«

»Nein, nein, mach die Tür nur richtig zu.«

Er nickte. »Ach, Rosie, es bleibt doch dabei – ich meine, du kommst mit mir auf Tournee, oder?«

»Wenn du dir einbildest, ich würde dich unbewacht auf die Provinz loslassen, dann bist du schief gewickelt. Natürlich komme ich mit!«

»Und vergiß Schottland nicht, Rosie. Wenn wir Manchester, Leeds und Birmingham hinter uns haben, dann geht's rauf nach Glasgow und Edinburgh. Also, bis später, Baby.« Er winkte ihr noch einmal zu, ehe er seine Suite betrat und die Tür sorgfältig hinter sich schloß.

36

Eine Stunde später präsentierte sich Rosie im Schlafzimmer ihrer Freundin Nell und fragte: »Na, wie seh ich aus?«

»*Super*«, sagte Nell. »Elegant, distinguiert und dabei doch wahnsinnig glamourös, Rosie. Genau richtig für Johnny. Wir dürfen schließlich nicht vergessen, daß du sein Mädchen bist.«

Rosie warf ihr einen raschen Blick zu und lachte. »*Sein Mädchen* – weißt du, das klingt reichlich komisch.«

»Nun, ich zitiere nur unseren Superstar. ›Rosie ist mein Mädchen‹, das erzählt er jedem, der's hören will. Er ist irrsinnig stolz auf dich, weißt du.« Nell musterte sie aufmerksam und fragte: »Ist es dir unangenehm, daß er dich so nennt?«

Rosie schüttelte den Kopf. »Nein, das nicht gerade, es klingt bloß so eigenartig, finde ich.«

»Tja, das ist eben Johnny. Du hast dir da kaum einen Rhodes-Stipendiaten eingefangen.«

»Pfui, wie kannst du so gehässig sein, Nell!«

»Aber so war's doch nicht gemeint! Ich hab immer große Stücke auf Johnny gehalten, das weißt du. Und auf meine Art hab ich ihn auch sehr gern. Er ist ein anständiger Kerl, zuverlässig und ehrlich, einer, wie man ihn im Showgeschäft heutzutage mit der Laterne suchen kann.« Nell trat einen Schritt zurück und betrachtete Rosie mit schief gelegtem Kopf. »So, jetzt haben wir aber genug philosophiert. Komm, dreh dich mal.«

»Zu Befehl, Ma'am!« Rosie salutierte und vollführte dazu eine elegante Kreisbewegung. Ihr schwarz-samtenes Ensemble bestand aus enganliegenden Hosen und einem Kasack mit langen, pluderigen Ärmeln sowie einem breiten Seidenkragen in bunt leuchtenden Karos. Darüber trug sie ein ärmelloses Piece, das vorne offen war und ihr bis zu den Knöcheln reichte.

»Wirklich irrsinnig schick!« bekräftigte Nell und nickte beifällig. »Aber sag mal, wo ist denn der Ring?«

Rosie fuhr herum. »Du *weißt* von dem Ring?«

»Natürlich. Wen, glaubst du, hat unser Johnny gleich nach der Landung in Heathrow zu Cartier geschleppt?«

»Du meinst, er hat den Ring schon am Dienstag gekauft? Du bist doch Dienstag aus New York gekommen?«

»Ja, sicher. Er wollte meine Zustimmung haben. Und die hab ich ihm natürlich gegeben. Der Brillant hat schließlich zehn Karat – und Starbust-Schliff. Das Feinste vom Feinen. Also sag schon, Rosie, wo hast du ihn?«

»Ich hab ihn Johnny zurückgegeben. Ich konnte ihn doch nicht annehmen, Nell, verstehst du das nicht? Johnny und ich, wir kennen uns schließlich erst seit ein paar Tagen. Und im übrigen bin ich noch nicht geschieden. Wie könnte ich mich da verloben?«

Nell zuckte lachend die Achseln. »Aber wer wird denn

so penibel sein – und überhaupt, du könntest ihn ja an der rechten Hand tragen.«

»Aber Nell, das ist doch albern. Nun mal ehrlich – du hast doch nicht *wirklich* geglaubt, daß ich diesen Ring annehmen würde, oder?«

»Ehrlich gesagt, nein. Aber er wollte einfach nicht auf mich hören. Er war richtig versessen darauf, diesen Ring zu kaufen. Mir blieb schließlich gar nichts anderes übrig, als ihm seinen Willen zu lassen.«

Kopfschüttelnd trat Rosie in die Ankleidenische, wo sie drei schmale, goldene Armbänder sowie passende Ohrgehänge anlegte. Nach einem prüfenden Blick in den Spiegel besprühte sie sich noch mit Bijan und kam dann zu Nell zurück.

»Weißt du, Rosie, ich bin einfach froh, daß es gefunkt hat zwischen dir und Johnny. Er ist jetzt genau die richtige Medizin für dich. Und er ist doch lieb zu dir, oder? Ich meine... im Bett ist er okay, ja?«

»O Nell, er ist phantastisch!«

»Nicht abartig also.«

Rosie schüttelte lachend den Kopf. »Gott sei Dank nicht, nein. Wenn einer hundert Prozent hetero ist, dann er. Johnny ist höchstens vorzuwerfen, daß er einfach nicht genug kriegen kann. Nein, nein, sexuell klappt es großartig mit uns.«

Nell lächelte. »Ich hab's ja gewußt: Johnny Fortune ist genau das, was du brauchst. Sieh dich doch nur an – du strahlst ja förmlich. Und eine Haut hast du gekriegt, wie Pfirsich mit Sahne! Ganz zu schweigen von diesem gewissen Funkeln in deinen Augen.«

»Ach, Nell, du bist einfach unvergleichlich. Aber nun erzähl mal – wie geht's dir und Kevin?«

»Oh, Rosie, wir haben ein traumhaftes Wochenende miteinander verbracht! Auch wenn ich zugeben muß, daß es ein bißchen anstrengend war, in den paar Tagen nach New York und wieder zurück hierher nach London zu fliegen. Da spürt man trotz Concorde den Jetlag ganz schön. Ach, und von Kevin soll ich dich natürlich grüßen – aber hab ich dir das nicht schon am Telefon gesagt?«

»Nein, hast du nicht. Wir haben gestern abend nur über Johnny gesprochen.«

Ein träumerischer Ausdruck erschien auf Nells Gesicht, und sie sagte mit einem komischen kleinen Seufzer: »Wer weiß, vielleicht werde ich doch noch deine Schwägerin, Rosie.«

»Ach, Nell, du weißt, wie sehr ich mich darüber freuen würde – ach, ich drücke euch beide Daumen, dir und Kevin. Aber sag mal, hast du Kevin von mir und Johnny erzählt?«

»Nein, du hattest es mir zwar nicht verboten, aber dazu ermuntert hast du mich auch nicht. Also hab ich vorsichtshalber lieber den Mund gehalten. Ich spiel sowieso nicht gern den lieben Gott, wenn's um das Schicksal zweier Menschen geht. Das müßt ihr ganz allein entscheiden, Johnny und du. Aber neugierig bin ich natürlich schon. Also sag mal ganz ehrlich: Abgesehen davon, daß er dich sexuell anmacht – was hältst du denn nun von unserem großen Belcanto-Star?«

»Ich bin verrückt nach ihm, Nell. Er ist genauso, wie du ihn beschrieben hast, liebevoll, herzlich, aufmerksam... Ich denke, man könnte sagen, ich hab mich verknallt.«

»Nicht verliebt?« Nell hob die feinen blonden Brauen und sah Rosie nachdenklich an.

»Na ja, nachdem ich mit Guy diesen fürchterlichen Reinfall erlebt habe, bin ich eben vorsichtig geworden.«

»Ah, ja richtig, der Frankenstein von der Loire! Nach dem Horrortrip kann man dir ein bißchen Skepsis wohl wirklich nicht verdenken. Also geh die Sache ruhig langsam an, schließlich hast du ja auch abgesehen von Johnny ein schönes Leben, hast einen herrlichen Beruf... Und Johnny kann ziemlich anstrengend sein.«

»Wie meinst du das?«

»Ganz einfach: Er ist ein Star, und Stars sind nun mal anspruchsvoll.«

»Gavin ist auch ein Star, aber deswegen ist er doch noch lange nicht ›anstrengend‹.«

»Gavin ist Schauspieler, obendrein einer mit New Yorker Bühnenbackground. Den kannst du mit Johnny nicht vergleichen. Johnny ist Sänger, Entertainer, ein Topstar in der Schlagerszene. Das ist eine ganz andere Welt als die seriöse Film- und Theaterbranche. Im Showbusiness zählt nur die große Nummer, das große Geld, die große Attraktion. Und im Moment ist es eben Johnny, der all das verkörpert. Das Publikum läuft Amok, bloß um an ihn ranzukommen, ihn berühren zu können. Die Frauen liegen ihm zu Füßen. Er kann sich vor Groupies nicht retten. Er ist es gewohnt, daß man vor ihm katzbuckelt, um ihn herumscharwenzelt, ihm schmeichelt und jeden Wunsch von den Augen abliest. Das hat dazu geführt, daß er immer und überall seinen Willen durchsetzen will. Nimm zum Beispiel die Sache mit dem Ring. Er war so versessen darauf, dir einen Verlobungsring zu kaufen, daß ich mir den Mund fusselig reden konnte, ohne die geringste Chance, ihn zur Vernunft zu bringen. Verstehst du jetzt, was ich meine, wenn ich sage, daß so ein Showstar ›anstrengend‹ ist?«

»Ja, ich denke schon.« Rosie wandte sich ab. Plötzlich hatte sie das bange Gefühl, Johnny womöglich nicht gewachsen zu sein. Eigenwillige, um jeden Preis auf ihren Wünschen beharrende Menschen hatten sie schon immer geängstigt. Sie waren in der Regel unvernünftig und schwierig im Umgang.

»Nun mach nicht gleich so ein trauriges Gesicht«, bat Nell. »Johnny ist trotz allem ein großartiger Kerl, ehrlich.« Sie warf einen Blick auf ihre Armbanduhr und rief erschrocken: »Ach, du meine Güte! Jetzt wird es aber höchste Zeit – schon halb sechs!«

»Aber das Konzert beginnt doch erst um acht.«

»Ich weiß, aber wir brauchen mindestens eine Stunde bis Wembley. Und Johnny möchte dich noch vor der Show in seiner Garderobe sprechen. Also laß uns gehen, damit wir den Star bei Laune halten, ja?«

Rosie hängte sich lachend bei ihr ein, und die beiden Freundinnen verließen die Suite.

Während sie draußen im Gang auf den Lift warteten, fragte Rosie: »Sag mal, warum ist Johnny eigentlich schon so früh los? Es war erst halb fünf, als er gefahren ist.«

»Na ja, eine Stunde braucht er allein in der Maske. Und dann hat er gern noch ausreichend Zeit für sich – um sich einzustimmen, in Gang zu kommen für die Show, verstehst du?«

»Ich freu mich darauf, ihn in Action zu sehen.«

»Ach? Ich dachte, das hättest du schon längst?« konterte Nell mit anzüglichem Grinsen.

»Nell Jeffrey! Du hast eine schmutzige Phantasie!«

»Genau das sagt dein Bruder auch immer.«

Johnnys Garderobe war so brechend voll, daß Rosie ihn gar nicht gleich finden konnte. »Ist hier immer so ein Gedränge?« fragte sie, an Nell gewandt.

»Ja, aber das ganze Fußvolk wird bald rausgeschickt. Und drinnen, in der Maske, ist es auch längst nicht so schlimm wie hier im Vorraum. Komm, zwängen wir uns mal durch.«

Als die beiden in den Schminkraum kamen, saß Johnny vor einer riesigen erleuchteten Spiegelwand. Eine Visagistin war gerade dabei, seinem ohnehin attraktiven, sonnengebräunten Gesicht mit einigen dezenten Tupfern noch mehr Ausdruckskraft zu verleihen. Ein letzter Hauch Abdeckpuder, und die Visagistin sagte aufatmend: »Okay, Maestro, dann überlasse ich Sie jetzt dem Figaro.«

»Nicht zuviel Haarspray, Maury«, rief Johnny dem Haarstylisten entgegen und ergänzte, mit einer eleganten Kopfbewegung zu Rosie hin: »Sieh mal, Maury, das ist meine... mein Mädchen, sieht sie nicht toll aus? Na, sag guten Tag!«

Fünfzehn Minuten später war auch Johnnys Frisur für den Auftritt gerichtet, er sprang auf und sagte hastig: »Moment noch, Rosie, ich hol nur rasch meine Klamotten. Warte hier, bin gleich zurück.«

Als Johnny gegangen war, sah Rosie sich hilfesuchend nach Nell um. Die zuckte nur bedauernd die Achseln. »Er ist eben immer wahnsinnig nervös vor dem Auftritt, das macht ihn so fahrig, weißt du...« Aber da kam Johnny auch schon zurück.

Er trug schwarze Hosen, ein weißes gestärktes Hemd, das am Hals offenstand, und hatte ein schwarzes Jackett über dem Arm. »Ihr sitzt ganz vorn in der ersten Reihe«, sagte er und tätschelte Rosies Schulter. Dabei glitt sein Blick freilich schon über sie hinweg zum Spiegel. Im nächsten Moment drückte er sich eine Stirnlocke in Form, wischte sich den Hauch Lippenstift mit einem Kosmetiktuch ab und griff nach einem Glas Wasser.

Als er ein paar Schluck getrunken und ausgiebig den Mund gespült hatte, begann er in der Garderobe auf und ab zu gehen. Gleich darauf blieb er abrupt stehen, gab das Jackett an seinen Assistenten weiter, rieb sich die Hände und nahm seinen ruhelosen Gang wieder auf. Eine Weile tigerte er so hin und her, mit gesenktem Kopf und an der Unterlippe nagend, dann hielt er abermals inne, schlug die Augen zur Decke empor und memorierte mit stummer Lippensprache seinen Text.

Aus dem Nebenraum erscholl plötzlich lautstarkes Gelächter. Johnny fuhr mit einem Ruck herum und herrschte seinen Assistenten an: »Schaff die Idioten da raus! Ich muß mich konzentrieren.«

Wieder wanderte er im Zimmer auf und ab, und auf

seinem Gesicht bildete sich eine feine Schweißschicht. Nach einer Weile hielt er inne, trank einen Schluck Wasser und machte gleich darauf weiter.

Rosie merkte wohl, daß er sie und Nell völlig vergessen hatte. Sie, die an den Umgang mit Künstlern gewohnt war und wußte, unter welch emotionalem Druck sie vor einem Auftritt standen, nahm die Freundin beim Arm und flüsterte: »Komm, wir gehen. Er muß allein sein.«

Nell nickte.

Als sie sich an der Tür noch einmal umwandte, sah Rosie, wie Johnny mit halb geschlossenen Augen still für sich seinen Eröffnungssong probte.

Als sie ihre Sitze gefunden und Platz genommen hatten, sah Rosie sich im weiten Arenarund um. Nie zuvor hatte sie ein solches Massenpublikum erlebt, und unwillkürlich schrak sie vor dem ohrenbetäubenden Lärm zurück.

»Das müssen ja Tausende von Menschen sein«, sagte sie zu Nell. »Kein Wunder, daß Johnny so verkrampft ist. Wem würde es schon Spaß machen, auf einer solchen Massenveranstaltung zu singen?«

»Einem Star wie Johnny. Trotzdem hast du recht – so ein Spektakel zehrt natürlich an den Nerven, da kann einer noch so professionell sein.«

»Wirklich unglaublich! Und sich vorzustellen, daß das alles seine Fans sind... Mein Gott, Nell, das sagt doch was aus über Johnny, nicht?«

»Ja, sicher, er ist ein Hit – *der* Kassenmagnet von heute! Ach, er hat mir übrigens erzählt, daß du mit ihm auf Tournee gehen wirst. Rauf in die Midlands und weiter nach Schottland.«

»Tja, weißt du, er hat mich einfach rumgekriegt letztes Wochenende in Paris.«

»Laß nur, ich werde ja auch dabeisein – es wird eine Mordsgaudi, verlaß dich drauf.«

»Wirklich, Nell? Da bin ich aber froh, daß du mitkommst. Und begleitest du ihn Ende des Monats auch nach Australien?«

»Nur die erste Woche, wieso?«

»Johnny wollte mich unbedingt auch in Australien dabeihaben«, erklärte Rosie. »Aber das läßt sich bei meiner vielen Arbeit unmöglich einrichten. Ich bin schon diese Woche jeden Morgen um fünf aufgestanden, um nicht in Rückstand zu geraten, wenn ich mir jetzt diese paar Tage freinehme.«

Nell sah sie aufmerksam an. »Johnny verbringt immer einen Teil des Jahres auf Tournee.«

»Ja, ja, ich weiß.«

Beide setzten sich zurück, und jede hing eine Weile ihren eigenen Gedanken nach.

Plötzlich wurde es im Zuschauerraum dunkel, die Band begann zu spielen, und über die Bühne ergoß sich gleißendes Scheinwerferlicht. Farbige Spots und Suchscheinwerfer geisterten über den Köpfen des Publikums und kreierten wirkungsvolle Lichteffekte.

Zehn Minuten verstrichen.

Die Bühne versank in nachtschwarzer Finsternis. Und als es wieder hell wurde, stand Johnny Fortune an der Rampe.

Rosie kam es vor, als ob sich die ganze Arena in ihren Grundfesten erheben und der Boden unter ihren Füßen schwanken würde, als jetzt Tausende von Menschen von den Sitzen sprangen und trampelnd, winkend, johlend und kreischend seinen Namen schrien. Die Menge war wahnsinnig vor Begeisterung.

Rosie hatte noch nie einen solchen Hexenkessel erlebt.

Unwillkürlich überlief sie ein Schaudern, und sie preßte in plötzlicher Beklemmung die Hände zusammen. Diese selbstvergessen jauchzende Menge in ihrer trunkenen Heldenverehrung hatte in ihren Augen etwas Beängstigendes. Nicht auszudenken, was geschehen würde, wenn diese blindwütige Begeisterung einmal umschlug.

Die würden ihn glatt in Stücke reißen, dachte Rosie und wurde ganz starr auf ihrem Sitz.

Nell, die instinktiv spürte, wie die Freundin sich verkrampfte, fragte besorgt: »Was ist, Rosie? Was hast du?«

»Ach, es ist nur... der Krach und diese vielen Menschen... Wenn die plötzlich einen Rappel kriegen und die Bühne stürmen, könnten sie uns glatt zu Tode trampeln.«

»Ich weiß, wie du dich fühlst – mir ging's die ersten Male genauso. Aber keine Angst, gleich neben uns ist ein Ausgang, und im übrigen passen Johnnys Leibwächter schon auf.«

Rosie nickte und sah von jetzt an nur noch geradeaus.

Johnny stand in der Bühnenmitte, winkte strahlend ins Publikum, verbeugte sich, und als er Rosie entdeckt hatte, warf er ihr eine Kußhand zu.

Die Fans beruhigten sich allmählich und setzten sich wieder.

Der Lärmpegel schwoll ab.

Die Band hatte ihr Warm-up-Spiel beendet.

Der Keyboarder wartete auf Johnnys Zeichen, dann griff er die ersten Takte von »My Heart Belongs to Me«.

Johnny hob den Kopf, schloß die Augen, nahm das Mikro dicht an die Lippen und begann zu singen.

Rosie saß wie gebannt, fast hypnotisiert, genau wie alle anderen im Saal.

Nie hätte sie gedacht, daß er auf der Bühne ein solches Charisma entfalten würde. Sein schlanker, elastischer Körper stand wie unter Strom. Und seine Stimme war eine Offenbarung. Schon nach wenigen Takten fraß ihm das Publikum förmlich aus der Hand. Die Leute waren hingerissen.

Schon allein seine vollkommene Körperbeherrschung verdiente Bewunderung.

Johnny zappelte nicht auf der Bühne herum, nein, er stand vollkommen still. Ab und zu bewegte er zwar ein Knie oder eine Hand im Rhythmus der Musik, aber seine

Füße blieben stets fest am Boden. Er brauchte keine effekthascherigen Showtanzeinlagen – womit er sein Publikum in Bann hielt, das waren seine klangvolle Stimme und sein blendendes Aussehen.

Der Beifall nach dem ersten Song war stürmisch.

Johnny verneigte sich leicht, nahm huldvoll den Applaus entgegen, bat dann aber rasch mit erhobener Hand um Ruhe und leitete schwungvoll zur nächsten Nummer über. Nach zwei weiteren Songs, unterstützt von einem Backgroundtrio, nahm er das Mikrofon vom Ständer und kam vor bis hart an die Rampe.

»Danke, ich danke euch«, sagte er in den abgedunkelten Zuschauerraum, als der Applaus verebbt war. »Ihr seid ein großartiges Publikum!« Hier machte er eine knappe Verbeugung und kam dann mit raschen Schritten an der Rampe entlang bis genau vor Rosie und Nells Platz. Mit einem entwaffnenden Blick hinauf zu den Rängen gestand er übers Mikro: »Und jetzt ein Song eigens für meine Lady!« Nun sah er Rosie direkt an und warf ihr abermals eine Kußhand zu.

Rosie lächelte zu ihm auf.

Das Publikum tobte. Doch als Johnny den Arm hob und zu summen begann, wurde es rasch wieder still in der Arena. Er wiegte sich leicht im Takt der Musik, summte mit gesenktem Kopf weiter seine Themamelodie, und als er schließlich wieder aufsah, da waren seine Augen ganz auf sie gerichtet. Seine Stimme erhob sich rein und klar über den Köpfen der Menge, als er jetzt zu singen begann: »Lost Inside of You«.

Er sang nur für sie.

Während sie dort saß, ihm zusah und zuhörte, konnte Rosie nicht umhin, ihn als wirklich großen Entertainer zu bewundern. Doch über seiner innigen Interpretation begriff sie noch etwas, nämlich wie ernst es Johnny wirklich mit ihr meinte und daß er fest entschlossen war, sie ganz für immer zu besitzen. Ihr Herz zog sich unmerklich zusammen, und nagende Furcht schlich sich ein. Ihr wurde langsam klar, daß er besessen war von ihr. Und für Rosie war jede Art von Obsession entsetzlich.

37

Die Morgensonne strömte durch die hohen Tafelglasfenster herein und wurde von den kalkweißen Wänden ebenso zurückgeworfen wie von den Möbeln aus Glas und Chrom und der Obeliskensammlung in Metall, Glas und Marmor auf der Plexiglas-Etagere.

Alles in dem weitläufigen Eßzimmer des Trump-Tower-Apartments blitzte und glitzerte, und Gavin fühlte sich allmählich durch dieses penetrante, gleißende Lichterspiel irritiert.

Entschlossen stand er auf und ging hinüber zu der breiten Fensterfront, um die Jalousie herunterzulassen. Aber statt dessen blieb er, die Hand schon am Zugband, stehen und schaute hinaus auf die Skyline von Manhattan. Ein wirklich faszinierendes Panorama, das nirgends auf der Welt seinesgleichen hatte. Die Architektur Manhattans war so imposant, daß es einem leicht die Sprache verschlagen konnte. Er fand sie schön. Aber schließlich war das ja auch seine Stadt.

Das Eßzimmer lag zur Fifth Avenue hinaus, und von den Fenstern her konnte man über die Sixth, Seventh, Eigth und Nineth Avenue hinweg bis zur West Side und zum Hudson River sehen. Jenseits der Wolkenkratzer, die schimmernd in den klar blauen Himmel ragten, nahm sich der Fluß aus wie ein langgezogenes silbernes Band.

Gavin blinzelte gegen die Sonne und ließ nun doch die Jalousie herunter. Kaum waren die Lamellen leise rauschend vor der Glasfront niedergesegelt, da senkte sich auch schon ein behagliches Dämmerlicht über den Raum.

Er ging zurück auf seinen Platz, blätterte ein wenig in der *New York Times,* las die Frank-Rich-Kritik einer neuen Broadway-Inszenierung und wollte eben das Kinoprogramm aufschlagen, als hinter ihm das Telefon klingelte.

Er stand auf, trat an das weiß lackierte Sideboard und nahm den Hörer ab. »Ja, bitte?«

»Gavin?«

»Ja.«

»Ich bin's, Louise.«

»Ich weiß.« Stirnrunzelnd sah er auf die Uhr. Erst neun! »Du klingst, als wärest du gleich um die Ecke.«

»Bin ich auch.«

»Wo?«

»Im Pierre Hotel.«

»Und wo ist David?«

»Zu Hause natürlich, wo sonst?«

»Louise, du weißt, ich möchte nicht, daß der Junge ohne wenigstens einen von uns in Kalifornien ist. Ich dachte, in dem Punkt hätten wir uns geeinigt.«

»Ja, ist ja schon gut. Meine Schwester ist für ein paar Tage ins Haus gekommen, und schließlich hat David ja auch ein Kindermädchen, vergiß das nicht. Ganz zu schweigen von unserer Haushälterin, dem Diener und der Köchin. Der Junge ist gut aufgehoben, ehrlich. Du machst dir immer viel zuviel Sorgen um ihn.«

Gavin seufzte. »Also – was willst du in New York?«

»Dich besuchen.«

»Oh.«

»Ja, ich wollte mit dir reden.«

»Hättest du das nicht auch am Telefon machen können?«

»Nicht so gut, nein. Ich … ich hab nur heute Zeit.«

»Fliegst vermutlich gleich weiter nach Washington.«

»Nein, Gavin, ich fliege zurück nach L. A. – weil du es nicht magst, daß David ganz ohne Eltern daheim ist«, sagte sie mit leicht bissigem Unterton.

»Also schön, wann wollen wir uns treffen?«

»Wär's dir in einer Stunde recht?«

»Okay. Kannst du herkommen?«

»Ja, gern. Also bis dann.«

Plötzlich summte das Freizeichen in seinem Ohr. Sie hatte eingehängt. Mit einer halb belustigten, halb verärgerten Grimasse legte er den Hörer auf die Gabel zurück und ging hinüber ins Schlafzimmer. Wie die übrige Wohnung war auch dieser Raum mit hypermodernen Möbeln eingerichtet, die er persönlich scheußlich fand. Man starrte auf so viele weiße Flächen, daß er allmählich eine herzliche Abneigung gegen diese Farbe entwickelte.

»In dem Luxusbunker könnte man glatt verrückt werden«, murmelte er kopfschüttelnd vor sich hin und marschierte ins Bad.

Nachdem er sich rasiert, geduscht und die Haare gewaschen hatte, zog Gavin sich an. Eine Viertelstunde später saß er in dunkelgrauer Hose, weißem Hemd und marineblauem Blazer am Schreibtisch in der kleinen Bibliothek und telefonierte mit seinem Anwalt, Ben Stanley, in Bel Air.

»Hör zu, Ben, Louise ist in New York. Sie hat mich eben angerufen und kommt nachher rüber, weil sie angeblich was Dringendes mit mir zu besprechen hat. Was meinst du – das kann sich doch nur um die Scheidung handeln, oder?«

»Würd ich auch denken, ja. Paß auf, Gavin, sei sehr vorsichtig mit dem, was du sagst. Versprich nichts, und laß dich auf keine faulen Kompromisse ein. Und falls sie einen Anwalt hat – worauf ich meinen Kopf verwetten möchte –, dann sag ihr, er soll sich mit mir in Verbindung setzen. Vergiß nicht, du hast wegen deines Kindes in dieser Ehe ausgehalten. Also behalt jetzt einen kühlen Kopf, und verdirb nicht alles, ja?«

»Keine Sorge, ich werd's schon nicht vermasseln. Also dann, good bye, Ben, und ich halt dich auf dem laufenden.«

Louise hatte zugenommen. Was ihr sehr gut stand. Trotzdem war sie ziemlich blaß und hatte dunkle Ringe unter den Augen. Gavin fragte sich unwillkürlich, was wohl in ihrem Privatleben vorgefallen sein mochte. Er nahm ihr höflich den Mantel ab und führte sie ins Wohnzimmer. »Darf ich dir was anbieten? Der Kaffee ist noch warm.«

Sie schüttelte den Kopf.

Gavin bat sie, Platz zu nehmen, und als sie sich aufs Sofa gesetzt hatte, wählte er den Sessel ihr gegenüber.

»Also, worüber wolltest du mit mir sprechen, Louise?«

Sie räusperte sich nervös, zog ihren Kostümrock gerade und wußte offenbar nicht, wie sie anfangen sollte.

»Nur raus damit, Louise, ich beiß dich schon nicht. Weißt du, ich bin nämlich wirklich nicht das Monster, zu dem du mich in den letzten Jahren stilisiert hast.«

»Ich will die Scheidung«, platzte sie überhastet heraus.

»Okay, die kannst du gerne haben.«

»Was denn? Einfach so?« fragte sie fassungslos.

»Jedenfalls will ich nicht mit dir streiten«, sagte Gavin lächelnd. Nach einer wirkungsvollen Pause setzte er hinzu: »Allerdings hätte ich ein paar *Bedingungen*.«

»Aha. Und welche? Ich vermute, es geht dabei um Geld?«

»Nein, nein, über die Vermögensverhältnisse sollen sich unsere Anwälte den Kopf zerbrechen. Meine Bedingungen haben einzig und allein mit unserem Sohn zu tun.«

»Das hätt ich mir denken können, daß du das Kind da mit reinziehst!« fauchte sie.

»Nun, dann wirst du ja nicht überrascht sein zu hören, daß ich David haben will.«

»Niemals!« Ihre Stimme klang schrill, und ihr Gesicht war wutverzerrt.

»Ich verlange gemeinsames Sorgerecht, Louise. Ohne das – keine Scheidung.«

»Warst du eigentlich schon so ein Stinktier, als ich dich geheiratet habe, oder hat das erst der Starruhm aus dir gemacht?«

»Ach, Louise, bitte nicht schon wieder! Hör endlich auf, mich mit Gemeinheiten zu bewerfen. Du willst doch die Scheidung. Du kommst extra nach New York. Erscheinst hier mit dem Hut in der Hand. Und kaum haben wir drei Worte gewechselt, da überfällst du mich mit häßlichen Vorwürfen. Nein, Louise, auf die Art und Weise wirst du dein Ziel nie erreichen.«

Seufzend lehnte sie sich auf dem Sofa zurück.

Gavin sah sie an und lachte leise. »Schau, Louise, ich weiß doch, daß du eine Affäre mit Allan Turner hast und daß du ihn heiraten möchtest. Also sei vernünftig, und laß uns zu einer Einigung kommen.«

Als sie nichts darauf erwiderte, fuhr er fort: »Ich nehme an, du wirst mit ihm in Washington wohnen wollen. Dagegen habe ich nichts einzuwenden, denn sobald der neue Film im Kasten ist, will ich auch wieder zurück an die Ostküste. Angenommen, ich lasse mich hier in New York nieder, dann könnten David und ich uns leicht jederzeit besuchen – Washington - New York ist ja nur ein Katzensprung.«

»Ich hab kein Wort davon gesagt, daß ich nach Washington ziehen werde!« protestierte Louise.

»Aber du hast es vor.«

Sie biß sich auf die Lippe, und da sie begriff, daß Leugnen sinnlos war, sagte sie: »Also gut, ich hab's vor, ja. Aber noch nicht gleich.«

»Hast du dich schon nach einer Schule für David umgesehen?«

»Nein.«

»Vergiß es, darum kümmere ich mich selber. Es gibt ein paar ausgezeichnete Privatschulen in D. C.«

»Außer dem gemeinsamen Sorgerecht – was stellst du sonst noch für Bedingungen?«

»Heißt das, du bist mit gemeinsamem Sorgerecht einverstanden?«

Louise antwortete nicht gleich. Aber nachdem sie eine Weile auf ihre krampfhaft im Schoß gefalteten Hände gestarrt hatte, sagte sie rasch: »Ja, gut, ich bin einverstanden.«

Gavin atmete erleichtert auf. »Darüber hinaus verlange ich, daß er mindestens zwei Schulferien pro Jahr mit mir verbringt und daß du mich nicht daran hinderst, ihn während dieser Ferien gegebenenfalls auch ins Ausland mitzunehmen.«

Sie nickte.

»Heißt das, du bist auch damit einverstanden?« fragte Gavin, der in allen Punkten absolute Klarheit haben wollte.

»Ja, bin ich.«

»Um so besser.«

»Das eheliche Vermögen wird halbiert, so schreibt es der Gesetzgeber vor. Was kann ich darüber hinaus von dir erwarten, Gavin?«

»Natürlich Unterhaltszahlungen für David. Aber ich hab dir schon gesagt, das Finanzielle sollen die Anwälte entscheiden – du hast doch einen Anwalt, oder?«

»Ja.«

»Okay, das wär's dann wohl.«

»Denk ich auch, ja.«

Gavin stand auf. »Ich versteh immer noch nicht, warum du eigens nach New York gekommen bist. Wir hätten das doch auch am Telefon klären können.«

Louise erhob sich achselzuckend. »Ich finde, wichtige Dinge sollte man Auge in Auge regeln. Für mich ist das so 'ne Art Ehrenkodex.«

Als er sie hinausbegleitete, fragte sie: »Und wann fliegst du nun nach Paris und beginnst mit *Napoleon und Joséphine*?«

»Schon morgen.«

»Oh? Dann hab ich ja gerade noch den letzten Moment abgepaßt, nicht?«

Gavin sah sie aufmerksam an. Als er sprach, klang seine Stimme freundlich, ja fast versöhnlich: »Du und ich, wir haben eine Menge durchgemacht zusammen. Und gerade in den ersten Jahren unserer Ehe mußten wir mit viel Leid und Schmerz fertig werden. Es tut mir leid, daß es schiefgegangen ist, Louise.«

Gavin seufzte, und in seiner Stimme schwang aufrichtige Trauer mit, als er sagte: »Ja, ich finde es schade – für uns beide. Wir haben Jahre unseres Lebens verschwendet, und das hätte nicht sein dürfen. Aber wenigstens hat David nicht gelitten. Siehst du, und ich möchte dafür sorgen, daß das auch in Zukunft so bleibt. Laß uns diese Scheidung gütlich durchziehen, Louise. Ich bitte dich – um Davids willen.«

»Ja«, sagte sie leise und – die Hand schon auf der Türklinke – setzte sie hinzu: »Ich habe dich geliebt, weißt du. Und ich habe mir weiß Gott gewünscht, daß unsere Ehe funktioniert, daß wir miteinander glücklich werden. Aber dafür bestand ja nie wirklich eine Chance, weil du mich nämlich nie geliebt hast, Gavin. Von Anfang an nicht. Du hast mich doch nur geheiratet, weil ich schwanger war.«

»Louise, ich ...«

»Nein, streit es jetzt nicht ab, bitte. Ich hab's ja schon immer gewußt – seit dieser furchtbaren Tragödie mit unserem ersten Baby. Seit damals wußte ich, daß ich dich nie für mich gewinnen kann. Nicht, solange dein Herz anderswo gebunden ist.«

»Wovon sprichst du?« fragte er verdutzt. »Etwa von meiner Schauspielerei?«

»Ach, Gavin, wenn du wirklich nicht weißt, wovon die Rede ist, dann werde *ich* dir nicht die Augen öffnen.« Zu seiner und zu ihrer eigenen Überraschung reckte sie den Kopf und küßte ihn auf die Wange. »Mach's gut«, flüsterte sie. Und ihre Stimme war bar jeder Bitterkeit, als sie hinzusetzte: »Wir sehen uns dann vor Gericht.«

Gavin hielt ihr die Tür auf, und als sie über den Korridor zum Lift ging, bemerkte er wieder, wie rund und füllig sie auf einmal wirkte. Seit Jahren hatte sie nicht mehr so wohl ausgesehen. Nachdenklich kehrte er in die Wohnung zurück. Und dann ging ihm auf einmal ein Licht auf. Natürlich! Louise war schwanger. Auch wenn er sie nicht liebte, kannte er sie nach all den Jahren doch sehr gut. Louise würde nicht das Kind eines anderen zur Welt bringen, ohne mit diesem Mann verheiratet zu sein. Schon gar nicht nach der entsetzlichen Erfahrung mit ihrem ersten Baby. Außerdem liebte sie Allan Turner wahrscheinlich wirklich. Kein Wunder, die beiden paßten ja auch sehr gut zusammen. Darum also war sie so entgegenkommend gewesen, hatte all seinen Forderungen zugestimmt. Unter diesen Umständen hatte sie es natürlich eilig, ihren Senator zu heiraten.

Mir soll's recht sein, dachte er. Hauptsache, es ist ausgestanden. Ihm lag jetzt ebensoviel daran, frei zu sein, wie ihr.

38

Henri de Montfleurie hatte sich nie angemaßt, die Frauen zu verstehen, dazu fand er sie viel zu kompliziert, ja rätselhaft. Er war jedoch ein verständnisvoller Mann, begabt mit Herzensgüte, und hatte als solcher ein Gespür dafür, wenn ein Mensch – sei es Mann oder Frau – in seelischer Not war.

Und heute abend merkte er deutlich, daß Rosie, die er liebte wie eine eigene Tochter, Kummer hatte. Indizien dafür waren ihr blasses Gesicht, ihre ungewohnte Einsilbigkeit und ihre zerstreute Art. Mehrmals hatte sie ihn schon gebeten, eine eben erst gemachte Bemerkung zu wiederholen. Sie war augenscheinlich in Gedanken ganz woanders.

Die beiden saßen in der kleinen, rot und grün gehaltenen Bibliothek in Rosies Pariser Wohnung und nahmen einen Aperitif; anschließend wollten sie zum Essen ausgehen. Der Graf und seine junge Frau waren auf ein paar Tage in die Seinemetropole gekommen, um Familienangelegenheiten zu regeln. Kyra besuchte gegenwärtig noch eine Tante, war aber um halb neun mit Rosie und ihrem Gatten im Le Vieux Bistro in der Rue du Cloître-Notre-Dame verabredet.

»Ich höre von unserem Anwalt«, sagte der Comte gerade, »daß eure Scheidung im September rechtskräftig werden dürfte?«

»Ja, das hat man mir auch gesagt.«

»Ich freue mich aufrichtig für dich, Rosie. Es war wirklich höchste Zeit, daß du deine Freiheit bekommst und ein neues Leben beginnen kannst. Schade nur um die vielen schönen Jahre, die du verloren hast. Ach, wenn ich denke...«

Hier unterbrach ihn das Läuten des Telefons.

»Entschuldige bitte«, sagte Rosie, stand auf und ging an den Apparat. »Ach, Sie sind's, Fanny... So? Das ist aber wirklich zu dumm. Na, schießen Sie mal los, vielleicht können wir das Problem ja am Telefon klären. Andernfalls muß es leider bis morgen warten, ich habe nämlich Besuch.«

Während Rosie sich mit ihrer Assistentin besprach, goß der Graf sich einen zweiten Whisky ein und trat ans Fenster. Es war ein stürmischer Abend gegen Ende März. Ein plötzlicher Windstoß rüttelte an den Fensterscheiben, und in der Ferne grollte Donner. Ein Gewitter zieht auf – kaum hatte der Comte das gedacht, da schlugen auch schon die ersten schweren Regentropfen gegen die Scheiben. Leicht fröstelnd, wandte er sich vom Fenster ab und ging zurück ans warme Kaminfeuer.

Wieder in seinem Sessel, nippte er versonnen an seinem Drink und dachte über Rosie nach. Er wünschte ihr so sehr, daß sie ein Glück finden würde, wie er es mit Kyra erleben durfte. Leider konnte er ihr nicht dazu verhelfen, das konnte nur ein einziger Mann. Nur wußte Rosie das anscheinend nicht; und der Mann vielleicht ebensowenig. Der Graf seufzte. Rosie war ahnungslos, wenn es um ihre eigenen Gefühle ging. Mit etwas mehr Instinkt und Gespür dafür hätte sie womöglich schon vor Jahren einen Schritt in die richtige Richtung getan. Ach, dachte er, was ist der Mensch doch für ein wunderlich kompliziertes Wesen.

»Tut mir leid, daß es so lange gedauert hat«, sagte Rosie, als sie jetzt den Hörer auflegte. »Aber es gibt immer wieder Ärger mit der Schneiderei, die unsere Kostüme näht, weißt du.«

»Nun ja, die Arbeit geht eben vor«, erwiderte der Graf mit gespielter Munterkeit. »Aber nun komm einmal her, und setz dich zu mir, Rosie. Ich möchte etwas mit dir bereden. Etwas sehr Wichtiges.«

Rosies Zerstreutheit wich ehrlicher Besorgnis. »Henri, was ist denn? Du klingst so beunruhigt.«

»Das bin ich auch.«

»Aber weswegen?«

»Deinetwegen, *chérie*.«

»Meinetwegen? Ja, aber warum denn bloß?«

»Erst einmal, weil du gar nicht gut aussiehst, mein Kind. Du hast abgenommen, siehst völlig erschöpft aus, hast gar keine Farbe mehr. Aber diese Äußerlichkeiten sind noch gar nicht mal das Schlimmste; oder vielmehr: Sie sind Anzeichen für deinen inneren Zustand. Schau, Rosie, du bist schon den ganzen Abend gar nicht richtig bei dir. Du wirkst so bedrückt, fast deprimiert, und das bin ich von dir überhaupt nicht gewohnt. Möchtest du mir nicht erzählen, was dich quält?«

Rosie antwortete nicht gleich, sondern starrte eine

ganze Weile ausdruckslos ins Leere. Aber dann straffte sie sich, so als habe sie einen Entschluß gefaßt, blickte den Grafen aus großen, traurigen Augen an und sagte ruhig: »Ich habe einen furchtbaren Fehler gemacht, Henri.«

Er nickte und wartete. Als sie nicht weitersprach, fragte er behutsam: »Darf ich annehmen, daß dieser ›Fehler‹ mit einem Mann zu tun hat?«

»Ja.«

»Johnny Fortune?«

»Woher weißt du das?«

»Eine relativ einfache Schlußfolgerung, Rosie. Weihnachten warst du ganz aus dem Häuschen, als er dich aus Las Vegas angerufen hat. Dann habt ihr euch im neuen Jahr in Paris getroffen, und später hast du ihn zu einer Konzerttournee nach England begleitet. Da habe ich mir eben mein Teil zusammengereimt – du darfst nicht vergessen, daß ich Franzose und folglich unheilbar romantisch bin.«

Ein leises Lächeln huschte über Rosies Gesicht, verschwand aber gleich wieder. »Nun, du hast schon richtig geraten. Ich ... wir haben ein Verhältnis miteinander. Aber ich hätte mich nicht darauf einlassen dürfen, Henri.«

»Und warum nicht?«

»Weil es unmöglich gutgehen kann zwischen uns.«

»Bist du dir da auch ganz sicher?«

»Aber ja. Johnny ist so anders ... überhaupt nicht wie wir, weißt du. Er ... ja, man könnte beinahe sagen, er ist nicht *normal*.«

Henri runzelte die Stirn. »Ich fürchte, ich versteh dich nicht recht, Rosie.«

»Johnny ist ein großer Star, weißt du, einer der größten Entertainer der Welt, und er lebt in völlig anderen Regionen als wir ...« Sie hob hilflos die Schultern und blickte ins Feuer.

»Ich *kenne* dich, Rosie. Du mußt etwas für ihn empfunden haben, sonst wärst du nicht zu ihm nach London gereist.«

»Oh, ja sicher! Johnny ist sehr attraktiv, herzlich, liebevoll, wahnsinnig großzügig. Und... und sexuell haben wir uns großartig verstanden.« Sie räusperte sich verlegen. »Ich wollte was mit ihm anfangen. Und ein paar Wochen lang hab ich mich auch gefühlt wie im siebten Himmel. Oder wie neu geboren, wenn du so willst.«

»Das wundert mich nicht. Du warst ja auch völlig ausgehungert nach all den Jahren, die ihr nur noch auf dem Papier verheiratet ward, Guy und du. Erinnere dich, ich hab dir schon vor Monaten gesagt, daß du viel zu jung bist, um allein zu sein, ohne einen liebevollen Mann an deiner Seite zu leben.«

»Ja, aber ich glaube inzwischen, daß Johnny nicht der Richtige ist. Zur Zeit ist er auf Tournee in Australien, aber ich bin sicher, wenn er hiergeblieben wäre, dann hätte es inzwischen längst gekracht zwischen uns.«

»Könntest du ein bißchen deutlicher werden?«

Rosie senkte den Blick und spielte zerstreut mit ihrem Rocksaum. »Na ja, Johnny ist sehr besitzergreifend, verstehst du?«

»Ist dir noch nicht der Gedanke gekommen, daß er dich vielleicht ganz einfach liebt?«

»Oh, das tut er, und ich weiß es. Gleich als ich in London ankam, hat er mich gebeten, ihn zu heiraten. Er hatte sogar schon den Verlobungsring gekauft. Natürlich hab ich ihn nicht angenommen. Abgesehen davon, daß ich noch nicht einmal geschieden bin, ging mir das alles einfach zu schnell. Das hab ich ihm auch zu erklären versucht, und einen Moment lang war er ganz einsichtig. Aber im nächsten Augenblick sprach er schon wieder davon, daß wir gleich am Tag nach meiner Scheidung heiraten sollten.« Rosie seufzte. »Johnny ist ein richtiger... *Macho*. Ja, ich glaube, das ist das richtige Wort. Zum

Beispiel hat er überhaupt kein Verständnis für meinen Beruf. Er möchte sogar, daß ich ihn so schnell wie möglich aufgebe, damit ich ungebunden bin und jederzeit mit ihm auf Tournee gehen kann.«

»Und das möchtest du nicht. Ich meine ... willst du ihn nicht heiraten?«

»Ich glaube nicht, nein. Zum einen könnte ich mich, glaube ich, nicht an so ein Leben gewöhnen, wo man ständig die Nacht zum Tage macht. Wenn Johnny auf Tournee ist, weißt du, dann geht er zum Essen, wenn andere Leute sich schlafen legen. Und er ist die Hälfte des Jahres auf Tournee. Die paar Tage in England habe ich versucht, auf Johnny und seine Anforderungen an mich einzugehen, hab versucht, meine Arbeit notdürftig per Telefon weiterzuführen und wirklich nur für ihn dazusein... Aber ich muß dir ehrlich sagen, daß ich mich manchmal gefühlt habe wie durch die Mangel gedreht.«

»Ja, hast du denn nicht versucht, mit ihm darüber zu reden?«

»Nein, nicht während der Tournee. Ich war gewissermaßen überwältigt, weißt du... überwältigt von seiner Liebe und Hingabe... na ja, und dann kann er auch sehr verführerisch sein. Aber ich erinnere mich, daß mir gleich bei seinem ersten Londoner Konzert plötzlich der Gedanke kam: Dieser Mann ist besessen von dir. Und das hat mich richtig erschreckt, Henri.«

»Kein Wunder, obsessives Verhalten ist immer beängstigend. Es ist eben nicht...« Er stockte, suchte nach dem richtigen Attribut.

»... nicht normal«, ergänzte sie leise.

»Wenn es so ist, dann hast du wohl wirklich einen großen Fehler gemacht. Ja, mein Kind, mir scheint, da kann nur eins Abhilfe schaffen: Du wirst dich von Johnny trennen müssen.«

Rosie starrte ihn so entsetzt an, daß er hastig hinzusetzte: »Es sei denn, du möchtest das Liebesverhältnis auf einer... nun, sagen wir, etwas lockereren Basis fort-setzen.«

»Ach, damit wäre Johnny bestimmt nicht einverstan-den. Das heißt, solange ich nicht geschieden bin, würde er vermutlich schon darauf eingehen, aber sobald die Scheidung durch ist, würde er mich gleich wieder bestür-men, doch seine Frau zu werden. Außerdem... außerdem ist das ja gar nicht das einzige Problem.«

»So? Was bedrückt dich denn noch?«

»Ach, Henri, ich... ich glaube, irgendwas stimmt nicht mit mir.«

»Aber *chérie,* wovon sprichst du bloß?« fragte er alar-miert.

»Ich... ich... empfinde plötzlich nicht mehr so für Johnny wie zu Anfang.«

»Ach? Und wann hat sich das Gefühl für ihn gewan-delt?«

»Ich weiß nicht, es fing vielleicht schon in Schottland an. Er war so eigenartig, wollte mich keinen Augenblick aus den Augen lassen, und das hat mir irgendwie Angst gemacht. Aber richtig klargeworden ist es mir erst, seit er in Australien ist. Da habe ich gemerkt, daß er mir eigent-lich gar nicht fehlt... ich... ich hab nicht mal Sehnsucht nach ihm...«

»Das heißt aber doch noch lange nicht, daß mit dir etwas nicht stimmt, Rosie. Es ist nur so, daß eine glü-hende sexuelle Leidenschaft mitunter auch sehr schnell wieder erlöschen kann. Die Erfahrung habe auch ich schon gemacht. Wenn man Lust im ersten Überschwang mit Liebe verwechselt, steht man danach sehr bald mit leeren Händen da.«

»Wahrscheinlich hast du recht, ja.«

»Auf die Gefahr hin, dir wie ein verknöcherter alter Moralapostel zu erscheinen, Rosie: Sex allein ist nun ein-mal nicht tragfähig für eine Beziehung.«

Rosie nickte, sagte aber nichts dazu.

»Tja, *chérie*, wir können uns gern später weiter unterhalten, wenn du magst. Aber jetzt wird es langsam Zeit, daß wir aufbrechen, sonst muß Kyra noch auf uns warten. Und bei dem Regen dürfte es nicht leicht sein, ein Taxi zu bekommen.«

Rosie stand auf. »Ja, es wird höchste Zeit. Ich hole nur rasch meinen Mantel.«

An der Tür drehte sie sich noch einmal um. »Danke, Henri, danke für dein Verständnis und für deine Sorge um mich.«

»Aber das versteht sich doch von selbst, Rosie. Schau, du bist wie eine Tochter für mich.«

Seine Worte und mehr noch der liebevolle Ton, in dem sie gesprochen wurden, rührten sie zutiefst, und da sie ohnehin sehr aufgewühlt war, kamen ihr die Tränen.

»Nicht doch, *chérie*«, bat er sanft. »Nicht weinen. Es wird schon alles wieder gut werden.«

39

Vito Carmello strahlte vor Freude. Er fühlte sich zehn Jahre jünger, und jeder, der Augen hatte, sah das auch an seinem beschwingten Gang, der jovialen Miene, dem breiten Lächeln auf seinem Gesicht. Vito war glücklich, und das nur wegen eines Telefongesprächs, das er heute morgen mit Johnny geführt hatte.

Der Junge hatte ihn aus Perth angerufen, und was er ihm anvertraute, hatte Vito neuen Auftrieb gegeben. Und auch auf Salvatore würde die Neuigkeit diese belebende Wirkung haben. Darum war Vito schon zu dieser frühen Stunde auf dem Weg nach Staten Island – um dem Don die frohe Botschaft persönlich zu überbringen. Salvatore hatte sich in letzter Zeit gar nicht wohl gefühlt, er konnte eine Aufmunterung gebrauchen.

Zwei Rekruten der *cosca* standen am Eingang Posten und grüßten ihn ehrerbietig, als er die Freitreppe heraufkam. Vito hielt sich nicht lange mit ihnen auf, ja im stillen bedachte er sie sogar mit einem ziemlich abfälligen sizilianischen Schimpfwort: »*Gintaloons*!« Aber er war Taktiker genug, ihnen gleichwohl im Vorbeigehen ein wohlwollendes Lächeln zu schenken. Der erste, dem er im Haus begegnete, war Joey Fingers. Vito wunderte sich, ihn zu sehen, denn Joey kam eigentlich höchst selten aufs Anwesen heraus.

»*Buon giorno*, Don Vito! Wie geht es Ihnen?« rief Joey beflissen und versuchte, Vito zu umarmen.

»Gut geht's mir, Joey, danke, danke«, antwortete Vito und schob den Killer hastig von sich. Ratte, dachte er, als er jetzt schnellen Schrittes auf Salvatores Arbeitszimmer, sein »Allerheiligstes«, zustrebte.

Salvatore war nicht allein. Anthony, der *Consigliere*, war bei ihm.

»Ah, Vito, da bist du ja! Setz dich, setz dich. Du kommst nicht oft tagsüber zu mir heraus, und ich habe Theresa gesagt, daß du zum Essen bleibst. Sie macht dir extra dein Lieblingsgericht – Spaghetti Bolognese. Und vorher gibt's Mozarella und Tomaten mit unserem eigenen Olivenöl. Es geht doch nichts über die gediegene italienische Küche, stimmt's?«

»Aber gewiß, Salvatore, gewiß. Und ich bleibe gern zum Essen – habe heute ohnehin nicht mehr viel vor. Doch sag mal, was tut denn Joey Fingers da draußen?«

»Ach, Anthony wollte mit ihm reden.« Der Don schüttelte den Kopf. »Joey ist unbelehrbar, hört einfach nicht zu, der Junge. Aber unser *Consigliere* hier hat ihm tüchtig eingeheizt. Vielleicht wird ihm das eine Lehre sein.«

»Auf jeden Fall«, nahm Anthony das Wort, »auf jeden Fall war das seine letzte Warnung. Wenn der Kerl noch einmal Mist baut, dann ist er draußen. Joey redet zuviel, Boß. Und er paßt nicht auf, wer zuhört. Ich kann mir nicht helfen, der Junge macht mich nervös. Ich hab das Gefühl, er nimmt irgendwas.«

»Stoff?«

»Kann schon sein.« Anthony zuckte die Achseln.

»Ja, mir liegt der Junge auch im Magen. Aber nun genug von Geschäften, *Consigliere*. Laß mich ein Weilchen mit meinem alten Freund hier allein, ja?«

»Na, Alter«, sagte der Don, kaum daß sich die Tür hinter Anthony geschlossen hatte, »was führt dich um diese Stunde her? Und warum siehst du so zufrieden aus, mein Freund?«

Vito lachte glucksend. »Ach, Salvatore, ich habe wunderbare Nachrichten! Johnny hat heute früh angerufen. Aus Australien. Und stell dir vor, er hat ein Mädchen gefunden. Er will heiraten.«

Salvatore runzelte die Stirn. »In Australien? Er will eine Australierin zur Frau nehmen?«

»Nein, nein. Sie ist von hier. Das heißt, im Moment ist sie in Paris. Aber sie wird herkommen. Johnny sagt, er hat endlich die Richtige gefunden, und wenn er im April von seiner Tournee zurückkommt, dann wird sie auch hier sein.«

»Was denn? Eine Französin?«

»Aber nein, Salvatore! Eine Amerikanerin. Ein nettes amerikanisches Mädchen. Sie lebt nur zur Zeit in Paris, verstehst du.«

»Gut, sehr gut. Er hat also ein Mädchen gefunden, wie? Kein Wunder, daß du strahlst, mein Freund. Da strahle ich doch gleich mit dir um die Wette. Eine Amerikanerin also – sicher mit italienischen Wurzeln. Wie heißt sie denn?«

»Rosalind. Aber sie wird Rosie gerufen.«

Salvatore hob die Brauen. »Das klingt aber gar nicht italienisch. Wie heißt sie mit Nachnamen?«

»Madigan.«

»*Madigan*. Sie ist Irin?«

»Nun ja, vielleicht… Aber sie ist katholisch. Eine gute Katholikin, sagt Johnny.«

»Und woher stammt sie?«

»Aus New York. Sie ist hier in Queens aufgewachsen.«

»So. Und was macht sie in Paris?«

»Sie… sie entwirft Kleider.«

»Oh.«

»Keine gewöhnlichen Kleider, weißt du – sie ist Kostümbildnerin. Beim Film.«

»Und darum hat der Junge angerufen? Um dir das zu erzählen?«

Vito nickte eifrig, und ein glückliches Lächeln erschien auf seinem Gesicht. »Ich soll dir bestellen, daß er uns das Mädchen vorstellen möchte. Im April, wenn er von seiner Tournee zurückkommt. Er will uns groß zum Essen ausführen, in Manhattan. Und da sollen wir das Mädchen kennenlernen, seine Rosie.«

»Wie hat er geklungen? Glaubst du, er ist glücklich?«

»O ja, ganz gewiß! Er sagt, er fühlt sich wie ein König. Und auch seine Tournee läuft anscheinend sehr gut.«

»Und er kommt im April zurück, sagst du? Vielleicht können wir das Osterfest zusammen feiern. Mit ihm und dem Mädchen.«

Salvatore nickte beifällig, stand auf und holte eine Flasche Rotwein aus dem Eckschränkchen hinter seinem Schreibtisch.

»Auf die Bruderschaft«, sagten die beiden Alten wie in einem Atem, als sie die Gläser erhoben und einander zuprosteten.

»Johnny ist mein Sohn, Blut von meinem Blut«, sagte Salvatore feierlich. »Ich möchte ihn glücklich sehen. Er soll heiraten und Kinder haben, meine Enkelkinder.«

»Du weißt, auch ich will nur sein Glück, denn er ist auch der einzige Sohn meiner Schwester, Gott schenke ihr die ewige Ruhe.«

»Amen. Doch nun sag mir, was wissen wir über dieses

Mädchen, diese Rosie Madigan? Erzähl mir mehr von ihr.«

»Mehr weiß ich auch nicht, Salvatore. Nur das, was Johnny mir heute früh am Telefon gesagt hat. Und das habe ich dir getreulich wiederholt.«

Salvatore trank einen Schluck, und seine blaßblauen Augen waren nachdenklich ins Weite gerichtet. Endlich wandte er den Kopf und sah seinen alten Freund an, den einzigen, dem er rückhaltlos vertraute.

»Aber was ist mit ihrer Familie? Wer sind sie? Wo sind sie? Noch immer in Queens?«

»Das weiß ich nicht«, versetzte Vito ratlos. »Johnny hat nicht über ihre Verwandten gesprochen. Aber die beiden heiraten. Er hat sogar schon den Verlobungsring gekauft.«

»Dann werden wir Erkundigungen einholen, Vito. Setz einen Kapo dran, und laß ihn die Familie ausforschen. Er soll sich umhören. Wir müssen doch wissen, wer die Frau ist, die mein Sohn heiraten will.«

40

Eine Welle der Übelkeit erfaßte Rosie, und sie stand so abrupt auf, daß Aida, Fanny und Gavin erschrocken zusammenfuhren. Die vier hatten sich zu einer Konferenz im Produktionsbüro der Billancourt Studios zusammen-gefunden.

»Ist Ihnen schon wieder nicht gut, Rosie?« fragte Fanny besorgt.

»Ach, es ist nichts weiter«, beteuerte Rosie, »nur ein kleiner Schwächeanfall. Vielleicht habe ich mich erkältet. Wenn ihr mich bitte einen Moment entschuldigen wollt?«

Tapfer gegen das plötzliche Schwindelgefühl ankämp-fend, lief Rosie den Gang hinunter zur Damentoilette, wo sie sich an einem der Waschbecken kaltes Wasser über die Handgelenke laufen ließ. Sie hatte keine Ahnung, was mit ihr los war. Seit Tagen schon fühlte sie sich unwohl. Vielleicht war tatsächlich eine Grippe im Anzug. Oder ... Erschrocken umklammerte sie den Waschbeckenrand. Mein Gott, wenn ich nun schwanger bin? schoß es ihr durch den Kopf. Aber nein, das war ja gänzlich unmöglich, Johnny hatte doch immer ein Kondom benutzt. Außerdem hatte sie seit seiner Abreise nach Australien schon einmal ihre Periode bekommen.

Ich bin so erschöpft, daß ich nicht einmal mehr klar denken kann, sagte sie sich. Ihr Spiegelbild war dafür die traurige Bestätigung. Unter ihren Augen lagerten dunkle Ringe, und das Gesicht wirkte müde und abgespannt. Ich hab einfach nur zuwenig geschlafen in letzter Zeit, tröstete sie sich und dachte an die vielen durchwachten Nächte, die sie hinter sich hatte. Die Arbeit ist mir über den Kopf gewachsen.

Arbeit. Sie konnte es sich nicht leisten, hier herumzutrödeln und ihrer Übelkeit zu frönen. Sie mußte schleunigst zurück in die Konferenz. Rosie nahm all ihre Kraft zusammen, betupfte sich noch rasch das Gesicht mit kaltem Wasser und ging dann wieder zurück zu den anderen.

»Na?« fragte sie schon von der Türschwelle aus, »wo waren wir? Was hab ich inzwischen versäumt?«

»Nicht viel«, sagte Gavin lakonisch. »Wir haben nämlich über dich gesprochen.«

»Pfui! Das find ich aber gar nicht nett«, sagte sie und probierte ein kleines Lachen, das freilich ziemlich matt ausfiel.

»Aida meint, du hättest dich bei mir überarbeitet. Und Fanny hat ihr kräftig beigepflichtet. Sie finden, du bräuchtest dringend ein paar Tage Urlaub. Und die sollst du denn auch haben. Im übrigen entschuldige ich mich dafür, daß ich ein solcher Sklaventreiber gewesen bin, Rosie.«

»Aber das ist doch Unsinn«, protestierte Rosie. »Im übrigen geht es mir schon wieder ganz gut. Und nicht die Arbeit hat mich geschafft, nein, ich hab lediglich in letzter Zeit zuwenig geschlafen. Ich weiß auch, woher das kommt, ich leide seit einer Weile an Schlaflosigkeit.«

»Du solltest trotzdem mal ein paar Tage ausspannen«, meinte Aida. »Und so, wie wir im Zeitplan liegen, kannst du es dir doch auch ohne weiteres leisten. Außerdem hast du die letzten Wochen wirklich geschuftet wie eine Irre, du hast dir die Pause redlich verdient. Und ein Weilchen kommen Fanny und Val auch allein zurecht.«

»Ja, aber...«

»Kein Aber!« fiel Gavin ihr ins Wort. »Wir machen für heute ohnehin Schluß.« Er schob den Pulloverärmel hoch und sah auf seine Armbanduhr. »Es ist ja schon fast fünf. Also, pack den Kram zusammen, Aida. Ich werde Rosie nach Hause fahren.«

»Das find ich eine glänzende Idee!« rief Aida. »Aber ich werde schon noch ein paar Stunden zu tun haben, bis ich mit der neuen Kalkulation durch bin. Die Schlachtenszene, die du nachträglich einbauen willst, die wird nicht billig werden, das sag ich dir. Aber nun erst mal raus mit euch beiden. Ich ruf euch einen Wagen«, sagte sie und griff zum Telefon.

Eine Viertelstunde später saßen Rosie und Gavin im Fond einer Mercedeslimousine und waren auf dem Weg von den Billancourt Studios nach Paris.

»Aida hat wirklich recht«, sagte Gavin besorgt, »du siehst gar nicht gut aus. Zu dünn. Zu blaß. Abgespannt. Und dann die dunklen Ringe unter den Augen – gefällt mir gar nicht.« Er schüttelte den Kopf. »Das ist meine Schuld, ich hätte längst darauf achten sollen, daß du etwas kürzer trittst. Da fällt mir ein, vielleicht hätte der Studioarzt dich mal untersuchen sollen? Ach, warum habe ich bloß nicht früher daran gedacht!«

»Aber Gavin, nun sei doch nicht albern! Ich bin nicht krank. Bloß ein bißchen übermüdet.«

»Aha, das gibst du also wenigstens zu. Und weil ich als dein Produzent für dich verantwortlich bin, verordne ich dir jetzt ein paar Tage absolute Ruhe.«

»Aber Gavin, ich kann doch unmöglich mitten unter der Woche meine Arbeit liegenlassen. Das bringt ja die ganze Terminplanung durcheinander.«

»Erstens ist es nicht mitten in der Woche, sondern bereits Donnerstag. Und zweitens wirst du jetzt einmal auf mich hören und tun, was ich sage.«

»Kommandiert hast du ja schon immer gern.«

Er lachte. »Komm, Rosie, jetzt gönn dir mal ein langes Wochenende. Du wirst sehen, es lohnt sich – am Montag wirst du dich großartig fühlen!«

»Also gut, meinetwegen«, sagte sie schließlich. Sie hatte einfach nicht mehr die Kraft, sich zu wehren. Das sanfte Schaukeln des Wagens machte sie schläfrig. Ihre Lider wurden schwer und immer schwerer, und endlich fielen ihr die Augen zu. Zehn Minuten später war sie an Gavins Schulter fest eingeschlafen.

Gavin weckte sie erst, als sie vor ihrem Haus in der Rue de l'Université angekommen waren. Er brachte sie nach oben, sorgte dafür, daß sie ein heißes Bad nahm, drei Aspirin schluckte und eine große Tasse heißen Tee mit Zitrone trank, den er inzwischen gekocht hatte. Und anschließend packte er sie ins Bett.

»So, jetzt schläfst du erst einmal ein paar Stunden«, sagte er. »Und dann gehen wir was essen. Eine kräftige Suppe, einen guten Fisch. Das wird dir guttun. Ich hab nämlich den Eindruck, du ißt nicht vernünftig in letzter Zeit, hm?«

»Wie du meinst, Gavin«, flüsterte sie schon im Halbschlaf, als er hinausging und leise die Tür hinter sich schloß.

Doch seltsam, kaum daß sie sich allein fand, war Rosie wieder hellwach. Mit brennenden Augen starrte sie im Dunkeln an die Decke. Und dachte an Johnny. Er verfolgte sie regelrecht. Was sie anging, so war die Affäre aus und vorbei. Henri hatte ihr die Augen geöffnet.

Johnny hatte ihr, nach fünf langen, trostlosen Jahren in einer gescheiterten Ehe, endlich wieder das Gefühl gegeben, eine Frau zu sein. Er hatte ihre Haut zum Kribbeln gebracht und ihren Puls zum Rasen; ja, er hatte sie gewissermaßen zu neuem Leben erweckt. Aufregend war es gewesen mit ihm. Aber es war doch nur eine Affäre gewesen, und die war nun zu Ende.

»Schau in dein Herz«, hatte Henri de Montfleurie zu ihr gesagt, »und prüfe deine Gefühle. Frage dich ernsthaft, wie du dein Leben leben willst. Aber sei auch ganz ehrlich mit dir. Auf keinen Fall darfst du dich selbst betrügen, Rosie. Und noch eins: Gib dich nicht mit dem Zweitbesten zufrieden, hörst du?«

Der Comte hatte ihr wie immer gut geraten. Sie *war* in sich gegangen, hatte ihr Herz geprüft, tagelang. Und sie hatte erkannt, daß sie Johnny Fortune nicht liebte. Sie war lediglich verknallt gewesen, vielleicht auch geblendet von seinem Ruhm. Aber sie konnte auf keinen Fall den Rest ihres Lebens mit ihm verbringen – sie waren einfach zu unterschiedlich.

Ich muß Johnny so bald wie möglich die Wahrheit sagen. Ich werde nach New York fliegen und mich mit ihm aussprechen. Er ist offen und anständig gegen mich gewesen, also muß ich es auch gegen ihn sein.

Rosie wußte, daß sie die richtige Entscheidung getroffen hatte. Trotzdem fürchtete sie sich vor der geplanten Aussprache. Er würde wahnsinnig verletzt sein. Er liebte sie und wollte sie heiraten. Und wie oft hatte er ihr gesagt, daß er nie zuvor für eine Frau empfunden hatte, was er für sie empfand.

Wie hatte er doch neulich am Telefon gesagt, als er sie

aus Perth anrief? »Ich fühl mich ganz elend ohne dich, Honey. Wir wollen uns nie mehr so lange trennen, hörst du? Das ertrage ich einfach nicht. Ohne dich ist mein Leben so leer, du kannst es dir gar nicht vorstellen!« Und so hatte er in einem fort weitergeredet, ohne zu merken, wie einsilbig sie am anderen Ende war. Schließlich war es ihr gelungen, ihn mit behutsamen Worten zu beruhigen und das Gespräch in unverfänglichem Tenor zu beenden. Aber seine Beteuerungen hatten sie ernstlich beunruhigt. Seine Gefühle für sie hatten sich ganz offensichtlich nicht verändert. Oder wenn, dann waren sie höchstens noch leidenschaftlicher geworden.

Als Rosie endlich doch vor Erschöpfung einschlief, träumte ihr, sie sei wieder ein kleines Mädchen, daheim bei ihrer Mutter in Queens.

»Warum hast du mich denn nicht geweckt?« fragte Rosie von der Wohnzimmertür her.

Gavin fuhr erschrocken auf. »Mein Gott!« rief er, »ich hab dich gar nicht reinkommen hören.«

»Entschuldige«, sagte sie. Und mit einer Geste auf die Papiere, die um seinen Sessel verstreut lagen, setzte sie hinzu: »Ich soll mich unbedingt ausruhen, aber du hast schon wieder gearbeitet, nicht wahr?«

»Ah, aber die drei Stunden Schlaf haben dir gutgetan! Schau nur mal in den Spiegel, Angel Face!«

»Ich fühl mich auch wirklich herrlich ausgeruht«, gab Rosie zu, als sie jetzt ins Zimmer trat und sich aufs Sofa setzte. Und mit einem Blick in die Flasche Weißwein, die Gavin geöffnet hatte, sagte sie: »Ich hätte auch Lust auf einen Schluck.«

Er schenkte ihr ein Glas ein, und bevor sie es an die Lippen setzte, sagte Rosie lächelnd: »Auf dich, Gavin, und auf deine Fürsorge. Danke, daß du dich so lieb um mich gekümmert hast.«

»Aber ich bitte dich! Das gleiche hättest du doch

umgekehrt auch für mich getan. Und außerdem war ich doch an deinem Erschöpfungszustand schuld. Also trinken wir lieber auf dich!« Lachend prosteten sie einander zu, und als sie getrunken hatten, sagte Gavin mit einer Handbewegung auf die am Boden verstreuten Skriptseiten: »So langsam mach ich mir ehrlich gesagt Sorgen um die Joséphine. Ich meine natürlich die Darstellerin. Bis jetzt hat das Besetzungsbüro nicht gerade die besten Vorschläge gemacht.«

»Wie wär's denn mit Sara Sommerfield?«

Gavin bedachte sie mit einem geradezu vernichtenden Blick. »Die Sommerfield? Aber Rosie, deren Gesicht ist doch so was von leer, die verträgt nicht mal mehr 'ne Großaufnahme!«

»Sie ist aber doch eine sehr schöne Frau.«

»Auf Hochglanzpostkarten, mag sein. Aber wir brauchen eine Charakterdarstellerin, Rosie. Ich hatte schon an Jennifer Onslow gedacht, aber die ist nicht frei. Das ist ja immer das Problem – die guten Schauspieler sind ewig lange ausgebucht.«

»Du wirst schon noch die Richtige finden, Gavin. Das ist dir doch bisher jedesmal gelungen. Und schließlich haben wir noch vier Monate Zeit bis zum Drehbeginn.«

»Ja, das stimmt«, sagte er abwesend. Und nach einer Weile wollte er wissen: »Was würdest du von Miranda English halten?«

Rosie zog eine Grimasse. »Nein, ich weiß nicht. Die ist so ... so eine verrückte Nudel, findest du nicht? Aber andererseits, spielen kann sie, das ist wahr.«

»Na ja, wir brauchen ja nichts zu überstürzen. Wie du richtig sagst, es bleibt uns noch genügend Zeit.« Gavin sah sich wohlgefällig in dem sehr persönlich eingerichteten Zimmer um, und sein Blick blieb unwillkürlich auf dem Foto der Gruppe haften, das Rosie überallhin mitschleppte. »Wir waren schon ein Superteam, was, Rosie?« fragte er lachend. »Und jeder von uns hat dieses

Foto immer bei sich: du und ich und Nell und Kevin.«
Ein Blick auf ihr Gesicht ließ ihn erschrocken innehalten.
»Rosie, um Gottes willen, was hast du denn? Du bist ja
auf einmal leichenblaß!«

»Laß nur, Gavin, mir fehlt nichts. Ich hab nur in letzter
Zeit öfter darüber nachgedacht, wie kläglich wir versagt
haben... ich meine, wir hatten uns doch versprochen, ja
geschworen, daß wir immer füreinander dasein, uns die
Familie ersetzen wollten, weißt du noch?«

Gavin nickte stumm und sah sie erwartungsvoll an.

»Ja, aber dieses Versprechen haben wir nicht eingehal-
ten. Wir haben es aus den verschiedensten Gründen
gebrochen. Aus Selbstsucht. Eigennutz. Stolz. Ehrgeiz. So
viele Ambitionen sind uns dazwischengekommen, haben
uns von unserem Versprechen abgelenkt und wortbrüchig
gemacht. Das Schlimmste aber ist, daß wir für diejenigen,
die uns brauchten, im entscheidenden Moment nicht da
waren. Ja Gavin, wir haben uns schuldig gemacht! An
Sunny, als sie in der Klemme steckte. Wir haben sie im
Stich gelassen. Und Mikey genauso. Auch ihn haben wir
im Stich gelassen.«

»Also mit Sunny, da gebe ich dir recht. Wenn wir mehr
auf sie eingegangen wären, hätten wir bestimmt gemerkt,
daß sie hochgradig suchtgefährdet war. Aber Mikey? Hat
der nicht eher uns im Stich gelassen?«

»Nein, Gavin, das siehst du falsch. Wir haben ihm
nicht geholfen, als er nach der Trennung von Nell ins
Schwimmen geriet, die Orientierung verlor, nicht einmal
mehr wußte, ob es Sinn hat, weiterzustudieren und
Anwalt zu werden.« Sie zuckte resigniert die Schultern
und schüttelte den Kopf. »Weißt du, manchmal denke ich,
Mikey ist abgehauen, weil er von *uns* loskommen wollte.«

»Nein!« rief Gavin entsetzt. »Das kann ich nicht glauben, Rosie. Und außerdem – *du* bist doch immer ganz
wunderbar auf jeden von uns eingegangen, also brauchst
du dir weiß Gott keine Vorwürfe zu machen.«

»Aber auch ich habe mein Versprechen gebrochen – das Versprechen, das ich dir gegeben hatte.«

»Aber Rosie, ich bitte dich ...«

»Nein, nein, hör mir zu!« unterbrach sie ihn. »Als wir noch Teenager waren, da habe ich dir versprochen, ich würde immer zu dir halten. Und später dann versprach ich dir, dich zu verstehen und zu akzeptieren, so wie du bist – deine Liebe zur Schauspielkunst, das irre Leben, das du geführt hast, die Kellnerjobs im Village, um das Studium bei Lee Strasberg zu finanzieren, den Drive, mit dem du dich noch in die verstiegenste Off-Broadway-Inszenierung reingekniet hast ... Aber letzten Endes hatte ich dann doch kein Verständnis dafür, oder jedenfalls nicht genug. Und als wir diesen furchtbaren Streit hatten, an dem ich schuld war, da bin ich hinterher zu stolz gewesen, zu dir zu kommen und dich um Verzeihung zu bitten. Siehst du, und so habe ich mein Versprechen gebrochen.«

»Und ich? Ich hab mich mit Louise eingelassen, und ehe ich recht wußte, wie mir geschah, waren wir verheiratet.« Gavin hielt inne und sah sie fest an. »Auch ich habe mein Versprechen dir gegenüber gebrochen, Rosie. Doch, doch. Ich hab damals gesagt, wir würden eines Tages heiraten und zusammenarbeiten, sei's im Theater oder für den Film. Ein Team würden wir sein, das hab ich dir doch versprochen, nicht wahr?«

Sie lächelte. »Nun mach nicht so ein bekümmertes Gesicht. Wir arbeiten ja auch zusammen, und wir *sind* ein Team, jedenfalls in einer Hinsicht.«

»Ja, sicher.«

»Aber ich bin wirklich dumm gewesen. Und so was von stur und unreif. Ich bin einfach davongerannt, kam hierher nach Paris und heiratete den ersten Mann, der um meine Hand angehalten hat.«

Gavin sagte schmunzelnd: »Weißt du, was meine Mutter immer gesagt hat? ›Schnell gefreit, lang gereut.‹«

Rosie schien ihn gar nicht gehört zu haben. Ganz ernst

meinte sie nach einer Weile: »Gavin, darf ich dich mal was fragen?«

»Schieß los!«

»Ich ... und du bist mir auch nicht böse?«

»Aber nein! Warum sollte ich dir böse sein?«

Rosie holte tief Luft und fragte mit gesenktem Blick: »Warum hast du Louise geheiratet?«

»Weil sie schwanger war. Ich fühlte mich verantwortlich, dachte, es sei meine Pflicht, ihr zur Seite zu stehen.«

»Das hast du mir nie gesagt.«

»Du hast ja auch bisher nicht danach gefragt.«

»Aber ... aber das Baby ist doch gestorben ...« Rosie brach verlegen ab.

»Und du möchtest wissen, warum ich auch danach noch bei Louise geblieben bin.«

Als sie schwieg, sagte Gavin mit leiser, abgrundtief trauriger Stimme: »Ich will dir erzählen, wie es wirklich gewesen ist, Rosie. Das Baby ist nicht bei der Geburt gestorben, wie wir danach behauptet haben, um unliebsamen Fragen aus dem Weg zu gehen. Nein, das Baby ist im Mutterleib gestorben – etwa zwei Wochen vor dem errechneten Geburtstermin. Sie mußte es bis ganz zu Ende austragen, und so lief sie dann zwei Wochen lang mit einem toten Kind im Leib herum. Ich sage dir, darüber sind wir beide fast draufgegangen.«

»O mein Gott, Gavin, wie furchtbar! Was müßt ihr durchgemacht haben! Arme Louise. Und du ... das war sicher der schlimmste Alptraum deines Lebens. Nein, was für eine entsetzliche Tragödie.«

»Das war es, ja. Und ich bin bei ihr geblieben, weil ich ihr darüber hinweghelfen wollte. Wahrscheinlich wollte ich unbewußt auch mir selber helfen, indem ich ihr beistand.« Er sah gedankenverloren vor sich hin und setzte dann hinzu: »Aber das ist alles so lange her.«

»Verzeih mir, Gavin, ich hätte dich nicht fragen sollen. Jetzt habe ich alles wieder aufgewühlt.«

»Nein, nein, laß nur. Ich bin froh, daß ich dir endlich die Wahrheit gesagt habe. Aber hör mal, was ist nun mit unserem Abendessen? Zum Ausgehen ist es schon ein bißchen spät, oder?« Bevor sie antworten konnte, rief er enthusiastisch: »Ich weiß was! Ich koche für uns – italienisch! Du hast doch hoffentlich Nudeln im Haus, oder?«

»Hab ich, aber die bleiben hübsch im Schrank. Du magst ein großer Schauspieler sein, Gavin, aber als Koch – verzeih mir! – bist du eine Niete.«

»Ach? Früher hast du immer gesagt, ich brutzele die großartigsten Gerichte zusammen.«

»Damals war ich jung und dumm und hatte keine Ahnung.« Rosie lachte. »Nein, ich denke, es ist wirklich besser, wir gehen runter ins Bistro an der Ecke. Komm, wir wollen uns beeilen, damit sie uns nicht die Tür vor der Nase zusperren.«

41

Gavin Ambrose saß auf dem Sofa im Salon seiner Suite im Ritz und blätterte im Academy Players Directory, einem Darstellerverzeichnis für Schauspielerinnen mit Erfahrung in anspruchsvollen Rollen.

Er war immer noch auf der Suche nach der richtigen Besetzung für die Joséphine zu seinem Napoleon.

Rosie hatte zwar zu Recht darauf hingewiesen, daß sie noch reichlich Zeit hätten, andererseits waren wirklich erstklassige Schauspieler nicht von heute auf morgen zu kriegen. Und ein Perfektionist wie er hatte gern möglichst früh seine Besetzungsliste unter Dach und Fach.

Gavin trat ans Fenster und sah hinaus auf die Place Vendôme. Es war ein sonniger Samstagnachmittag, eine Woche vor Ostern. Und ich sperre mich in ein Hotelzimmer ein und blättere Fotos von Hollywoodstars durch, dachte Gavin. Nein, so sollte man den Frühling in Paris wirklich nicht beginnen. Er beschloß, Rosie anzurufen und sie zu fragen, was sie an diesem herrlichen Apriltag vorhabe.

Sie nahm gleich beim ersten Klingeln ab.

»Hi! Sitzt du etwa auf dem Telefon?« fragte er lachend.

»So ungefähr, ja. Weißt du, ich wollte dich gerade im Moment auch anrufen.«

»Na, das trifft sich ja großartig! Was hast du denn auf dem Herzen?«

»Du, ich glaube, ich hab einen ganz großartigen Einfall. Paß auf: Du mußt doch für die Joséphine gar nicht unbedingt eine amerikanische Schauspielerin nehmen. Wenn sie halbwegs Englisch spricht, könnte es doch auch genausogut eine Europäerin sein, nicht? Und weißt du, wer mir da eingefallen ist? Annick Thompson! Sie ist Französin, lebt aber schon seit etlichen Jahren in London und spricht ganz gut Englisch. Also, ich finde sie sehr talentiert, und ich könnte mir vorstellen, daß sie genau die Richtige wäre für Joséphine.«

»Du hast recht, Rosie, keine Frage, sie ist phantastisch. Wieso bin ich eigentlich nicht selber auf sie gekommen? Ach, verflixt, ich weiß: Sie ist sehr groß.«

»Na und? Wir könnten *sie* in eine Kuhle stellen und *dich* auf eine Kiste – wär nicht das erste Mal, daß man so was vor der Kamera trickst.«

»Besten Dank! Bei solchen Freunden brauch ich keine Feinde.«

»Aber Gavin, du weißt genau, daß ich bloß Spaß gemacht habe. Im übrigen ist sie höchstens zwei, drei Zentimeter größer als du, und da wir für den Film bei den Damen, getreu dem Empirestil, keine hohen Absätze vorgesehen haben, dürfte das kaum eine Rolle spielen.«

»Annick ist wirklich ein guter Vorschlag«, sagte Gavin.

»Ich werd's an Aida weitergeben, mal sehen, was sie davon hält.«

»Okay. Aber nun sag mal, warum du mich angerufen hast, Gavin.«

»Ach, es ist so ein schöner Tag, da wollte ich dich fragen, ob du nicht Lust auf einen Spaziergang hast?«

»Du, ich war gerade draußen, und es ist ziemlich kalt. Außerdem geht ein ekliger Wind. Du hast dich sicher durch die Sonne täuschen lassen, aber die hat um diese Jahreszeit noch nicht sonderlich viel Kraft.«

»Na schön, streichen wir den Spaziergang. Ich wollte auch eigentlich nur mal raus aus dem Hotel, weißt du. Sag, was hältst du von einem Kinobesuch? Und hinterher lade ich dich zum Essen ein.«

»Gut, einverstanden.«

»Fein! Wann soll ich dich abholen, Angel Face?«

»Ach, das ist zu umständlich. Treffen wir uns doch lieber gleich vor Fouquet auf den Champs-Élysées. Sagen wir in einer Stunde?«

»Abgemacht.«

Am Ende verzichteten sie auf den Kinobesuch auf den Champs-Élysées. Denn die dortigen Filme waren entweder ausverkauft, oder es drängten sich lange Schlangen vor der Kasse. Offenbar hatte halb Paris an diesem Samstag die gleiche Idee gehabt.

Statt dessen nahmen sie ein Taxi zur Rive gauche, wo Rosie ein kleines Kino kannte, in dem nur Oldies gespielt wurden. Unterwegs fragte sie mit einem zweifelnden Blick auf seinen Filzhut: »Mußt du dieses Unikum aufsetzen, Gavin? Ich weiß nicht, ob du mir damit gefällst.«

Er grinste. »Das ist meine Tarnung.«

»Das soll wohl 'n Witz sein? Ich würde dich damit selbst im Dunkeln noch erkennen. Und die Damen vorhin bei Fouquet, die hast du auch nicht getäuscht. Ich hab wohl gesehen, wie die dich mit den Augen verschlungen haben!«

»Ach was, die haben doch nicht mich gemeint. Aber ernsthaft, Rosie, kein Mensch erkennt mich, wenn ich diesen Hut aufhabe. Außerdem ist er doch ganz flott, oder?«

»Also für mich sieht er aus, als würden schon die Motten drin hausen.«

»Und ich finde, du solltest dich langsam mal von diesem uralten Lodencape trennen.« So zogen sie sich gegenseitig auf, bis sie drüben an der Rive gauche vor dem versteckten kleinen Kino ankamen.

»Oh, Gavin, ich werd wahnsinnig – schau doch, sie spielen *Casablanca*!«

Der Hauptfilm lief bereits seit zehn Minuten, als sie ihre Plätze einnahmen, doch da beide den wunderbaren Klassiker so gut wie auswendig kannten, machte ihnen das nichts aus. »Weißt du, worauf ich mich jetzt schon freue?« fragte Gavin flüsternd. »Auf die Szene, in der Bogie zu Sam sagt: ›Von allen gottverlassenen Kneipen dieser Welt muß sie ausgerechnet über meine stolpern.‹ Das ist meine Lieblingsstelle.«

Nach dem Kino gingen sie in das Bistro bei Rosie an der Ecke. Das Lokal war brechend voll, aber da der Wirt Rosie gut kannte, war es sozusagen Ehrensache für ihn, den beiden einen Tisch frei zu machen.

»Hier drin mußt du aber wirklich deinen Hut abnehmen«, verlangte Rosie, als sie Platz genommen hatten. »Ich bleibe hier nicht mit dir sitzen, wenn du das scheußliche Ding auf dem Kopf behältst. Abgesehen davon ist es unhöflich. Sieh nur, die Leute gucken schon.«

»Aber wenn ich ihn abnehme, dann werden sie erst recht gucken.«

»Ach Unsinn, hier wird dich kein Mensch belästigen«, sagte Rosie. Und an den Kellner gewandt, der inzwischen herbeigeeilt war: »Für mich einen Wodka mit Eis, bitte.«

»Ich nehm das gleiche, aber mit einem Spritzer Zitrone, bitte.«

Der Ober starrte ihn neugierig an und verschwand.

»Bitte, *er* hat mich schon erkannt. Aber ich will dir zuliebe den Hut trotzdem abnehmen.« Und wirklich setzte er den Hut ab und schob ihn unter seinen Stuhl.

»Ja, das sieht viel besser aus, Gavin. Und du kannst sicher sein, hier wird dich niemand belästigen. Das ist schließlich La Belle France, die Wiege der Galanterie mit allem Drum und Dran.«

Sie hatte kaum ausgesprochen, da trat ein junger Mann an ihren Tisch, entschuldigte sich wortreich für seine Dreistigkeit und hielt Gavin ein Blatt Papier vor die Nase. In stockendem Englisch fragte er: »Monsieur Ambrose, darf ich Ihr Autogramm haben, bitte?«

Gavin neigte höflich den Kopf, setzte seine Unterschrift auf den Zettel und schenkte dem jungen Mann ein strahlendes Lächeln. Der ging dankbar und glücklich davon.

»Na bitte!« flüsterte Gavin triumphierend, »was hab...«

»Wag es ja nicht, diesen Satz zu Ende zu sprechen, Ambrosini! Sonst steh ich auf und gehe!«

Er lächelte sie liebevoll an.

Rosie legte den Kopf schief und betrachtete ihn skeptisch aus grün blitzenden Augen. Sie wollte ihm eben eine Frage stellen, als der Kellner mit den Getränken kam.

Kaum daß er Gavin ohne Hut erblickte, rief der Ober begeistert: »Ah, *bien sûr*, Monsieur Ambrose! Ich hatte Sie gleich erkannt.« Gavin nickte ergeben und brachte ein mattes Lächeln zustande. Als sie wieder allein waren, zwinkerte er Rosie zu und meinte lakonisch: »Ja, ja, deine dezenten Franzosen.« Dann hob er sein Glas und sagte in einer brillanten Bogart-Imitation: »Ich schau dir in die Augen, Kleines.«

Sie hatten gegessen und saßen beim Kaffee, als Rosie fast zaghaft sagte: »Darf ich dich mal was fragen, Gavin?«

»Aber sicher. Nur zu!«

»Warum bist du all die Jahre bei Louise geblieben? Ich meine, irgendwann ist sie doch über den Verlust eures ersten Kindes hinweggekommen. Und du hast ja eines Tages die Tragödie verkraftet, nicht? Warum habt ihr euch also dann nicht getrennt, wenn eure Ehe so unglücklich war?«

»Das hatte verschiedene Gründe, Rosie. Der wichtigste freilich war mein Sohn. Sieh mal, ich bin ohne Vater aufgewachsen. Und das wollte ich meinem Kind ersparen. Tja, und dann habe ich mich ganz auf meine Karriere gestürzt. Da konnte ich keine Scheidungsprobleme gebrauchen. Und auch die Ablenkung durch andere Frauen hätte meiner Arbeit geschadet. Also habe ich mich immer mehr abgekapselt.«

»Soll das heißen, es hat nie andere Frauen in deinem Leben gegeben?«

»Jedenfalls nicht viele. Was meine Ehe angeht, so habe ich immer die Form gewahrt. Nach außen hin war alles tadellos – oder findest du nicht, daß mir das gelungen ist?«

»O doch, perfekt sogar. Noch letzten Herbst, als wir *Kingmaker* drehten, war ich überzeugt, daß du eine glückliche Ehe führst. Ich ... ich hatte keine Ahnung, wie es all die Jahre um dich stand. Nell hast du allerdings wohl nicht täuschen können.«

»Hat sie was gesagt?«

»Sie hat so eine Andeutung gemacht, damals in London, ja.«

»Ist schon ein kluges Kind, unsere Miß Jeffrey.«

»Das kannst du laut sagen.«

»Rosie ...«

»Ja, Gavin?«

»Es gab noch einen Grund, warum ich Louise nicht verlassen habe.« Er hielt inne, doch seine kühlen grauen Augen ließen die ihren nicht los. »Es schien mir sinnlos, um meine Freiheit zu kämpfen, solange du an einen anderen gebunden warst.«

Rosie starrte ihn fassungslos an. Und dann sagte sie gedehnt: »Genau aus dem Grund bin ich auch bei Guy geblieben... weil *du* verheiratet warst.«

Es war eine kalte, klare Vollmondnacht. Auf dem kurzen Weg zurück zu Rosies Wohnung sprachen sie nicht, und sie gingen, ohne sich zu berühren, nebeneinanderher.

Oben angekommen, lief Rosie gleich ins Wohnzimmer und blieb mit halb abgewandtem Gesicht mitten im Raum stehen.

Er lehnte im Türrahmen und betrachtete sie, soweit das bei der schummrigen Beleuchtung möglich war. Ihren Gesichtsausdruck konnte er freilich nicht erkennen. Er sehnte sich danach, zu ihr hinzugehen. Aber aus einem unerfindlichen Grund war er unfähig, sich von der Stelle zu rühren.

Endlich drehte sie sich um und wandte ihm ihr Gesicht zu.

Sie blickten einander an, ohne ein Wort zu sagen.

Sie machte einen Schritt auf ihn zu.

Er ging ihr einen Schritt entgegen.

Und genau in dem Moment, als sie sich langsam und entschlossen aufeinander zubewegten, wußten beide mit plötzlicher Klarheit, daß ihr Leben einen Wendepunkt erreicht hatte. Etwas war, absolut und unwiderruflich, anders geworden, und beide wußten, daß es kein Zurück mehr für sie gab.

Fast stolpernd kam sie in seine Arme. Er fing sie auf, hielt sie fest und drückte sie mit Inbrunst an sich.

Ihre Hände wanderten hinauf zu seinem Nacken, die Finger gruben sich in seine Haut.

Und als sie sich endlich küßten, wurde es ein langer, inniger Kuß, der gar nicht mehr aufhören wollte. Es war, als solle dieser Kuß die Jahre des Leids und der Trennung auslöschen. Ihr Mund verschmolz mit dem seinen, und sie klammerten sich aneinander wie zwei Ertrinkende, die Angst haben sich loszulassen.

Er schmeckte die wohlvertraute Süße ihres Mundes, in die sich jetzt salzige Tränen mischten. Als er endlich seinen Mund von dem ihren löste und mit den Fingerspitzen über ihre Wange tastete, war die ganz naß.

»*Gavin*. Oh, Gavin! Ich liebe dich. Ich liebe dich so sehr.«

»Und ich liebe dich, Rosie. Ich habe nie aufgehört, dich zu lieben, keinen Tag, keine Stunde.«

Nun war es gesagt, endlich, nach so vielen Jahren des Schweigens.

Der Blick, den sie tauschten, war erfüllt von wissendem Verstehen, und ohne daß es weiterer Worte bedürft hätte, nahm er ihre Hand und führte sie.

Rosie hätte später nicht zu sagen gewußt, wie sie ins Schlafzimmer und wie sie aus den Kleidern gekommen waren. Für sie gab es nichts mehr als Gavins Hände auf ihrem Körper, seinen Mund auf ihrem Mund.

Sie erwiderte seine Küsse mit ungezügelter Leidenschaft. Es war, als wären sie nie getrennt gewesen. Wie lichte Schleier fielen die Jahre von ihnen ab. Und sie sanken zurück an einen Ort, den sie vor langer Zeit gekannt hatten, einen Ort, der ihnen so vertraut war, ja an den sie eigentlich gehörten.

Auch wenn er sie seit mehr als elf Jahren nicht mehr in seinen Armen gehalten hatte, war Gavin doch noch mit jeder Linie ihres Körpers so vertraut, als ob es sein eigener wäre. Und sie erkannte den seinen ebenso beglückt wieder.

Fiebernd vor Verlangen berührten sie einander, weckten eins im anderen die Lust von einst und führten sich an den Rand der Ekstase. Und süß und selig kehrten die Erinnerungen zurück und entführten sie auf schillernden Flügeln.

Sie war seine erste Liebe gewesen, er die ihre. Und als sie jetzt endlich, endlich wieder zusammenfanden, da war es wie beim ersten Mal.

Und doch auch wieder anders. Sie waren reifer geworden inzwischen; sie hatten umeinander gelitten, und das hatte ihnen eine neue Zärtlichkeit erschlossen.

Diese Nacht war für beide wie ein Traum.

Nachdem sie sich das erste Mal geliebt hatten, schliefen sie ein, nur um beim Erwachen begierig die Arme nacheinander auszustrecken, so als fürchteten sie, es könne nicht wirklich passiert sein. Und Gavin spürte, daß er sie aufs neue begehrte. Und wieder nahm er sie in seine Arme und liebte sie rückhaltlos, mit einem Ungestüm und einer Leidenschaft, die Rosie voll und ganz erwiderte, brannte sie doch vor Sehnsucht nach ihm. Wieder schliefen sie ein, und als es draußen hell wurde, liebten sie sich zum dritten Mal. Endlich fielen sie dann, erschöpft und unsagbar glücklich, in den tiefsten und friedlichsten Schlaf, der beiden seit Jahren vergönnt war.

Rosie drehte sich im Bett auf die andere Seite und tastete nach Gavin. Aber sein Platz war leer.

Fast erschrocken fuhr sie hoch, blinzelte gegen das helle Morgenlicht und fragte sich wieder mit pochendem Herzen, ob am Ende alles nur ein Traum gewesen sei.

Aber sie wußte, das konnte nicht sein. Ihr Körper war Zeuge dafür. Sie spürte den Geliebten überall. Lächelnd schlug sie die Decke zurück, glitt aus dem Bett, griff nach ihrem Morgenrock und machte sich auf die Suche nach Gavin.

Er saß angezogen am Schreibtisch in ihrem Atelier und hatte einen Teil des Drehbuchs vor sich.

»Gavin, mein Skript! Sei vorsichtig, ich hab mir überall Randnotizen gemacht, die ich unbedingt noch brauche.«

Er hob den Kopf und sah sie lächelnd an. »Ist das eine Art, seinen Liebhaber zu begrüßen... noch dazu, wenn er sich so verausgabt hat für dich wie ich letzte Nacht?«

»Ach, du bist einfach unmöglich, Ambrosini!« rief Rosie lachend.

»Was du nicht sagst. Übrigens, ich liebe dich.«

»Und ich liebe dich.« Sie kam um den Schreibtisch herum, beugte sich über ihn und küßte ihn auf die Wange. Er hob den Kopf, so daß er sie voll auf den Mund küssen konnte, zog sie dann auf seinen Schoß und bettete seinen Kopf an ihre Schulter. »O Gott, und wie sehr ich dich liebe, Rosie. Ach, du ahnst ja gar nicht, wie sehr.« Er drückte sie einen Moment lang fest an sich, und als er sie wieder freigab, sagte er: »Wegen des Skripts brauchst du dir übrigens keine Sorgen zu machen. Ich hab nur eine Dialogstelle von mir geändert, aber von deinen Notizen nichts durcheinandergebracht.«

Rosie glitt von seinem Schoß und ging in Richtung Küche. Über die Schulter sagte sie: »Wenn mich meine Nase nicht trügt, hast du schon Kaffee gemacht. Das war lieb von dir, Darling. Magst du auch noch eine Tasse?«

»Nein danke, Angel.«

Das Telefon klingelte.

Beide starrten erschrocken auf den Apparat.

Rosie sagte leise: »Hoffentlich ist das nicht Johnny.«

Gavin stand auf. »Ich laß dich allein«, sagte er und kam hinter dem Schreibtisch vor.

Sie schüttelte den Kopf. »Nein, bitte bleib. Ich habe keine Geheimnisse vor dir, Gavin. Außerdem ist sowieso der Anrufbeantworter eingeschaltet.«

Das Telefon schrillte unterdessen ungeduldig weiter.

»Na so was – war wohl doch nichts mit dem Anrufbeantworter.« Entschlossen hob Rosie den Hörer ab. »Hallo?« Im nächsten Moment hellte ihr Gesicht sich auf. »Nell! Wie geht's dir? Von wo rufst du an?«

Und dann war ihr Lächeln mit einem Schlage erlo-

schen. »O Nell, um Gottes willen, nein! O mein Gott!«
Alle Farbe war aus ihrem Gesicht gewichen. »Ja, ja natürlich komme ich. So schnell ich kann. Ja, okay, das mach ich. Gut, ich sprech's dir dann auf den Anrufbeantworter.« Sie konnte den Hörer kaum auf die Gabel zurücklegen, so heftig zitterte sie.

Gavin war mit zwei Schritten bei ihr. »Rosie, um Himmels willen, was ist passiert?«

»Es ist Kevin. Man hat auf ihn geschossen, er ist schwer verletzt. Die Ärzte sagen, seine Chancen stünden sehr schlecht.« Sie begann zu schluchzen. »Nell sagt, sie fürchten, daß er sterben wird.«

42

Am Montagmorgen fuhren Rosie und Gavin sofort, nachdem sie auf dem John F. Kennedy Airport gelandet waren, ins Bellevue Hospital, wo Nell sie schon sehnlichst erwartete.

Sie war aschfahl nach der durchwachten Nacht, und kaum daß sie die beiden erblickte, brach sie in Tränen aus. Rosie eilte ihr mit ausgebreiteten Armen weinend entgegen. Die beiden Frauen hielten sich eine Weile eng umschlungen, dann nahm Gavin Nell in die Arme und versuchte sie zu trösten, wie er es schon mit Rosie auf dem langen, von Furcht begleiteten Flug getan hatte.

»Kevin ist ein zäher Bursche und stark wie ein Pferd«, sagte er zu Nell, während er sie zu einer Sitzgruppe führte. »Wenn einer das übersteht, dann Kevin.«

»Aber du verstehst ja nicht«, schluchzte Nell. »Es handelt sich nicht bloß um *eine* Schußverletzung, nein, die haben ihn förmlich durchgesiebt. Er hat eine Menge Verletzungen davongetragen und furchtbar viel Blut verloren.«

Obwohl sie selbst halb wahnsinnig war vor Angst, sagte Rosie: »Gavin hat recht, Kevin schafft es, er kommt durch. Er muß einfach, er darf nicht sterben so wie Dad.« Sie setzte sich neben Nell, nahm ihre Hand und fragte: »Wann dürfen wir ihn sehen? Und was sagen die Ärzte?«

»Da kommt Dr. Morris, du kannst ihn gleich selbst fragen.«

Rosie stand auf, und Nell machte sie mit dem Doktor bekannt.

»Er ist immer noch ohne Bewußtsein, Miss Madigan«, sagte Dr. Morris. »Aber Sie können kurz reinschauen, wenn Sie es wünschen.«

»O ja, bitte, Doktor! Sagen Sie mir ganz ehrlich – wie stehen die Chancen für meinen Bruder?«

»Etwas besser als gestern. Wir haben ihn heute früh ein zweites Mal operiert und auch die letzte der insgesamt vier Kugeln entfernt, und sein Zustand scheint sich jetzt zu stabilisieren. Ihr Bruder ist jung, Miss Madigan, sehr kräftig und in ausgezeichneter körperlicher Verfassung, was seine Chancen natürlich erheblich verbessert.«

Rosie nickte mechanisch. Verstohlen kramte sie in ihrer Tasche nach einem Taschentuch.

»Wollen wir gehen?« fragte der Arzt.

Die drei folgten Dr. Morris aus dem Warteraum über einen langen Korridor zur Intensivstation. Hier öffnete der Arzt eine Tür und ließ Rosie und Gavin eintreten. Nell blieb auf dem Flur zurück. Kevin lag mit geschlossenen Augen im Bett und war durch Schläuche an eine Vielzahl tickender und blinkender Apparate angeschlossen. Sein Atem ging so flach, daß man ihn kaum wahrnehmen konnte.

Rosie trat ans Bett, legte ihre Hand auf die des Bruders und hauchte ihm einen Kuß auf die Wange. »Ich bin's, Kev, Rosie«, flüsterte sie unter Tränen. »Ich bin bei dir. Und Nell und Gavin sind auch da. Wir haben dich sehr, sehr lieb, Kevin.«

Kevin lag vollkommen reglos. Nicht einmal die Wimpern zuckten. Rosie drückte ihm noch einmal die Hand, dann trat sie vom Bett zurück. Die Tränen strömten ihr ungehindert über die Wangen.

Nach Rosie beugte sich Gavin über Kevins Bett und drückte ihm die Hand, wie sie es getan hatte. Auch er sprach auf den Bewußtlosen ein, leise, beschwörend, aber auch er erhielt keine Reaktion.

Draußen auf dem Gang trafen sie Neil O'Connor, der Kevin schon zum wiederholten Male besuchte. Nell machte die Freunde mit dem Detective bekannt.

»Wie konnte das passieren?« fragte Rosie, sobald der Doktor sie allein gelassen hatte.

Neil schüttelte den Kopf. »Tut mir leid, Miss Madigan, aber darauf weiß ich auch keine Antwort. Was geschehen ist, werden wir wohl erst erfahren, wenn wir mit Kev sprechen können.«

»Nell hat uns gestern gesagt, daß Kevin einen Partner bei sich hatte. Er ist anscheinend auch verwundet worden. Hat er Ihnen denn nichts erzählen können? Oder ist er etwa auch bewußtlos?«

Neil schüttelte hilflos den Kopf und sagte tonlos: »Tony ist vor einer halben Stunde gestorben.«

»O nein!« schrie Nell verzweifelt und preßte sich die Hand vor den Mund.

Rosie klammerte sich an Gavins Arm. Sie war leichenblaß geworden.

Die drei Freunde wachten vier Tage bei Kevin.

Es war Freitag, der 17. April, als Detective Madigan das Bewußtsein wiedererlangte und endlich die Augen aufschlug. Genau gesagt war es Karfreitag.

Nell saß gleich neben dem Bett, und so sah er sie als erste. Er schenkte ihr ein noch ganz mattes Lächeln. »Hi, Honey«, flüsterte er mit schwacher Stimme.

»Oh, Kevin! Dem Himmel sei Dank!« schluchzte sie und griff nach seiner Hand. Dann stand sie auf, beugte sich über ihn, küßte ihn auf die Wange und flüsterte ihm ins Ohr: »Ich liebe dich.«

»Ich liebe dich auch«, murmelte er mit heiserer Stimme.

Ohne seine Hand loszulassen, setzte Nell sich wieder. Ihre Augen, die unverwandt auf sein Gesicht gerichtet waren, schwammen in Tränen.

»Verzeih mir, Nell.«

»Schon gut, du darfst nicht soviel sprechen. Du bist noch sehr schwach, verstehst du, aber du wirst es schaffen, ich weiß es.« Sie versuchte, ihre Hand zurückzuziehen, aber er ließ sie nicht los.

»Laß mich gehen, Kevin«, bat sie. »Nur für einen Moment. Rosie und Gavin sind hier, weißt du, und ich will sie holen.«

43

Rosie wußte, daß Johnny in Manhattan war.

Er hatte unzählige Nachrichten auf ihrem Anrufbeantworter hinterlassen und auch mehrfach versucht, sie über Nells Agentur zu erreichen. Die dortigen Mitarbeiter waren angewiesen, den Kunden zu sagen, Nell habe wegen einer unvorhergesehenen Familienangelegenheit kurzfristig verreisen müssen und sei bis auf weiteres nicht erreichbar.

Aber heute, am Karfreitag, da Rosie wußte, daß Kevin außer Lebensgefahr war, entschloß sie sich, Johnny nicht länger auszuweichen, sondern eine Aussprache herbeizuführen. Sie mußte ihm endlich sagen, daß es keine gemeinsame Zukunft für sie gab.

Nachdem sie im Waldorf Astoria angerufen hatte, aber nur zum Auftragsdienst weiterverbunden wurde, legte sie auf. Sie wollte Gavins Nummer im Trump Tower nicht so ohne weiteres hinterlassen.

Vielleicht, dachte Rosie, versuche ich einfach einmal auf gut Glück, ihn im Aufnahmestudio zu erreichen. Bei einem seiner letzten Anrufe in der Pariser Wohnung hatte Johnny erwähnt, daß er gleich nach der Rückkehr nach New York ins Studio müsse, um eine neue CD einzuspielen. Rasch entschlossen kritzelte sie eine kurze Nachricht für Gavin, der mit Nell im Krankenhaus geblieben war, auf einen Block und telefonierte nach einem Taxi.

Als sie etwa eine halbe Stunde später vor der Hit Factory an der Vierundfünfzigsten Straße West ausstieg, erblickte sie am Eingang zum Studiogebäude Kenny Crossland, Johnnys Keyboarder.

Offenbar hatte auch er sie gleich gesehen. »Hi, Rosie!« rief er und winkte. »Da wird sich Johnny aber freuen. Er war schon ganz verrückt vor Sorge, weil er Sie nirgends erreichen konnte. Und natürlich mußten wir es ausbaden!«

»Ich hab versucht, ihn anzurufen«, sagte Rosie. »Aber es war furchtbar hektisch bei mir in letzter Zeit. Aber nun bin ich ja hier«, setzte sie mit einem kleinen Lächeln hinzu. Sie wollte Kenny nicht mehr als unbedingt nötig erzählen. Denn sie wußte noch von der Englandtournee her, daß er und Johnny sich leider oft genug in den Haaren lagen. Da wollte sie Kenny nicht auch noch Stoff zum Klatschen liefern.

Kenny führte Rosie in den Empfangsraum und bat sie, dort zu warten, während er Johnny holen ging.

Rosie setzte sich und betrachtete die goldenen Schallplatten, die gerahmt an den Wänden hingen. Dann schloß sie, plötzlich ganz erschöpft, die Augen.

Eine Viertelstunde mochte vergangen sein, als ein junger Mann den Empfangsraum betrat und sich als einer von Johnnys Plattenproduzenten vorstellte. Er sei gekommen, sagte er, um sie ins Tonstudio zu führen, wo Johnny gerade einen Durchlauf probte.

Rosie sah Johnny gleich beim Betreten des Kontrollraums durch die schalldichte Glasscheibe. Er stand drüben auf der anderen Seite vor einem Notenpult, hatte Kopfhörer übergestülpt und sang mit geschlossenen Augen in ein Mikrofon.

Der junge Mann sagte: »Es dauert nicht mehr lange, keine Sorge. Wir wollten nur noch einmal den Gesang auf die Tonspur aufnehmen. Mit der Musikbegleitung sind wir längst fertig.« Er nickte ihr freundlich zu und ließ sie mit dem Toningenieur allein.

Sobald Johnny mit seinem Song zu Ende war, öffnete er die Augen und sah fragend zu dem Toningenieur im Kontrollraum hinüber. Der nickte begeistert und spreizte den Daumen nach oben, zum Zeichen, daß die Aufnahme perfekt gelungen sei.

In dem Moment sah Johnny sie hinter der Glasscheibe stehen.

Für einen Sekundenbruchteil wirkte er wie versteinert.

Dann strahlte er übers ganze Gesicht und winkte ihr herüberzukommen.

Zögernd betrat Rosie den Aufnahmeraum. Johnny, der inzwischen Mikrofon und Kopfhörer weggelegt hatte, kam ihr mit ausgestreckten Armen entgegen und küßte sie stürmisch.

Rosie machte sich sanft von ihm los und sagte mit einem nervösen Lachen: »Nicht doch, Johnny, der Toningenieur guckt zu.«

»Na und? Soll er doch! Ach, Honey, ich freu mich ja so! Du kannst dir gar nicht vorstellen, wie ich mich nach dir gesehnt habe.« Er faßte sie bei den Schultern und hielt sie auf Armeslänge von sich. Obwohl er immer noch strahlend lächelte, entdeckte Rosie einen Zornesfunken in seinen blauen Augen. Und seine Stimme kletterte um ein, zwei Oktaven höher, als er jetzt ausrief: »Weißt du eigentlich, daß ich seit Tagen hinter dir hertelefoniere, Rosie? Immer wieder hab ich in deiner Pariser Wohnung angerufen. Ich bin fast verrückt geworden, als ich immer nur den Anrufbeantworter erreichen konnte. Warum hast du nie zurückgerufen, Rosie? Und wo zum Teufel bist du die ganze Zeit gewesen?«

Sprachlos starrte sie ihn an. Überreizt durch das tagelange Bangen um das Leben ihres Bruders, erschöpft und gequält von der Angst vor dieser Aussprache, spürte Rosie, daß sie nahe daran war, die Beherrschung zu verlieren. Verbissen kämpfte sie mit den Tränen.

Als sie nicht antwortete, fuhr Johnny ungestüm fort: »Das muß endlich anders werden zwischen uns, Honey. Ich kann so nicht leben. Du mußt einfach immer bei mir sein.« Er sah sie prüfend an und fragte dann: »Aber warum hast du mir nicht Bescheid gesagt, daß du kommst? Und wie lange bist du eigentlich schon hier?«

Seine Worte legten ihre wund gescheuerten Nerven vollends bloß. Sie dachte an ihren Bruder, der auf der Intensivstation des Bellevue Hospitals so zäh und tapfer um sein Leben kämpfte, und schon konnte sie den Tränen nicht mehr Einhalt gebieten.

Entsetzt und verwirrt zugleich legte Johnny den Arm um sie und führte sie in einen angrenzenden Büroraum, wo sie ungestört waren.

»Aber Honey«, sagte er beschwichtigend, »nun wein doch nicht! Ich bin vielleicht eben ein bißchen heftig geworden, aber das liegt nur daran, daß ich wirklich krank war vor Sorge um dich.«

Rosie konnte nicht aufhören zu weinen. Sie sank auf einen Stuhl, suchte nach einem Taschentuch und preßte es sich vor den Mund. All die Angst und Verzweiflung, die sich in den letzten Tagen aufgestaut hatten, brachen sich nun gewaltsam Bahn, und sie schluchzte hemmungslos.

Ratlos ließ Johnny sich ihr gegenüber auf einen Stuhl fallen. Nach einer Weile sagte er noch einmal: »Ich hätte dich nicht so anfahren dürfen. Bitte, verzeih mir, Rosie. Ich hab's wirklich nicht so gemeint.«

Rosie holte tief Luft und preßte unter Schluchzen hervor: »Darum weine ich ja gar nicht, Johnny. Es ist wegen meinem Bruder. Kevin. Man hat auf ihn geschossen. Er wäre beinahe gestorben. Darum hast du die letzten Tage nichts mehr von mir gehört, Johnny. Ich war die ganze Zeit bei ihm im Krankenhaus.«

»Man hat auf ihn *geschossen*, sagst du?« Johnny runzelte die Stirn. »Ja, wie ist das denn passiert? Ist er überfallen worden?«

»Nein, nein, man hat im Dienst auf ihn geschossen. Bestimmt war das die Mafia, es kann nur die Mafia gewesen sein. Die haben ihn einfach niedergeknallt wie meinen Vater damals«, würgte sie unter Schluchzen hervor.

»*Mafia*«, stammelte Johnny. »Ja, aber ich verstehe nicht...«

»Mein Bruder ist ein verdeckter Ermittler. Ich darf das eigentlich niemandem erzählen, aber...«

»Du meinst, er ist bei der Polizei?« Johnny sah sie entgeistert an.

»Ja.« Rosie nickte. »In den letzten Monaten hat er einen Spezialfall bearbeitet. Sein Sonderdezernat wollte eine berüchtigte Mafia-Familie ausheben. Die Rudolfos. Bestimmt hast du den Namen auch schon mal gehört. Jeder in New York kennt ihn. Und siehst du, die haben auf meinen Bruder geschossen. Diese Rudolfos. Sie wollten Kevin umbringen.« Wieder hielt sie sich laut weinend das Taschentuch vors Gesicht.

Johnny war auf seinem Stuhl erstarrt. Ungläubig sah er Rosie an. Was erzählte sie da? In Paris hatte sie ihm doch gesagt, ihr Bruder sei Bankkaufmann. Und nun behauptete sie auf einmal, er sei Polizist. Schlimmer noch, ein verdeckter Ermittler. Ein Schnüffler, auf den die Rudolfos geschossen hatten.

Seine Welt war mit einem Schlag aus den Fugen.

»Ich ... ich bin aber eigentlich nicht hergekommen, um dir das von Kevin zu erzählen«, sagte Rosie leise. »Ich bin hier, weil ich dir etwas erklären muß, Johnny, etwas, das uns betrifft.«

»Wovon sprichst du?« fragte er.

Rosie versuchte zu lächeln, was allerdings kläglich mißlang. So sanft und behutsam wie möglich sagte sie schließlich: »Es hat keinen Zweck, Johnny, es würde nie gutgehen mit uns.«

Beinahe hatte er geahnt, was kommen würde. Aber jetzt, wo es heraus war, fühlte er sich wie gelähmt. Ihm war, als würde alles Blut aus seinen Adern weichen, und gegen ein plötzliches Schwindelgefühl ankämpfend, lehnte er sich in seinem Stuhl zurück.

»Warum sollte es nicht gutgehen, Rosie?« fragte er schließlich zitternd. »Ich liebe dich doch. Du weißt, daß ich dich liebe.«

Rosie nahm all ihren Mut zusammen, griff nach seiner Hand und sagte leise: »Aber ich liebe dich nicht, Johnny. Jedenfalls nicht so, wie du es erwartest.«

»Aber Rosie, wir haben uns doch so wunderbar verstanden! Im Bett und auch sonst. Das hast du in London selbst gesagt.«

»Oh, Johnny, ich hab dich ja auch wirklich sehr, sehr gern. Du bist so lieb und großzügig und ... Aber ich kann nicht deine Frau werden. Es würde niemals gutgehen, glaub mir. Wir sind in vielem einfach zu verschieden.«

»Worin sind wir verschieden? Nenn mir ein Beispiel!«

»Einfach in der Art, wie wir unser Leben leben.«

»Ich verstehe nicht, was du meinst.«

»Hör zu, Johnny, du bist ein Megastar, einer der größten Entertainer der Welt. Deine Arbeit, vor allem die aufreibenden Tourneen, bringen einen gewissen Lebensstil mit sich, der mir aber fremd ist. Darüber hinaus wünschst du dir eine Frau, die immer für dich da ist, Tag und Nacht an deiner Seite. Aber ich, siehst du, ich hab meinen eigenen Beruf, der mir auch sehr viel bedeutet. Du bist sehr besitzergreifend, ich dagegen bin sehr selbständig und unabhängig. Wir würden dauernd miteinander im Clinch liegen.«

»Aber weißt du denn nicht mehr, wie phantastisch es war, wenn wir miteinander geschlafen haben? Im Bett sind wir doch nicht so verschieden, oder?«

»Nein, da hast du recht. Du bist sehr sinnlich, sehr sexy, und ich fand dich unheimlich aufregend. Aber Sex ist nun einmal nicht alles in einer Beziehung, Johnny. Das reicht nicht als Basis für eine Ehe.«

»Du gibst uns ja nicht mal eine Chance!« warf er ein. »Ich war jetzt über einen Monat in Australien, ich hab dich *sieben Wochen* nicht gesehen. Wir müssen einfach wieder zusammensein, uns miteinander vertraut machen, Rosie. Komm ein paar Tage mit mir ins Waldorf, und du wirst sehen, alles wird wieder sein wie zuvor. Genau wie in Paris und London. Ich weiß es ganz bestimmt.«

Rosie schüttelte den Kopf und stand auf. »Nein, Johnny, das läßt sich nicht wiederholen.«

»Aber du irrst dich, Honey!« rief er. »Du kannst mir nicht einreden, daß du auf einmal nichts mehr für mich empfindest, daß du mich womöglich nie geliebt hättest. Ich erinnere mich an jede Minute, die wir zusammen verbracht haben... Das war doch nicht alles gespielt, Honey – o nein, es war dir genauso ernst wie mir!«

Sie nickte traurig. »Ja, Johnny, ich war wirklich gern mit dir zusammen. Aber es war nur Verliebtheit, verstehst du, keine Liebe. Es tut mir leid, Johnny, aber ich liebe dich nicht. Und darum haben wir auch keine Zukunft.«

Er war wie vor den Kopf geschlagen und starrte sie nur stumm und fassungslos an.

All ihre Güte, ihr Mitleid und ihre Teilnahme regten sich mit Macht, als sie in sein verzweifeltes Gesicht sah. Rosie streckte die Hand aus und griff nach seinem Arm.

Mit einer Stimme, die dunkel war vor Trauer und Rührung, flüsterte sie: »Es tut mir leid, Johnny, wahnsinnig leid.«

»Gib uns noch eine Chance!« flehte er.

Sie sah ihn ratlos an und biß sich auf die Unterlippe. Sie litt mit ihm, und doch gab es nichts, was sie hätte tun können, um seinen Schmerz zu lindern.

Tränen schimmerten in seinen Augen. »Aber ich liebe dich doch, Rosie, wie soll ich denn ohne dich weiterleben? Bitte, komm doch wenigstens für ein paar Tage zu mir. Wir wollen uns aussprechen und noch einmal von vorn anfangen. Es muß doch einen Weg geben.«

»Nein, Johnny, den gibt es nicht. Und ich kann nicht bleiben, ich fliege Sonntag morgen nach Paris zurück. Ich muß wieder an die Arbeit.« An der Tür drehte sie sich noch einmal um. »Good bye, Johnny«, sagte sie, »leb wohl.«

44

Johnny war völlig gebrochen.

Rosie hatte ihn verlassen. Sein Leben war ein Scherbenhaufen. Er konnte ohne sie nicht leben. Er wollte sie zurückhaben. Er mußte einen Weg finden, um sie zurückzugewinnen.

Er saß im Fond der Limousine, die ihn nach Staten Island brachte, und ging im Geiste noch einmal die letzte Unterredung mit Rosie durch. Er konnte die Gründe, die sie angeblich zur Trennung bewogen hatten, einfach nicht akzeptieren. Ihre Argumente ergaben keinen Sinn. Sie mußte ihn angelogen haben. In Wahrheit ließ sie ihn sitzen, weil ihr Bruder ihr gesteckt hatte, daß er zur Rudolfo-Familie gehörte. Und sie glaubte ja, die Rudolfos hätten ihren Bruder niedergeschossen.

Heute nachmittag, als sie das Tonstudio verlassen hatte, war er zunächst völlig benommen gewesen und hatte nicht mehr aus noch ein gewußt. Aber dann hatte er ganz spontan Onkel Salvatore angerufen. Und jetzt war er auf dem Weg zu ihm, um den Don um einen Gefallen zu bitten. Und da es das erste Mal war, daß er sich mit einer Bitte an den *Padreterno* wandte, war er ganz sicher, daß der Onkel ihn nicht abweisen würde. Am Telefon hatte der Don ihn gleich zum Dinner eingeladen. »Es ist schließlich Karfreitag, Johnny, ein besonderer Festtag für uns.«

Doch Johnny hatte, wenn auch sehr respektvoll, abgelehnt. Er schützte Aufnahmearbeiten vor, die ihn noch bis sieben im Studio festhalten würden. Was freilich nicht stimmte. In Wahrheit hatte er gleich nach dem Telefonat das Studio verlassen und sich in sein Hotel zurückgezogen. Er brauchte einfach ein paar Stunden, um seine Selbstbeherrschung wiederzugewinnen. Denn vor Onkel Salvatore wollte er sich keine Blöße geben.

Wieder kehrten seine Gedanken zu Rosie zurück und zu ihrem Bruder. Es lag doch alles klar auf der Hand. Bei seinen Nachforschungen war ihr Bruder auf seine, Johnnys, Verwandtschaft mit den Rudolfos gestoßen und hatte Rosie daraufhin so lange bearbeitet, bis sie Kevin versprach, sich von ihm zu trennen. Ja, nur so konnte es gewesen sein.

Es war ja ganz unmöglich, daß sie ihn nicht liebte. Er war schließlich Johnny Fortune. Die Frauen lagen ihm zu Füßen. Und Rosie? Sie hatte ihn einen Megastar genannt, sinnlich sei er, hatte sie gesagt, sinnlich und sexy und aufregend. Damit wollte sie ihm doch etwas zu verstehen geben, oder etwa nicht?

Johnny schloß die Augen.

Im Geiste sah er ihr Gesicht vor sich.

Sie war wunderschön.

Er liebte sie. Rosie war die einzige Frau, die er je geliebt hatte. Und sie liebte ihn auch. Dessen war er sich jetzt ganz sicher. Sie ergänzten sich einfach wunderbar. Sie gehörten zusammen.

Er würde sie zurückgewinnen.

Onkel Salvatore würde ihm dabei helfen.

Sie saßen im »Allerheiligsten«.

Salvatore Rudolfo trank einen Strega, Johnny ein Glas Weißwein, und sie sprachen über die Australientournee, über die neue CD, die gerade eingespielt wurde, und über Johnnys Zukunftspläne.

Und dann lehnte der Don sich behaglich zurück und lächelte Johnny an. Mein Sohn, dachte er, mein Fleisch und Blut, mein ganzer Stolz. Aber Johnny wußte ja nicht, daß er sein Vater war. In letzter Zeit fragte er sich manchmal, ob es am Ende ein Fehler war, Johnny nicht die Wahrheit gesagt zu haben. Vielleicht hatte Vito recht. Vielleicht sollte der Junge Bescheid wissen. Was könnte es ihm jetzt noch schaden? Johnny war heute ein großer Star, der größte von allen. Keiner konnte ihm mehr etwas anhaben. Und im übrigen würde ja nur er es wissen, nicht die ganze Welt. Er würde sich das noch einmal gründlich überlegen und eine Entscheidung treffen, bevor Johnny an die Westküste zurückfuhr. Wenn ich es ihm sage, dachte Salvatore, dann muß es unter allen Umständen unser Geheimnis bleiben.

Der Don richtete seine wachen, durchdringenden Augen auf Johnny und sagte: »Ich freue mich, daß du gerade heute zu mir kommst, mein Junge. So kann ich dir doch persönlich gratulieren. Vito hat mir erzählt, daß du eine Braut gefunden hast, ein nettes katholisches Mädchen. Wann wirst du sie uns denn vorstellen?«

Johnny holte tief Luft. »Genau darum wollte ich dich heute abend sprechen, Onkel Salvatore. Es... es gibt da nämlich ein Problem mit Rosie.«

»Ach? Und was für ein Problem ist das?«

»Sie hat mit mir Schluß gemacht.«

Salvatore war wie vor den Kopf geschlagen. »Aber das ist doch ganz unmöglich, Johnny! Die Frauen sind verrückt nach dir.«

»Ich bin ja auch sicher, daß Rosie mich immer noch liebt.«

»So? Und warum dann diese Abfuhr?«

»Rosies Bruder ist Polizist. Siehst du, Onkel Salvatore, und nun hat man ihn niedergeschossen. Er ist schwer verletzt und…«

»Ein Polizist, Johnny? Ihr Bruder ist ein *Cop*? Und du hast dich mit ihr verlobt?«

»Ich hab's heute erst erfahren, daß er bei der Polizei ist. Jedenfalls, Rosie behauptet nun, die Rudolfos hätten auf ihren Bruder geschossen. Ich glaube, ihr Bruder hat Nachforschungen über mich angestellt, meine Verwandtschaft mit der Familie festgestellt und sie dazu gebracht, mit mir Schluß zu machen.«

»Mag schon sein. Nur ist ihr Bruder, der Cop, bestimmt nicht von den Rudolfos angeschossen worden. Unsere Familie ist nicht so dumm, auf Polizisten zu schießen. Das ist schlecht fürs Geschäft. *Capisce?*«

Johnny nickte, und auf seinem Gesicht malte sich grenzenlose Erleichterung. »Das habe ich mir ja gleich gedacht, Onkel Salvatore. Und darum bin ich auch zu dir gekommen. Ich wollte ganz sichergehen, daß Rosie sich irrt.«

»Das tut sie allerdings, Johnny, hundertprozentig.«

Johnny zögerte, dann gab er sich einen Ruck und sagte: »Ich möchte, daß du mir hilfst, sie zurückzugewinnen.«

»Was kann denn ich dazu tun?«

»Ganz einfach, du könntest die anderen Familien auffordern herauszufinden – und vor allem zuzugeben –, wer wirklich auf Rosies Bruder geschossen hat. Ich möchte ihr gern beweisen, daß die Rudolfos es jedenfalls nicht waren.«

Salvatore sah ihn an, und seine blauen Augen verengten sich zu schmalen Schlitzen. Nach einem Moment des Nachdenkens neigte der Don den Kopf, zum Zeichen, daß er einverstanden sei. »Ich werde mit Anthony reden. Er wird alles Nötige in Erfahrung bringen. Überlaß uns die Sache, du wirst noch dieses Wochenende von mir hören.«

Fünf Minuten nachdem Johnny sich mit dem traditionellen Wangenkuß vom Don verabschiedet hatte, betrat der *Consigliere* das Arbeitszimmer und sagte ohne große Vorrede: »Joey Fingers ist im Begriff zu gehen, und er möchte dir noch adieu sagen, Salvatore. Soll ich ihn hereinschicken?«

»Nein, ich will ihn nicht sehen.«

»Ich hab ihm gesagt, daß dies die letzte Warnung und daß er draußen ist, wenn er noch einmal das Maul aufreißt und draußen über unsere Geschäfte quatscht.«

»Joey Fingers ist ein zu großes Risiko geworden – untragbar. Also sieh zu, daß du ihn los wirst, Anthony.«

Der *Consigliere* sah den Don scharf an. »Du meinst, er soll ausgeschaltet werden?«

»Ja. Mach ihn alle.«

»Schon so gut wie passiert, *Padreterno*.«

Johnny saß entspannt, ja fast heiter in der Limousine, die ihn nach Manhattan zurückbringen sollte. Sein Problem mit Rosie würde bald gelöst sein. Salvatore Rudolfo war *capo di tutti capi*, der mächtigste Mafia-Boß an der ganzen Ostküste. Die anderen Familien würden es nicht wagen, ihm eine gewünschte Auskunft zu verweigern. Schon morgen, spätestens aber am Sonntag, würde der Don wissen, wer wirklich auf Rosies Bruder geschossen hatte.

Dann würde er zu ihr gehen, selbst wenn er ihr bis nach Paris folgen müßte, und ihr die Augen öffnen. Die Rudolfos würden rehabilitiert sein.

Zum ersten Mal seit vielen bangen Stunden war Johnny wieder der alte. Er lächelte. Alles würde gut werden. Sobald Rosies Scheidung rechtskräftig war, würden sie heiraten.

Als die Limousine eine halbe Stunde später auf die Verrazano Bridge rollte, begann der Wagen plötzlich zu stottern und blieb dann abrupt stehen. »He, Eddie, was ist denn los?« rief Johnny ungeduldig und beugte sich zum Fahrer vor.

Der Chauffeur zuckte ratlos die Achseln. »Weiß ich auch nicht, Mr. Fortune. Die Karre hat einfach den Geist aufgegeben. Vielleicht ein Getriebeschaden. Ist mir schon mal passiert.«

»Mist, verdammter!« fluchte Johnny. »Das hat mir gerade noch gefehlt. Und was jetzt?«

»Ich könnte übers Funktelefon die Mietzentrale anrufen, Mr. Fortune. Die schicken uns dann gleich einen Ersatzwagen.«

»Na gut, dann rufen Sie an. Und sehen Sie zu, daß Sie mich so bald wie möglich heil ins Waldorf zurückbringen!«

Zehn Minuten später kam Joey Fingers auf die Brücke gebrettert. Er sah die Limousine auf dem Randstreifen und erkannte sie sofort als die, mit der Johnny Fortune heute abend den Don besucht hatte. Der Wagen hatte schließlich mehrere Stunden auf dem Anwesen geparkt.

Joey fuhr auf den Seitenstreifen, hielt, stieg aus, trat an die Limousine und klopfte ans Fenster vom Fahrersitz.

Johnny, der Joey erkannt hatte, sagte zu Eddie: »Ist schon in Ordnung, ich kenne den Mann. Fragen Sie ihn, was er will.«

Eddie ließ das Fenster herunter, Joey steckte den Kopf herein und rief: »Hi, Mr. Fortune, 'n Abend, Sir! Was ist passiert? Warum halten Sie hier auf dieser gottverlassenen Brücke?«

»Wir haben eine Panne«, sagte Johnny. »Aber der Ersatzwagen ist schon unterwegs.«

Joey grinste servil. »Aber Mr. Fortune, Sir, deswegen brauchen Sie doch nicht hier draußen herumzusitzen. Es genügt völlig, wenn der Chauffeur beim Wagen bleibt. Kommen Sie, ich nehm Sie mit nach Manhattan. Wo sind Sie abgestiegen?«

»Im Waldorf«, sagte Johnny und öffnete den Schlag. »Also dann, gute Heimfahrt, Eddie.«

Johnny folgte Joey die wenigen Schritte zu dessen Wagen und stieg vorn neben ihm ein. Sekunden später brausten sie schon über die Verrazano Bridge in Richtung Brooklyn-Queens-Ring, der über den Brooklyn-Battery-Tunnel mit der Südspitze Manhattans verbunden war.

Joey redete die ganze Fahrt über wie ein Wasserfall, hauptsächlich über Frauen. Johnny fand seine Prahlereien bald langweilig, lehnte sich zurück und schloß die Augen.

Joey drehte das Radio an, summte leise vor sich hin und brachte den Wagen auf Touren. Bald sausten sie über die Schnellstraße, erreichten den Brooklyn-Battery-Tunnel in Rekordzeit und bogen auf der West Side in die City ein. Joey wendete bei der nächsten Ausfahrt. Sie fuhren jetzt Richtung Süden. In wenigen Minuten würden sie die Unterführung erreichen, die unter dem Battery Park hindurch auf den FDR Drive mündete, und der wiederum würde sie rasch ins Zentrum und zum Waldorf bringen.

Joey konzentrierte sich auf die Fahrbahn; Johnny war neben ihm eingenickt.

So sah keiner von beiden den schwarzen Lieferwagen, der langsam aufholte. Er fuhr bereits seit der Einfahrt in den Brooklyn-Battery-Tunnel hinter Joey her; dort, kurz vor dem Tunnel, hatte er ihn abgepaßt.

Jetzt schoß der Kleintransporter ganz plötzlich vor und drängte sich hart neben Joeys Wagen. Als Joey Fingers erschrocken den Kopf wandte, war es bereits zu spät. Der Kugelhagel einer Kalaschnikow durchsiebte seinen Körper. Leblos wie eine Puppe kippte er übers Lenkrad. Der Killer feuerte zur Sicherheit noch eine Salve in den trudelnden Wagen, bevor er sich aus dem Staub machte.

Drei Kugeln hatten Johnny Fortune getroffen. Eine durchschlug das Gehirn, die beiden anderen drangen in seine Brust ein. Er war auf der Stelle tot.

Joeys Wagen, der ins Schleudern geraten war, prallte mit voller Wucht gegen die Mauer der Unterführung.

IV. TEIL

WAHRE LIEBE

45

»Wenn ich hier rauskomme, dann machen wir den Urlaub, den du vorgeschlagen hast, Nell«, sagte Kevin und lächelte fast scheu zu ihr auf.

Nell war gerade dabei, ihm die Kissen aufzuschütteln, und sie machte ruhig weiter, ohne ihm zu antworten.

»Wohin möchtest du denn gern?« fragte er und hielt ihre Hand fest, als sie die Decke glattstrich.

Nell setzte sich auf den Stuhl neben seinem Bett, überlegte einen Moment und sagte dann: »Ich weiß es nicht, Kevin, du mußt erst einmal gesund werden, das ist jetzt das wichtigste. Ein paar Wochen bleibst du noch hier in der Klinik, und dann wird man dich zur Kur schicken. Also streng dich an, und sieh zu, daß du wieder gesund wirst, und dann können wir uns über eine Reise unterhalten.«

»Das klingt aber nicht sehr begeistert?« forschte er.

Nell zwang sich zu einem Lächeln. »Nun, wir könnten vielleicht nach Frankreich fahren und mit Gavin den Drehbeginn seines neuen Films feiern.«

»Also unter einer Hochzeitsreise stelle ich mir aber etwas anderes vor. Jedenfalls nichts mit so vielen Gaffern wie auf einem Filmset.«

»Wer hat denn was von Hochzeitsreise gesagt?«

»Ich. Grade eben.«

Nell starrte ihn verwundert an.

»Na, was ist?« fragte er, »willst du mich denn nicht heiraten?«

Nells Augen blieben unverwandt auf sein Gesicht gerichtet. Er war immer noch leichenblaß, aber es ging ihm heute doch schon merklich besser. Es war wirklich unglaublich, welche Fortschritte er in so kurzer Zeit gemacht hatte. Fünf Tage lang hatte er mit dem Tode gerungen; und sie hatte sein Leiden geteilt. Aber jetzt wußte sie, daß sie so etwas nicht noch einmal würde durchstehen können. Es würde sie umbringen.

»Es liegt an meinem Job, nicht wahr? Darum willst du mich nicht heiraten, stimmt's, Nell?«

Sie konnte einfach nichts sagen. Sie liebte ihn sehr, wünschte sich nichts sehnlicher, als seine Frau zu werden. Aber sie kannte sich gut genug, um zu wissen, daß sie auf Dauer nicht mit der ständigen Angst und der Gefahr, die seine Arbeit als verdeckter Ermittler täglich bedeutete, würde leben können.

Ein leiser Seufzer entschlüpfte ihr. »Ich verkrafte das einfach nicht, Kev, es tut mir leid.«

»Brauchst du auch nicht, Nell.«

»Wie meinst du das?« Ihr stockte das Herz.

»Als Neil O'Connor heute morgen bei mir war, hab ich ihm gesagt, daß ich aufhöre. Nächste Woche reiche ich die schriftliche Kündigung ein.«

»Oh, Kev, das ist ja wunderbar!« jubelte sie und strahlte dabei übers ganze Gesicht. Doch dann begann das Lächeln auf ihren Lippen zu zittern. »Aber wenn du das für mich tust, wenn du mir zuliebe aus dem Polizeidienst ausscheidest, dann kommt vielleicht einmal der Tag, an dem du mich dafür hassen wirst.«

»Niemals! Außerdem tue ich es durchaus nicht nur für dich, sondern für uns beide. Bei diesem letzten Fall habe ich an irgendeinem Punkt einen schlimmen Fehler gemacht. Ich bin zwar noch nicht dahintergekommen, was es war, aber ich hab den Auftrag versaut. Und ich hab immer gesagt, wenn ich einmal ...«

Sie hob mahnend die Hand. »Sprich nicht soviel, Darling, das ist nicht gut für dich. Und ich weiß ja auch so, was du sagen wolltest. Du hast dir selber geschworen, daß du aufhörst, sowie du den ersten Bock schießt.«

Kevin nickte. »Tony mußte sterben, und ich…« Er konnte den Satz nicht zu Ende bringen. Leid und Schmerz verdunkelten sein Gesicht.

»Ja, Kev, ich bin einverstanden«, sagte sie leise. Und um ihm aus seiner tiefen Traurigkeit herauszuhelfen, nahm sie seine Hand und wiederholte: »Ich werde dich heiraten, Liebster.« Nell stand auf, beugte sich über ihn und küßte ihn auf den Mund. Und als sie sich wieder aufrichtete, setzte sie mit einem festen verschmitzten Lächeln hinzu: »Und zwar so schnell wie möglich.«

Es klopfte, und gleich darauf steckte Rosie den Kopf zur Tür herein. Gavin stand dicht hinter ihr.

»Na, das nenn ich Timing!« rief Nell. »Ihr kommt gerade recht, um uns zu gratulieren.«

Rosie blickte von Nell zu Kevin, sah, wie glücklich beide waren, und rief triumphierend: »Ihr wollt heiraten!«

Kevin lächelte und lehnte sich tiefer in die Kissen. Er war auf einmal wieder sehr müde und hatte nicht mehr die Kraft zum Sprechen.

»Du hast es erfaßt!« Nell umarmte erst Rosie und dann Gavin. »Und Brautjungfer nebst Trauzeuge sind auch schon bei der Hand, nicht wahr, Kev? Na, wie ist es? Wollt ihr beide uns die Ehre geben?«

»Untersteh dich, und frag wen anders!« drohte Gavin lachend. Dann setzte er sich zu Kevin ans Bett. »Meinen herzlichen Glückwunsch euch beiden.«

»Kev quittiert den Polizeidienst«, erklärte Nell.

»Oh, Gott sei Dank!« Rosie sah ihren Bruder unsagbar erleichtert an. »Da hast du ja heute gleich zwei kluge Entscheidungen auf einmal getroffen: dein Leben zu retten und die wunderbarste Frau der Welt zu heiraten.«

»Das ist sie«, flüsterte Kevin, »da hast du recht.«

»Geht's dir einigermaßen?« Rosie stand am Fußende des Bettes und sah ihrem Bruder forschend ins Gesicht. »Du klingst furchtbar erschöpft. Gavin und ich haben auf dem Weg hierher schon überlegt, ob wir wirklich fliegen sollen. Vielleicht bleiben wir besser noch ein paar Tage.«

»Nein, Rosie, das ist wirklich nicht nötig. Ich werd schon wieder. Und außerdem hab ich ja meine... Klein Nell hier bei mir.«

»Allerdings«, warf Nell ein, »und zwar für den Rest deines Lebens.«

46

Rosie merkte erst, daß sie am Trump Tower vorbeigefahren waren, als sie schon auf die Kreuzung Madison Avenue und Zweiundsiebzigste Straße zufuhren.

»Gavin, wo willst du denn hin? Ich muß doch noch packen.«

»Ach, dazu hast du massenhaft Zeit. Wir fliegen doch erst morgen mittag. Und es dauert auch gar nicht lange. Ich möchte dir nur rasch etwas zeigen.«

»So? Ja, was denn?«

Er legte den Arm um sie, zog sie an sich und gab ihr einen Kuß auf die Nasenspitze. »Du wirst dich schon noch ein wenig gedulden müssen, Angel. Es soll schließlich eine Überraschung werden.«

Kurz darauf bog der Wagen in die Dreiundachtzigste Straße Ost ein und fuhr Richtung Fifth Avenue weiter. Als der Chauffeur hier, auf der Fifth Avenue, vor einem Apartmentgebäude hielt, warf Rosie Gavin einen erstaunten Blick zu und fragte: »Wollen wir jemanden besuchen?«

»Stell keine Fragen, dann wirst du auch nicht belogen.«

Der Chauffeur stieg aus und öffnete Rosie den Schlag. Als sie an Gavins Seite auf den Eingang zuging, tippte der Portier lächelnd an seine Mütze. Drinnen in der Lobby, wo sie auf den Lift warteten, bettelte Rosie noch einmal: »Komm schon, Ambrosini, sag mir doch, zu wem wir wollen!«

»Nein, ich hab dir doch gesagt, es soll eine Überraschung werden.«

Sie fuhren bis zum obersten Stockwerk, und Rosie riß erstaunt die Augen auf, als Gavin einen Schlüssel aus der Tasche zog und ihn seelenruhig ins Schloß steckte. Schwungvoll öffnete er die Tür und ließ ihr mit einer charmanten Verbeugung den Vortritt.

Rosie sah auf den ersten Blick, daß die Wohnung leerstand. Mit einem Gesicht wie ein lebendes Fragezeichen wandte sie sich nach ihm um. »Gavin, gehört dieses Apartment etwa dir?«

Er nickte. »Richtig geraten, Angel Face.«

»Und wie lange hast du es schon?«

»Ich hab's vor ein paar Monaten entdeckt, aber der Vertrag ist erst seit gestern unter Dach und Fach. Du weißt ja, was diese Eigentümergemeinschaften für einen Papierkram verlangen. Aber jetzt gehört es endgültig mir, und nun komm, ich möchte dir alles zeigen.«

Gavin nahm sie bei der Hand und führte sie durch eine großzügig geschnittene Diele in ein geräumiges Wohnzimmer, von dem erst das Eßzimmer und dahinter die Küche abging.

»Siehst du, fast alle Räume gehen auf die Fifth Avenue hinaus, was phantastisch ist«, sagte er. »Ich jedenfalls liebe den Blick über den Central Park, und du?«

»O ja«, antwortete sie, immer noch ganz verdutzt. »Und was ist hinter der Tür da?«

»Komm mit, ich zeig's dir.« Als sie den Flur entlanggingen, der von der Diele abzweigte, klinkte Gavin eine seitlich versteckte Tür auf und sagte: »Ich hab mir gedacht, das wäre hier genau das richtige Zimmer für David. Es ist schön groß und ein bißchen von der übrigen Wohnung separiert. Da kann er dann ganz ungeniert mit seinen Freunden herumtoben... Ja, und das hier wird die Bibliothek.« Er machte eine ausladende Handbewegung in den Raum hinein. Dann gingen sie ein paar Schritte weiter und blieben vor einer großen Doppeltüre stehen.

Gavin ließ Rosie vorgehen und erklärte: »Hier drin gibt's einen offenen Kamin, und die Fenster gehen auch zum Central Park hinaus.« Er ließ ihre Hand los, ging bis etwa in die Mitte des Zimmers, drehte sich einmal wohlgefällig im Kreis und sagte: »Das ist doch das ideale Zimmer für uns zwei, meinst du nicht, Rosie?«

»Für uns?« wiederholte sie. Und dann hörte sie ihre eigene Stimme wie von weit her stammeln: »Was meinst du damit, Gavin?«

Er kam auf sie zu und hob ihr Kinn zu sich empor. »Ich möchte gern, daß wir hier unser Schlafzimmer einrichten, Rosie.«

»Oh.« Mehr brachte sie nicht heraus.

Er zog sie an sich, küßte sie auf den Mund und sagte: »Wir haben schon viel zu viele kostbare Jahre verschwendet. Findest du nicht auch, daß es Zeit zum Heiraten ist? Sobald wir beide frei sind?«

Sie lächelte ihn an. Es war ein strahlendes Lächeln, das ihr Gesicht aufleuchten ließ und ihre grünen Augen zum Funkeln brachte.

»O ja, Gavin, mein Liebster, *ja*«, hauchte sie, ohne auch nur einen Moment zu zögern.

Gavin nahm sie in die Arme und küßte sie leidenschaftlich. Als er sie eine lange Weile später wieder freigab, sagte er: »Ich hab neulich ein sehr anrührendes Gedicht gelesen. Kennst du Francis Thompson, Rosie?«

Sie nickte. »Den ›Jagdhund des Himmels‹, ja.«

»Das Gedicht, das ich meine, enthält eine wunderschöne Metapher für die Liebe. Thompson nennt sie ›das wundersame Zauberding‹. Ist das nicht schön?«

Während er sprach, ruhten seine Augen unverwandt auf ihrem Gesicht. Jetzt beugte er sich wieder über ihren Mund und küßte sie.

»Ich bin ja so glücklich, daß wir unser wundersames Zauberding endlich gefunden haben, Rosie.«

INHALT

MAEVE HARAN

»... ist eine wundervolle Erzählerin!«
The Sunday Times
Exklusiv im Goldmann Verlag

41398

43584

42964

43055

GOLDMANN

ROBERT JAMES WALLER

Die Wiederentdeckung der Liebe –
vom Autor des Welterfolgs
»Die Brücken am Fluß«

41498

43773

43578

43265